支持单位

成都市文学艺术界联合会

出品单位

四川师范大学文学院

成都市李劼人研究学会

四川新文学大系

史料编　·第一卷·

总　　编　　王嘉陵　刘　敏

副 总 编　　张义奇　曾智中

本编主编　　付玉贞

副 主 编　　吴红颖

四川文艺出版社

图书在版编目（CIP）数据

四川新文学大系. 史料编：共二卷 / 王嘉陵，刘敏
总编；付玉贞主编；吴红颖副主编. — 成都：四川文
艺出版社，2024.10. — ISBN 978-7-5411-6554-2

Ⅰ. I218.71

中国国家版本馆 CIP 数据核字第 2024E31Y49 号

SICHUAN XINWENXUE DAXI · SHILIAOBIAN（DIYIJUAN）

四川新文学大系·史料编（第一卷）

总编　王嘉陵　刘　敏

本编主编　付玉贞　副主编　吴红颖

出 品 人	冯　静		
策划组稿	张庆宁		
书稿统筹	宋　玥　罗月婷		
责任编辑	卫丹梅　付淑敏		
封面设计	叶　茂		
版式设计	史小燕		
责任校对	段　敏		
责任印制	桑　蓉　崔　娜		

出版发行　四川文艺出版社（成都市锦江区三色路 238 号）
网　　址　www.scwys.com
电　　话　028-86361802（发行部）　028-86361781（编辑部）

邮购地址　成都市锦江区三色路 238 号四川文艺出版社邮购部　610023
排　　版　四川胜翔数码印务设计有限公司
印　　刷　成都东江印务有限公司

成品尺寸	148mm × 210mm	开　　本	32 开
印　　张	29.5	字　　数	770 千
版　　次	2024 年 10 月第一版	印　　次	2024 年 10 月第一次印刷
书　　号	ISBN 978-7-5411-6554-2		
定　　价	220.00 元（共二卷）		

编委会名单

编委会主任

梁　平

编委会副主任

王嘉陵　刘　敏

总　编

王嘉陵　刘　敏

编　委

王嘉陵　刘　敏　袁耀林　谭光辉　张庆宁
彭　克　张义奇　曾智中　段从学　蒋林欣
付玉贞　王　菱　王学东　吴媛媛　谢天开
刘　云　闫现磊　吴红颖　张志强（执行）
易艾迪　宋　玥　罗月婷

总序

"奇伟的地方"与"奇伟的文学"

一

成都指挥街一百零四号——诗人、音乐家叶伯和寓所，民国十一年（1922）十一月三十日这一天，成都草堂文学研究会推出了一份三十二开的文学刊物《草堂》。主要内容有诗歌、小说、戏剧等，除在省内发行外，还在北京、上海、广州、南京、昆明、苏州、杭州、长沙、武汉、法国蒙柏利（今译蒙彼利埃）、南洋（今马来西亚）槟榔屿等地设有代售处。

四川盆地这一声雏凤新啼，引来中国新文学界的凝视和喜悦——

茅盾在检视新文学发展的历程时说道："四川最早的文学团体好像是草堂文学研究会（成都，十二年春），有月刊《草堂》，出至四期后便停顿了，次年一月又出版了《草堂》的后身《浣花》。又有定期刊《小露》（十二年），似非同人杂志。成都以外，泸县（川南师范）有星星文艺社，定期刊为《星星》（十三年），又有零星社的《零星》（十二年）；重庆有《南鸿周刊》（十四年二月）。"①

周作人更有由衷的憧憬："近来见到成都出版的《草堂》，更使我对于新文学前途增加一层希望……对四川的文艺的未来更有无限的向往。我们不必学古今的事实来作例证，便是直觉的也能觉到有那三峡以上的奇伟的景物的地方，当然有奇伟的文学会发生出来。《草堂》的第一期或者还不能当得这个称号，但是既然萌长起来了，发达也就不远，只等候《草堂》的同人的努力了。"②

二

"奇伟"之地的四川，自古就有优秀的文学传统。

郭沫若"奉读草堂月刊第一期"时就"甚欢慰"，"吾蜀山水秀冠中夏，所产文人在文学史上亦恒占优越的位置。工部名诗多成于入蜀以后，系感受蜀山蜀水底影响"③。蜀中前贤常璩《华阳国志》借《易经》卦位，谓蜀："其卦值坤，故多斑彩文章。"

古蜀沃野千里，水系通畅，物产丰盈；险道阻隔，史上战事相对少于中原；汉有文翁兴蜀，化比齐鲁；唐宋时为全国的雕印书籍中心；明人则云："逖惟往记，见蜀山水奇、人奇、文与艺奇，较他处觉多，故剑阁、峨眉、锦江、玉垒，称古今狂客骚人、名流雅士之一大武库焉。"④

---

① 茅盾：《中国新文学大系·小说一集·导言》，原载《中国新文学大系导言集》，贵阳：贵州教育出版社，2014年，第101页。
② 周作人：《读〈草堂〉》，《草堂》，三期，民国十二年（1923）五月五日，上海图书馆藏本。
③ 郭沫若：《通讯·致草堂社诸乡友》，《草堂》，三期，民国十二年（1923）五月五日，上海图书馆藏本。
④ ［明］曹学佺：《蜀中广记·诗话·画苑二录序》，杨世文点校，《蜀中广记》，上海：上海古籍出版社，2020年，第1097页。

由此生发，汉司马相如辞赋标誉天下，晚唐长短句之曲子词始出，滋衍于五代，后蜀《花间》问世，为首部文人词总集，其词作多出自蜀人。唐至明、清，文学巨擘陈子昂、苏东坡、杨升庵、李调元等为文坛留下千古绝唱，李白、杜甫、白居易、杜牧、元稹、张籍、王建、陆游等多不胜数的文人墨客流连蜀中，创作了浩繁巨量的诗词文章。巴蜀高天厚土成为文人云集、文学兴盛的基础。

三

中国新文学因现代国人思想的觉醒而发端、发展和繁荣。"奇伟"之地的四川，在现代的前夜与现代文学的准备、发生、发展过程中，其文学创作实践与文艺理论探索又一次走到了时代前列，形成一支现代文学中"冲出夔门"的劲旅，在文学家数量上占据全国第三位[1]，在新文学发生的地图上，成都被称为新文化运动第三重镇[2]。可以说现代文学史上一系列首开风气的事业都与四川大有关系。在中国新文学时期，四川保持了文学大省的姿态。

具体说来，四川与全国其他地区相比较，无论从社会状况还是从自然条件上看，都有其独特性：

地理位置虽然较偏僻，但知识分子们的思想意识并不保守落后，尤其在新文化新思想的传播中，四川可以与京、沪等中心城市媲美。辛亥革命和"五四"新文化运动，四川都是重要的策源地之一。

四川地区地理位置特殊，处于主流文化与少数民族文化交会的

---

① 李怡：《现代四川文学的巴蜀文化阐释》，长沙：湖南教育出版社，1995年，第1—2页。

② 参见张义奇：《成都：新文化运动第三重镇》，《华西都市报》2015年9月12日。李劼人在《五四追忆王光祈》中指出，"五四"时期"成都真是全中国新文化运动的三个重点之一。北京比如是中枢神经，上海与成都恰像两只最能起反应作用的眼睛"。

走廊地带，反映在文学创作中便呈现出丰富性、多样性和独特性等诸多特征。

全国抗日战争爆发之后，四川成了中国文学和文化最重要的后方之一，它在中国新文学史上的重要意义，怎么评价都不为过。四川以其天险和地理屏障保全了作家的生命，而且更重要的是保存了中国文学的精神薪火和再植灵根。

四川地处西南地区，高山大川，在地理上与其他地区形成显著差异。自古以来，其内敛、务实、坚韧、包容的文化精神，已经融入中华文化的血脉之中。中原文化的许多基因，也通过漫长的历史渐渐地改变着四川文化的形态。彼此互相影响、互相改变的文化发展路径，可能是每一种文化都必然经历的过程。

这种奇伟之地造就的奇伟文学，具有浩远的精神价值和恒久的审美价值，难怪周作人说道："地方色彩的文学也有很大的价值，为造成伟大的国民文学的原素，所以极为重要。我们想像的中国文学，是有人类共同的性情而又完具民族与地方性的国民生活的表现，不是住在空中没有灵魂阴影的写照。我又相信人地的关系很是密切，对于四川的文艺的未来更有无限的向往"。①

四

20世纪30年代到80年代，作为新文学革命成果的《中国新文学大系》已经编辑出版过四编②，而我们编纂的这套《四川新文学

---

① 周作人：《读〈草堂〉》，《草堂》，三期，民国十二年（1923）五月五日，上海图书馆藏本。
② 赵家璧主编的《中国新文学大系》（1917—1927），由上海良友图书印刷公司出版；上海文艺出版社组织编辑第二编（1927—1937）和第三编（1937—1949），分别于1987年和1990年出版。此外，20世纪60年代，香港文学研究社还在第一编的基础上，出版过《中国新文学大系·续编》，时序与上海文艺出版社所出第二编相近。

大系》，则是一部地域性的新文学丛书。

它涵盖的内容，是自新文学革命伊始至 1949 年四川地区的文学作品，那时的四川，地域辽阔，包括现在的巴渝全境①。

此外，无论四川本土的作家，还是流寓作家，有的声名显于当时，创作了较多优秀的作品，但之后因各种原因被史家淡忘，随岁月流逝而淡出人们的视野，作品亦流失、散佚，难以寻觅，如果不加以搜集和整理，则可能无声息地永久地消逝掉了。

这一点很重要，除了通过搜集、整理，彰显四川新文学的全貌，抢救濒于消逝的一个时代的作品，为后世后人留存备考的文献和文本，也是我们秉承的宗旨和希望达到的目的。

《四川新文学大系》的编纂出版，由李劼人研究会发起。经过差不多七年时间，中间虽然受到疫情的干扰，终告于完成。世事茫茫，黄卷青灯，同仁于此中之艰辛和奉献，将为此奇伟之地留一历史存照。足矣。

五

这部《大系》按照文学体裁和研究专题分为七编，分别为：小说、诗歌、散文、报告文学、戏剧、文学理论与评论和史料。现简述如次——

《小说编》

新文学萌芽阶段，以小说家为代表的四川作家就率先加入了新文学革命的洪流，在时间上并未落后于其他地方的作家。

从 20 世纪初到 20 年代，四川小说家们极其活跃，不但成为新文

---

① 抗战时期，因国民政府西迁，1937 年底重庆定为国民政府陪都。但历史、地理、文化的共同母体，决定了其时的重庆作家仍为川籍作家，因此《四川新文学大系》理所当然包括了这一时期重庆的作家和文学作品。

学革命初期的主要参与者，而且可以说在某种程度上成为较为重要的引领者。

20世纪20年代末到30年代，四川新文学小说家井喷似的大量出现，人数众多，创作的作品数量也最多。多数小说家的重要作品都产生于这个时期。

本编收录了四十余位川籍小说家的作品，他们中的很多人都在全国范围内产生过一定的影响，甚至产生过广泛的影响。

编选者学术态度严谨，认为全国抗战爆发之后，从东部沦陷地区来到巴蜀的作家很多，有不少小说创作。艾芜主编的《中国抗日战争时期大后方文学书系》第三编小说共辑录四册，收录了这些小说家的部分作品。因人数众多，且寓居时间长短不一，是否严格属于四川新文学存有争议，故本编对该类寓居于四川的小说家的作品均不作收录。

《诗歌编》

这是一部迄今为止最全面地展示现代时期四川诗歌面貌的选集，在完整地保留新诗史料方面做出了突出的贡献。

编撰者付出的努力有目共睹。这些民国时期的文献史料，搜求十分不易，相当一部分已经湮没或者难以寻觅，但编者竭尽全力，努力寻找，翻阅大量原始报刊，千淘万滤，其数量和质量都有较好的保障，值得充分肯定。

编辑体例清晰，便于读者查阅。按诗人姓氏音序进行编排，使得读者比较容易查询，能够较好地利用这些文献。

《散文编》

相较于小说、诗歌，四川现代散文读者印象淡薄，文献零落，系统研究稀缺，几成无人打望的旷野。问题之所以成为问题，就在于我们对此还缺乏一个起码的回顾与反省，而《四川新文学大系·散文编》的编选，就是努力的起步。

编选者以前贤如周作人、郁达夫所编《中国新文学大系》散文一集、二集为高标和示范；同时以自己的喜爱，以文学价值为首要考量，认为没有选家的眼光和热情的选本，只是产品说明书或名胜导游词而已。

此外，编选者也尽量兼顾了资料的珍稀性。认为一般文学史的描述，自然是有价值的参考；一般文学史忽略的，自然更有关注的理由。

入选作品时间跨度为 20 世纪上半叶，这样整个四川现代散文的潜伏、诞生、发展、高潮、衰变便有迹可循，班班可考。

是以此编以四川本土作家作品为主体，兼顾流寓作家作品。后者情况较为复杂，大致包含其在四川创作的作品、以四川为题材的作品，或与四川有密切关联的作品。

散文编共收录四十余位本土作家一百多篇作品，二十余位流寓作家五十多篇作品。

《报告文学编》

作为中国现代文学的重要组成部分，四川新文学的发展与全国同步，报告文学自然也在 20 世纪前半期历经了发展、成熟的过程。

本编所收录的作品，时间上限不拘泥于一般文学史所认定的新文化运动起始的 1915 年，或是文学革命发生的 1917 年，而是秉承"20 世纪中国文学"的概念，结合四川实际情况，上溯至辛亥革命时期，主要以记述保路运动的作品为重点。

而"五四"时期则以旅欧作家的作品为重点，以此反映川籍留学生在"勤工俭学"大潮中的生存状况和他们直面西方文化时的心路历程。

20 世纪 30 年代，四川作家的报告文学作品已很成熟，李劼人的《危城追忆》、郭沫若的《北伐途次》、范长江的《中国的西北角》、胡兰畦的《在德国女牢中》、刘盛亚的《卐字旗下》等作品是最重要的成果。

除此之外，还有另外一些作品不可忽视，那就是描写自然灾害、山川风物以及社会经济的一类。作者都不是专业作家，但他们的作品既有重大事件反映，也有对社会现状的描述，无愧于报告文学的称号。

抗战时期，川籍或旅川的作家们在民族救亡的旗帜下，以笔作枪，再次以激昂而真切的文字记录着一个伟大的时代。

纵观辛亥以降至 20 世纪 50 年代前，四川报告文学作品集中出现的时候，正是中国社会生活重大变故之际，在四川或全国发生的重大事件中，四川作家从未缺席。

本编的作家作品排序，采取了综合的办法，即：首先按照时代和内容分类，然后再按时间先后编排。其中第一卷收录作品从保路运动至"五四"前后；第二卷是大革命至全国抗战爆发前；第三卷是全国抗战及胜利后；第四卷是报告文学作家专卷。

本编收录的作品，有些是新文学史上的名篇，但有相当一部分则从未进入文学史的视野，具有独特的意义。

《戏剧编》

中国的话剧始于清末。曾孝谷是四川成都人，曾在日本与李叔同、陆镜若、欧阳予倩等人共同组织了中国第一个话剧团体"春柳社"，民国初年回到成都后，为改良戏剧，推动话剧发展，他又组建了"春柳剧社"，"春柳剧社"成为"成都话剧的萌芽"①。曾孝谷也因此成为四川话剧艺术的奠基人。

20 世纪 30 年代是四川的话剧艺术发展的繁荣时期。四川话剧演出和观赏活动大都局限于文化素养较高的教育界，剧本多为著名作家田汉等人的作品，内容涉及社会生活的方方面面；其次是以莎

---

① 参见孙晓芬：《抗日战争时期的四川话剧运动》，成都：四川大学出版社，1989 年，第 2 页。

士比亚作品为主的翻译作品。

抗战时期是话剧在四川的大发展时期。从全国抗战开始，四川的各个抗日救亡团体就排演了许多街头剧、活报剧。从 1937 年 10 月起，先后有全国众多知名演员组成的八个话剧团，分别从上海、南京、武汉、香港等地入川，在各地进行巡回演出，极大地促进了四川话剧的发展。抗战期间，成都的话剧产业日臻成熟，宣传营销手段较之前有了较大提高。

四川话剧从民国初年传入，到抗战勃兴，再到战后沉寂，其间不仅经历了趋新与守旧到针锋相对，还见证了精英阶层与普通市民的分歧疏离。

梳理四川话剧发展的历史，既是对一种艺术形式发展与流变的整理，亦是对民国时期成都社会意识、官民互动乃至现代化变革的透视。

本编所收，以现代原创话剧为主，传统戏曲改编的戏剧、翻译剧及其基础上改编的戏剧不录。

四川新文学时期话剧剧本很多，搜集完全颇为困难，本编所收均为在四川出版、创作或公演的具有一定影响力的本子。

《文学理论与评论编》

巴蜀文艺思想自古以来亦独树一帜，中国文学史上几次较大的文风变革均有巴蜀人参与其中，司马相如、扬雄、陈子昂、李白、苏轼等均有创造引领的历史伟绩。

到了近现代，四川的文学创作实践与文艺理论探索又一次走到了时代前列。

"五四"时期，巴蜀文学家表现不俗，在文艺思想、理论建构方面做出了重要成绩。他们在大多数文艺思潮论争中都发出了自己的声音，积极参与时代话语的建构，提出了独特的看法，在很多领域开一代风气；从思想到工具论到审美，到文学的各要素等都有论述，较为全面；此外还关注到文学创作的主体性。

在接下来的第二个十年、第三个十年里，四川文艺理论依然走在前列。如从文学革命到革命文学的转折中，李初梨、郭沫若、阳翰笙的文学理论产生了重要的影响；在抗战时期，陈铨、邵荃麟等都提出了自己独特的文艺主张。

现代四川文艺理论的总体特征是群体效应明显、积极参与介入意识较强，既有富有青春气息的反叛精神，又有保守中庸的中正平和之姿；既有本土立场又有国际视野，在中国文论的现代转型建构过程中做出了不可忽视的贡献。

然而，这些成就往往被忽视、被遗忘、被湮没，编者梳理了其中主要原因：

一是中心与地方关系，过去的文学史主要是一种线性的时间观，空间意识还不够，没有充分意识到地方、地域的重要性，地域性的文学史还不多，地域文学的重要性正在发掘中。

二是部分学者身份复杂，而文学史书，甚至文学研究有很多禁忌。

三是与巴蜀学者大多数中庸、中立甚至偏向稳健保守的态度、主张有一定关系，后来的评价更多的是看到、肯定新文学中的激进派，而对中立的、保守的价值的发现与重估较晚。

但现代文学的地域版图研究逐渐成为一个学术生长点，"文学史研究的'空间'阶段已经到了"①，因此关注现代四川文艺理论，还原丰富的历史，是一种追求与尝试。

现代四川文艺理论研究、文献结集尚不多见，本编搜集了一百三十多位现代川籍文学家、文艺理论家的相关论著，最终筛选出四十多位作者具有代表性的文学理论及评论文章，编为四卷，大致展示了这一阶段四川文艺理论及评论的主要面貌，展现了中国文论现

---

① 参见李怡为彭超《巴蜀作家与中国现代文学的发生》所作序，北京：中国社会科学出版社，2014年，第4页。

代转型过程中的四川话语与建构。

《史料编》

与星光璀璨的四川现代作家群相对应的是，对四川现代作家的研究却乏善可陈，除巴金、李劼人、郭沫若等少数作家外，不少川籍作家的研究还有很大的空间，本编为此做出了有益的探索。

近代尤其是抗战时期，巴蜀各种文学自救活动此起彼伏，谱写了一曲曲悲壮的抗战战歌。报刊创办如火如荼，副刊成为文艺宣传的主要阵地之一。

文学社团、文艺报刊遍地开花。四川现代文学的中心当仁不让是成都和重庆，其他市县也绽放出了自己的光彩。

繁荣的出版业，为四川文化的发展提供了很好的物质条件。社团、期刊兴办多，关闭多。不少文艺团体和期刊存在的时间都不长，短的几个月，长的也就几年时间。出版家和文人队伍的兴起，为四川新文学的发展，提供了人才保障。

本编从浩繁零散的资料中去钩沉这些四川现代文学的荣光，较为清晰地厘清了其中的发展轨迹。分为：作家小传、文学社团、文艺期刊、文艺报及副刊、著作书目等内容，为四川新文学的研究者提供了基础的资料或线索。

六

《四川新文学大系》由谭光辉、张义奇、曾智中、段从学、蒋林欣、付玉贞、王菱、王学东、吴媛媛、谢天开、刘云、闫现磊、吴红颖等分领各编。他们之中有作家、学者、教授、研究员、博硕导师，有文学领域的新秀，从事四川本土文学的整理有较好的基础。《大系》的执行编委张志强亦认真负责地做了较多编务和联络工作。大家勠力同心，其利断金，终成正果，令人欣慰。

这部《四川新文学大系》在审稿过程中，即获得学界的好评，这应该是对各编主编和参编者最好的褒奖。李怡、陈思广、邓经武、廖全京、妥佳宁等专家在本书的选题立意、编辑体例、作家和作品的筛选，以及提示漏选的文学家和作品诸多方面，贡献了很专业的意见。李怡认为，这套书"选题和编撰本身就是对百年四川新文学史的比较完整的呈现，这一工作极具历史价值和现实意义"。谈到《诗歌编》，认为"这是一部迄今为止最全面地展示现代时期四川诗歌面貌的选集，在完整地保留新诗史料方面做出了突出的贡献"。妥佳宁则认为《散文编》"从篇目的选择标准和范围看，编者的专业水准极高"。陈思广评《小说编》："所选作家及作品系统且具有代表性，能够全面地反映四川自新文化运动以来小说发展的基本面貌，也在总体上能够代表四川新文学小说方面的创作实绩，选目准确、系统，值得肯定。"邓经武充分肯定《报告文学编》"对早期的文白夹杂的极少数作品则视其内容重要性而定"的原则，同时，支持选取流寓四川作家所写四川故事，以"突出四川社会某个方面特征"，认为凯礼的《巴蜀见闻录》等，就选得很好。

所有这些，作为总编，秀才人情纸半张——我向他们致以深深的谢意！

七

成都市文学艺术界联合会、四川师范大学文学院、四川文艺出版社的领导和相关人员，自始至终在《四川新文学大系》的立项、资金和出版方面给予了积极的支持，在此也表示诚挚而真诚的感谢！

王嘉陵

前　言

　　中国新文学因现代国人思想的觉醒而发端、发展和繁荣。四川新文学是中国新文学中的一颗璀璨明珠，其文学主张、文学创作，显示了巴蜀文化的优良传统和开拓创新的精神，一批有影响力的作家横空出世，在现代文坛上发出了耀眼的光芒。与星光璀璨的四川现代作家群相对应的是，对四川现代作家的研究乏善可陈，除巴金、李劼人、郭沫若等少数作家外，不少川籍作家的研究还有很大的空间。为了系统地整理和再现四川新文学的全面与辉煌，《四川新文学大系》的整理出版提上了议事日程。

　　作为天府之国的四川，自古人杰地灵，人才辈出，《华阳国志》说四川："其卦值坤，故多斑彩文章"，"自古文人皆入蜀"，无论是生于斯、长于斯的蜀人还是旅居蜀地的入蜀文人，均能从蜀地汲取灵感，创作出灿烂辉煌的文学作品。四川新文学萌发在五四新文化运动之前，曾孝谷、李劼人、吴芳吉等以自己的作品呼唤新文学的诞生。冲出夔门的巴金、郭沫若、何其芳等更是成为中国新文学的领军人物，成为中国现代文学不可忽视的力量。抗战时期，外省籍作家纷纷入蜀避战，不少作家在巴蜀大地获得了创作的源泉，创作了一系列反映抗战后方人民生活的作品，如茅盾的《虹》《腐蚀》《清明前后》，叶圣陶的《西川集》，陈白尘的《升官图》《岁寒图》

《结婚进行曲》，宋之的的《雾重庆》，老舍的《四世同堂》，张恨水的《巴山夜雨》《纸醉金迷》《魍魉世界》《八十一梦》等。

巴蜀大地独特的地域风貌和人文环境铸就了四川新文学的特质。近代中国的苦难，惊醒了一批中国知识分子，从作家、学者到学生，纷纷站起来用他们的笔，写下了国的苦难、家的悲哀，以及内心的彷徨与呐喊。尤其是抗战时期，各种文学自救活动此起彼伏，谱写了抗战的一曲曲悲壮的战歌。诗歌有郭沫若的《女神》《星空》，何其芳的《生活是多么广阔》，康白情的《草儿》《河上集》等；小说有巴金的"激流三部曲"，李劼人的"大河三部曲"，艾芜的《南行记》《丰饶的原野》，沙汀的《还乡记》《淘金记》《困兽记》等；报告文学有范长江的《中国的西北角》《从嘉峪关到山海关》《百灵庙战后行》《忆西蒙》，胡兰畦的《在德国女牢中》，沙汀的《随军散记》等；戏剧有郭沫若的《屈原》《棠棣之花》《孔雀胆》，阳翰笙的《铁板红泪录》《中国海的怒潮》《李秀成之死》等，文学理论家赵景深、陈铨、郭沫若等在文艺理论方面均有掷地有声的建树。四川现代文学的星空，群星闪耀、熠熠生辉。

报刊创办如火如荼，副刊成为文艺宣传的主要阵地之一。领军人物杨吉甫、胡绩伟、冯诗云、姚苏凤等积极办报，活跃于报界。内迁报纸在四川各地落地开花，积极从事宣传工作，推动了当地的文化建设工作。现代四川文艺报刊的创办者中，作家和学生为主要的力量。高校学生，甚至不少中学生均积极参加文艺救国运动，通过创办文艺期刊，唤醒民众，呼吁"停止内战，一致对外"。知名作家沙汀、李劼人、周文、郭沫若、刘开渠、陈白尘、戈茅、林默涵、邵子南、刘盛亚等纷纷参与各种报刊的创办，成为报刊创办的生力军，如陈炜谟主编的报刊就有《成都快报》副刊《文会》、《民意报晚刊》副刊《星期文艺》，李劼人主编《四川时报》副刊《华阳国志》、《民力日报》副刊、中华全国文艺界抗敌协会成都分会会刊《笔阵》等，艾芜主编抗敌协会重庆分会会刊即《大公报》副刊《半月文艺》，刘盛亚曾任《大公报》文艺主编并主编《西方日报》副刊《周末文艺》，等等。为躲避战乱入川的知名作家也同样参与了报刊的创办工作，陈白尘入川后主编了《成都晚报》副刊《艺文志》、《华西晚报》副刊《艺坛》、《华西日报》副刊《星期文艺》，孙伏园主编《建设日报》副刊《平原》、《新民报日刊》副刊《雄辩》。不少学者也积极开展文学创作工作，希冀用手中的笔唤醒民众。如翻译家石璞，不到三十岁就以翻译才华蜚声学界，积极参加抗战，参与半月刊《前进》的创办，并题写发刊词《前进曲》，参加中华全国文艺界抗敌协会成都分会，主编《捷报》副刊《凯风》，并在《工作》《笔阵》《文艺后防》和《战潮》等刊物上发表文章。四川大学教授陈思苓主编《四川日报》副刊《金箭周刊》，明确提出文艺救国的思想，"在这个苦难的时代，殖民地深化的阶段上，一部份热情的文艺青年想负起他们的任务，固然他们的力量是那么薄弱，然而这也是在民族生存斗争中的一点火花。"因时效性强、覆盖面广，报纸副刊逐步成为文艺宣传的主要阵地。不少文学社团纷纷占领报纸副刊，如重庆《国民公报》副刊《诗垦地》就成为内迁七月派诗人的主阵地；诗人叶菲洛等成立的沙龙社就借《济川日报》的副刊版面编刊机关刊物《沙龙》；李岳南等在重庆成立诗焦点社，在重庆《国民公报》副刊版面创办诗专刊《诗焦点》等。在地方的文艺社团更是不断地借力地方报的副刊，进行文艺宣传。

文学社团、文艺报刊遍地开花。四川现代文学的中心当仁不让是成都和重庆，其他市县，如宜宾、内江、绵阳、西昌、康定、自贡、雅安、万县、隆昌、夹江、铜梁、洪雅等地区也都绽放出了自己的光彩。与此同时，有不少旅外川人在北京、上海、杭州等地办起刊物，如以四川文学青年为主的浅草社，于1922年在上海成立，同乡、朋友、浓厚的文学兴趣，以及相似的生活经历使他们萌生了成立文学团体的愿望，他们的作品特色鲜明，在现代文学中烙下自己的印记；又如于1924年创刊于北京的《忠声》，由四川忠县留京同乡会编辑出版并发行，其宗旨："一方面在努力研究各自的科学，一方面还是关心讨论故乡紊乱的原因和补救的方法"；旅居北京的合川青年黄肇纪、石天柱、唐木森等13人于1924成立了合川青年社，该社以宣传新文化为宗旨、自筹经费，出版不定期刊物《合川青年》，发表诗歌、小说、散文、传记等各类体裁的文章，宣传反对帝国主义和封建主义，拥护民权、废除礼教，主张婚姻自由、男女平等，发行量曾高达三千多份。内迁的报刊在重庆、成都等地很快复刊，如1938年创刊于广州，茅盾主编的《文艺阵地》和创刊于长沙的《中国诗艺》继续发挥其喉舌的作用。内迁大后方的不少外来作家和出版界人士，在国难日益深重的情况下，在重庆、成都等地新办了不少刊物，为四川文化建设注入了新鲜的血液，如郁风主编的《耕耘》杂志、邹荻帆主编的《诗垦地》、老舍及姚蓬子主编的《文坛》、碧野主编的《莽原》等；同时不少旅居四川的作家老舍、朱光潜、臧克家、刘念渠、夏衍、孙伏园、熊西佛等，成为当时报刊的主要撰稿人，大大提升了报刊的水平，扩大了报刊的影响力。

《史料编》试图从浩繁零散的资料中钩沉四川现代文学的荣光，较为清晰地厘清四川现代文学的发展轨迹。川籍作家及旅川作家在苦难的时代中做出了艰苦卓绝的努力，其展现出的气质与风骨，依然是今天知识分子学习的榜样。

四川新文学的繁荣，尤其是抗战时期的大放异彩，离不开独特的巴山蜀水的浸润，更与当时四川特殊的环境息息相关。

繁荣的出版业，为四川文学的发展提供了很好的物质条件。民国初年，四川的出版业因经济的发展、教育的振兴、图书馆的兴办等有了长足的发展。在抗战时期，四川出版业更是独占鳌头。为避战乱，国民政府官办出版机构和省外出版商纷纷内迁，开办出版企业。据不完全统计，从1937年至1949年，在成都祠堂街及其紧邻的牌坊巷、半边桥街、陕西街、西御街一带，先后有120家新书店开业，形成了名噪一时的成都第三条文化街。四川在抗战期间成为全国重要的出版中心，1942年，国民政府发布了对全国13个区出版图书的统计数据，重庆占比33.3%，桂林占比25.7%，成都占比12.1%，紧随其后的西安、昆明等，与三城的差距较大。① 抗战时期，成都出版业飞速发展，为文化的发展提供了很好的物质基础，据潘公展《抗战七年来之出版事业》的统计，1941年12月，成都有出版社、书店143家。而叶再生《中国近代出版史》的统计为：截至1941年12月，重庆有出版社、书店80家；1942年7月重庆共有出版社、书店151家，同年10月成都有出版社、书店112家。②

社团、期刊兴办多，关闭多，是这一时期的特有现象之一。不少文艺团体和期刊存在的时间都不长，短的几个月，长的几年。出版家和文人队伍的兴起，为四川新文学的发展，提供了人才保障。但经济的衰退及国民政府的审查制度，极大限制了四川文化的发展。从整体看，大后方的四川出版业，因人员和物资的迁入，出现了一度的兴盛局面，但出版业的集中也给四川出版业的相关产业带来了巨大的挑战与压力。中华人民共和国成立以前，中国社会动荡加剧，经济的发展受到了很大的影响，物资匮乏，人们的基本生活都难以保障。在文化产业上的表现就是出版经费紧张，印刷纸张和字模均不能得到有效保障，"由于印厂的新五号字不够用，不得不

---

① 参见张忠：《民国时期成都出版业研究》，第92—93页，成都：巴蜀书社，2011年。

② 参见张忠：《民国时期成都出版业研究》，第109页，成都：巴蜀书社，2011年。

用一小部分老五号字，我们就用它来调剂版面"（《萌芽》编后语）。在不少报刊的发刊词或编后语中，编者无不感慨"印刷的问题过于困难"，作家徐仲年在《法国文学》的创刊词中说："战时陪都的物资一天缺乏一天，——或者说：少数人不缺乏物资，大多数人却缺少得厉害，——物价步步高升，印刷之难不输如雨天重庆的街道！贵，是一件事；工作时期不守信，便使人伤脑筋！即使印了出来，纸张之坏，令阅者、作者、编者都头痛！"不少报刊及社团的运行资金没有保障，多数靠社团成员自筹或某些金主支持，缺乏稳定性和持续性，难以为继。袁珂、冯诗云主编的《蓉报》，办刊不到一月就因经费困难而停刊。同时，国民政府的报刊审查制度严重制约了部分报刊的发展，不少报刊因为宣传思想有悖于政府理念被国民政府封锁而关闭。如1943年秋成立的文学青年社于1945年5月创办了《文学青年》，因受到国民党审查机关的阻挠和威胁，刊物被迫停办，文学青年社解散。核心人物的变动，直接影响报刊的兴衰。报刊的创办人既是报刊运营的核心力量也是稿源的提供者，战乱、工作的变更或被捕等会直接导致报刊停刊。如创刊于1933年5月的《化报》，因主编王子斌的一首打油诗得罪了军方，同年8月即遭停刊；康定第一个文艺刊物《草地》，因编辑均为进步人士，被国民政府逮捕，出版一期就停刊。

借鉴《中国新文学大系》、已出版的各省《新文学大系》的编纂体例，结合四川新文学的特点及资料掌握的情况，《史料编》分为：作家小传、文学社团、文艺期刊、文艺报及副刊、著作书目等内容。

编纂《史料编》的目的是希望为四川新文学的研究者提供基础的资料或线索。自2016年6月该项目立项以来，《史料编》的工作就在巨大的压力下紧张地进行。区域性的文学史料收集和甄别工作不被一般学者重视，虽然不少内容前人已做了一定的基础性工作，

但需完善和补充的资料仍不少。《民国时期总书目（1911—1949)》
《中国近代期刊篇目汇录》《四川报刊五十年集成（1897—1949)》
《中国现代文学社团流派词典》《民国时期期刊全文数据库（1911—
1949)》，以及四川各地的方志等为整理工作提供了很好的借鉴。
1949年以前的资料因其年代久远，加之当时广泛使用新闻纸印书，
纸张老化损毁严重，不少资料缺失，尤其是报刊资料，寻找起来实
属不易。同时因抗战时期旅居四川的作家比较多，所以这部分作家
及其作品的处理，则依《四川新文学大系总则》的要求，以旅居四
川时发表作品与四川的关联度为依据，进行了编选。在编辑的过程
中，资料的甄别与判断始终是一大难题，川籍作家的难点在于现代
与当代的辨别，旅川作家作品的判断更是一大难题，不少作家的作
品创作时间很难确定，以发表时间很难准确判断作品是否写于四
川，不少资料语焉不详，从而造成了不少的困扰以至于误判。

　　编纂《史料编》的初衷是希望尽量将四川新文学的史料囊括，
能为读者提供一些参考的线索。或因史料散而难寻，或因史料遗
失，或因编者遗漏等等，挂一漏万在所难免；同时因编者水平有
限，错误之处肯定不少，敬请方家不吝赐教。

付玉贞

┨目录┠

F /020

樊凤林　　范爱众　　范长江　　范方羊　　方　敬
方　然　　方　殷　　丰子恺　　傅　钟

G /023

甘永柏　　高　兰　　高　鲁　　戈壁舟　　戈　里
戈　茅　　葛　珍　　耕　史　　耿振华　　古承铄
顾梦五　　顾一樵　　光未然　　郭步陶　　郭沫若
郭尼迪

H /029

哈　华　　含　沙　　寒　笳　　禾　波　　何非光
何剑熏　　何　洛　　何满子　　何其芳　　贺昌群
贺敬之　　黑　天　　洪　深　　洪毅然　　胡兰畦
胡　牧　　胡　拓　　胡政之　　胡　助　　化　铁
黄鹏基　　黄荣灿　　黄　裳　　黄　绶　　黄友凡

J /038

冀　汸　　江　村　　姜蕴刚　　蒋孔阳　　蒋兆和
金满成　　敬隐渔

K /040

凯　礼　　康白情　　孔罗荪

L /041

老　舍　　了　娜　　黎秀石　　李伯钊　　李初梨
李华飞　　李季伟　　李劼人　　李开先　　李南力
李寿民　　李思纯　　李唯建　　李岫石　　李尧枚
李一痕　　李一氓　　李　俞　　李岳南　　李宗吾
力　扬　　丽　砂　　炼　虹　　梁实秋　　廖丛芬
廖晓帆　　林　茜　　林如稷　　林咏泉　　林　有

王 余	王余杞	王正平	魏传统	温田丰
吴鼎南	吴芳吉	吴济生	吴其昌	吴 视
吴 虞	吴玉章	吴丈蜀	吴祖光	

X /085

夏 渌	向 楚	萧崇素	萧蔓若	萧 荑
谢文炳	谢宇衡	熊佛西	熊克武	徐 迟
徐 放	徐君慧	徐 訏	许 伽	许钦文

Y /091

严 辰	扬 禾	羊 翚	阳翰笙	杨昌溪
杨村彬	杨吉甫	杨静远	杨开甲	杨 山
杨 朔	杨效春	姚 奔	野 谷	叶伯和
叶菲洛	叶浅予	叶圣陶	易君左	应云卫
于 伶	余承基	玉 杲	袁 勃	袁水拍

Z /099

臧克家	臧云远	曾德镇	曾 兰	曾 卓
张大旗	张恨水	张季纯	张 澜	张默生
张培爵	张天授	张心雄	张 央	张 扬
章 泯	赵枫林	赵景深	赵其贤	赵清阁
赵世炎	赵循伯	郑拾风	周太玄	周 文
周 彦	朱大枬	朱光潜	朱 健	朱介凡
朱 偰	祝实明	庄学本	庄 涌	子 冈
邹荻帆	邹 绛	邹绿芷	左琴岚	

文学社团

文艺期刊

作家小传

<u>整理说明</u>

  本辑收录的作家范围为新文学时期的四川（含重庆）作家及流寓四川的作家。

  资料来源主要参考了《四川省志·人物志》、四川（含重庆）的地方文化志、文体志、文艺志、文教志等各类志书以及《中国新文学大系》《中国作家大辞典》《中国现代作家大辞典》等前人研究成果。

  收录作家标准如下：

  一、出生地为四川（含重庆）或流寓四川。

  二、出生时间为1949年以前，具体时间不做规定，但1912年至1949年应是其创作高峰期，或在此期间至少有影响力较强的著作出版。作家主要影响力在当代的，原则上不录入。

  三、作家著作内容以近代新思想新文学为主，前期进行传统文学研究但后期转向或兼做新文学创作研究的也做收录。

作家按姓氏音序排列。作家小传内容包括：作家原名、笔名、生卒年、籍贯、民族（汉族从略）、职务、主要文学活动、主要著作。作家有其他重要事迹信息的另做增加处理。

A

阿　垅（1907—1967）

浙江杭州人，原名陈守梅，笔名阿垅、方信、圣门、师穆、史目、SM 等。"七月诗派"成员之一。早期曾在上海中国公学和国民党"中央军校"第十期学习。抗战期间参加淞沪会战，后赴延安，入抗日军政大学学习。1941 年初辗转重庆。1946 年，在成都负责编辑文艺刊物《呼吸》。中华人民共和国成立后，任天津市作家协会编辑部主任。著有长篇小说《南京》、诗集《无弦琴》、报告文学集《第一击》、诗论《人和诗》等。

阿　玉

生平不详，著有报告文学《飞机场送别》等。

艾　青（1910—1996）

浙江金华人，原名蒋正涵，字养源，号海澄，笔名莪伽、克阿、林壁等。1928 年入杭州国立艺术院绘画系。1929 年赴巴黎勤工俭学。1932 年初回国，在上海加入中国左翼美术家联盟，参与组织春地美术研究所，从事革命文艺活动。全国抗战爆发后，辗转西安、武汉、重庆等地。1941 年到达延安，在中华全国文艺界抗敌协会延安分会工作。中华人民共和国成立后，曾任《人民文学》副主编、中国作家协会副主席等职。著有诗集《大堰河》《火把》《向太阳》《黎明的通知》等，诗论集《诗论》等。主要著述收入《艾青全集》。

艾　芜（1904—1992）

四川新繁（今四川成都新都区）人，原名汤道耕，笔名杜泉、刘明等，现代著名作家。1921年秋，考入四川省立第一师范学校。1925年起在西南边境和缅甸、新加坡、马来西亚等地漂泊流浪，并开始发表文学作品。1931年回国后，加入中国左翼作家联盟，后任中华全国文艺界抗敌协会桂林分会理事。1944年写完著名的长篇小说《故乡》，编辑抗敌协会重庆分会会刊《半月文艺》（附在重庆《大公报》上）计60期。1946年到陶行知担任校长的社会大学任教。1947年夏到上海。该时期作品多以抗战生活为题材，文风由浪漫主义转向现实主义，发表长篇小说《山野》。抗战期间根据自己的创作体验写成的《文学手册》受到初学写作者的欢迎。代表作有长篇小说《丰饶的原野》《故乡》《百炼成钢》等；中短篇小说《乡愁》《一个女人的悲剧》等；短篇小说集《南行记》《南国之夜》《山中牧歌》《海岛上》等；散文集《漂泊杂记》。著述收入《艾芜全集》。

安　旗（1925—2019）

四川成都人，满族，原名安琦，祖籍黑龙江，著名诗人戈壁舟的夫人，当代著名文艺评论家、李白研究专家。早期曾有散文、诗歌等文学作品发表于成都的报刊。1942年与徐季华、卢经钰一起创办了文学刊物《拓荒文艺》，1945年入四川大学学习，翌年到延安。中华人民共和国成立后，先后在西北文学艺术联合会、陕西省委宣传部等部门工作。1979年调西北大学工作。主要诗学论著有《论抒人民之情》《论诗与民歌》《论叙事诗》《新诗民族化群众化问题初探》《毛泽东诗词十首浅释》《探海集》《李白纵横谈》《李白年谱》《李白传》等。

B

巴　波（1916—1996）

四川巴县（今重庆巴南区）人，原名曾祥祺，笔名曾艺波、田丁、卡青卡、老曾、下俚巴等。早期在《星渝日报》《缩影日报》等报刊发表文学作品。1944年加入中华全国文艺界抗敌协会成都分会，曾主编《自由画报》《光明晚报》副刊，这时期作品多见于《华西日报》《华西晚报》等报刊。中华人民共和国成立后，在《光明日报》副刊任编辑。1961年，在黑龙江省作家协会从事专业创作，任黑龙江省文学艺术联合会副主席、《北方文学》主编、黑龙江省政协常务委员、中国民主同盟中央文化委员等职。代表作品有中短篇小说《王洪顺进城》《王参议员》《这世道》《奸细》《方县长上任》《黄金百两》《中央派来的》等；短篇小说集《林姐》；诗集《划呀，下江南》等。

巴　金（1904—2005）

四川成都人，原名李尧棠，字芾甘，笔名有王文慧、欧阳镜蓉、黄树辉、余一等，中国现代著名作家、翻译家、社会活动家，是20世纪30年代读者最多的作家之一，也是著名的高产作家。曾任中国文学艺术界联合会副主席、全国政协副主席、中国作家协会主席。曾获苏联人民友谊勋章、第一届福冈亚洲文化奖特别奖等。代表作有"激流三部曲"《家》《春》《秋》，"爱情三部曲"《雾》《雨》《电》，中篇小说《海底梦》《春天里的秋天》《砂丁》《萌芽》《新生》《火》《憩园》《第四病室》《寒夜》等；短篇小说集《复仇》

《将军》《神·鬼·人》等；散文集《随想录》等；译著《父与子》《处女地》等。有《巴金全集》行世。

巴　牧（1923—1968）

四川泸县人，原名屈声，笔名巴牧、屈牧、牧子、巴山等。1943年开始进行文学创作，任教于成都简易师范。中华人民共和国成立后，任《民主报》《苏南日报》《工人生活报》副刊编辑。1952年后，历任北京市文联研究员、创作员、诗歌组长。1961年调任沈阳市作家协会创作员。著有诗集《三门峡的黎明》《南行集》《北行集》及民间故事集《三门峡传说》等。

白　堤（1920—1975）

四川宜宾人，出生于广西南宁，原名周志宁，字林森，笔名白玲、杨华等。曾就读于杭州安定中学，全国抗战爆发后迁居成都，就读于成都县中，1945年毕业于内迁成都的金陵大学经济系。曾与杜谷、蔡月牧等人组织成立华西文艺社、平原诗社等，主要作品散见《华西日报》《华西晚报》《成都晚报》《国民公报》《半月新诗》《诗垦地》丛刊等大后方报刊。中华人民共和国成立后，在中国音乐家协会成都分会工作，先后任《歌词创作》《西南音乐》等杂志编辑，并从事歌词创作。

白　莎（1919—2006）

山东菏泽人，原名晁若冰，笔名风涛、若冰等。1936年考入菏泽师范学校。全国抗战爆发后随学校内迁入川，就读于国立第六中学师范部，开始诗歌创作。1941年初曾北上延安，中途受阻后被迫返回四川，在中江、洪雅、岳池等地从事地下工作。1955年受"胡风案"牵连，被关押一年。20世纪80年代后期，开始小说和微型诗创作，著有长篇小说《巴山夜雨》。其抗战时期的作品主要散见于重庆《大公报》《新华日报》《新蜀报》《七月》《诗创作》等报刊。《白莎诗存》收录其不同时期的作品，较为全面。

白　薇（1894—1987）

湖南资兴人，原名黄彰，别名黄素如，笔名素如、白薇、楚洪、旦尼、老考、方晴、苏斐、白苓等，剧作家、诗人。抗战期间寓居重庆，在国民政府军委会政治部文化工作委员会任职。中华人民共和国成立后，历任中国文学艺术界联合会委员、中国作家协会理事等职。著有长篇小说《悲剧生涯》《炸弹与征鸟》；自传体长诗《琴声泪影》等；剧本《苏斐》《打出幽灵塔》《北宁路某站》。

本　仁

生平不详，著有报告文学《早饭之后》等。

冰　心（1900—1999）

福建长乐（今福建福州长乐区）人，原名谢婉莹，笔名冰心、婉莹、男士等。1914 年就读于北京教会学校贝满女中，1918 年入读华北协和女子大学理科预科。1919 年在《晨报》上第一次以"冰心"为笔名发表小说《两个家庭》。1921 年预科毕业后转考文学。1923 年到美国波士顿的威尔斯利学院攻读英国文学。全国抗战爆发后，从北京南下昆明，于 1940 年辗转到达重庆，其间积极参加抗敌文艺活动。1946 年，离开重庆前往日本。1951 年回国后投入各项文化事业和国际交流活动中。著有诗集《繁星》《春水》，散文集《寄小读者》《关于女人》等。著述收入《冰心全集》。

丙　生（1916—2001）

四川新繁（今四川成都新都区）人，原名袁圣时，笔名袁珂、风信子、丙生、袁展、高标，古典文学研究家、神话学家。20 世纪30 年代中期开始文学创作，全国抗战初期就读于四川大学，曾参加四川大学文艺研究会。1941 年毕业于华西大学中文系。中华人民共和国成立后，先后在西南人民艺术学院、四川省文学艺术界联合会、四川省社会科学院文学所等机构任职。著有《中国古代神话》《神话故事新编》《古神话选释》《山海经校注》等。

C

蔡梦慰（1924—1949）

四川遂宁县人，又名蔡琨，曾用名蔡德明。成都大同中学高中毕业，后来辗转兰州、成都、潼南等地谋生。1945 年回成都组织遂宁旅蓉同乡会，并加入中国民主同盟。先后担任川康通讯社、《遂蓉导报》和《工商导报》的记者。创办成都现代书报社、现代书局、重庆文城出版社等。1948 年与中共地下党同志一道做《挺进报》的秘密发行工作，后被国民党当局逮捕入狱。在狱中，与杨虞裳、何雪松等秘密组织铁窗诗社。创作了大量的革命诗作，展现出英勇不屈的革命精神。代表作品为《黑牢诗篇》。

蔡月牧（1919—?）

四川岳池人，曾用名蔡燕荞、蔡瑞武，笔名岳军、北麓等。1937 年开始发表文学作品。1939—1942 年间，与任耕、杜谷、白堤等组织华西文艺社、平原诗社。主要作品散见于《新蜀报》《国民公报》《文艺杂志》《华西日报》《新民报》《中央日报》《新中国日报》《战时文艺》《拓荒》等报刊。

沧 一

生平不详，著有报告文学《重庆现状》等。

曹葆华（1906—1978）

四川乐山人，原名曹宝华，笔名葆华、曹保华等，诗人、翻译家。早年就读于清华大学，在《新月》等刊物上发表诗歌。20 世纪20 年代开始现代新诗的创作，曾出版《寄诗魂》等五本诗集，是中国现代诗歌，特别是中国现代十四行诗体的重要探索者、实践者之一。曹葆华还直接翻译介绍英美现代新诗理论，并主编《北平晨报》副刊《诗与批评》，是最早介绍西欧现代文学理论的开拓者之一。其现代诗歌理论的翻译刺激了中国现代诗歌的革新浪潮，受到闻一多、徐志摩、钱锺书等人的高度评价。七七事变后，他奔赴延安，任鲁迅艺术学院教员，后在中共中央宣传部编译处，主要从事马列主义经典著作的翻译工作，曾独立或与毛岸青、季羡林、周扬、于光远等著名专家合作翻译马列经典著作达 70 部之多。中华人民共和国成立后，任中国社会科学院外国文学研究所研究员等职。著有诗集《落日颂》《无题草》等；译有《马克思恩格斯论艺术》《唯物论与经验批判论》《论艺术——没有地址的信》《现代诗论》等。

曹 禺（1910—1996）

湖北潜江人，生于天津，原名万家宝，字小石，小名添甲，中国杰出的现代话剧剧作家、戏剧教育家。曹禺作为中国新文化运动的开拓者之一，与鲁迅、郭沫若、茅盾、巴金、老舍齐名。其代表作品有戏剧《雷雨》《日出》《原野》《北京人》，戏剧理论《曹禺论创作》《论戏剧》等。

常任侠（1904—1996）

安徽颍上人，原名常家选，笔名常任侠、剧孟、沈默、任侠、常征、牧原、常醒元、翟端等，诗人、东方艺术史研究专家。1928年考入中央大学，曾组织中大剧社。1934年，与汪铭竹、孙望等人组织土星笔会。全国抗战爆发后，在郭沫若主持的政治部第三厅任职，另在四川省立教育学院等学校任教。1943年到昆明，任教于东方语言专科学校，与魏荒弩等人组织百合诗社。中华人民共和国成立后，任教于中央美术学院。著有诗集《勿忘草》《收获期》《蒙古调》等。主要著述收入《常任侠文集》。

车　辐（1914—2013）

四川成都人，笔名车寿周、瘦舟、杨槐、囊萤、黄恬、半之、苏东皮等，著名记者、编辑、作家。20世纪30年代创办文艺刊物《四川风景》。曾任中华全国文艺界抗敌协会成都分会理事，四川漫画社社员，《四川日报》《民声报》《星艺报》记者、编辑。20世纪40年代初，任教于西川艺专、岷云艺专，后任《华西晚报》采访部主任。在《笔阵》《新华日报》《大公报》等报刊发表作品。中华人民共和国成立后，在四川省文学艺术界联合会、四川省曲艺家协会工作、写作。著有长篇小说《锦城旧事》，散文集《川菜杂谈》等。

车耀先（1894—1946）

四川大邑人，中共川康特委军委委员，在成都以经营努力餐馆为掩护从事革命活动，是成都抗日救亡运动的领导人之一。1946年牺牲于重庆渣滓洞监狱。代表作有散文《车耀先自传—— 一封未写完的遗书》等。

陈白尘（1908—1994）

江苏淮阴（今江苏淮安淮阴区）人，原名陈增鸿，笔名墨沙、江浩等，作家、编剧。1937年抗日战争爆发后，转入大后方，在重庆、成都等地从事抗战戏剧运动和革命文化工作。中华人民共和国成立后，参加创作了电影剧本《宋景诗》和《鲁迅传》等。代表作有《乱世男女》《结婚进行曲》《岁寒图》《升官图》等。

陈道谟（1918—2017）

四川灌县（今四川成都都江堰市）人，笔名芜鸣、晴空、健夫等。1938年考入成都石室中学，曾先后参与华西文艺社、挥戈文艺社等文艺社团，创办《挥戈文艺》月刊，大量作品发表于《抗战文艺》等刊物。中华人民共和国成立后，在灌县中学任教。晚年居都江堰，担任玉垒诗社社长，主编《萤》《玉垒》等诗刊。著有诗集《诚实的歌唱》《眷春集》《露珠集》《吹不灭的灯火》《留下星星点点》等。

陈独秀（1879—1942）

安徽怀宁人，原名陈乾生，字仲甫，号实庵。中国新文化运动的倡导者之一，中国共产党的创始人和早期的主要领导人之一。1915年9月，陈独秀在上海创办《青年杂志》（后改名为《新青年》），1918年12月，与李大钊创办刊物《每周评论》，该刊成为新文化运动的又一块宣传阵地。有《独秀文存》《陈独秀文章选编》等行世。

陈衡哲（1890—1976）

湖南衡山人，生于江苏武进，中国新文化运动中最早的女学者、作家、诗人和散文家，著有《小雨点》《衡哲散文集》《文艺复兴史》《西洋史》及《一个中国女人的自传》等。

陈敬容（1917—1989）

四川乐山人，原名陈懿范，笔名蓝冰、成辉、默弓、文谷等，诗人、翻译家。四川第一位现代白话女诗人。1930 年考入乐山县女子中学，开始接触新文学，1932 年开始新诗创作。1934 年前往北京，陆续发表散文和新诗作品。全国抗战爆发后回到成都，参加中华全国文艺界抗敌协会成都分会。1945 年到重庆，任《文史》杂志和文通书局编辑等职。1947 年参与杂志《诗创造》的编辑和组稿活动，1948 年与友人王辛迪、曹辛之共同发起并主编杂志《中国新诗》，由《中国新诗》等杂志聚集起来的一批诗人被称为"中国新诗派"（20 世纪 80 年代出版了这批诗人的诗歌合集《九叶集》，因此该派又被称为"九叶派"）。1949 年入华北大学。1956 年任《世界文学》编辑，从事翻译和编辑工作。晚年仍坚持创作，诗歌生命一直延续了大半个世纪。著有诗集《盈盈集》、《交响集》、《九叶集》（合著）、《老去的是时间》等，主要作品有《陈敬容诗文集》；散文集《星雨集》《远帆集》；译作《安徒生童话》《巴黎圣母院》《图像与花朵》等。

陈其通（1916—2001）

四川巴中人。1932 年加入中国共产主义青年团，同年参加红军。1935 年随军长征，任宣传队队长，写过小型歌舞剧和活报剧，1937 年到延安。抗战期间在烽火剧社等组织工作，创作不少戏曲、秧歌剧、话剧剧本。著有戏剧《黄巢》，话剧《万水千山》《炮弹是怎样造成的》等，歌剧《马老汉》《绣花荷包》等。

陈　铨（1903—1969）

四川富顺人，又名大铨，常用笔名有唐密、涛每等，现代作家、文艺理论家。早年就读于清华大学，1925年9月起主办《清华文艺》，任总编辑。后赴美国、德国留学。1934年回国，后在清华大学、武汉大学、西南联合大学等校任教。1940年与林同济等人在昆明创办《战国策》半月刊，后又编辑《大公报》副刊《战国》。代表作品有长篇小说《天问》《革命前的一幕》《彷徨中的冷静》《死灰》（后改名《再见，冷荇》）及《狂飙》等；诗集《哀梦影》；剧本《金指环》《蓝蝴蝶》《野玫瑰》《无情女》等；论著《中德文学研究》《文学批评的新动向》《从叔本华到尼采》等。

陈思苓（1914—1998）

四川广安人，笔名思苓、白仑等。1937年春参加成都文艺工作者协会。1938年7月毕业于四川大学，曾参与出版《金箭》月刊等刊物。后在成都市南虹艺专、省立女子中学、省立第一女子师范、协进中学等校任国文教员。1945年起在四川大学工作。其文学作品多散见于《前进》《金箭》《笔阵》等战时刊物。

陈同生（1906—1968）

四川营山人。原名张翰君，又名陈农非，笔名侬非、洪非、南昆等。1924年加入共青团，1926年转入中国共产党。后加入中华全国社团联合会、中国左翼文化界总同盟。曾被捕入狱，出狱后历任中国青年记者学会骨干、江南抗日义勇军总指挥部秘书长等职。中华人民共和国成立后，任南京市委统战部部长等职。1959年加入中国作家协会。著有小说《从狱里归来》，写有大量回忆录，收入《红旗飘飘》和《星火燎原》。

陈炜谟（1903—1955）

四川泸县人，字叔华，笔名熊、熊昕、斯华年、容舟等，现代作家。浅草社、沉钟社主要发起人之一。早年就读于泸县中学。1921年，考入北京大学英文系，兼修鲁迅《中国小说史略》等课。1922年与林如稷、李开先等在上海发起成立浅草社，次年创办《浅草》季刊。1925年成立沉钟社，创办《沉钟》周刊。抗战期间，参加中华全国文艺界抗敌协会成都分会。先后发表短篇小说、论文、译作和长诗30余篇，出版短篇小说集《信号》《炉边》。1946年，陈炜谟任四川大学外文系教授，又在成华大学、华西大学兼课。先后发表10多篇散文，还写成30万字的长篇小说《爱·憎·恨》三部曲。中华人民共和国成立之初，陈炜谟曾任四川大学外文系主任，后调中文系从事文艺理论教学。主要作品收入《陈炜谟文集》。

陈翔鹤（1901—1969）

四川重庆（今重庆市）人，现代作家、古典文学研究专家，浅草社、沉钟社重要成员。1919年毕业于成都市省立一中，后在复旦大学、北京大学学习。1922年在上海与林如稷、邓均吾、陈炜谟组织浅草社，创办《浅草》季刊及《文艺旬刊》。同年底到北京大学读书，后与杨晦、冯至、陈炜谟等人组织创办沉钟社，编辑出版《沉钟》半月刊。抗战爆发后返回故乡，次年参加中华全国文艺界抗敌协会，任成都分会常务理事。中华人民共和国成立后，任中国作家协会理事、中国科学院文学研究所研究员等。著有小说集《不安定的灵魂》等。代表作品有中篇小说《写在冬空》；短篇小说《茫然》《幸运》《断筝》《遗爱》《一件怪事》《春宵》《喜筵》《给南多》《古老的故事》等；剧本《落花》等。

陈晓南（1908—1993）

江苏溧阳人，别名晓岚，曾用名桂荣，美术教育家。1930 年考入南京中央大学艺术系师从徐悲鸿学画。抗战时迁移重庆，参加战地写生团到河南前线写生。1946 年赴英国留学。归国后，先后任中央美术学院、广州美术学院教授。著有报告文学《川陕道上》等。

陈竹影（1903—1973）

四川成都人，现代作家，马静沉之妻，浅草社成员。早期曾参与出版《妇女月刊》。中华人民共和国成立后，曾赴齐齐哈尔任教，后调回成都工作。其文学作品散见于《浅草》《奋斗月刊》等刊物。代表作品有短篇小说《微笑》；剧本《浔阳江》等。

程　铮

生卒年不详，江苏宜兴人。抗战时期寓居重庆，主要作品散见于《新蜀报》《国民公报》等大后方报刊，著有诗集《风铃集》《憧憬集》。

D

戴碧湘（1918—2014）

四川安岳人，原名戴自诚，字执中，笔名碧波、碧湘、沉思、戈仲卿、东方黎洪等。早年曾组织热风剧社、成都剧人协社、国防剧社，并参与编辑《诗风》《四川文学》《金箭》等刊。抗战期间曾参加成都各界救国会、民族先锋队。1935 年开始发表作品，1937年毕业于四川艺术专科学校国画系。1960 年加入中国作家协会。著有诗文集《浅水堂剩稿》等；剧本《抓壮丁》（合著）。

邓均吾（1898—1969）

四川古蔺人，原名邓成均，笔名均吾、默生、微中等。1912年入重庆教会学校广益书院学习。1920年从四川到长沙，曾于上海泰东书局编译所工作，后加入创造社，参与编辑《创造季刊》《创造周报》《创造日报》等文艺刊物。1922年参与成立浅草社，创办《浅草》文艺季刊。抗战期间，参加中华全国文艺界抗敌协会成都分会，任研究部负责人和《笔阵》编委，开展抗日救亡工作。中华人民共和国成立后，历任重庆市文学艺术界联合会副主席、重庆市作家协会副主席、《红岩》杂志主编。主要创作收入《邓均吾诗词选》《邓均吾诗选》等。

蒂　克（1918—1965）

山东潍县（今山东潍坊）人，原名考昭绪，又名考城。1937年考入因抗战迁入乐山的武汉大学外文系，其间曾深入晋南战地，参加抗日救亡工作。大学毕业后在昆明的美国飞虎队中任翻译。1943年在四川乐山主编《诗月报》。中华人民共和国成立后，先后在上海《新民报》、北京市文学艺术界联合会等机构任职。著有诗集《小兰花》，短篇小说集《旅途》《黎明前》等。另有大量作品散见于《枫林文艺》《现代文艺》《诗星》《诗丛》《火之源》等报刊。

丁文江（1887—1936）

字在君，江苏泰兴人，现代著名地质学家、社会活动家。中国地质科学事业的奠基人，创办了中国第一个地质机构——中国地质调查所，也是《独立评论》的创办人之一。早年留学英国，归国后，先后创办农商部地质研究所、地质调查所。1922年与胡适等人创办《努力周报》，九一八事变后，又与胡适共同创办了《独立评论》，在从事科学研究的同时，写作了大量关乎国计民生的时政论文。重要著作有《芜湖以下扬子江流域地质报告》《中国北方之新生界》《中国西南部二叠纪马平灰岩动物群》等。

丁西林（1893—1974）

江苏泰兴人，原名丁燮林，字巽甫，中国剧作家、物理学家、社会活动家、乐器工艺家。1919 年毕业于英国伯明翰大学，回国后任北京大学系物理系教授兼理预科主任。后历任政务院文化教育委员会委员、文化部副部长、中国人民对外文化协会副会长、对外文化联络委员会副主任、北京图书馆馆长、中国文字改革委员会副主任、中国戏剧家协会常务理事等职。发表剧作有《一只马蜂》《亲爱的丈夫》《三块钱国币》《等太太回来的时候》《妙峰山》《孟丽君》等。

杜　谷（1920—2016）

江苏南京人，原名刘锡荣，现名刘令蒙，笔名刘湛、周若牧、林野、芳夏、林流年、蒙嘉等。早年就读于中央大学附属中学，1938 年考入成都航空机械学校，开始在成都《文艺后防》《流火》《华西文艺》《华西日报》等报刊发表作品。1940 年底到重庆，进入重庆文化工作委员会文艺组工作，并在《抗战文艺》《七月》《诗垦地丛刊》等刊物上发表作品。1944 年夏，考入四川大学历史系。曾先后组织参加了华西文艺社、平原诗社和四川大学文学笔会。中华人民共和国成立后，先后任职于中国青年出版社、四川人民出版社等机构。著有诗集《泥土的梦》，诗文集《杜谷诗文选》等。

段可情（1899—1994）

四川达县（今四川达州达川区）人，原名段传孝，号白莼，笔名有可情、锦蛮等，现代小说家、诗人。早年留学日本、德国，1926—1927 年曾在莫斯科中山大学学习。1927 年 8 月回国后在上海加入创造社并任编辑委员。1938 年后从事教育工作。代表作品有中篇小说《巴黎之秋》；短篇小说《火山下的上海》《绑票匪的供状》《过磅》《十八号的梦》；短篇小说集《铁汁》《杜鹃花》；译著有《死》《蜜蜂玛雅的冒险》《新春》《海涅诗集》等。

F

樊凤林（1896—1961）

四川灌县（今四川成都都江堰市）人，先后供职于《新四川月刊》《成都快报》《社会日报》《四川日报》《华西日报》等新闻机构，曾主办《风土什志》《花果山》等报刊。1937 年起，他担任《新新新闻·小铁椎专栏》主笔，以文字简短，措辞辛辣，抨击时弊闻名。著有《小铁椎选集》。

范爱众

生卒年不详，曾为四川同盟会会员、成都陆军学堂学生，参与四川保路运动，著有报告文学《辛亥四川首难记》等。

范长江（1909—1970）

四川内江人，原名范希天，现代著名记者和社会活动家。1928 年秋，范长江考入中央政治学校乡村行政系。九一八事变后，秘密离开南京，于 1932 年初进入北京大学哲学系学习。1933 年，范长江开始为《晨报》《世界日报》《益世报》等撰写新闻通讯，引起了天津《大公报》总经理胡政之关注，遂聘请他为《大公报》特约通讯员。1935 年，范长江以《大公报》特约通讯员的名义开始历时

10 个月的西北之行，之后写成了他的新闻名著《中国的西北角》一书，该书不仅真实地记录了西北部人民的生存状态，而且第一次公开、客观地报道了红军长征的踪迹，引起读者巨大的反响。中华人民共和国成立后，范长江历任新华社副社长、解放日报社社长、人民日报社社长等职，是当代中国新闻事业的奠基人和开拓者之一。其代表作《西北通讯》，是《中国的西北角》和《塞上行》的统称，代表了当时旅行通讯和战地通讯的最高成就。

范方羊

生卒年不详，成都平原诗社成员，曾在《新蜀报》等报刊发表新诗，代表作有《诗二章》《露天茶座》等。

方　敬（1914—1996）

四川万县（今重庆万州区）人，原名方家齐，笔名夷吾、易水、杨番、一无、裴珍等，现代著名诗人、散文家、文学翻译家。1933 年考入北京大学外语系，在校期间开始在《文学季刊》《文季月刊》《新诗》《大公报》等报刊发表作品。全国抗战爆发后回到成都，参加中华全国文艺界抗敌协会，与何其芳、卞之琳合编《工作》半月刊。中华人民共和国成立后，在西南师范学院工作，后任《西南文艺》《红岩》编委、四川省文学艺术界联合会副主席等职。著有诗集《声音》《行吟的歌》《受难者的短曲》等；诗文集《方敬选集》《雨景》等；散文集《风尘集》《生之胜利》《保护色》《记忆与忘却》等。

方　然（1919—1966）

安徽怀宁人，原名朱声，笔名朱传琴、朱传勤、穆海青、柏寒等。1938 年到延安，入陕北公学学习。1940 年考入内迁成都的金陵大学中文系，后加入平原诗社，参与创办《呼吸》，并任主编，作品多见《力报》《文学月报》《呼吸》《希望》等刊物。中华人民共和国成立后，曾参与浙江省文学艺术界联合会的筹备工作，任编审部长，并从事文学评论工作，后调中共浙江省委统一战线工作部工作。译有《解放了的普罗米修斯》《阿多拉司》《李尔王》等。

方　殷（1913—1982）

河北雄县（今河北保定雄安新区）人，原名常钟元，笔名芳茵，现代诗人，中国左翼作家联盟成员。1932年，在北平编辑《少年先锋》周刊。1933年开始发表作品，曾任《金陵日报》特约记者，延安鲁迅艺术学院音乐系学员。1936年夏，在北平参与发起中国诗歌作者协会，与袁勃、孟英等合编《诗歌杂志》。全国抗战爆发后，在山西民族革命大学、上海救亡演剧一队等从事救亡工作，后到重庆，在李公朴主持的全民通讯社工作，并积极参与中华全国文艺界抗敌协会组织的诗歌活动。1942年，与王亚平、柳倩等组织春草诗社，出版《春草诗丛》多种。作品有叙事长诗《诛魔记》，诗集有《平凡的夜话》《方殷诗选》等。另有大量散文、短诗、论文散见于报刊。

丰子恺（1898—1975）

浙江桐乡人，现代著名散文家、画家、美术与音乐教育家，主要作品有《缘缘堂随笔》、画集《子恺漫画》等。

傅　钟（1900—1989）

四川叙永人。中国人民解放军上将。1920年赴法国勤工俭学，1921年加入中国共产党。1931年，被派往鄂豫皖苏区，先后担任红四方面军政治部秘书长、红十二师政委、随营学校校长兼政委等职，并随四方面军长征；抗战期间，任八路军政治部民运部部长、政治部副主任，八路军野战政治部主任；1946 年初，任中共四川省委宣传部部长兼新华日报社社长；中华人民共和国成立后，任中国人民解放军总政治部副主任。著有报告文学《第八路军是怎样战斗着的》等。

G

甘永柏（1914—1982）

四川万县（今重庆万州区）人，原名甘祠森，笔名甘永柏、浮鸥、雨纹、甘辛等。1929 年到上海，先后入中国公学、之江文理学院、上海商学院学习，开始发表新诗作品。1935 年毕业于国立上海商学院银行系。他在 20 世纪 40 年代曾参加发起和领导中国民主青年联合会、三民主义同志联合会、中国经济事业协进会、中国民主革命同盟等革命的或进步的团体。甘永柏在从事着大量的行政工作和社会活动时仍坚持文学创作，中华人民共和国成立前后，他在《新文艺》《小说月报》《拓荒者》《人民文学》《诗刊》《人民日报》《当代》《十月》等发表过相当数量的新诗、散文、短篇小说及文学译著。代表作品有长篇小说《夜哨班》《暗流》等；诗集《第一颗星》；散文集《涵泳集》《访问罗马尼亚》；文学论文集《般生研究》等。

高　兰（1909—1987）

黑龙江瑷珲（今黑龙江黑河爱辉区）人，原名郭德浩，笔名德浩、浩、郭浩、黑沙、高兰、齐云等。1928 年考入燕京大学国文系。全国抗战爆发后，在武汉、重庆等地积极开展朗诵诗写作和诗朗诵运动。1938 年加入中华全国文艺界抗敌协会。1947 年到沈阳，任《东北民报》文艺周刊编辑，次年兼任教长春大学。1951年后任教于山东大学等。著有诗集《高兰朗诵诗》《高兰朗诵诗集》等。

高 鲁（1912— ）

四川隆昌人，原名王世学，改名王循，笔名高鲁、江鸟、丽容等。1932—1933年，和进步青年创办了《成都文艺》，发表了短篇小说《白姑娘》。1936年，任重庆《光华日报》副刊主编，在重庆《商务日报》副刊发表了短篇小说《三河坝》。后加入中华全国文艺界抗敌协会重庆分会。1939—1941年，先后在晋东南八路军总政治部宣传部、鲁迅艺术学院工作，主编过《鲁艺校刊》《太行诗歌》和《鲁艺戏剧丛书》等。在《鲁艺校刊》上发表了报告文学《火烧飞机》。1942年后在延安工作，主要从事文艺教学工作。这期间写过《无定河泛滥着洪涛》《悼念青年小说家——蒋弼》等诗文。1952—1955年在空军政治部任文艺科副科长。1955年转到地方工作，先后任《民间文学》编辑部主任和通俗出版社文艺编辑室主任。1958年任山西人民出版社副总编辑、中国作家协会山西分会副主席。负责编选了《山西民间故事选》《山西民间歌谣选》《红色歌谣选》等书。

戈壁舟（1916—1986）

四川成都人，原名廖信泉。1936年参加中国民族解放先锋队和学生救国联合会，并开始新诗创作。1941年，入鲁迅艺术文学院文学系学习。1946年后任陕甘宁边区文协创作组组长、《群众文艺》编辑。中华人民共和国成立后，历任《延河》主编、四川省文学艺术界联合会党组书记等职。著有诗集《别延安》《延河照样流》《宣誓集》《登临集》；长诗《把路修上天》《青松翠竹》《三弦战士》等。

戈　里（1918—1942）

四川威远人，原名沈文林，笔名戈里。1935 年加入中国共产党。抗日战争爆发后前往延安，进入抗大学习。后参加八路军总政治部前线记者团，进行战地采访，在大青山游击区任记者。日军大扫荡时，牺牲于内蒙古。曾在《八路军军政杂志》上发表作品《在日寇铁蹄下的绥蒙》《夜袭红旗大庙》等。

戈　茅（1915—1989）

山东濮县（今河南范县）人，原名徐光霄，笔名戈茅、谷谿、简壤、齐野、鲁山、元乐山、余亦人、戈矛等。早期在山东、江苏等地从事进步文化工作，主编过《扬州报·青峰》《鲁南日报·笔端》等刊物。全国抗战爆发后，到西北战地服务团工作，从事战地通讯工作。1939 年到重庆，参与编辑《新华日报》工作。1940 年，和力扬、孔罗荪等人合编《文学月报》。1941 年前往新四军苏北根据地，和戴平万共同主编《江淮文化》。太平洋战争爆发后，经香港返渝，继续在《新华日报》任职。中华人民共和国成立后，历任中央社会部秘书室主任、文化部副部长等职。其文学作品主要发表在《新华日报》《文学月报》《文艺阵地》《诗创作》等刊物上。著有诗集《草原牧歌》《将军的马》。

葛　珍（1923—2010）

四川成都人，本名段维庸。1939 年开始发表文学作品。1942年在成都参加平原诗社。1945 年在万县任教，其间参加过万县诗人周末诗歌座谈会、江有汜主持的太阳诗社等团体活动。其作品散见于《国民公报》《华西文艺》《拓荒文艺》《诗垦地》《诗文学》等报刊。著有诗集《远方一棵树》等。

耕 史

生平不详，著有《西北公路是怎样筑成的》。

耿振华（1913—1985）

河北藁城（今河北石家庄藁城区）人，曾用名耿星华，笔名星华、木将等。1938年因战乱漂泊到西安临时大学，其间开始文学创作，并积极参加华北流亡学生救亡运动。抗战后期到成都，在《华西日报》等报刊发表诗作。中华人民共和国成立后，在西南师范学院工作。著有诗集《风雨十年》。

古承铄（1920—1949）

四川南川（今重庆南川区）人，笔名向乐、永恒、陈灼、林松、曾索、嘉南等，曾写过许多讽刺诗。1948年5月被捕，囚于重庆"中美特种技术合作所"渣滓洞集中营。1949年，被国民党反动派集体杀害于重庆"中美特种技术合作所"松林坡。部分诗歌收入诗集《囚歌》。

顾梦五

生平不详，著有报告文学《闲话战时首都》等。

顾一樵（1902—2002）

原名顾毓琇，著名科学家和教育家，毕业于美国麻省理工学院，是国际公认的电机权威，"顾氏变数"的创立人。他文理兼治，在文学、音乐、教育、禅学等方面皆有建树。20世纪二三十年代，他创作过12部剧作，有《荆轲》《项羽》《苏武》《岳飞》《西施》《白娘娘》《古城烽火》等。现有《顾毓琇全集》行世。

光未然（1913—2002）

湖北光化（今湖北老河口）人，原名张文光，笔名光未然、蓝枫、无明、李怀、华山、张光年、华夫、黎青等。20 世纪 30 年代起从事进步戏剧活动和文学活动。1940 年赴重庆，积极推动大后方诗歌朗诵运动的发展。皖南事变后，远赴缅甸开展工作，后辗转到达昆明，与李公朴、闻一多等密切合作开展统一战线工作。中华人民共和国成立后，在北京从事文艺活动，先后担任《剧本》《文艺报》《人民文学》主编。著有诗集《五月花》；论文集《戏剧的现实主义问题》《文艺辩论集》《风雨文谈》等。主要著述收入《张光年文集》。

郭步陶（1882—1962）

祖籍四川隆昌，1882 年生于河南祥符一个官宦之家，名成埙，字景庐，笔名步陶。1911 年进入《申报》工作，任编辑。1917 年因病辞职；同年进《新闻报》，任编辑主任、主笔。1925 年秋，与郭沫若等发起组织四川旅沪学界同志会，创办和编辑《长虹》月刊，撰有《读书运动》《国内大事记》等文。1929 年 9 月，应南京国民政府赈灾委员会约请，以《新闻报》记者名义前往陕西、甘肃等省视察灾情，成为范长江之前以记者身份考察西北的第一人。回沪后整理出版的《西北旅行日记》一书，是全国第一本公开发行的关于西北考察的专著。此外，还曾参观访问浙赣铁路和钱塘江大桥工程，并编写《浙东鸿雪录》一书。1931 年九一八事变后，在《新闻报》撰写《伸张民意，急呼御侮》等大量社论和时评文章，苦心热血，力主抗日救国，并将这方面的文章汇集成册，于 1934 年、1935 年相继出版《不受侵略论文集》《不受侵略论文续编》和《不为奴隶歌》等文集。1938 年到香港，任《申报》香港版总编辑，

《商报》周刊总编辑等。1948年夏，被《新闻报》同事接回上海，任该报设计委员，兼在复旦大学等校教新闻学。1953年8月受聘为四川省人民政府文史研究馆馆员。1956年7月离川北上，到鞍山与家人团聚，并被辽宁省人民政府聘请为辽宁省文史馆研究员。著有《本国新闻事业》《编辑与评论》《评论作法》《时事评论作法》等。

郭沫若（1892—1978）

四川乐山人，原名郭开贞，字鼎堂，号尚武，笔名有麦克昂、沫若、高汝鸿、羊易之等，现代著名文学家、历史学家、考古学家、古文字学家、社会活动家。1913年留学日本。1921年与郁达夫、成仿吾等组织发起创造社。1926年参加北伐战争，先后任国民革命军总政治部副主任、代理主任等职。1928年流亡日本，从事中国古代历史和古文字研究。1937年回国，任国民政府军委会政治部第三厅厅长等职，组织和领导文艺抗战工作。中华人民共和国成立后，任中华全国文学艺术界联合会主席、中国科学院院长等职。

郭沫若为中国新文学的发展做出了卓越的贡献。在《我怎样开始了文艺生活》一文中，郭沫若提到，自己受到"时代觉醒"等多种因素的影响，由医学转向了文艺。1919年，郭沫若发表第一篇小说《牧羊哀话》，自此正式走上文学创作的道路。在小说方面，代表作品有长篇小说《落叶》等；中短篇小说《残春》《牧羊哀话》《阳春别》《万引》《一只手》《行路难》《湖心亭》《鹓雏》《函谷关》《Löbenicht 的塔》《君子国》《骑士》《宾阳门外》《双簧》《金刚坡下》《月光下》《波》《地下的笑声》等；历史速写小说集《豕蹄》等；自传体小说《漂流三部曲》《黑猫》等。在诗歌方面，著有诗集《女神》《星空》《瓶》《恢复》《新华颂》《百花齐放》《潮汐集》等，其中，《女神》以独特的浪漫主义风格开一代诗风，充分反映了"五四"时代精神。在散文方面，以长篇自传和短篇小品为主，代表作品有《请看今日之蒋介石》《我的幼年》《创造十年》等。在戏剧方面，郭沫若着力于历史剧的创作，运用历史题材反映革命现实，代表作品有《卓文君》《王昭君》《聂嫈》《屈原》《棠棣之花》《虎符》《高渐离》《孔雀胆》《南冠草》等。在文学理论与评论方面，郭沫若提倡的"革命文学"促进了无产阶级革命文艺理论的建设。此外，郭沫若还是一位古典文学研究者和外国文学翻译者。郭沫若逝世后，作品集结为《郭沫若全集》，分为文学、历史、考古三编，于1982年由人民文学出版社出版。

郭尼迪

生卒年不详，笔名尼迪、凤家、郭尼迪、孙阳等。全国抗战爆发之前，开始在天津《大公报》等报刊发表新诗，有诗作被孙望收入《战前中国新诗选》。全国抗战爆发后到四川，在国民党中央文化运动委员会等机构任职。作品散见于《新蜀报》《诗创作》《文艺先锋》《时与潮文艺》等报刊。

H

哈 华 (1918—1992)

四川新繁（今四川成都新都区）人，原名钟志坚，著名军旅作家、记者。青年时期深受五四新文化运动影响，积极追求进步，1938年奔赴延安，进入抗日军政大学学习。历任八路军西安办事处干事，鲁迅艺术学院研究室创作员，新四军华中司令部参谋、记者，《解放日报》编辑，《萌芽》主编，上海市作家协会副主席等职。著有长篇小说《浅野三郎》《夜莺部队》；长篇儿童文学《鬼班长和她的伙伴》《新安旅行团》等；散文特写集《生命的历程》等。

含　沙（1905—1990）

四川眉山人，本名王志之，笔名含沙、寒沙等，中国现代作家。20 世纪 30 年代加入中国左翼作家联盟，编辑过《北方文艺》（后改名《北方文学》）、《文学杂志》等，1950 年后在东北师范大学中文系任教。代表作品有长篇小说《抗战》等，中短篇小说《拾元爱国》《天国平定堡》《逃兵》《没落》《爱与仇》《恶虎村》《血的教训》等。

寒　笳（1920—1955）

四川江安人，原名徐德明，别名冰若，笔名徐牧风、军笳等。1937 年考入成都石室中学，在何其芳等人影响下开始新诗创作。1940 年进入东北大学，后与刘黑枷等人组织进步学生团体"读书会"，发表大量社会和经济问题论著，逐渐从新诗创作转向了社会问题研究和实际的革命工作。

禾　波（1920—1998）

四川荣县人，原名刘智清，笔名有冷露、荷波、季凫等。早年当过小学教员，参加过抗日活动，并从事文学创作。在报刊上发表的作品以诗歌为主，也有小说、散文、评论及儿童文学。1942 年在重庆参加中华全国文艺界抗敌协会，在《新华日报》等报纸上发表诗歌等文学作品，与沙鸥、屈楚、王余等人在重庆编辑《诗家丛刊》，出版《诗人》《诗家》；还与人合作编辑《诗激流》丛刊。重庆解放后，参加重庆市文学艺术界联合会，任《大众文艺》编辑。1950 年底，进中央文学研究所第一期研究班学习。1953 年分配到北京市文学艺术界联合会从事专业创作，在《北京文艺》及北京市作家协会工作。后调北京市曲艺团创作组从事创作。出版诗集《创造者》《三门峡的歌》《煤海浪花》等。

何非光（1913—1997）

出生于台湾台中，著名编导、演员。1930 年赴上海，在电影公司当演员；1933 年签约联华影业公司，任演员。1937 年签约西北影业公司，后加入中国电影制片厂。1940 年，在重庆拍摄宣传抗战的电影《东亚之光》。1954—1958 年在地方戏剧团担任特约导演；1979 年进入上海市文史研究馆工作。

何剑熏（1911—1988）

四川阆中人，又名何剑薰、牟尼、何连、汤森木。早年只身闯荡上海，曾担任杂志公司的编辑兼校对，参加左翼文艺运动，先后在当时中国左翼作家联盟的《作家》《文学》《光明》等刊物上发表了小说《化外》《动摇》和游记《谜样的世界》等作品。主要著作有《肉搏》《升天》等，其中，《肉搏》与路翎、胡明树、肖荑、杨波等人的作品合称为"新作家五人小说集"。1937 年回到重庆，翌年冬与王鲁雨、康玖琼在重庆出版《时代文学》刊物，发表小说《钢铁商人》，同年参加中共地下党组织，并任石柱中心县委书记。在重庆这段时间，他认识了胡风，由胡风介绍去育才学校读书，业余时间写了大量作品在大后方的刊物上发表。抗战胜利后，从事古汉语及音韵学的研究，写成《中国文学史》《〈西厢记〉成书的年代》《陈子昂诗注》《格萨尔研究》《切雅》《骈雅》等著作出版。中华人民共和国成立后，何剑熏任重庆大学中文系主任，后到西南民族学院任汉语系主任。1957 年后在青海整理《格萨尔王传》，并完成第一部。1978 年后继续回西南民族学院任教，又写成长篇小说《熔铁炉》、中篇小说《被解放的孔雀》和 50 万字的长篇神话小说《周穆王戏西王母》等。

何　洛（1911—1992）

四川丰都（今重庆丰都区）人，笔名何鸣心。1929 年进入日本早稻田大学经济系学习，后参加中国共产党领导的左翼文艺研究会，1930 年翻译德永直的小说《没有太阳的街》。1931 年九一八事变后，作为留日学生会归国代表之一，要求国民党政府对日宣战，并在上海参加民众反日救国会和中国左翼作家联盟。1932 年加入中国共产党。同年冬被捕。1937 年出狱后，赴延安中央党校学习。1938 年初，调马列学院编辑部任日文组组长，后又调鲁迅艺术学院工作。1939 年秋，随新成立的华北联合大学奔赴晋察冀根据地，1940 年起，任华北联合大学文学系主任和华北大学研究室副主任。1941 年在《五十年代》杂志（晋察冀版）发表《易卜生在中国》。中华人民共和国成立初期，在《人民日报》发表过评论苏联早期影片的文章。1958 年出版文艺性传记《李凤莲》，还在《人民日报》《人民文学》《诗刊》等报刊上发表过不少旧体诗、杂文和文艺论文。历任中国人民大学语言文学系主任、名誉主任，北京市文艺学会会长，中国延安文艺学会会长等。为中国作家协会会员。20 世纪 70 年代，参加学术界关于形象思维问题的论争，并于 80 年代初出版了专著《实践美学》等学术著作，在文艺界产生了较大影响。直到 1992 年逝世前半年，他仍笔耕不辍，发表了抒怀言志的诗章，结集为《潮声集》。

何满子（1919—2009）

浙江富阳（今浙江杭州富阳区）人，原名孙承勋，笔名有深渊、林冬明、韩盈、迟曼荷等。1946 年后以笔名何满子行世。抗战时期，曾流寓到成都，主要从事报纸副刊的编辑写作工作。中华人民共和国成立后，任震旦大学文学院教授，后就职于上海古籍出版社。著有作品有《艺术形式论》《文学呈臆编》《汲古说林》《画虎十年》《绿色呐喊》《虫草文集》《如果我是我》等论著。

何其芳（1912—1977）

四川万县（今重庆万州区）人，原名何永芳，笔名禾止、秋若、杨应雷、劳百行、季风、杨珂、黎云等，著名诗人、散文家、文学评论家。1929 年开始发表文学作品。1931—1935 年间在北京大学哲学系学习。七七事变后回川，先后在万县省立师范和成都联合中学教书，并和友人创办《工作》等刊物，宣传抗日，伸张正义，针砭时弊，其理论批评著作，具有独到的学术见解和创造精神，显示出厚实的功底和渊博的学识。1938 年夏到延安，任鲁迅艺术学院文艺系主任。中华人民共和国成立后，历任多种行政职务，并担任中国科学院文学研究所所长。著有诗集《汉园集》（合著）、《夜歌》、《预言》；散文集《画梦录》；杂文集《星火集》；评论集《关于写诗和读诗》《论〈红楼梦〉》《文学艺术的春天》《诗歌欣赏》等。著述收入《何其芳全集》。

贺昌群（1903—1973）

四川马边人，字藏云，著名历史学家，在宋元戏曲、中西交通史、敦煌学、简帛学、汉唐历史与文学等诸多学科领域都取得了卓越的成绩。曾入读沪江大学，后进入商务印书馆编译所工作，并参加了文学研究会。1927 年以后，在《文学周报》《语丝》《东方杂志》《小说月报》等刊物发表文章。1928 年完成了自己的第一部专著《元曲概论》。1930 年东渡日本。回国后走上了终身治史的学术道路。有《贺昌群文集》行世。

贺敬之（1924— ）

山东峄县（今山东枣庄峄城区）人，笔名艾漠、敬之等。1937年考入山东省立第四乡村师范学校。抗战初期，随学校辗转西迁，就读于四川国立六中第一分校。其间曾与白莎、枫林、牧丁等人组建诗社，参加进步青年组织。1940年赴延安，1942年毕业于鲁迅艺术文学院文学系。中华人民共和国成立后，曾任中央戏剧学院创作室副主任、《人民日报》文艺部副主任，兼任《剧本》《诗刊》编委等职。著有诗集《放歌集》《贺敬之诗选》《回延安》《雷锋之歌》《中国的十月》等。主要著述收入《贺敬之文集》。

黑　天

生平不详，著有《日记一页》一文。

洪　深（1894—1955）

江苏武进（今江苏常州武进区）人，学名洪达，号伯骏、浅哉，字潜斋，曾用笔名庄正平、乐水、肖振声。导演、戏剧批评家、教育家、社会活动家、剧作家、文艺理论家、中国电影和话剧的开拓者、抗战文艺先锋战士。1912年考入清华大学，1916年赴美留学，1922年回国后，先后领导戏剧协社、复旦剧社，并参加南国社。1930年参加中国左翼戏剧家联盟。代表作品有《鸡鸣早看天》《赵阎王》《五奎桥》《包得行》等。

洪毅然（1913—1989）

四川达县（今四川达州达川区）人，原名洪徽厚，字季远，号达人，著名马克思主义美学家、艺术理论家和艺术教育家。1927年春赴成都入四川美术专科学校普通师范科学习绘画。1931年秋，考入国立杭州艺专（今中国美术学院）绘画系，专攻素描与油画。期间广泛涉猎西方、苏联乃至印度等国哲学、艺术学等流派学说，受其影响，逐渐由绘画实践转向艺术理论、哲学、美学探索的道路。1937年艺专毕业，先后任教于西南美专分校、成都南虹工艺学校、四川省立艺术专科学校等高校。1949年5月，《新美学评论》问世，此书为他以后的美学研究奠定了良好基础。

胡兰畦（1901—1994）

四川成都人，现代女作家、革命家。她作为有国际影响的作家，主要成就是报告文学。她在抗战时期被授予国民党少将军衔，成为现代中国第一位女将军。她的代表作为《在德国女牢中》，作品最初被译成法文刊载于法国《世界报》，受到著名作家巴比塞的赞扬，后被译成英、俄、德、西班牙语等，1937年由上海生活书店出版，在半年内，又再版四次。她在抗战时期有影响的报告文学作品主要有《川军在前线》《淞沪火线上》《东线的撤退》《战地一年》《战地二年》《战地三年》《大战东林寺》《胡兰畦回忆录》等。

胡　牧（1923—1996）

四川铜梁（今重庆铜梁区）人。1946年毕业于国立中央大学中文系，曾与绿蕾、陈颖、李若愚等人成立文学社团国文艺研究会，创办《文艺春秋》杂志，任《诗部队》《艺风》等刊物编辑。中华人民共和国成立后，入中国人民大学新闻系学习，从事新闻工作。著有诗集《低气压》《花开满地又是春》《我歌唱你》等。

胡　拓（1915—1987）

湖北松滋人，原名胡明清，笔名胡拓、胡潮等，诗人。早期在武汉参加过"一二·九"运动。曾先后参与编印《诗歌与版画》

《野火》等刊物。1940年到重庆、桂林任教，参加过中国战时儿童保育会等工作。作品散见于《新华日报》《大公报》《诗创作》《现代文艺》等报刊。著有诗集《太阳照在她的头顶上》。

胡政之（1889—1949）

四川成都人，原名胡霖，笔名冷观。1889年生于成都一个官宦家庭。小时候在安徽省高等学堂接收西学教育。1907年赴日本留学，在东京帝国大学学习法律，在此期间结识了孙中山、张季鸾。1911年毕业回到上海。1912年进入上海《大共和日报》工作，历任翻译、编辑、主笔。1915年任该报驻北京记者，在采访"二十一条"幕后新闻时，以消息敏捷而闻名。1916年成为《大公报》经理兼总编辑，时常亲自探访新闻，其中，因赴前线详细报道有关马厂誓师的消息而蜚声一时。1919年底，代表《大公报》赴法国，是采访巴黎和会的唯一中国记者。1921年与林白水合办北京《新社会报》，任总编辑。同年，创办国闻通讯社，任社长。1926年与吴鼎昌、张季鸾合组新记公司，接办《大公报》，任总经理兼副总编辑，以善于经营报业著称。胡政之一生有许多影响较大的游记和通讯，主要包括《新年旅行三省记》、《粤桂旅游日记》、《东北之游》9篇、《新都印象记》3篇、《1929年蒋、丰、阎大战之际在南京会晤蒋介石》等。

胡　助（1894—1977）

四川青神人，字少襄，少年中国学会成都分会会员，数学教育家，著有报告文学《我住的pension》《巴黎华工会之成立及其内容》等。

化　铁（1925—2013）

四川奉节（今重庆奉节）人，原名刘德馨。抗战期间开始诗歌创作。中华人民共和国成立后，曾在上海与梅志、罗洛、罗飞一起编《起点》文学杂志。著有诗集《暴雷雨岸然轰轰而至》等。

黄鹏基（1901—1952）

四川仁寿人，笔名朋其、黄昏。1925—1926 年，在北京大学法文系读书，并在北平《莽原》周刊和半月刊发表小说、散文等，为莽原社中坚的小说作者之一。1926 年 8 月，在上海开明书店出版短篇小说集《荆棘》，列入《狂飙丛书》。他主张暴露和讽刺的现实主义小说，"以为中国现代的作品，应该是象一丛荆棘"（《刺的文学》）。他的小说实践了自己的主张，用流利而诙谐的语言，暴露和讽刺了各式人物，特别是知识分子的弱点和丑恶。著有散文集《刺的文学》《还未过去的现在》。

黄荣灿（1920—1952）

四川重庆（今重庆市）人，笔名力军等，中国新兴木刻运动版画家、活动家，早期台湾现代绘画运动的先驱者之一。抗战胜利后，到台湾传播新兴木刻艺术，其木刻作品《恐怖的检查》为台湾"二二八"事件留下珍贵的艺术见证，为被激怒的国民党当局所戕害。

黄　裳（1919—2012）

山东益都（今山东青州）人，原名容鼎昌，现代著名散文家、记者，著有《锦帆集》《黄裳书话》《来燕榭读书记》等。有《黄裳文集》行世。

黄　绶（1888—1975）

四川西充人，又名元贲，知名学者和社会活动家，积极投身保路运动，《保路同志会报告》编辑。1926 年，考入北京清华大学研究院和北京大学研究所，在导师梁启超的指导下，写成了《唐代地方行政史》和《两汉地方行政史》二书。1929年，黄绶赴重庆任《巴蜀日报》总编辑、重庆大学讲师，写成《罗戴祸川纪实》。中华人民共和国成立后，任私立西南学院教授、四川省人民委员会文史研究馆研究员等。

黄友凡（1917— ）

四川阆中人，别名黄自元、黄天修，笔名老粗。1938年加入中国共产党，主要作品见于《新华日报》等。中华人民共和国成立后，曾任重庆市委宣传部部长、市社科联主席等职。著有《巴松诗歌集》《回忆与怀念》《盛世歌吟》等作品。

J

冀 汸（1918—2013）

湖北天门人，生于印度尼西亚爪哇岛，原名陈性忠，笔名冀汸、吉父、凌恒、文仪珠等。1940年10月下旬到达重庆，曾与邹荻帆等人合编诗刊《诗垦地》。1945年在重庆参加中华全国文艺界抗敌协会。1947年毕业于复旦大学历史系。中华人民共和国成立后，曾做过文艺编辑和行政工作，曾任中国作协浙江分会副主席。著有长篇小说《走夜路的人们》《这里没有冬天》《故园风雨》；诗集《跃动的夜》《有翅膀的》《没有休止符的情歌》《灌木年轮》；回忆录《血色流年》等。

江 村（1917—1944）

江苏南通人，本名江蕴端，著名表演艺术家、诗人。1936年考入国立戏剧专科学校。全国抗战爆发后，随校内迁至重庆，参加上海业余剧人协会、中国万岁剧团等戏剧团体，主演过《国家至上》《棠棣之花》《虎符》《大雷雨》《北京人》等话剧，1944 年病逝。诗歌作品散见于《国民公报》《新蜀报》《文艺月刊》《文学月报》等。

姜蕴刚（1900—1982）

四川彭山人，字穌生。日本早稻田大学研究院毕业，曾在日本东京主编过杂志。早年在北京主编过各种政治文艺刊物，曾任国立北平大学、中国大学教授，一度兼任北京京师学务局编辑主任，发行《现代教育》杂志。20 世纪 30 年代初，曾在福州创办日报。后因事返川，由国民政府军委会委员长行营聘任为边政委员会委员兼第一组组长，并担任敬业学院社会科学部主任、华西协合大学教授，常在国内各大杂志发表文章。1935 年 12 月 16 日，《复兴日报》在成都创刊，对该报大力赞助，并撰写发刊词。1938 年，青年党机关报《新中国日报》由汉口迁成都，经常为该报撰文。抗战胜利后，担任青年党四川省党部主席，当选为"国大"代表。1947 年 6 月起兼任新中国日报社社长。1981 年被四川省人民政府文史研究馆聘任为馆员。著有《生命的歌颂》。

蒋孔阳（1923—1999）

四川万县（今重庆万州区）人，乳名爱阳，学名术明。1941 年考取中央政治学校经济系。因"我朱孔阳，为公子裳"，改名为"孔阳"。1942 年撰写《力的呼唤——介绍〈弥盖朗基罗传〉》，发表在《中国青年》上。1948 年，应林同济的邀请，从银行辞职来到上海海光图书馆赴任文学编译。在海光图书馆期间，写了《红字》《读〈你往何处去?〉》等书评。此后，编写了小册子《巴尔扎克书讯》，代表作品还有文学评论《巴尔扎克生活中的一天》《巴尔扎克与钱》《莎士比亚译诗三章》等。

蒋兆和（1904—1986）

四川泸县人，现代国画大师，代表作为《流民图》，有散文《自序一》传世。

金满成（1900—1971）

四川峨眉（今四川乐山峨眉山市）人，曾用笔名东林、秋羊、冬林、许由等，现代作家、文学翻译家。幼年就读私塾，1916 年考入乐山天主教会办的华西中学。1919 年，通过考试到法国勤工俭学，先进哈佛火炮厂学锉工，不久，同陈毅等人入圣日尔曼公学读书，开始接触法国文学。回国后，入北京香山碧云寺中法大学，毕业后去上海，开始翻译法国文学作品。1932 年回四川，任《新蜀报》副刊主编。代表作品有中篇小说《爱与血》；短篇小说集《我的女朋友们》《友人之妻》《林娟娟》；杂文集《鬼的谈话》；译著《友人之书》《红百合》《女性的风格》等。

敬隐渔（1901—约 1930）

四川遂宁人，作家、文学翻译家。最早将鲁迅的《阿 Q 正传》介绍到欧洲，最早把罗曼·罗兰的《约翰·克利斯朵夫》介绍到中国。

K

凯 礼

生平不详，著有报告文学《战都的元旦》《巴蜀见闻录》等。

康白情（1896—1959）

四川安岳人，字洪章，笔名白情、康洪章等，中国白话诗的开拓者之一。1916 年入北京大学读书。1918 年底与傅斯年、罗家伦等人组织新潮社。1919 年 3 月开始在《新潮》月刊发表新诗作品，同年参加少年中国学会，创办《少年中国》月刊。1920 年大学毕业后，赴美留学。中华人民共和国成立后，先后在中山大学、华南师范学院担任教授。其新诗作品多发表在《新青年》、《晨报》副刊、《新潮》月刊、《少年中国》等报刊上。著有诗集《草儿》《河上集》《草儿在前集》等。

孔罗荪（1912—1996）

上海人，原名孔繁衍，笔名叶知秋，文学评论家。早年肄业于哈尔滨政法学校。1938 年在汉口参与发起成立中华全国文艺界抗敌协会并任理事兼出版部副部长、《抗敌文艺》编委。后任重庆《文学月报》主编。代表作品有杂文集《野火集》《小雨点》；评论集《文艺漫笔》《文学散论》《罗荪文学论集》等。

L

老　舍（1899—1966）

北京人，原名舒庆春，字舍予，满族，现代著名作家，中华人民共和国成立后第一位获得“人民艺术家”称号的作家。1917 年毕业于北京师范学校。1924 年赴英国，在伦敦大学东方学院任中文讲师，并进行文学创作。1930 年回国，先后在齐鲁大学、山东大学任教。抗战期间，流寓四川，曾主持中华全国文艺界抗敌协会工作。抗战胜利后，赴美讲学。中华人民共和国成立后，曾任北京市文学艺术界联合会副主席、中国作家协会副主席等职。著有短篇小说集《微神集》《月牙集》，中长篇小说《猫城记》《赵子曰》《二马》《离婚》《骆驼祥子》《四世同堂》《我这一辈子》《正红旗下》《鼓书艺人》；长诗《剑北篇》；散文集《老舍幽默集》《我热爱新北京》；剧本《龙须沟》《茶馆》；论文集《老牛破车》《出口成章》等。著述收入《老舍全集》。

了　娜（1899—1986）

四川郫县（今四川成都郫都区）人，本名张紫薇，原名张朝佐，又名张惟，教育家，早年在南洋从事教育工作。20 世纪 30 年代中期转赴印尼执教，足迹遍布苏门答腊岛。其间曾留学日本，攻读法律。返回苏岛后，在巴东任校长数载，并结识郁达夫，二人交往甚密。归国后曾任四川省人民政府文史研究馆馆员。著有《张紫薇诗文选集》。

黎秀石（1914—2007）

广东南海（今广东佛山南海区）人，著名战地记者。1935 年毕业于燕京大学新闻系，先后在《广州英文日报》、香港《士蔑西报》、桂林《大公报》等报馆任编辑、记者。桂林沦陷后，受重庆《大公报》委派作为战地记者赴缅甸、印度洋、太平洋等战区采访，向国内发回了一百多篇前线的报道。日本投降后，是第一个以胜利者姿态踏上日本国土的中国记者，采访和见证了日本投降的全过程。

李伯钊（1911—1985）

四川重庆（今重庆市）人，笔名戈丽，戏剧家。1926 年冬，赴苏联莫斯科学习，开始文学创作，与沈泽民合写《国际青年节歌舞活报》。1931年春回国，任中央苏维埃政府《红色中华》编辑、中央苏维埃政府教育部艺术局长、高尔基戏剧学校校长等。这期间，曾与胡底、钱壮飞合写话剧《为谁牺牲》，改编话剧《黑奴吁天录》为《农奴》，并创作话剧《扩大红军》《战斗的夏天》等。长征期间，举办红军艺术训练班，创作《打骑兵歌》等。1938年到延安，任鲁迅艺术学院党组委员、编审委员会主任，与吕骥、向隅等创作歌剧《农村曲》。1939年赴敌后工作，任中共北方局宣传科长兼鲁迅艺术学院校长，创作了话剧《老三》《母亲》等。1940年回延安，1942年参加延安文艺座谈会。1948年在石家庄任中共华北局文委委员、华北文学艺术界联合会副主任、华北人民文工团团长。中华人民共和国成立后，历任中共北京市委文委书记、中国文学艺术界联合会和中国作家协会执行委员、北京人民艺术剧院院长、中央戏剧学院党委书记和副院长等职。代表作品有中篇小说《女共产党员》等；歌剧《长征》、话剧《北上》等。

李初梨（1900—1994）

四川江津（今重庆江津区）人，原名李祚利，曾用名李初黎，著名文学理论家、收藏家。1915年赴日本留学，1925年进入京都帝国大学文学部学习，1927年回国，同年参加创造社，创办《文化批判》，1928年加入中国共产党。在《文化批判》《思想月刊》《创造月刊》等刊物上发表文章，积极倡导无产阶级革命文学，探讨革命文学理论。1938年任陕西省委宣传部副部长、《西北》周刊编辑负责人。主要作品有《怎样地建设革命文学》等。

李华飞（1913—1998）

四川巴县（今重庆巴南区）人，原名李明诚，字素光，笔名有于深、方逸、巴城、花飞、杨铧、吾谈春等，作家、编审。1935年秋在东京《诗歌》上发表歌颂红军长征的诗《渡洪江》，1937年毕业于日本早稻田大学政治经济系。在日本读书时，参加过蒲风等人主持的东京诗歌社，吴天、任白戈等人主持的东京戏剧社等。1939年回国，曾任《春云》《诗报》《新蜀报》副刊主编。1938年参加中华全国文艺界抗敌协会。代表作品有短篇小说《亡国者》《博士的悲哀》等；诗集《归来者心曲》《一株海草》《八大行星之外》等；散文集《孔雀，孔雀》等；大型川剧剧本《望娘滩》（合作）等。主要作品收入《李华飞文集》。

李季伟（1899—1972）

四川彭州人，名嘉秀，号子蔚。1919年赴法国勤工俭学，先后进入里昂大学、里昂市立工业学校、巴黎大学等学校学习，攻读电机制造与安装等专业。在此期间，他积极参与留法勤工俭学学生发动的"二二八"反饥饿运动及占领里昂中法大学的斗争。1927年回国，先后在上海国立劳动大学、国立成都师范大学、国立四川大学、四川省立工学院、云南大学和国立东北大学等学校任教授，并创办了私立川北农工学院。其著有《留法勤工俭学亲历》《为留法勤工俭学学生会上四川省政府书》和剧本《桴鼓记》《玉底恨》等。

李劼人（1891—1962）

四川成都人，原名李家祥，笔名有劼人、老嬾、嬾心、云云、抄公、菱乐等，现代重要小说家、法国文学翻译家、社会活动家、实业家。1912年发表处女作《游园会》。五四运动时，主编《川报》，积极响应新文化运动。后与王光祈、周太玄等发起成立少年中国学会并担任成都分会会长，创办《星期日》周刊。1939年参加发起成立中华全国文艺界抗战协会成都分会的工作，先后担任文协的理事、常务理事、总理事及《笔阵》主编等职。中华人民共和国成立后，任成都市副市长、中国文学艺术界联合会委员、四川省文学艺术界联合会副主席、中国作家协会四川省分会副主席等职。代表作品有长篇小说《死水微澜》《暴风雨前》《大波》《天魔舞》；中短篇小说《同情》《游园会》《儿时影》《盗志》《做人难》《续做人难》《强盗真诠》《大防》《"只有这一条路"》《捕盗》《编辑室的风波》《湖中旧画》《棒的故事》《市民的自卫》《对门》《兵大伯陈振武的月谱》《请愿》《抓兵》《程太太的奇遇》等；短篇小说集《好人家》等。李劼人还翻译了大量法国的文学作品，代表作有：莫泊桑的《人心》、都德的《小物件》《达哈士孔的狒狒》、浦莱浮斯德的长篇小说《妇人书简》、福楼拜的长篇小说《马丹波娃利》《萨郎波》等。有《李劼人全集》行世。

李开先（1898—1936）

四川隆昌人，原名李开中，字少庸，浅草社成员。1920 年考入北京大学英文班预科，后转入国文系学习。在校期间，参与浅草社的组织与活动，在《浅草》季刊等发表作品。1926 年，李开先到上海联华影业制片印刷有限公司（后改称联华影业公司）主编电影画报。1930 年到重庆主笔《新蜀报》名牌专栏《金刚钻》等。九一八事变后，李开先编写了中国电影史上第一部抗日片《铁鸟》剧本，电影公映后产生了极大的影响。代表作品有短篇小说《回波》《雪后》《埂子上的一夜》等；译著《秋天》等。

李南力（1920—1970）

四川南川（今重庆南川区）人，原名李兴宇，后改名李南力，笔名南力、鹿特丹。1939 年前往延安，先后在毛泽东青年干校、鲁迅艺术文学院文学系和研究室学习。1946 年后，先后在晋冀鲁豫边区文联、野战军、《豫西日报》、新华社二野总分社工作。1950 年后调入西南军区，后任战士文化读物社副社长。1955 年转业，进入中国作家协会重庆分会工作，为中国作家协会成员。其主要作品有通讯特写集《英雄张兆林》《渡江前后》，独幕剧《破获》，三幕话剧《朝鲜的山》，短篇小说集《不屈》《姜老三入党》，长篇小说《一个普通战士的成长》，中篇小说《种籽》，小品文集《镜子集》，长篇叙事诗《巴吉湖灭妖记》。

李寿民（1902—1961）

四川长寿（今重庆长寿区）人，原名李善基，后改名李寿民，中华人民共和国成立后更名李红，笔名还珠楼主，曾用笔名木鸡、寿七等，中国现代武侠小说的开创性作家，中国武侠小说大宗师，与王度庐、宫白羽、郑证因、朱贞木一道被称为武侠小说"北派五大家"，有"现代武侠小说之王"美誉。1931 年，开始以"还珠楼主"为笔名在《天风报》上发表中国神话巨著《蜀山剑侠传》。《蜀山剑侠传》是中国现代武侠小说"奇幻仙侠派"的代表作，"开小说界千古未有之奇观"，直接影响了后世的金庸等新派武侠小说的光大发展。中华人民共和国成立后主要从事京剧编导工作，整理、创作和改编了《雪斗》《白蛇传》《南山化蝶》等剧本。1956 年赴大西北访问，写下了歌颂社会主义建设的《西北记行》等散文和诗歌。代表作品有长篇小说《蜀山剑侠新传》《蜀山剑侠后传》《蛮荒侠隐记》《青城十九侠》等；京剧剧本《汉明妃》《昭君出塞》《墨黛》《酒丐》等。

李思纯（1893—1960）

四川成都人，字哲生，著名历史学家。1919 年加入少年中国学会，在《少年中国》发表《国语问题的我见》《信仰与宗教》《诗体革新之形式及我的意见》等文。1919—1923 年赴法，先后在里昂、蒙彼利埃、巴黎求学，后转赴德国柏林大学留学。回国后曾在南京东南大学、四川省外国语专门学校、北京师范大学和北京大学任教。在文、史、哲、政、法、新闻、外交、翻译等诸多领域都有建树，尤其擅长史学、诗词。1953 年为四川省人民政府文史研究馆馆员。代表作有文学理论《元史学》《江村十论》等。有《李思纯文集》（四卷）存世。

李唯建（1907—1981）

四川成都人，原名李惟建，笔名惟建、李唯建、四郎等。1924年入上海青年会中学读书，翌年入清华大学西洋文学系。1926 年开始文学创作，在《新月》《诗刊》《贡献》《人间世》等刊物上发表新诗、译诗和译文。1933 年任中华书局英文编辑，兼办函授学校。1935 年冬返成都，创办《大华报》。中华人民共和国成立后，历任四川省人民政府文史研究馆研究员、四川省政协委员等职。著有诗集《生命之复活》，长诗《影》《祈祷》《吟怀篇》；通信集《云鸥情书集》；译著《英国近代诗歌选译》《杜甫诗歌四十首》等。

李岫石（1911—1938）

四川隆昌人，笔名繁市、肖石等，20 世纪 30 年代加入中国左翼作家联盟、中国左翼美术家联盟，后与蒲风等共同发起中国诗歌会。抗战爆发后，加入抗日剧团。1931 年在《文艺新闻》上发表《我在怀念着也频》《一八艺社迎送致词》等，后在武汉《诗时代》上发表诗歌。

李尧枚（1897—1931）

四川成都人，巴金的大哥，有书信《致巴金的信》等存世。

李一痕（1921—2019）

江西吉安人，原名李俊才，曾用名李时杰，笔名李一痕、青藜、刘梵、丁冬、石羽等。1940年开始写诗。1945年在重庆主编诗刊《火之源》。1945年毕业于重庆国立艺术专科学校西洋画系，同年参加王亚平主持的春草诗社。1947年在武汉主编诗刊《诗地》。著有诗集《谎言》《过不了冬天底人》《疯子和圣人》等。

李一氓（1903—1990）

四川彭县（今四川彭州）人。无产阶级革命家、诗人、书法家。早年留学法国，1925年加入中国共产党，曾参加北伐和八一南昌起义，历经二万五千里长征。之后相继担任过新四军秘书长、苏北区党委书记、华中分局宣传部部长以及中国驻缅甸大使、国务院外事办副主任、中联部副部长、中纪委副书记、古籍整理出版组组长等职。著有文集《一氓题跋》《存在集》《西湖十景》《李一氓回忆录》等。

李　俞

生平不详，著有报告文学《农民的希望》等。

李岳南（1917—2007）

河北藁城（今河北石家庄藁城区）人，原名李耀南。全国抗战爆发前在《大公报》《中流》等报刊发表作品。1939年转入四川大学外语系，加入四川大学文艺研究会。1942年毕业后，曾在《国民公报》做副刊编校工作，主编《诗焦点》副刊。中华人民共和国成立后，先后任职于北京市文学艺术界联合会、中国曲艺家协会。著有长诗《海河的子孙》、诗集《午夜的诗祭》、诗论集《语体诗歌史话》等。另有大量作品散见于《现代文艺》《新华日报》《文艺先锋》等大后方报刊。

李宗吾（1879—1943）

四川富顺人，原名世铨，后改为宗吾，中国近现代思想家。毕业于四川高等学堂。1912年以《厚黑学》惊世，并自号"厚黑教主"，影响广被，论者称之为"四川人为中国现代思想所做出的不可多得的贡献"。

力　扬（1908—1964）

浙江青田人，原名季信，曾用名季春丹，笔名力扬等。1929年考入国立西湖艺术院，创办一八艺社。1939年初到重庆，先后在国民政府军委会政治部第三厅、文化工作委员会等机构任职，参与中华全国文艺界抗敌协会的诗歌活动。1942年到育才学校任教，1947年随育才学校回沪。中华人民共和国成立后，在中国社会科学院文学研究所工作。著有诗集《枷锁与自由》《我底竖琴》《给诗人》等。主要著述收入《力扬集》。

丽　砂（1916—2010）

四川江津（今重庆江津区）人，原名周平野，字雨耕，笔名平野、群力、李沙、青果、周丽砂等。中学时代开始在重庆报刊上发表旧体诗，1935年，考入万县师范学校，在《川东日报》等报刊上发表新诗、小说、散文。1941年起，在《国民公报》《新蜀报》《诗创作》《火之源》《枫林文艺》等报刊大量发表诗歌。中华人民共和国成立后，在上海从事教育工作。作品散见于《人民文学》《诗刊》《星星》《新民晚报》等刊物。著有散文诗集《冬的故事》等，长诗《迎——任天民归来的时候》等。

炼 虹 （1921—1992）

四川泸县人，原名刘通矩，字文韦，曾用名刘文子、王尧弼，笔名文苇、文韦、金刃等。早年在私塾中学习过旧体诗词创作。抗战初期参加抗战宣传活动。1939年到重庆育才学校工作，写成诗集《育才诗草》。1944年与李岳南等人编辑《诗焦点》。1946年在成都主编《西南风》《诗焦点》。翌年编辑丛书，出版诗集《红色绿色的歌》《给夜行者》等。中华人民共和国成立后，在上海、浙江等地文学艺术界联合会工作。著有诗集《向着社会主义》；长诗《领班》《内战，我反对》《解冻大合唱》等。

梁实秋 （1903—1987）

浙江杭州人，原名梁治华，字实秋，笔名子佳、秋郎、程淑等，现代著名散文作家、文学批评家和翻译家。代表作为散文集《雅舍小品》；译著《莎士比亚全集》。

廖丛芬 （？—1934）

笔名蓼子，记者，曾于20世纪30年代在成都主编《西方夜报》副刊《百花潭》。存世作品有《蓼子遗集》（收录《二男一女》《一段传奇》《收获》《小绿色茶杯》《稜都》等5篇小说）。

廖晓帆 （1923—2012）

四川巴县（今重庆巴南区）人，原名廖顺庠。1942年考入抗战时迁入四川的同济大学，1946年夏出版译诗集《新的诗章》。抗战胜利后，发表了《卖儿谣》《这种日子真难挨》《老妇人》等短诗。1950年其写的短歌收入诗集《土改山歌》，同年加入中国作家协会上海分会。曾与夏白、任钧合作歌词《江南土改组曲》等。著有诗集《运军粮》《祖国的春天》等。

林 茜

生卒年不详。全国抗战初期考入四川大学，曾加入四川大学文艺研究会，参与该会《半月文艺》的编辑出版工作，并在该刊物发表作品多篇。

林如稷（1902—1976）

四川资中人，现代著名作家、翻译家。浅草社、沉钟社主要发起人之一。五四运动时期，受到新思潮的熏陶，进行文学创作。1921 年，林如稷考入上海中法通惠工商学院，并结识了创造社、湖畔社的主要人物。1922 年，作为发起人，与陈翔鹤、邓均吾、冯至、陈炜谟在上海成立浅草社，创办文艺刊物《浅草》季刊。1923 年，自费留学法国，先后在里昂大学、巴黎大学主攻经济学，选听文学课，自修法国文学。1930 年回国，次年到北京中法大学任教。1932 年，和杨晦恢复中断了五年的《沉钟》杂志，与杨晦负责主编，直到 1934 年因战事而终止。1936 年译成左拉的《卢贡家族的命运》，1937 年后回川，在光华大学和四川大学执教。代表作品有短篇小说《伊的母亲》《死后的忏悔》《流霰》《故乡的唱道情者》《调和》《办公室内》《过年》等；论文集《仰止集》等；译著《卢贡家族的家运》等。

林咏泉（1911—2005）

辽宁岫岩人，原名林永泉。1930 年考入南京中央军校，20 世纪 30 年代中期，开始在《北平晨报》《华北日报》等报刊上发表新诗作品。抗战初期，曾参加过南口战役等重大战事。1941 年到重庆，在中央政治学校任教，在《中国诗艺》《文艺先锋》等报刊上

发表文学作品。1945年抗战胜利后，与孙望、汪铭竹在南京创办
《诗星火》。晚年居上海。有大量作品散见于《国民公报》《新蜀报》
等。著有诗集《塞上吟》。

林　有
生平不详，著有报告文学《保卫祖国领空的华侨飞航员》等。

玲　君（1915—1987）
天津人，原名白汝瑗。青年时代曾就读于南开中学、辅仁大
学、燕京大学，其间以"玲君"为笔名发表了许多进步诗作出版。
抗战爆发后辗转至重庆，在内迁北碚的复旦大学学习。1938年5月
赴延安抗日军政大学、鲁迅艺术学院学习，毕业后任《新华日报》
（华北版）记者、山东《大众日报》副总编辑等职。中华人民共和
国成立后，在《黑龙江日报》等机构任职。著有诗集《绿》。

刘大杰（1904—1977）
湖南岳阳人，现代文史学家、作家、翻译家。1935年7月，受
聘担任四川大学教授和中文系班主任，1937年夏离蓉。代表作有
《中国文学发展史》。

刘岚山（1919—2004）
安徽和县人，原名刘斯海，笔名刘仲、刘兰、路里、胡里、岚
炭等。抗战时期流寓四川，做过报纸通讯员和校对工作。抗战胜利
后，由重庆赴中原解放区。中华人民共和国成立后，加入中国作家
协会。曾在北京三联书店工作，后赴朝鲜战场，从事文化服务工
作。著有诗集《漂泊之歌》《乡下人的歌》《和平的前哨》；通讯报
告集《和英雄们相处的日子》等。

刘涟清（1909—1939）

四川井研人，原名刘濂清，字诗涛，笔名有涟清、沙洛。1929年到成都，开始在《日邮》副刊《春的心》发表诗歌。1933年写出反映四川军阀混战的小说《我们在地狱》，该小说在《清华周刊》发表后，立即受到文坛的重视，茅盾曾撰文予以褒评，以后又被鲁迅、茅盾收入《草鞋脚》一书。1934年春夏间到北平，任职于清华大学图书馆。其间先后写出短篇小说《黑屋》《幸福的人》《不相识者》《古城一日记》《复生》等。1937年6月，在郑振铎的帮助下，由商务印书馆出版了短篇小说集《黑屋》，列入"文学研究会创作丛书"。全国抗战爆发后，参加周文、沙汀、李劼人、陈翔鹤等人组织的成都文艺界联谊会。这时期在成都《华西日报·华西副刊》《新民报·国防文艺》《四川日报·文艺阵地》《群众》周刊等报刊发表了许多小说、杂文、散文速写，如《家》《老人》《纸炮声中》等。

刘良模（1909—1988）

浙江镇海（今浙江宁波镇海区）人，著名爱国人士。淞沪抗战时，积极倡导民众歌咏运动，教唱抗日救亡歌曲，时常深入伤兵和民众中教唱抗战歌曲，以歌声唤起人民对抗战的支持。美国黑人歌唱家保罗·罗伯逊演唱的《义勇军进行曲》就由他逐句教唱，二人还合作灌制了一套中国抗战歌曲唱片，名叫《起来》，由宋庆龄作序发行。作者常为《抗战生活》等刊写稿。

刘盛亚（1915—1960）

四川重庆（今重庆市）人，笔名盛亚、S.Y.、轼俞、成敏亚等，现代作家、教授、翻译家、编辑。毕业于德国法兰克福大学。1938年回国后被聘为四川大学、武汉大学教授，并兼任四川省立戏剧学校导师。后返重庆，担任过《新民报》副刊主编、群益出版社总编辑。历任中华全国文艺界抗敌协会理事、成都文协理事、群众出版社总编辑、《西方日报·周末文艺》主编、《大公报》文艺主编等。主要作品有长篇小说《夜雾》《地狱门》等；中短篇小说《水浒外传》《小母亲》《再生记》《白的笑》《残月天》《六朝金粉》《无车之站》《杨花篇》《团圆》等；译诗集《尼伯龙根歌》《歌德诗选》《海涅诗选》等；儿童文学作品集《水底捞船》等；翻译剧本《巴黎圣母院》《浮士德》。

刘师亮（1876—1939）

四川内江人，原名芹丰，又名慎之，后改慎三，最后改师亮，别号谐庐主人。1929 年，创办《师亮随刊》，深受欢迎，其在《随刊》上发表较多文章，揭露军阀的丑恶行径。1931 年九一八事变后，《师亮随刊》特发 3 次《反日特刊》以唤醒民众。1935 年，重新创办发行了讽刺时弊的《笑》刊，仅出版 1 期便被查封。后著《汉留史》。后人辑其著述为《师亮全集》。

刘咸炘（1896—1932）

四川成都人，字鉴泉，号宥斋。幼时由其兄刘咸荥和父亲教读。1916 年，任尚友书塾塾师。1926 年，先后兼任成都敬业学院哲学系主任及成都大学、四川大学教授。他在教学的同时，潜心于学术研究，著述宏富，在史学、方志学、目录校雠学、文学、书法领域都取得较大成就，别具卓识，自成一家。1919 年五四运动后，他还提倡写白话文，主张向鲁迅、胡适等人学习，并用白话文进行创作，集成白话短篇小说集《说好话》。

柳　倩（1911—2004）

四川荣县人，原名刘智明，曾用名刘天隽、刘延祖等。1932年，与穆木天、蒲风等人发起成立中国诗歌会，1933年加入中国左翼作家联盟，积极从事进步文艺活动。1934年在《综合》杂志上发表长诗《震撼大地的一月间》，同年10月出版了自己的第一部诗集《生命底微痕》。全国抗战爆发后，曾为《抗战》三日刊及诗刊《高射炮》撰稿。1938年加入中华全国文艺界抗敌协会。1940年到重庆，在郭沫若主持的国民政府军委会政治部第三厅工作。中华人民共和国成立后，在上海军事管制委员会文艺处工作，创办过诗歌朗诵班、诗歌工作者联谊会。1953年调入北京戏曲编导委员会和北京戏曲研究所，长期从事戏曲改革工作。著有诗集《自己的歌》《无花的春天》和诗剧《防守》等。

卢剑波（1904—1991）

四川合江人，原名卢延杰，笔名剑波、田申雨、江一等。著名历史学家、语言学家。巴金曾称他是"中国的甘地"。1928年上海国民大学毕业。曾在上海、四川任中学教师，担任过《时与潮》《民锋》《憧憬》《惊蛰》等刊的编辑。1944年进入四川大学任教，后任四川省历史学会理事。其著作有《世界女革命家》《社会价值的变革》《为世界语主义的世界语》及译作《伊索的智慧》《海涅诗选》等。

卢经钰（1922—　）

四川成都人，抗战女诗人，笔名芦戈、路今，《拓荒文艺》创始人之一。青年时代爱好文学，曾在成都各报刊发表过诗歌、散文和小说。1939年底考入成都西川邮务管理局担任分拣、运输等工作。1946年1月，加入中国民主同盟。1946年年底，调入上海邮局。1949年年初，在上海参加中国共产党地下党组织。上海解放后，被选送全国总工会干校学习。毕业后，调全总邮电工会任女工部副部长。后任《工人日报》编辑、生产经济部副主任。代表作有诗集《青春的脚步》。

卢作孚（1893—1952）

四川合川（今重庆合川区）人，著名实业家、教育家、社会活动家。1910年加入同盟会，1916年任成都《群报》记者，1918年任《川报》社长兼总编辑。他创办的民生公司是中国近现代最大和最有影响的民营企业集团之一。有《卢作孚全集》行世。

芦　甸（1914—1973）

江西贵溪人，原名刘振声，曾用名刘扬、刘贵佩，笔名有芦甸、波心等。抗战期间在成都从事文化活动，参与组织华西文艺社、平原诗社。曾在胡风主编的《七月》上发表诗歌。抗战胜利前夕去中原解放区，1947年到晋冀豫解放区。1949年任天津市文学工作者协会秘书长。著有诗集《我们是幸福的》；小说《浪涛中的人们》；剧本《第二个春天》等。

罗　烽（1909—1991）

辽宁沈阳人，原名傅乃琦，笔名有落虹、克宁、彭勃、罗迅等。1928年在黑龙江呼海铁路传习所学习期间参加革命，其间创办《知行月刊》，发表文艺作品。1935年到上海，参加中国左翼作家联盟。1935年到1941年，辗转上海、武汉、重庆等地，在重庆参加中华全国文艺界抗敌协会组织的作家战地访问团，后到延安。1945年回东北。1953年调入中国作家协会从事专业创作。著有短篇小说集《呼兰河边》、中篇小说集《归来》和长诗《碑》三部曲等。主要作品收入《罗烽文集》。

罗　洛（1927—1998）

四川成都人，原名罗泽浦，笔名苣芜、屈蓝、韦世琴、黎文望、泽浦等。20世纪40年代初就读于成都树德中学和华西协合中学。1945年起发表诗歌、翻译作品等，先后参与编辑《彼方》《奔星》《呼吸》《荒鸡》等杂志。中华人民共和国成立后，在青年团华东团工委员会、华东局宣传部和新文艺出版社等单位任职。1980年以后，历任中国科学院西北高原生物研究所副所长、中国科学院兰州图书馆馆长、中国大百科全书出版社副总编辑、中国作家协会上海分会副主席、上海笔会中心书记等职。著有诗集《春天来了》《阳光与雾》《雨后》《海之歌》；诗论集《诗的随想录》；杂文集《人与生活》等。主要著述收入《罗洛文集》。

罗念生（1904—1990）

四川威远人，原名罗懋德，笔名念生、金人等，外国文学学者、诗人、著名的古希腊文学翻译家。1922年考入清华大学。1927年在北京主编《朝报》文艺副刊时，在清华校刊上发表处女作《芙蓉城》。1929—1933年先后进入美国俄亥俄大学、哥伦比亚大学研究院和康奈尔大学研究院。1931年在纽约与罗皑岚、柳无忌等合办《文艺杂志》。1933年开始翻译希腊古典文学。此后几十年间译出许多古希腊重要名著。1933—1934年在雅典美国古典学院研究古希腊悲剧和艺术。1934年回国，历任北京大学、四川大学、武汉大学、清华大学等高校外语系教授。1935年，与梁宗岱合编天津《大公报·诗刊》。1938年，与何其芳等人创办《工作》半月刊，参加中华全国文艺界抗敌协会成都分会。中华人民共和国成立后，加入中国作家协会。曾先后在北京大学文学研究所、中国社会科学院外国文学所工作。著译有五十多种。新诗、散文均有专集。代表作品有诗集《龙涎》；散文集《芙蓉城》《希腊漫话》等；文学评论《论古希腊戏剧》《论古希腊罗马文学作品》等。主要著述收入《罗念生全集》。

罗　泅（1922—1991）

四川万县（今重庆万州区）人，原名孙音、孙钦平，笔名苏柳、哀羊、罗苏、尼曼、骆秋、孙暮雷等。1938年冬加入中国共产党，从事宣传工作。1940年在内迁万县的金陵大学附中学习，与进步同学一起组织金戈文艺社，在万县《川东日报》副刊上《金戈文艺》半月刊任编辑。并开始在《大公报》《新民报》《诗激流》等报刊上发表诗作。随后又与川东文艺青年组成朝暾文艺社，出版《朝暾》文艺丛刊两期。刊物遭查禁后，被迫流亡。1940年，发表了反映煤矿工人苦难生活的诗作《矿井深处》。1943年，入国立中央大学中文系学习，毕业后长期从事新闻工作。中华人民共和国成立后，先后任《新华日报》《新民报》《红岩》编辑。1979年到四川万县师范专科学校任教。著有诗集《星空集》《播种》《夜雾与阳光》等。

罗　淑（1903—1938）

四川简阳人，原名罗世弥，知名小说家。1921年进入简阳县立女子学校学习，1923年，在成都市第一女子师范读书期间，受到五四新思潮的影响，1929年赴法国留学，1933年回国后，从事翻译和文艺工作。1936年在《文学月刊》发表处女作短篇小说《生人妻》。其主要作品有：小说《生人妻》《橘子》《刘嫂》《阿牛》《地上的一角》《鱼儿坳》《贼》《井工》等，散文有《捞粪草》《轿夫》《弄堂里的叫卖声》，翻译作品普希金的《棺材商人》、苏贝维勒的

《耶稣降生的槽边的牛和驴子》、车尔尼雪夫斯基的《何为》、罗曼·罗兰的《贝多芬笔谈》等。1964 年，人民文学出版社将《生人妻》与《地上的一角》合编为《生人妻》出版。1980 年，四川人民出版社出版《罗淑选集》。

吕朝相（1919—2008）

四川蓬溪人，笔名洪钟、齐野、邹风等。从 20 世纪 40 年代起，在四川《华西日报》、《笔阵》、《成都晚报》、《民众时报》、香港《文艺生活》、上海《文艺复兴》等报刊上发表作品。1949 年后，任成都市文学艺术界联合会副秘书长，川西文学艺术界联合会组联部、创研部部长，四川大学教授，《红岩》编辑部主任，中国民间文艺研究会四川分会副主席。其代表作品有《文学巨匠高尔基》《战国派文艺的改装》《评沙汀的〈闯关〉》等，其中《战国派文艺的改装》被收入《中国新文学大系（1937—1949）》。

绿　蕾（1923—1977）

四川开江人，本名黄道礼。1938 年，考入内迁万县的金陵大学附中，开始接触新文学，后在《川东日报》《武汉时报》等报刊发表诗歌、散文、通讯文章等。1942 年，考入中央政治学校政法科学习，与胡牧等人组织文艺研究会，编辑出版《诗部队》《文艺春秋》等文学刊物，并开始在《国民公报》《时事新报》《新蜀报》等报刊发表作品。1946 年大学毕业后，辗转成都、遂宁、重庆等地任教，开展进步文艺运动。1949 年后，定居开江，先后任政府职员和中学教师。著有诗集《燃烧的召唤》《爱的煎熬》等。

绿　原（1922—2009）

湖北黄陂（今湖北武汉黄陂区）人，原名刘仁甫，曾用名周树藩，笔名绿原、刘半九等，"七月诗派"一员。1942年考入内迁重庆北碚的复旦大学外文系，与邹荻帆等人合编《诗垦地》丛刊，同年第一本诗集《童话》收入胡风编辑的《七月诗丛》。1947年回到故乡武汉，在《大公报》《大刚报》副刊上发表诗篇。中华人民共和国成立后，曾在人民文学出版社担任德语文学的编辑工作等。著有诗集《又是一个起点》《集合》《另一支歌》；文集《绕指集》《非花非雾集》《半九别集》等。主要著述收入《绿原文集》《绿原译文集》。

M

马静沉

生卒年不详。四川青川人，现代作家，浅草社成员。1918年考入国立成都高等师范学校附属中学，与同学一起参加直觉社，出版了《直觉》半月刊，曾任《四川日刊》《新川报》编辑。在《浅草》上发表诗歌《无聊》《夜步黄浦》《深夜》《在爱泉里》、小说《孑孑》等，翻译屠格涅夫的小说《两个诗人》并发表在《文艺旬刊》上。中华人民共和国成立后，先后在成都县中、盐亭中学任语文教师。代表作品有短篇小说《孑孑》《亡国奴与圣人》《一封情书》等。

马识途（1915—2024）

四川忠县（今重庆忠县）人，原名马千木。1938年加入中国共产党，长期从事党的组织工作。1941年到昆明西南联大中文系学习，1945年毕业。历任鄂西特委书记、川康特委副书记、四川省建设厅厅长、四川省建委主任、中国科学院西南分院党委书记、四川省委宣传部副部长、四川省人大常委会副主任、四川省文学艺术界联合会主席、四川省作家协会主席、中国作家协会理事等职。1935年开始发表作品，著有短篇小说集《找红军》《马识途讽刺小说集》等；长篇小说《清江壮歌》《夜谭十记》；纪实文学《在地下》。

马宗融（1892—1949）

四川成都人，知名文学翻译家。曾在日本、法国留学，在法期间，在里昂大学学习文学，与陈延年、陈乔年兄弟合办《工余》杂志。1933年回国后，在复旦大学、桂林广西大学、重庆北碚复旦大学、台北台湾大学任教。曾任中华全国文艺界抗敌协会理事和重庆回教救国会的副理事长。著有散文集《拾荒》；人文地理集《伦敦》《罗马》；译有短篇小说集《仓房里的男子》（米尔博著）、中篇小说《春潮》（屠格涅夫著）等。

茅　盾（1896—1981）

浙江嘉兴人，原名沈德鸿，字雁冰，笔名茅盾，中国现代著名作家、文学评论家、文化活动家以及社会活动家。茅盾从小接受新式的教育，后考入北京大学预科，毕业后入商务印书馆工作。1920年主持《小说月报》编辑，1921年参与发起组织文学研究会，从此走上了改革中国文艺的道路，他是新文化的先驱者、中国革命文艺的奠基人之一。中华人民共和国成立后，曾担任中国文学艺术界联合会副主席、中国作家协会主席、文化部部长等职。代表作有长篇小说《子夜》《虹》《霜叶红似二月花》；中篇小说《蚀》；短篇小说《林家铺子》《春蚕》；文学评论《夜读偶记》等。

梅　英（1910—1999）

四川内江人，字晓初，笔名老梅、阿梅、笑楚等。1933年开始写作，作品载于成都《平报》《社会日报》等。1937年后，积极投身抗日救亡运动，在沱江中学掀起抗战文艺宣传的热潮，与林梦幻合编《文化动员》月刊，并且在成都《华西日报》《新民报》《国难三日刊》《星芒报》《蜀话报》，重庆《新蜀报》，桂林《救亡日报·文化岗位》等报刊发表诗歌与散文。曾兼任《内江日报》副刊主编，并协助范长江在沱江中学建立中国青年新闻学会内江分会。1938年4月出版诗剧《天明了》，同年出版长诗《北国招魂曲》，列入"文化动员丛书"。中华人民共和国成立后，在内江市政协文史资料委员会工作。

孟 引（1909—1993）

四川丰都（今重庆丰都区）人，原名朱挹清，笔名孟引等。1926年加入中国共产党，曾在家乡组织过农民暴动，失败后转上海等地从事文化工作。后到成都，参加中华全国文艺界抗敌协会成都分会，并主编会刊《通俗文艺》等。抗战胜利后，与王亚平、李索开、吴视等人在重庆组织文学社团骆驼社。中华人民共和国成立后，调西南师范学院任教。作品散见于《金箭》《笔阵》等抗战大后方刊物。

木 斧（1931—2020）

宁夏固原人，生于成都，原名杨莆，笔名默影、心谱、穆新文、牧羊、杨谱、寒白等。发表在1947年2月成都《光明晚报》文艺副刊《笔端》上的诗歌《沉默》，在青年学生中产生较大影响。1948年任《学生半月刊》文艺版编辑。中华人民共和国成立后，历任《诗向》诗刊主编，四川文艺出版社副总编辑等职。著有中短篇小说集《汪瞎子改行》、长篇小说《十个女人的命运》；诗集《醉心的微笑》《乡思乡情乡恋》《木斧诗选》；童话集《故国历险记》；评论集《诗的求索》《揭开诗的面纱》等。

牧　丁（1916—1976）

江苏涟水人，原名顾祝漪，又名顾竹猗，笔名牧丁、朱实、穆汀、石帆等。1934 年考入江苏省立石湖乡村简易师范学校。1935 年开始发表诗歌作品。1939 年初，以战区流亡学生的身份转入国立六中师范部就读。在校期间，和贺敬之、李方立、程芸平等人组织诗社，办诗壁报，并开始在《华西日报》《笔阵》等报刊发表作品。曾在成都主编诗歌刊物《诗星》，在大后方诗坛产生过较大影响。中华人民共和国成立后，在南开大学、郑州大学等高校任教。著有诗集《寒云集》《未穗集》《荻华集》等。

穆　仁（1923—2019）

四川武胜人，原名杨本泉，曾用名余之思、苏丛、何碧，笔名穆仁等。1937 年到重庆北碚兼善中学学习。1940 年，和同学与刘德彬、杨益言等成立了突兀文艺社。1941 年起开始发表诗歌作品。1947 年毕业于复旦大学新闻系。1948 年回到重庆新闻界工作，先后在重庆《商务日报》《重庆日报》任记者、编辑等职。著有诗集《早安啊，市街》《绿色小唱》《海的记忆》《音乐浪潮》《星星草》；诗论集《偶得诗话》；寓言集《雄鸡下海》等。

P

蒲伯英（1875—1934）

四川广安人，又名蒲殿俊，字伯英，号浊庵、雪园，笔名止水。清光绪三十年（1904）进士，授刑部主事。后官费留学日本，就读于东京梅谦法政大学。回国后历任北京法部兼宪政编查馆行走、四川咨议局议长、蜀报社社长、《晨报》总编辑。1919 年五四运动时，创办《实话报》，提倡大众文学，推崇白话文。

Q

漆树芬 (1892—1927)

四川江津（今重庆江津区）人，字南薰，别号树芬。中学毕业后，与郭沫若等同学一同赴日留学。1924 年从东京帝国大学毕业回国，后任上海法政大学教授，"五卅"时发起组织四川旅沪学界同志会，创办《长虹》月刊。1926 年回四川任重庆《新蜀报》主笔、国民革命军第二十军政治部主任，积极参加反帝反封建的革命活动。著有《帝国主义铁蹄下的中国》，散著见创造社《洪水》杂志。

钱歌川 (1903—1990)

湖南湘潭人，原名慕祖，笔名歌川、味橄等，著名散文家、翻译家，著有《北平夜话》《巴山随笔》《翻译的技巧》等。

钱 穆 (1895—1990)

江苏无锡人，字宾四，著名历史学家。抗日战争期间流寓四川，在齐鲁大学、华西大学等主讲文史课程。著有《文化与教育》一书，收其抗战时期发表的有关文化与教育问题的文章二十余篇。

乔大壮 (1882—1948)

四川华阳（今四川成都天府新区华阳街道）人，生于北京，原名曾劬，字勤父，又署名壮夫等，室名波外楼，字号波外居室、波外翁。京师大学堂译学馆毕业。精通中法文学，擅长诗歌、书法、篆刻。早年在北洋政府教育部任职。1927 年，在南昌周恩来身边任职，后任中央大学艺术系教授。抗战期间曾在经济部等处任职。

1947 年聘为台湾大学中文系主任。曾与徐炳昶合译了波兰显克微支的长篇小说《你往何处去》，作为共学社丛书其中一种出版。主要作品有《波外乐章》《波外楼诗集》《乔大壮印集》《乔大壮书法集》等。

丘　琴（1915—2006）

黑龙江宾县人，原名邓天佑，曾用名丘铁生，笔名天佑、丘琴等。抗战前，就读于北平东北大学，开始发表作品，与李雷、马加、碧野等发起成立北平文艺青年协会，与孟英等人发起成立中国诗歌作者协会等。抗战爆发后到重庆，在东北救亡总会工作，曾先后参与过《反攻》《文学月报》等刊物的编辑工作，到晋东南战地进行采访。中华人民共和国成立后，调往北京中苏友好协会总会工作，开始致力于俄国和苏联诗歌的翻译工作。主要译著有《苏联诗集》《马雅可夫斯基选集》《普希金全集》《丘琴译诗集》等。

屈　楚（1919—1986）

四川泸县人，原名屈智宗，笔名沈灵、江灵、灵、老龙套、石判官、牛何之等。1937 年到成都，开始写作。后到重庆，与王亚平等人先后创办诗家社、春草诗社。曾协助编辑《中原》《群众文艺》等。1945 年出版诗集《摘星者的死亡》。1946 年任重庆现代戏剧协会及重庆新中国剧社秘书、中华全国文艺界抗敌协会重庆分会理事，同年发表剧本《森林里的故事》、论文《中国新演剧概况》。1947 年发表剧本《茶馆曲》。中华人民共和国成立后，在上海人民艺术剧院、上海市作家协会工作。著有诗集《摘星者的死亡》《狂欢的节日》；剧本《茶馆曲》《北京钟声》等。

R

任白戈（1906—1986）

四川南充人，原名任洒凡，字文宙，笔名杜微。1933 年，在上海参加中国左翼作家联盟，1934 年被选为左联常委执委，任宣传部部长，后来又任秘书长。1935 年赴日本，与魏猛克等负责东京左联支部，创办《杂文》（后改名《质文》）。1936 年创作了《现阶段的文学问题》响应"国防文学"口号，并参加中国文艺家协会。中华人民共和国成立后，任四川省文学艺术界联合会名誉主席等职。著有文艺评论《关于国防文学的几个问题》《现阶段的文学问题》等。

任　耕（1923—?）

四川成都人，原名赵适，曾用名赵光宣，笔名先宣、胡衍、励毅、赵归等。平原诗社成员。20 世纪 40 年代，曾与蔡月牧、寒笳等人创办《华西文艺》月刊，并在《新民报》《华西文艺》《华西晚报》上发表文学作品。

任鸿隽（1886—1961）

四川垫江（今重庆垫江）人，字叔永，著名学者、科学家、教育家和思想家。中国最早的综合性科学团体——中国科学社，及最早的综合性科学杂志——《科学》月刊的创建人，1935 年任四川大学校长。先后在《留美学生年报》《科学》《努力周报》《现代评论》《独立评论》《申报》《大公报》《科学画报》等报刊上发表了大量文章，著有大量的译述文字和诗词作品，以及许多辛亥革命历史片断回忆文章。代表作有《科学概论》《中国科学社社史简述》《章太炎先生东京讲学琐记》等。

任　钧（1909—2003）

广东梅县（今广东梅州梅县区）人，原名卢嘉文，笔名卢森堡、森堡、叶荫等。1928年，由广东到上海，就读于复旦大学，同年加入太阳社。1929年，离沪赴日本早稻田大学文学部学习，与蒋光慈、冯宪章等人创立太阳社东京支社。1932年初回国后，与杨骚、穆木天、蒲风等人发起成立中国诗歌会。1937年离沪，辗转镇江、武汉、重庆，到达成都。抗战期间，先后参加文艺家协会成都分会的工作，与王亚平、柳倩共同编辑出版《诗家丛刊》。抗战胜利后返沪。著有中篇小说《爱与仇》；诗集《冷热集》《战歌》《后方小唱》《十人桥》；诗论集《新诗话》等。

S

桑　汀（1917—2005）

浙江绍兴人，原名冯白鲁，笔名白鲁、桑汀等。1935年参加革命工作。1938年加入中国共产党，1943年考入复旦大学。曾参与重庆《诗垦地》丛刊的编辑出版活动。中华人民共和国成立后，在东北电影制片厂工作。著有诗集《囚徒之歌》等。

沙　金（1912—1988）

四川重庆（今重庆市）人，原名刘稚德，笔名有佳禾、谢霞等，现代诗人、作家、编辑。1935年开始发表文学作品。1946年到上海，主要从事杂文和诗歌创作，并翻译诗歌。中华人民共和国成立后，曾任《人民诗歌》编辑、《萌芽》编委等职。1959年加入中国作家协会。著有短篇小说《反响》《福根的死》等；诗集《人民铁骑队》《新纪元开始了》《不准武装日本》《祖国，我歌唱你》

等；翻译诗集《当斯大林号召的时候》等。

沙　鸥（1922—1994）

四川重庆（今重庆市）人，原名王世达，笔名失名等。中学时代即开始在《新蜀报》《国民公报》《新华日报》等报刊发表诗歌。1942 年考入中华大学化学系就读，其间继续诗歌创作，并积极参与春草诗社的活动。曾先后参与编辑《诗丛》《新诗歌》《大众诗歌》等。1948 年赴平山解放区，出版诗集《百丑图》。1949 年加入中国作家协会。中华人民共和国成立后，曾先后在《大众诗歌》、北京《新民报》《诗刊》以及中央统战部工作。1962 年起，在黑龙江省文联从事创作工作。著有诗集《农村的歌》《化雪夜》《故乡》《春光无限好》《一个花阴中的女人》《故乡》《初雪》，以及散文、诗歌评论集多种。

沙　坪

生卒年不详。全国抗战初期，曾参加战地文艺宣传活动，不久返回成都，主编《战时文艺》。作品散见于《黄河》《战时文艺》《抗战戏剧》《拓荒文艺》等战时报刊。著有诗集《漳河曲》。

沙　汀（1904—1992）

四川安县（今四川绵阳安州区），原名杨朝熙，又名杨子青，笔名沙汀，现代著名作家。1922 年入四川省立第一师范学校学习，1929 年到上海，与任白戈等合办辛垦书店。写于 1932 年的短篇小说《法律外的航线》，曾被选入埃德加·斯诺编选的《活的中国》。1932 年加入中国左翼作家联盟，1933 年任中国左翼作家联盟常委会秘书，后改任小说散文组组长。1938 年任延安鲁迅艺术学院代主任。1939 年冬从延安返回四川，先在重庆工作，后蛰居故乡安县，专事创作。中华人民共和国成立后，担任过四川省文学艺术界联合会主席、中国社会科学院文学研究所所长等职。代表作品有长篇小说《淘金记》《困兽记》《还乡记》等；中短篇小说《联保主任的消遣》《模范县长》《在其香居茶馆里》《在祠堂里》《自由》《堪察加小景》等；短篇小说集《法律外的航线》等；长篇报告文学集《随军散记》（《记贺龙》）等。现有《沙汀文集》十卷行世。

山　莓（1920—1970）

江苏邳县（今江苏邳州）人，原名张劲民，又名张舒阳，笔名山莓、舒阳等。抗战时期，曾在第五战区从事宣传工作，为该战区战火社主要成员。1943 年到重庆，积极参加大后方文艺界活动。中华人民共和国成立后，在四川音乐学院任教。代表作有组诗《绿色的春天》等。

邵荃麟（1906—1971）

四川重庆（今重庆市）人，祖籍浙江慈溪，原名邵骏远，曾用名邵逸民，笔名荃麟、荃、力夫、契若，作家、文艺理论家、翻译家。1936 年前后，发表论文《对于运用文学上统一战线应有的认识》，与以群合译的高尔基的书信集《怎样写作》等。1939 年主编《东南战线》，创作了话剧《麒麟寨》等作品。皖南事变后，转移到桂林，主编《文化杂志》。1941 年前后，创作了短篇小说《英雄》《新居》等，翻译了《被侮辱与被损害的》等文学作品，创作了《也谈阿 Q》等文艺论文。1944 年至 1945 年，主编《文艺杂志》。1946 在香港主编《大众文艺丛刊》，撰写了《对于当前文艺运动的意见》《论主观问题》等重要论文。

邵子南（1916—1955）

四川资阳人，原名董尊鑫，字少南。1936年到上海任《作品》文艺编辑，1938年到延安。曾发起街头诗运动，主编《诗建设》，历任西北战地服务团干事、专职团委文艺队长等职。1943年到重庆担任《新华日报》采访部主任，主编《故事杂志》，出版诗集《组织》。1947年撤回延安，同年出版短篇小说集《李勇大摆地雷阵》。中华人民共和国成立后，历任重庆人民广播电台台长、中央西南局宣传部文艺处处长、重庆市文学艺术界联合会副主席等职。著有短篇小说集《我们是不同的》等；中篇小说集《三尺红绫》；长诗《白毛女》等。主要作品收入《邵子南选集》。

沈起予（1903—1970）

四川巴县（今重庆巴南区）人，作家、翻译家。1920年留学日本，回国后参加创造社，1928年在上海艺术大学执教期间，发表处女作中篇小说《飞露》。1930年加入中国左翼作家联盟，抗战爆发后赴重庆，主编《新蜀报》《新民晚报》副刊，1939年创作以改造日本俘虏为题材的长篇小说《人性的恢复》。1948年后任上海群益出版社主任编辑。代表作品有长篇小说《残碑》等；短篇小说集《火线内》等；短篇小说《虚脚楼》《五婆的悲喜》《难民船》等；译著《酒场》《欧洲文学发展史》等。

沈蔚德（1911—　　）

湖北孝感人，笔名有维特、沈维特，戏剧理论家、作家。先后在上海神州女校、北京两级女子中学、湖北省立第二女子中学读书，1933年入中华大学外文系读书，1935年入国立戏剧专科学校学习，后在该校研究实验部深造。1938年起，历任国立戏剧专科学校助教、讲师。中华人民共和国成立后，先后任中央戏剧学院讲师、南京师范大学副教授、教授等。代表作品有剧本《春常在》《民族女杰》等。

沈西苓（1904—1940）

浙江德清人，原名沈学诚，笔名叶沉。中国电影导演、编剧、演员。早年在日本留学期间，沈西苓结识日本戏剧家秋田雨雀、村山知义。1928 年，沈西苓回到上海，投身左翼文艺运动，加入创造社。1930 年与鲁迅等联名发起并组织成立中国左翼作家联盟。1933 年，执导个人首部电影《女性的呐喊》，后执导影片《上海二十四小时》《乡愁》《船家女》《十字街头》等。抗日战争时期，曾在重庆出任中央电影摄影场编导、中国电影制片厂特约编导，执导影片《中华儿女》。

石　璞（1907—2008）

四川成都人，原名石蕴如，笔名石璞、小石、秋依等。1933 年从清华大学毕业到杭州省立一中教书，其间因翻译出版弗吉尼亚·伍尔夫的小说《狒拉西》与希腊三大悲剧《阿加麦农》《安体哥尼》《米狄亚》而蜚声学界。1936 年回成都，担任四川大学外文系及中文系讲师、教授等。抗日战争时期，参加了由谢文炳、刘大杰等教授发起的进步刊物《前进》半月刊的创办，并写了发刊词《前进曲》。译著有《希腊三大悲剧》《锡兰史》《意大利地理》等，著有《欧美文学史》。

史东山（1902—1955）

浙江海宁人，生于杭州，原名史匡韶，导演、编剧。20 岁进入上海影戏公司任美工师，并担任临时演员，业余时间学写剧本，其后开始担任导演，执导了《杨花恨》《奇女子》《共赴国难》《八千里路云和月》等影视作品，并凭借《新儿女英雄传》获得第六届卡罗维发利国际电影节导演特别荣誉奖。

舒新城（1893—1960）

湖南溆浦人，原名玉山，学名维周，字心怡，号畅吾庐，曾用名舒建勋，现代著名教育家、出版家，1923 年 11 月由恽代英介绍加入少年中国学会。1924 年 10 月，应吴玉章之邀，赴成都任高等师范学校教授。1928 年应中华书局邀约主持《辞海》（第一版）编纂工作。

水草平（1914—2002）

四川荣县人，原名钟绍锟，曾用名钟忆萍，笔名水草平、李昂、藻萍、小民、绿衣等。1938 年秋，与柳倩、丁冬、刘正蓬等人在四川荣县成立流火社。其作品多散见于《四川风景》《流火》《笔阵》《挥戈》《新民报》等报刊。中华人民共和国成立后，在四川省邮电学校工作。主要著述收入《钟绍锟诗文选集》。

司马訏（1912—1979）

四川华阳（今四川成都天府新区华阳街道）人，原名程沧，字大千，笔名有史果、山雨等。二十岁开始从事新闻工作，在《快报》《西方晚报》做校对、记者、编辑。1939 年到重庆《新民报》工作。抗战胜利后调该报上海社工作，历任编辑、副总编、副社长等职。中华人民共和国成立前，著有散文集《重庆客》《重庆旁观者》《重庆奇谭》三部。此外，还著有《四川白毛女》《槐阴树》《佘赛花》等小说二十余部。

宋之的（1914—1956）

河北丰润人，原名宋汝昭，剧作家、报告文学家。1932年参加中国左翼戏剧家联盟，1935年加入上海业余剧人协会，后历任中华全国戏剧界抗敌协会常务理事、中国人民解放军总政治部文化部文艺处长、《解放军文艺》主编等职。代表作品有《雾重庆》《国家至上》《群猴》《戏剧春秋》《九件衣》《保卫和平》等。

苏雪林（1897—1999）

浙江瑞安人，籍贯安徽太平，原名苏小梅，后改名苏梅，字雪林，笔名绿漪、老梅等，现代女作家。1938年，随武汉大学迁往四川乐山，1945年返回武汉。代表作有散文集《绿天》、自传体小说《棘心》等。

孙 滨（1912—2000）

四川江津（今重庆江津区）人，原名凌文思，笔名凌静、凌离、凌丁等。全国抗战之前，在宜昌、重庆等地的报刊上发表新诗作品。1939年底赴延安学习和工作，参加战歌社活动，在《国民公报》《新华日报》《文学月报》《抗战文艺》《诗创作》等报刊发表大量诗作。中华人民共和国成立后，在天津工作和生活。著有诗集《一个年青女人的故事》《新世纪的呼声》《山川海洋集》《竞赛着的人们》等。

孙 鸥（？—1929）

生平不详，四川人，笔名以泊等。曾在成都大学读文科预科，作品主要发表在李劼人主编的《新川报》副刊上。1929年病逝。遗作辑成《以泊》出版。

孙　望（1912—1990）

江苏常熟人，原名孙自强，字止罝，笔名盖郁金、河上雄、鲁尔等。1931年就读于省立南京中学商科，开始新诗写作。1932年，参与组织洪荒文艺社，在《国民日报》编辑《洪荒文艺周刊》。同年9月，考入金陵大学文学院。1934年，与汪铭竹、常任侠、滕刚等人发起土星笔会。抗战爆发后，任职于国民政府资源委员会。1943年，到内迁成都的金陵大学担任教职。曾主持编辑《诗帆》《中国诗艺》等诗刊。中华人民共和国成立后，在南京师范大学任教。著有诗集《小春集》《煤矿夫》等。主要著述收入《孙望集》。

孙　瑜（1900—1990）

四川自贡人，生于重庆，原名孙成玙，小名涂生，曾用笔名理白，诗人、导演、编剧。先后在美国威斯康星大学、哥伦比亚大学、纽约摄影学院系统地学习了电影艺术和电影技术，成为我国最早的赴国外攻读电影的留学生。1928年开始执导电影，为一片衰败的国内电影界注入了新的力量，发现并培育了一批电影新人，为我国电影事业的发展打下了基础。其拍摄的影片有《潇湘泪》《风流剑客》《故都春梦》《野草闲花》《野玫瑰》《天明》《自由魂》《小玩意》《大路》等，有"诗化导演"之称。由他作词、聂耳作曲的《大路歌》，广泛流传。抗战期间，孙瑜在重庆编导了《长空万里》与《火的洗礼》。中华人民共和国成立后，孙瑜还编导了喜剧片《乘风破浪》，导演了《鲁班的传说》《秦娘美》等影片。其论著有《孙瑜电影剧本选集》《李白诗新译》。

孙跃冬（1922—2009）

山东济南人，原名孙耀东，曾用名孙骏、江帆，字旭明，笔名丙丁、黄河滨、跃东、采薇等。1936 年进入省立济南一中。抗战爆发后，随校辗转西迁四川罗江，就读于国立第六中学并开始诗歌创作。作品散见于《笔阵》《抗战文艺》《诗创作》《现代文艺》等刊物。1942 年，与杜谷、蔡月牧等人在成都组织平原诗社，出版诗丛刊《涉滩》《五个人的夜会》，同时加入中华全国文艺界抗敌协会成都分会。1944 年，与谢宇衡等人组织并出版诗刊《山谷诗帖》。同年，又与杜谷等在四川大学发起组织文学笔会。著有小说《春耕》、诗集《心灵的抒情》、散文《无名树》、散文诗集《昨夜的花朵》、杂文《怪现象》等。

T

唐君毅（1909—1978）

四川宜宾人，著名思想家、哲学家、教育家，当代新儒家的主要代表。1921 年考入重庆联合中学，1925 年考入北京大学哲学系，后转南京中央大学哲学系。毕业后任教于四川大学、华西大学、中央大学等。1949 年 4 月与钱穆、张丕介等在香港创办新亚书院，任教务长、哲学系主任等职。1958 年与徐复观、牟宗三、张君劢联名发表现代新儒家的纲领性文章《为中国文化敬告世界人士宣言》。1963 年受聘为香港中文大学首任文学院院长和哲学讲座教授，1967年任新亚研究所所长。2016 年《唐君毅全集》出版，全三十九册。

陶　雄（1911—1999）

江苏镇江人，剧作家、小说家。1932 年毕业于北京师范大学，后在北平、洛阳等地任教。1936 年任南京戏剧学校讲师。抗战爆发后，任中央航空委员会英文编译并被派往成都。在成都期间，陶雄一直任中华全国文艺界抗敌协会成都分会常务理事，主编过《中国的空军》等刊物。抗战胜利后返回南京。1946年后，任南京戏剧专科学校副教授、上海光华大学教授。中华人民共和国成立后，历任大夏大学中文系教授、华东戏曲研究院编审室主任、上海京剧院副院长、上海艺术研究所顾问等职。代表作品有《壮志凌云》《黄花集》《0404号机》《总站之夜》《伥》《麻子》《伏虎冈》等。

田家英（1922—1966）

四川成都人，原名曾正昌，作家、学者，曾任毛泽东秘书。全国抗战爆发后到延安，先后在陕北公学和马列学院学习，后留校执教。中华人民共和国成立后，历任中共中央办公厅副主任、中国科学院哲学社会科学学部委员等职。参加《毛泽东选集》（四卷）等书的编辑工作。著有长诗《不吞儿》、杂文《奴才见解》《从侯方域说起》《沙漠化的愿望》等。1987年《田家英文集》出版。

田　野（1923—2009）

四川成都人，原名雷观成。1941年开始文学创作，以诗歌和散文为主。中华人民共和国成立后，历任《湖北文艺》《桥》《长江文艺》编辑。著有诗集《爱自然者》《路》《航海者》；散文集《台湾脸谱》《相思曲》《挂在树梢上的风筝》等。

W

万迪鹤（1906—1943）

出生地不详，早年留日，抗战时期困居重庆，殁于四川巴县。代表作品有长篇小说《中国大学生日记》，短篇小说集《火葬》《达生篇》等。

王冰洋（1909—1962）

原名王燮，山东济南人，作家、文学评论家。抗日战争期间流寓四川。中华人民共和国成立后，任教于南京金陵女子文理学院、成都西南学院。代表作有小说《惠堂老伯》《八只手》、文艺评论《论文艺作家向劳动人民移行》等。

王秉诚（1902—1955）

四川重庆（今重庆市）人，原名刘玉声，号启藩。早年读私塾10年，后肄业于上海中国公学。当过店员、科员、编辑、记者。1937年在重庆《春云》上发表杂文《乞丐的新年》等。主要以说评书为业，撰写《重庆掌故》，以说《天方夜谭》成名，善说"重庆掌故"，有"重庆通"之称。

王光祈（1892—1936）

四川温江人（今四川成都温江区）人，字润玙，笔名若愚，现代著名音乐学家和社会活动家。1908年，进入四川高等学堂分设的中学堂，与郭沫若、李劼人、周太玄等同学，后担任成都《四川群报》驻京记者和北京《京华日报》编辑。1918年与李大钊、曾琦等发起组织少年中国学会，1919年7月正式成立，被推为该会执行部主任。同年底，在陈独秀、蔡元培、李大钊等支持下，又创建工读互助团。1920年赴德国留学，研习政治经济学，兼任《申报》《晨报》的驻德特约记者。1923年转学音乐，1927年入柏林大学音乐系；1932年受聘于波恩大学东方学院任讲师，介绍中国文化；1934年获波恩大学哲学博士学位。王光祈不仅是"五四"新文化运动重要的代表人物，而且他的音乐研究开东方民族音乐之先河。代表作有《东方民族之音乐》《欧洲音乐进化论》《论中国古典歌剧》《中国音乐史》《西洋音乐与戏剧》等。

王季愚（1908—1981）

四川安岳人，笔名季愚。1932年毕业于北京大学法学院。1935年后，在上海任中学教师，兼任《上海妇女》编辑。1939年加入中国共产党。此后，历任延安鲁迅艺术文学院编译、哈尔滨外国语学院院长兼党委书记、上海外语学院院长等职。其译著有高尔基的《在人间》、阿菲诺根诺夫的《西班牙万岁》等。

王鲁雨（1915—？）

四川人，又名王立昭，笔名狂循、秦烽、鲁雨等。毕业于复旦大学。抗日战争中先后在四川、贵阳等地从事中等教育工作。中华人民共和国成立后，任重庆西南师范学院中文系副教授并代理系主任，主要担任外国文学的教学并从事相关研究，晚年发表多篇外国文学论文，主要作品有《论莎士比亚的悲剧》，作品集《北念草》等。

王绍清（1909—1994）

重庆铜梁人，笔名文祥、克坚、高风。早年获新加坡莱佛士学院教育学士学位，后获英国爱丁堡大学文学硕士学位。曾主编广州《万人杂志》、重庆《中国电影》月刊及后来上海《联华周报》，并任金陵大学教授等职。后前往台湾，历任台湾省立师范教授、台湾艺术馆馆长、台湾制片厂厂长、世界新闻专校教授等职。另曾主编《艺术生活》周刊。主要作品有小说《海韵》、戏剧集《无上光荣》《礼尚往来》等。

王婉容（1926—　）

四川盐亭人，笔名王尔碑、王念秋、海涛、非非等。从高中时期开始发表诗作。1946 年夏在重庆《新华日报》副刊发表处女作诗歌《纺车声》。之后陆续在成都《新民日报·天府》《光明晚报·笔端》《诗焦点》《新闻日报·晓角》《西方日报》等报刊发表多首抒情诗、散文诗。1948 年进入重庆南林学院外文系学习。1951 年毕业于北京新闻学校，之后担任地方报社记者及编辑。1980 年参加中国作家协会四川分会。任《四川日报》诗歌编辑。著有诗集《美的呼唤》、散文集《行云集》等。

王亚平（1905—1983）

河北威县人，原名王福全，笔名罗伦、李篁、白汀、亚平等。1932 年，与袁勃等人创办《紫微星》文学杂志，次年加入中国诗歌会河北分会，成为河北分会的主要负责人。曾主编北平版《新诗歌》、青岛《现代诗歌》等杂志。全国抗战爆发后，创办《高射炮》诗刊。1939 年，从战地辗转到达重庆，后与在《新华日报》工作的诗友袁勃、戈茅等人组织了春草诗社，编辑《春草集》《春草诗丛》，参与主编《新蜀报》副刊《蜀道》等。著有诗集《都市的冬》《生活的谣曲》《血的斗笠》等。

王怡庵

生平不详。浅草社成员，曾参与编辑《文学旬刊》。1926 年在成都创立了四川戏剧协社，并导演了《少奶奶的扇子》等剧。抗战时期，曾在成都从事话剧和文学活动。作品多见于《浅草》《沉钟》《创造季刊》《文学旬刊》等报刊。

王　余（1921—2004）

四川达县（今四川达州达川区）人，原名王九余，笔名王郁、田篱等。从 1941 年开始，在达县《今剧报》、成都《新新新闻》、重庆《三日剧刊》《商务日报》等报刊上陆续发表作品。抗日战争时期，在成都南虹艺专和重庆国立实验剧院学习，后参加编辑《商务日报·今日戏剧》。1942 年 7 月，与王亚平、柳倩等组织诗家社，创建戏剧文学出版社，1943 年秋到成都南虹艺专与万籁天创办戏剧科，出版《诗家丛刊》《歌剧通讯》及《歌剧艺术》等刊物。1947 年后，任南京《人报》记者，1948 年在西南美专音乐科执教，又在中华戏剧专科学校任教务主任。中华人民共和国成立后，任中华全国戏剧工作者协会重庆分会委员，中国作家协会、中国戏剧家协会会员。主要作品有《妈妈的山羊尾巴》《阿叩登巴的故事》《花仙——卓瓦桑姆》等。

王余杞（1905—1989）

四川自贡人，笔名王余、李曼因、余杞、隅棨等，作家，编辑。1921 年到北京求学。1924 年入北京交通大学读书，开始小说创作。先后在北京交大《荒岛》《北平日报》、天津《国闻周报》、上海《奔流》等报刊发表文学作品。1928 年与朱大枬、翟永坤合作出版《灾梨集》。曾主编《当代文学》，与邵冠祥等人合办《海风》诗刊。1938 年回自贡任《新运日报》主笔，并在《文艺月刊》《文艺阵地》《抗战文艺》等大后方报刊发表作品。中华人民共和国成立后，任北京铁道学院经济研究所副研究员、人民铁道出版社编审等职。著有短篇小说《一部喜剧》《博士夫人》《幺舅》《都市里的乡下人》《厌倦》等；短篇小说集《惜分飞》《朋友与敌人》《将军》；长篇小说《自流井》《急湍》等；长诗《八年烽火曲》；诗集

《黄花草》等。主要作品收入《王余杞文集》。

王正平

生平不详，著有报告文学《从皇城坝说到成大五周年》等。

魏传统（1908—1996）

四川达县（今四川达州达川区）人，原名魏树勤。大革命时便开始从事文学活动，1926年，在家乡一带参加文艺组织烂漫社，组织读书会，创作以反帝反封建为内容的新诗，并在青年学生中传播新的文艺思想。1928年加入中国共产党，后参加长征，并在八路军政宣部《前线画报》任编辑。中华人民共和国成立后，历任解放军艺术学院院长、中国文学艺术界联合会委员、中国民间文学研究会理事等职。发表有大量诗词作品，出版有诗词集《长征诗草》《追思集》等。

温田丰（1916—1994）

四川重庆（今重庆）人，原名温嗣翔，笔名元留、芜言。1931年在《济川公报》发表小说《国旗》。1932年与李华飞等组织尝试文艺社，出版《尝试》周刊。编辑过《重庆日报》副刊、《新蜀报》等。中华人民共和国成立后，任重庆市文学艺术界联合会秘书、中国作家协会四川分会理事等。代表作品有短篇小说《金伕子李金山》，小说集《勇士与怯汉》，散文小说集《草原书简》等。

吴鼎南（1902—1989）

四川温江（今四川成都温江区）人，知名学者、新闻工作者，毕业于四川大学，曾任《成都快报》主笔。中华人民共和国成立后，入四川省人民政府文史研究馆工作。著有《成都惠陵·昭烈庙·武侯祠考》《工部浣花堂考》等。

吴芳吉（1896—1932）

四川江津（今重庆江津区）人，字碧柳，自号白屋吴生，世称白屋诗人，五四新文化运动中杰出的诗人之一。1919年任中国公学创办的《新群》杂志诗歌编辑，并创作了《婉容词》《小车行》《两父女》等诗，引起了较大反响；同时，还写了《论吾人眼中之新旧文学观》等论文，表达其在这一时期的文学观。1922年，在长沙创办《湘君》杂志。后任上海右文社校对，《强国报》编辑，四川嘉州中学、四川永宁中学、上海中国公学、长沙明德中学教员，西北大学、东北大学教授，成都大学中文系主任，重庆大学文科预科主任等。1929年出版自编《白屋吴生诗稿》。1934年其友人编订有《吴白屋先生遗书》《白屋嘉言》《白屋家书》。1982年，四川人民出版社和巴蜀书社分别出版《白屋诗选》《吴芳吉全集》。

吴济生

生平不详。有史料显示，抗战期间，他曾在重庆供职于中央银行，为相关金融出版物撰稿，曾著有《新都闻见录》等。

吴其昌（1904—1944）

浙江海宁人，字子馨，号正厂，著名文史学家。1925年，考入清华大学国学研究院，师从王国维、梁启超，后任教于南开大学和清华大学。1932年任武汉大学历史系教授，全国抗战时期，随校迁至四川乐山，任历史系主任。主要著作有《朱子著述考》《宋元明清学术史》等。

吴　视（1914—1982）

湖北黄陂（今湖北武汉黄陂区）人，原名吴传佑，曾用名吴清如，笔名方闻、一方、吴视等。抗战时期在《大刚报》《力报》《国民日报》发表新诗、散文和剧评。1943年参加民主运动及郭沫若领导的文化界革命活动。1946年，在重庆加入中国文艺协会。中华人民共和国成立后，曾与劳辛、柳倩等人在上海组织上海诗歌工作者联谊会并任常务理事兼理论批评组长，同年加入中国文学工作者协会上海分会。1954年到北京中国曲艺研究会工作。曾任《诗刊》编辑。著有诗集《大陆的长桥》等。

吴　虞（1872—1949）

四川新繁（今四川成都新都区）人，原名永宽，字又陵，亦署幼陵。近现代思想家、学者，在五四时期影响较大。胡适称他为"中国思想界的清道夫"，"四川只手打倒孔家店的老英雄"。1892年入成都尊经学院学习。1898年兼求新学，人称其为"成都言新学之最先者也"。1905年留学日本，主编《醒群报》，提倡新学。回国后，出资创办《蜀报》。曾担任《西成报》总编辑、《公论日报》主笔、《四川政治公报》主编等职。先后在《新青年》发表的《吃人与礼教》《家族制度为专制主义的根据论》等文，是新文化运动的主要代表人物之一。其主要著作为《家庭苦趣》《辛亥杂诗十六首》《明李卓吾别传》等，其诗文和日记经后人整理编辑成《吴虞集》和《吴虞日记》。

吴玉章（1878—1966）

四川荣县人，原名永珊，字树人，中国无产阶级革命家、教育家、语言文字学家。1903年留学日本，1905年加入同盟会，1911

年9月领导荣县独立，辛亥革命期间又领导内江独立。1912年任中华民国临时政府总统府秘书。1913年参加孙中山领导的"二次革命"，后遭袁世凯通缉流亡法国。1914年入巴黎法科大学学习，1916年回国。1917年在北京筹办留法勤工俭学预备学校。1919年五四运动前后开始接受马克思主义，来往于沪、粤之间，协助编辑《救国报》《劳动报》等刊物，革命活动更趋积极。1921年在四川重庆参与组建全川自治联合会。曾任成都高等师范学校（四川大学前身）校长。1925年加入中国共产党，延安时期被尊为"延安五老"之一。中华人民共和国成立后，任中国人民大学校长兼中央社会主义学院院长，担任中央人民政府委员、全国人民代表大会常务委员、中国文字改革委员会主任、中国科学院哲学社会科学部委员等职。吴玉章一生著述甚丰，代表作品有《吴玉章抗战言论选集》《中国历史教程绪论》《辛亥革命》《历史文集》《文字改革文集》《吴玉章回忆录》《吴玉章诗选》《吴玉章文集》等。

吴丈蜀（1919—2006）

四川泸州人，笔名芜荌、荀芷、飘蓬、韦流等。早年在成都求学，1935年开始发表作品，在成都《华西日报》《国民公报》等副刊上发表散文和诗。抗战胜利后，在重庆创办《书简》杂志，后前往香港任职于《周末报》。1951年起在湖北人民出版社任文学编辑，是中国作家协会武汉分会会员，其著作有《洪水淹不了人民的武汉》《买凤凰》《快嘴新娘》，诗词集《回春诗词抄》，专著《读诗常识》《词学概说》《诗词曲格律讲话》等。

吴祖光（1917—2003）

江苏常州人，又名吴召石、吴韶，著名学者、戏剧家、书法家、社会活动家。1934年发表小说《宫娥怨》，1937年任南京国立戏剧专科学校校长室秘书，全国抗战时期，随学校迁入重庆、江安。1946年在上海创办《新民晚报》副刊《夜光杯》和《清明》杂志。1949年后，吴祖光任中央电影局、北京电影制片厂导演，中国戏曲学校、中国戏曲研究院、北京京剧院编剧，中国文学艺术界联合会委员，中国戏剧家协会常务理事、副主席等。主要代表作有话剧《凤凰城》《正气歌》《风雪夜归人》《闯江湖》；评剧《花为媒》；京剧《三打陶三春》；导演有电影《梅兰芳的舞台艺术》《程砚秋的舞台艺术》。并有《吴祖光选集》六卷本行世。

X

夏　渌（1923—2005）

浙江杭州人，原名王先智，笔名王水、岑秀、忻之、焰子等。1942年考入四川省立教育学院中文系，参加学生爱国运动和进步文艺活动。曾与冬池合办《民主文艺》，与禾波合办《诗激流》等。中华人民共和国成立后，长期任教于武汉大学。著有古代笔记小说选《斗虎故事》《学习古文字散记》；诗集《钟声》等。

向　楚（1877—1961）

四川巴县（今重庆巴南区）人，字仙乔（亦作仙樵），号觙公，光绪二十八年（1902）举人。1897年考入重庆东川书院学习，得山长赵熙嘉赏，与同学周善培、江庸被誉为"赵门三杰"。孙中山曾誉其为"儒宗"。系重庆辛亥革命的主要宣传者、组织者和领导者之一，民国初曾任蜀军政府秘书院院长、四川军政府秘书厅厅长；在护国战争中，曾参与策动"肇和号巡洋舰"起义。其后，任四川省政务厅厅长、代省长、教育厅厅长和南京高等学校国文部教授、成都高等师范学校国文系主任、公立四川大学中国文学院院长、国立四川大学文学院院长等职。1952年调任四川省人民政府文史研究馆副馆长。有音韵学、文字学著述多种及诗集《空石居诗存》一卷传世。著有《巴县志》。

萧崇素 (1905—2002)

四川安县（今四川绵阳安州区）人，原名萧宗朴，笔名海士、萧梅、萧红等。1924年赴上海先后在震旦大学、大夏大学读书，1926年留学日本，在东京大学读书。1929年回国，参加左翼戏剧活动，开始发表作品。1935年任重庆进步报纸《新蜀报》主笔，同年参与组织重庆救国会，并任中华全国戏剧界抗敌协会理事。1946年任中华全国文艺界抗敌协会秘书。中华人民共和国成立后，历任四川大学、华西大学教授，成都市戏剧家协会副主任，四川省文学艺术界联合会创作组长、创作辅导部副部长等职，中国民族研究会四川分会副主席，中国民族研究会顾问等。长期从事藏族、彝族民间文学的搜集、整理和研究工作，为发掘、抢救藏族伟大史诗《格萨尔王》做出了突出贡献。1959年加入中国作家协会。著有《天女与种子》《四川少数民族民间文学漫步》《高原文艺巡礼》等。

萧蔓若 (1908—2008)

四川璧山（今重庆璧山区）人，原名萧秋昙，常用笔名萧曼若、吴亦、丘垤、艾丛、林映等，作家、教授，民盟成员。1928年肄业于重庆私立艺术专门学校。1929年开始发表作品。1937年，曾随国民党军队参加八一三淞沪抗战。这一时期著有短篇小说《大时代中的小事件》《癫女人》《牺牲精神》等。1949年之前主要从事中学语文教学及写作、编辑等工作，曾任中华全国文艺界抗敌协会成都分会常务理事、《笔阵》及《文学新报》主编，1949年之后历任《苏南日报》副刊编辑，无锡市文学工作者协会筹委会主任，重庆市文学艺术界联合会编辑组组长，重庆大学中文系教授，西南师范学院中文系主任、教授，四川师范学院中文系教授，重庆地区抗战文艺研究学会理事。1985年加入中国作家协会。代表作品有长篇小说《解冻》《庸人传》等；短篇小说集《萧蔓若小说集》；短篇小说《撤退的某一夜》《癫女人》《友情》《某先生》等。

萧 荑（1900—1995）

四川郫县（今四川成都郫都区）人，作家。早年毕业于四川省立第一师范学校，1924年，因错过北京大学考试而改入北京医科大学，但每周都到北大去旁听李大钊、胡适、鲁迅、梁漱溟、周作人、吴虞等大师的课，由此而受到系统的新文化洗礼。1926年，经吴玉章、刘伯承介绍免试进入黄埔军校第七期。"四一二"国共分裂后进入武汉黄埔分校，再经历"宁汉合流"，逃至上海，从此以教书为生。主要作品有长篇小说《曲阜》；短篇小说《长坂坡》《万有青先生》《国文教员》《教育家》《悲田院》《七十二荒》等。

谢文炳（1900—1989）

湖北汉川人，笔名问笔、文友。1922年赴美留学，回国后，先后在成都大学、武汉大学、燕京大学等任教。全国抗战时期，曾同李劼人、萧军、刘盛亚等人创办《文艺后防》《抗战文艺》等杂志。中华人民共和国成立后，任四川大学第一任校长。代表作品有中长篇小说《诗亡》；短篇小说《园丁头》《馒头皮》《老同学》《做工的狗》《有钱的出钱》《小汉奸》等。

谢宇衡（1926—2001）

四川罗江（今四川德阳罗江区）人，原名谢凤鸣，笔名谢宇衡、陈汀、谢默琴等。野火读书会成员，挥戈文艺社成员。1944

年，与孙跃冬等组织山谷诗社，并出版诗刊《山谷诗帖》。1948年，毕业于四川大学中文系。中华人民共和国成立后，在成都大学任教。著有诗集《血的故事》《爱底旗》等。

熊佛西（1900—1965）

江西丰城人，原名福禧，谱名金润，字化侬，笔名戏子、向君，戏剧教育家、剧作家。1921年，参与组织民众戏剧社。1924年，赴美国哈佛大学研究戏剧、文学，获硕士学位。1926年回国，先后任北平艺术专科学校戏剧系主任、燕京大学教授、北京大学艺术学院戏剧系主任、四川省立戏剧教育实验学校校长、上海戏剧专科学校校长、中央戏剧学院华东分院院长、上海戏剧学院院长。代表作品有长篇小说《铁苗》《铁花》；散文集《山水人的印象记》；戏剧剧本集《佛西戏剧集》《佛西抗战戏剧集》《赛金花》；专著《写剧原理》《过渡及其演出》《佛西论剧》《戏剧大众化的实验》等。

熊克武（1885—1970）

四川井研人，字锦帆。1903年留学日本，1905年加入同盟会。1911年参加了由黄兴领导的广州黄花岗起义。辛亥革命后任川军第五师师长、川东讨袁（世凯）总司词、四川督军、四川讨贼（曹锟）军总司令。1924年参加国民党第一次全国代表大会，当选为中央执行委员。次年遭蒋介石扣押。1927年后任国民党中央监察委员、国民大会代表。1949年成都解放前夕发表声明，表示拥护中国共产党和中央人民政府。后任西南军政委员会副主席、民革中央副主席，是第一至第三届全国人大常委会委员。著有报告文学《辛亥革命纪事》等。

徐　迟（1914—1996）

浙江吴兴（今浙江湖州吴兴区）人，曾用名徐商寿，笔名徐迟、唐瑯、史纲等。1934年起开始在《矛盾》《时代画报》《妇人画报》等刊物发表诗和散文作品。1936年9月，和路易士协助戴望舒创办《新诗》。太平洋战争爆发后，辗转至重庆。1943年，在郭沫若主编的《中原》任执行编辑。中华人民共和国成立后，曾任《诗刊》副主编、中国作家协会武汉分会副主席等职。著有诗集《二十岁人》《最强音》《战争·和平·进步》《美丽·神奇·丰富》；报告文学集《歌德巴赫猜想》；特写集《我们这时代的人》《庆功宴》；文学评论集《诗与生活》等。

徐　放（1921—2011）

辽宁辽阳人，原名徐德绵，字润泽，笔名徐放、柳舒、史渐黎、史向黎、鲁放等。"七月诗派"成员之一。抗战后期到四川，毕业于内迁到四川三台的东北大学中国文学系。1944年参加中华全国文艺界抗敌协会。1946年到延安，先后任教于陇东大学、北方大学等。中华人民共和国成立后，任《人民日报》文艺、文教编辑。著有诗集《南城草》《起程的人》《野狼湾》《赶路记》等。

徐君慧（1921—2009）

四川合江人，原名李子英，又名李晓华，笔名徐君慧、伊里、李智等。1936在宜宾《金岷日报》发表处女作。1946年后，与罗铁鹰合办《真理周报》，并参加昆明文艺家协会。后到重庆以写作为生，始用徐君慧署名。在武汉、重庆、昆明、桂林报刊上发表了近百篇散文（编成《霜林掇叶》，未出版），还有短篇小说数十篇及杂文，评论数十篇。1952年，调广西人民出版社任编辑，1953年，调广西文学艺术界联合会创作组工作，1956 年，再调《广西文艺》编辑部，不久又调离。1979 年后，调广西大学中文系任教。1980 年初，当选为中国作家协会广西分会理事。主要作品有《澎湃的赤水河》《春雷》《歌人传》，专著《聊斋志异纵横谈》《从金瓶梅到红楼梦》。

徐　訏（1908—1980）

浙江慈溪人，原名徐传琮，字伯訏，作家、学者，著名的浪漫派小说家。1931 年毕业于北京大学。1934 年，任上海《人间世》杂志编辑。1936 年赴法留学，翌年回国，居于上海。1942 年，辗转桂林、重庆，执教中央大学。中华人民共和国成立后赴香港定居，先后在新加坡、香港多所大学任教，并与曹聚仁等人创办创垦出版社，合办《热风》半月刊。著有小说《鬼恋》《吉布赛的诱惑》《风萧萧》；诗集《进香集》《灯笼集》《轮回》；散文集《西流集》《蛇衣集》；话剧《潮来的时候》等。

许　伽（1923—1999）

四川灌县（今四川成都都江堰市）人，本名徐季华，笔名徐慢、禾草、石池、柳池等。抗战初期，就读于南薰中学，开始新诗创作。曾先后参加过《战时学生》旬刊社、华西文艺社、现实文学社等进步社团和组织的活动，与友人创办《挥戈文艺》《拓荒文艺》等刊物。1942 年考入内迁成都的金陵女子大学，不久奔赴浙东游击区。中华人民共和国成立后，历任《浙江日报》《川东日报》记者等职。著有诗集《长春藤》，散文集《母亲河》等。

许钦文（1897—1984）

浙江山阴（今浙江绍兴）人，幼名松龄，学名世枝，后名绳尧，字钦文，作家。1926年由鲁迅选校、资助其短篇小说集《故乡》出版。1932年，因受人诬告入狱，获释后去四川旅游并教书。中华人民共和国成立后，在杭州高级中学、浙江师范学院任教，后任浙江省文学艺术界联合会副主席、中国鲁迅研究学会理事、浙江省鲁迅研究学会顾问、浙江省文学学会顾问等职。代表作有《故乡》《许钦文小说选集》等。

Y

严　辰（1914—2003）

江苏武进（今江苏常州武进区）人，原名严汉民，笔名厂民、屯日、严翔、严仪、A. M.、安敏等。早期曾参加中国诗人学会、中华全国文艺界抗敌协会。抗战爆发后辗转武汉、重庆，曾在重庆国立编译馆工作，并参加中华全国文艺界抗敌协会重庆分会的活动和诗歌座谈会。1942年赴延安，在中华全国文艺界抗敌协会从事创作。中华人民共和国成立后，历任《人民文学》编辑部主任、《新观察》主编、中国作家协会黑龙江分会副主席等职。著有诗集《河边恋歌》《英雄与孩子》《晨星集》《红岸》《繁星集》《春满天涯》等。

扬　禾（1918—1994）

山东安丘人，原名牛树禾。1938年至1942年就读于西北大学，并开始写作。1945年加入中国民主同盟，以写诗为主，多发表在《七月》《新华日报》《诗创作》《文艺杂志》《中国新诗》《大公报》等大后方报刊。1949年后，历任重庆大学中文系副教授、中国作家协会四川分会专业作家。著有诗文合集《逆旅萧萧》，报告文学集《龙溪河上的来信》等。

羊 翚 (1924—2012)

四川广汉人,本名覃锡之,现名阳云,笔名有黎茹、羊翚等。1942年,在成都上学,参加了芦甸、杜谷、方然等人组织的平原诗社,开始在《成都快报》《华西晚报》发表诗歌和散文作品。1945年,肄业于成都燕京大学。叙事长诗《乡土集》于1947年6月载上海《大公报·星期文艺》。中华人民共和国成立后,在湖北省作家协会任职,主要从事散文诗创作。著有诗集《千山万水来见毛主席》,散文诗集《晨星集》,散文集《彩色的河流》,诗文选集《涉滩的纤手》《火焰的舞蹈》,短篇小说《峡谷风雨》等。

阳翰笙 (1902—1993)

四川高县人,原名欧阳本义,字继修,笔名华汉。1924年进入上海大学读书。1925年加入中国共产党。1926年调入黄埔军校政治部。曾参加过南昌起义,失败后在上海创造社任职并陆续发表小说《暗夜》《两个女性》等,开始走上文学道路。后发起组织中国左翼作家联盟,并担任左联党团书记和中共中央上海局文委书记。同时创作出《十姑的悲愁》《义勇军》《地泉》等优秀小说。1933年创作了第一部电影文学剧本《铁板红泪录》后,开始进入电影戏剧界,后期创作出许多具有爱国主义精神的电影剧本,如《生死同心》《夜奔》《李秀成之死》《塞上风云》等。1941年皖南事变后,创作了优秀的历史剧《天国春秋》。中华人民共和国成立后,担任中华全国电影艺术工作者协会主席、中国文学艺术界联合会党组书记、全国政协常委等职。其主要作品包括小说《女囚》《活力》《复兴》《大学生日记》《转换》《最后一天》等;理论研究《社会问题研究》《社会科学概论》《唯物史观研究》等;剧本《前夜》《两面人》《草莽英雄》等。

杨昌溪（1902—1976）

四川仁寿人，又名杨康，学者、作家、翻译家，是中国研究黑人文学的先驱。早年毕业于泸县川南联合县立师范学校、圣约翰大学，并短期留学日本。抗战前后曾任《贵州日报》总编辑、《幸福报》主编。中华人民共和国成立后，担任贵州省直属机关干部业余文化学校高中部语文教员。著有《三条血痕》《给爱的》等文学作品与学术著作《黑人文学》等。

杨村彬（1911—1989）

北京人，戏剧导演、剧作家。毕业于国立北平艺术学院戏剧系，1937年参加抗战剧团，由长沙、武汉巡回至成都，任四川省立戏剧教育实验学校教务主任，后转至江安国立剧专教书。1942年编导《清宫外史》三部曲，轰动山城，成为其代表作。代表作除《清宫外史》外，还有电影文学剧本《两宫皇太后》，专著《导演艺术民族化求索集》等。

杨吉甫（1904—1962）

四川万县（今重庆万州区）人。1924年考入北平民国大学预科。1925年，与刘树德（林铁）等人创办刊物《夜光》。1928年秋至1931年夏升入北平民国大学英语系本科就读。1930年在北京大学结识何其芳，共同创办刊物《红砂碛》，开始发表田园小诗。1931年秋返回万县任教，次年春去成都任《社会日报》副刊编辑。全国抗战爆发后，与何其芳同编《川东日报》副刊《川东文艺》，并于20世纪40年代创办《文艺旬刊》。主要作品收入《杨吉甫诗选》《杨吉甫小说散文选》等。

杨静远（1923—2015）

湖南长沙人，现代著名作家和翻译家。抗日战争期间流寓四川。代表作有译作《柳林风声》《彼得·潘》。

杨开甲

生卒年不详，字少荃，原籍湖北武昌。1908年参加同盟会，1912年，被孙中山委任为四川外交督办。长期担任华西协合中学校长和华西协合大学校董会副董事长。著有《川路风潮之演变》《成都光复》等文章。

杨　山（1924—2010）

四川南充人，笔名萧扬。曾在国立歌剧学校学习音乐和歌剧，做过中学教师、记者、编辑。20世纪40年代开始发表诗作，主编《突兀文艺》。中华人民共和国成立后，曾任西南人民艺术学院戏剧系研究员、编剧，后任《红岩》编辑部副主任、《银河系》诗刊主编、中国作家协会四川分会理事、重庆市文学艺术界联合会委员等职。著有诗集《寻梦者的歌》《黎明期的抒情》《春的旋律》《醒来的恋歌》及《工厂短歌》（与穆仁合著）等。

杨　朔（1913—1968）

山东蓬莱（今山东烟台蓬莱区）人，原名杨毓瑨，著名作家。1939年参加中华全国文艺界抗敌协会组织的作家战地访问团，奔赴华北各抗日根据地，随八路军转战南北，写下了不少通讯和中、短篇小说。代表作品有《荔枝蜜》《樱花雨》《泰山极顶》《画山绣水》《茶花赋》《海市》等。

杨效春（1895—1938）

原籍浙江义乌，原名兴春。曾任教晓庄试验乡村师范，后任成都大学教授。著有《乡村教育纲要》《晓庄一岁》《乡农的书》等。

姚　奔（1919—1993）

吉林扶余人，原名姚正基，又名姚向之，笔名姚奔、姚芝闻、史抄公、映实等。抗战前就读于北平国立东北中山中学等学校，曾与李满红等共同参加进步学生运动。北平沦陷后到重庆。1939年进入内迁至北碚的复旦大学，在《文艺阵地》《国民公报》《现代文艺》和《诗垦地》丛刊等报刊发表大量诗作。著有诗集《给爱花者》《痛苦的十字》；译有《拜伦爱情诗选》。

野　谷（1925—　）

四川忠县（今重庆忠县）人，原名成善棠。中学时代，在何剑熏等人的影响下开始新诗习作。1944年开始尝试四川方言进行创作。主要作品散见于《文哨》《新华日报》《新诗歌》等报刊。曾著有诗集《指望来年》被编入《春草诗丛》，但因故未能出版。中华人民共和国成立后，长期在重庆市文学艺术界联合会、四川省文学艺术界联合会等单位工作。著有诗集《社会主义的春天》《小姑娘的梦》《夜渡》《凝望》等。

叶伯和（1889—1945）

四川成都人，原名叶式昌，又名叶式和，字伯和，现代著名音乐理论家、音乐教育家。初期写旧体诗，到日本后，涉猎西方诗作，并加入中国革命同盟会。1912年回国后，先后任教于成都县立中学校、川中初级师范学校等，在西南地区推广五线谱。1914年，在成都市祠堂街创办培训京剧青年演员的科社，并设"剧部"供学员公开演出。1922 年，与陈虞裳等人创立了四川第一个文学研究团体——草堂文学研究会，主编会刊《草堂》。1924 年任成都市立通俗教育馆音乐部主任，后发起成都海灯乐社。著有《一个农夫的话》《中国音乐史》《伯和诗草》《叶伯和著述丛稿》等。

叶菲洛

生卒年不详，四川重庆（今重庆市）人，笔名菲洛等。曾担任重庆《新民报》副刊编辑。1934 年，在重庆与柯尧放、毛一波等人发起成立了沙龙社，创办刊行了文艺性刊物《沙龙》。抗战时期在成都参与发起成立中华全国文艺界抗敌协会成都分会，并担任该会会刊《笔阵》编辑委员。1942 年，在成都与苏雪林、雷石榆、李广田等人创办《创作月刊》。著有诗集《昨日之花》等。

叶浅予（1907—1995）

浙江桐庐人，原名叶纶绮，美术家，其以舞蹈、戏剧人物为主的国画、速写以及漫画影响较大。全国抗战时期，参加郭沫若负责的政治部第三厅，投身抗日宣传工作。1939 年到香港办《今日中国》，1940 到重庆，作《战时重庆》组画及叙事画《逃出香港》。代表作有《叶浅予作品选集》《叶浅予画舞》等。

叶圣陶（1894—1988）

江苏苏州人，著名小说家、教育家。抗日战争期间流寓四川，主持开明书店编辑工作，同时还参加发起成立文艺界抗敌后援会。1945 年 1 月，重庆文光书店出版其随笔集《西川集》。代表作有短篇小说《多收了三五斗》；长篇小说《倪焕之》；童话《稻草人》等。

易君左（1899—1972）

湖南汉寿人，知名作家和新闻工作者，全国抗战期间，在重庆中国作家协会等任职。其散文集《闲话扬州》曾引发重大社会反响。

应云卫（1904—1967）

祖籍浙江慈溪，生于上海，导演、编剧、演员。1941年，与陈白尘、孟君谋等在重庆组织进步职业剧团——中华剧艺社，担任理事长，并执导了电影《大地回春》；4月，担任中华剧艺社剧团理事长。1942年，组织重庆戏剧界演出郭沫若的话剧《屈原》；中华剧艺社在国泰大戏院首场演出话剧《复活》。1946年，担任国泰影业公司的场务主任；3月，在重庆与代戏剧协会合作首演陈白尘的话剧《升官图》。中华人民共和国成立后，曾担任江南电影制片厂厂长等职，继续从事电影导演工作。

于　伶（1907—1997）

江苏宜兴人，原名任锡圭，字禹成，笔名尤兢、叶富根等。1932年加入中国共产党，先后在北平、上海领导中国左翼戏剧家联盟工作。中华人民共和国成立后，任中国文学艺术界联合会委员、中国电影工作者协会副主席、中国作家协会上海分会主席等。代表作品有《女子公寓》《花溅泪》《夜上海》《长夜行》《聂耳》等。

余承基

生卒年不详，河北通州（今北京通州区）人。晚清时曾先后任四川仪陇、清溪（汉源）、乐山等县县知事；辛亥革命后在成都从事教育工作。1917年目睹刘存厚、戴戡成都巷战后，写了《刘戴成都巷战血迹记》一文。

玉 杲（1919—1992）

四川芦山人，原名王宗尧，又名余念、王正先。1938年前往延安，进入抗日军政大学学习。1942年考入璧山社会教育学院图博系。长篇叙事诗《大渡河支流》于1945年发表于邵荃麟主编的《文艺杂志》。1946年到米脂中学、延安大学任教。中华人民共和国成立后，先后在西北人民革命大学、西北文学艺术界联合会工作。后参加中国作家协会，任《延河》副主编。主要作品有《刘老五》《残夜》《人民的村落》《人民子弟兵》《向前去》《安巩传》《起点》《开拓者》《方采英的爱情》等中长篇叙事诗。

袁 勃（1911—1967）

河北广宗人，原名何风文。20世纪30年代开始发表作品。抗战期间先后任汉口《新华日报》、重庆《新华日报》编辑，《新华日报》太行版副总编辑，晋冀鲁豫《人民日报》副总编辑，华北《人民日报》及《北平解放报》编辑、总编辑。中华人民共和国成立后，任中共云南省委宣传部副部长兼云南日报社社长、总编辑，云南省作家协会主席等。著有诗集《真理的船》《袁勃诗文选》等。

袁水拍（1919—1982）

江苏吴县（今江苏苏州）人，原名袁光楣，笔名马凡陀等。1934年，毕业于苏州高中，次年考入上海沪江大学。全国抗战爆发后，在香港、重庆等地从事抗日救亡宣传工作，同时从事诗歌创作。解放战争时期，在上海从事新闻工作，先后担任《新民晚报》《大公报》编辑。中华人民共和国成立后，调入北京《人民日报》工作，担任文艺部主任，兼任《人民文学》《诗刊》杂志编委。著有诗集《人民》《向日葵》《冬天，冬天》《沸腾的岁月》《马凡陀的山歌》《春莺颂》《云水集》等。

Z

臧克家（1905—2004）

山东诸城人，曾用名臧承志，笔名少全、臧克家、克家、何嘉等。1934—1937年，曾在山东省立临清中学任教。1938年参加中华全国文艺界抗敌协会。1938—1941年夏初，在第五战区从事文艺宣传工作。1942年到重庆，与王亚平等人成立春草诗社，编辑出版《诗家丛刊》。中华人民共和国成立后，任《诗刊》主编。著有诗集《烙印》《罪恶的黑手》《运河》《泥土的歌》《宝贝儿》《生命的零度》；散文集《乱莠集》《随枣行》《我的诗生活》等。主要著述收入《臧克家全集》。

臧云远（1913—1991）

山东蓬莱（今山东烟台蓬莱区）人，常用笔名辛苑、秀沅等。中国左翼作家联盟成员。早期至北平读高中，积极参加抗日救亡运动。1932年在北京加入中国左翼作家联盟，参与中国左翼作家联盟刊物《科学新闻》编辑。1933年去日本，为东京中国左翼作家联盟成员。1939—1946年在重庆从事文艺活动。1948年去解放区。中华人民共和国成立后，先后任东华大学、山东大学、南京艺术学院教授。著有诗集《炉边》《云远诗草》；诗剧《苗家月》等。

曾德镇（1921—1988）

四川威远人，又名曾岛，笔名易和元、天马、田家、穆微波、陈涛等。自幼爱好文艺，高中时即在本地的报纸副刊上发表散文。

1941 年秋考入复旦大学新闻系。1943 年起给重庆《新华日报》写通讯和文艺作品，在《新华日报》副刊上曾发表《加租子》《守棚子》《在赌场上》《天兵的故事》等揭露国民党政府反动统治和反映农村生活的速写、小说近 30 篇。1946 年 2 月到重庆，任《新华日报》副刊编辑并写了一些杂感、速写和曲艺作品。1947 年年初，《新华日报》被国民党当局封闭后撤回延安，后到山西任《晋绥日报》和《晋绥大众报》副刊编辑。1948 年 6 月到陕南，任《陕南日报》记者、陕南新华分社编辑科科长、前线支社社长。1949 年年底随军到重庆，在《新华日报》任编辑、记者和采访组长。1950 年 10 月，调中共中央西南局宣传部工作，任宣传处和报刊处秘书。这一时期写了大量曲艺作品，出版《打破美帝鬼脸壳》《杨根思英雄排》《邓莲玉翻身》《女村长蔡素辉》和《丁佑君宁死不屈》等，并被选为中国作家协会重庆分会常务理事。1954 年调中共中央宣传部报纸处工作。1957 年 4 月调《人民日报》文艺部工作。主要作品有《美国佬出洋相》，与池北偶、刘征合著的讽刺诗合集《蒺藜集》。

曾　兰（1875—1917）

四川华阳（今四川成都天府新区华阳街道）人，字仲殊（纫秋），号香祖。1912 年被聘为在成都创办的四川第一家妇女报纸《女界报》的主笔，先后撰写了不少有关妇女问题的文章。曾兰的一系列文章引起了巨大社会反响，她也成为成都最早的女权主义者。代表作有《孽缘》《女权评议》等。

曾　卓（1922—2002）

湖北武汉人，祖籍湖北黄陂，原名曾庆冠，笔名曾卓、路隽、林薇等。1938 年武汉沦陷前夕流亡重庆，投身救亡运动，与邹荻帆、姚奔等人组织诗垦地社，编辑出版《诗垦地》丛刊。曾从事《诗文学》编辑工作，主编《大刚报》副刊。中华人民共和国成立后，先后任长江日报社副社长、湖北省作家协会副主席、中国作家协会理事等职。著有诗集《门》《悬崖边的树》《老水手的歌》；散文集《美的寻求者》《听笛人手记》等。主要作品收入《曾卓文集》。

张大旗

生平不详，重庆人，抗战时期，在重庆、成都等地报刊发表新诗作品。著有诗集《欧洲的歌》。

张恨水（1895—1967）

安徽潜山人，原名张心远，现代著名小说作家。1937 年年底，张恨水到重庆，加入《新民报》工作，任主笔、总社协理、重庆版经理，自编重庆版文艺副刊《最后关头》。1939 年，张恨水在《新民报》上连载寓言式长篇小说《八十一梦》。1945 年，张恨水创作了中国第一部现代战史小说《虎贲万岁》。中华人民共和国成立后，任文化部顾问、中央文史研究馆馆员、中国作家协会理事等。代表作有长篇小说《金粉世家》《啼笑姻缘》《八十一梦》等。

张季纯（1907—2000）

山西阳城人。1925 年开始发表作品。1932 年毕业于国立北平大学艺术学院戏剧系。曾加入中国左翼戏剧家联盟。1935 年任山西西北剧社社长。1937 年参加上海救亡演剧二队，在四川演出。1939—1940 年，任教于四川省立戏剧音乐学校。1941 年赴延安，任鲁迅艺术文学院教员、西北文工团团长、陕甘宁边区文化协会副主任。1953 年加入中国作家协会。中华人民共和国成立后，任北京市文化局局长、中国文学艺术界联合会委员、北京市文学艺术界联合会副主席等职。著有短诗集《太行山》；剧本集《塞外的狂涛》《卫生针》；剧本《保卫和平》、《保卫卢沟桥》（合作）、《醒来吧》等。

张　澜（1872—1955）

四川南充人，字表方，政治家、教育家，中国民主同盟的创建者和领导者，曾任民盟主席。1902 年，赴四川尊经书院深造，1903 年入东京弘文书院师范科学习。回国后，任成都担任四川省游学预备学堂学监、顺庆府中学堂监督，并在南充创办初、高等小学和南充端明女塾。1911 年，发起组织四川保路同志会，领导四川人民开展保路运动。后任四川省省长、国立成都大学（今四川大学）校长等职；全国抗战时期，频繁参加抗日民主运动，1939 年与黄炎培、章伯钧等在重庆参与发起民主宪政运动和成立统一建国同志会；1941 年参加发起组织中国民主政团同盟，被推选为民盟中央主席。中华人民共和国成立后，任中央人民政府副主席、全国人大常委会副委员长、全国政协副主席等。著有《说仁说义》《四勉一戒》《墨子贵义》等。

张默生（1895—1979）

山东临淄（今山东淄博临淄区）人，原名张敦讷，著名学者、教育家。毕业于国立北京师范大学。1946 年到四川，先后任教于北碚相辉学院、重庆大学、四川大学。致力于先秦诸子和传记文学的研究，其庄子研究成果显著，是国内屈指可数的"庄学"泰斗。著有《庄子新释》《默僧自述》《厚黑教主传》等。

张培爵（1876—1915）

四川荣昌（今重庆荣昌区）人，字列五。1903 年入四川省城高等学堂理科优级师范科，1904 年创办成都列五中学。1906 年加入同盟会，1907 年与熊克武等人联络新军与会党共谋江安、泸州、成都起义，均告失败。1908 年奔走川南各县发动起义，继转重庆，参与组织乙辛学社，作为同盟会重庆支部的核心。1910 年，经杨庶堪介绍任重庆府中学学监。1911 年武昌起义后，与杨庶堪等宣布重庆独立，被举为蜀军政府都督。1912 年成渝合并后，任四川都督府副都督、民政长。1913 年，袁世凯调张培爵到北京，委其为总统府高等顾问。1915 年，因积极从事反袁活动遭诱捕，被害于北京。著有《蜀军政府始末》等。

张天授（1916—2006）

四川重庆（今重庆）人，笔名天授、华那、T. S. 等。早期在北京大学《歌谣》周刊发表搜集的民谣。1932 年，曾与黄现璠、李石峰、刘盛亚等人共同发起创立蓓蕾学社，创办文艺旬刊《菡萏》《蓓蕾》。全国抗战初期，与友人创办《诗报》，曾任《诗星》半月刊编辑。1942 年年底，与李本哲、戴文葆等创办了杂文壁报《夏坝风》。1944 年，与王效仁等人创办《中国学生导报》。中华人民共和国成立后，在《重庆日报》工作。

张心雄

生平不详，1935 年 3 月在《会计杂志》发表《消费合作运动中之几个会计问题》，1940 年 3 月在《旅行杂志》发表《川滇井盐概述》等。

张　央（1925—?）

四川康定人，原名张世勋，笔名张阳、央序、沙粒、肖芒、欧思曼阳、胡耕等。1942年开始文学创作，曾组织无弦琴诗社、风陵渡文艺社和浅草文艺社。1949年主编《西康日报》文艺副刊《金川文学》。中华人民共和国成立后，任康定县文化馆馆长、甘孜藏族自治州文学工作者协会主席、《贡嘎山》杂志副主编等职，著有游记《康南行草》；诗集《康巴星云》；散文集《康巴旧闻》《康藏烟尘千叠》《康定春秋》等。

张　扬（1924—2014）

四川渠县人，曾用笔名有旷野、荒野、马奔等。1945年抗日战争胜利前夕，任成都《华西晚报》副刊编辑、新闻记者。1947年6月，在《华西晚报》遭国民党查封后，转入中国共产党领导的地下武装斗争。20世纪50年代初，先后任中共川西区党委、四川省委宣传部秘书。1959年以后，一直担任四川人民出版社文艺编辑，也是中国作家协会会员。其作品分别选入《四十年代国统区诗选》《中国现代格律诗选》《桂林现代山水诗选》《四川现代山水诗选》《红岩颂》《白桦林》等诗集中。《绿风》诗刊还刊出了《张扬山水诗选》。另有山水诗集《飘不去的绿云》《大海的旋律》等出版。

章　泯（1907—1975）

四川峨眉（今四川乐山峨眉山市）人，原名谢韵心，又名谢兴，笔名杜山、陆擎。1929年毕业于北平大学艺术学院戏剧系。1931年参加中国左翼戏剧家联盟，并被选为执行委员。创作了《弃儿》《东北之家》《雪夜》《纪念会》《儿归》等独幕剧。1935年3月，任上海业余剧人协会理事会理事并兼任编导主任，导演了《娜拉》《钦差大臣》和《大雷雨》等。和葛一虹创办了《新演剧》杂志。中华人民共和国成立后，任北京电影学院院长、中国文学艺术界联合会理事和中国电影工作者协会理事等。代表作品有话剧《我们的故乡》《夜》《家破人亡》《生路》《钢表》《敢死队》等；论著《论战时工农演剧》《论戏剧人物的表现》等；译著《表演艺术论》《演员的责任》《高尔基艺术剧场创作的道路》《戏剧导演基础》等。

赵枫林（1922—1967）

山东菏泽人，原名赵益友，笔名枫林等。全国抗战爆发后，随学校内迁四川，就读于国立六中第一分校。1941年加入中国共产党，北上延安受阻后，先后在四川中江、重庆等地从事实际工作。1946年进入中原解放区。中华人民共和国成立后，在北京市文学艺术界联合会工作。其作品多见于《新华日报》《诗垦地》丛刊等。代表作有小说《参军》、散文《老一亩半地的悲歌》、报告文学《不按老样子开的会》等。

赵景深（1902—1985）

四川宜宾人，生于浙江丽水，曾名旭初，笔名邹啸、露明女士、冷眼、陶明志。1922年毕业于天津棉业专门学校，后进入天津《新民意报》工作，并组织绿波社，提倡新文学。1923年秋，由郑振铎、黎锦晖介绍到湖南长沙岳云中学教书，并加入文学研究会。1925年到上海，长期为《小说月报》撰写世界文坛消息，并主编《文学周报》。在开明书店任编辑两年半后，于1930年秋任北新书局编辑，主编《现代文学》。同年，任复旦大学中文系教授。1936年加入提倡"国防文学"的中国文艺家协会。后任中国古代戏曲研究会会长、中国俗文学学会名誉主席、中国民间文学研究会上海分会主席等职。在元杂剧和宋元南戏的辑佚方面做了开创性工作，对昆剧等剧种的历史和声腔源流及上演剧目、表演艺术均有研究。其主要著作有短篇小说集《失恋的故事》、诗集《荷花》、散文集《小妹》、文学理论与评论《中国小说丛考》《童话概要》《中国文学小史》《民间故事研究》《现代世界文学》《文学概论》等。

赵其贤

生平不详，曾著《一日间》，入选茅盾主编的《中国的一日》。

赵清阁（1914—1999）

河南信阳人，笔名铁公。肄业于河南大学。全国抗战时期，在武汉参加中华全国文艺界抗敌救亡协会并主编《弹花》杂志。1938年10月到重庆，继续主编《弹花》杂志，并主编"弹花文艺丛书"，并创作了话剧《女杰》。1943年在成都主编"中西文艺丛书"。1944年在《新民报上》连载杂文《骚人日记》，并创作话剧《潇湘淑女》。代表作品有话剧《女杰》《反攻胜利》《雨打梨花》《此恨绵绵》等。

赵世炎（1901—1927）

四川酉阳（今重庆酉阳）人，字琴生，号国富，曾用名施英、琴荪等。1915年考入北京高等师范学校附中，后参加五四运动。1919年加入少年中国学会，创办主编《平民周刊》《少年》半月刊及《工读》半月刊。1920年赴法勤工俭学，1922年6月与周恩来等一起创建旅欧中国少年共产党。1924年回国，任中共北方区执委会宣传部部长等职，主编《政治生活》周刊。1926年参与组织北京"三一八"群众示威游行。任中共江浙区委组织部部长兼上海总工会党团书记，后兼任中共江浙区委军委书记，参加领导上海工人三次武装起义。1927年不幸被捕牺牲。

赵循伯 (1908—1980)

四川巴县（今重庆巴南区）人，原名赵承志，笔名徐匀，川剧作家。童年读过私塾，中学辍学谋生，长期辗转于成都、重庆、万县等地，先后当过学徒、店员、乡村教师和职员。从1925年起，便陆续在成都的《九五日报》《白日新闻》，重庆的《新蜀报》《现代读物》，上海的《春潮》月刊、《艺月》月刊、《北新》周刊以及《语丝》周报上发表了大量文章。1928年7月8日，赵循伯以徐匀为笔名写信向鲁迅介绍了当时成、渝两地有关"革命文学"的讨论情况。抗战爆发后，他开始以戏剧创作的形式加入了斗争，其创作的剧本借古喻今，宣扬民族气节。中华人民共和国成立后，赵循伯在重庆电力公司当职员，仍继续利用业余时间撰写戏评和发表剧本、唱词等。1953年，赵循伯正式被调至西南川剧院担任编剧，创作、改编、移植了大量的现代戏、新编历史剧和传统戏。著有剧本《崖山恨》《民族正气》《正气歌本事》等。

郑拾风 (1920—1996)

四川资中人，原名郑时学，笔名时学、石红等。17岁开始写作，1937年毕业于泸县川南联合县立师范学校。1940年参加革命，历任重庆《新民报》编辑、主任兼主笔，《南京晚报》《南京人报》《常德开平日报》总编辑，香港《文汇报》编辑，并编写《嗡嗡集》《蜂刺》《百发不中集》《冷盆热炒》等小杂文专栏。中华人民共和国成立后，任上海《新闻日报》编辑部主任、副主编，上海《解放日报》评论员。上海市第四、五届人大代表，上海市第七届政协常委，上海市戏剧家协会理事。1979年加入中国作家协会。著有长篇小说《飘零》、长篇传记《喻培伦》、杂文集《弯弓集》《语不惊人》《热炒冷餐》，昆曲剧本《琼花》《血手记》《夕鹤》，苏剧剧本《钗头凤》，专著《百喻经新释》等。

周太玄（1895—1968）

四川新繁（今四川成都新都区）人，原名周焯，号朗宣，后改名周无，号太玄。1909 年考入四川高等学堂分设中学堂，1916 年于中国公学毕业后，任《民信报》编辑。1918 年与王光祈等人发起组织少年中国学会。1917 年赴法国留学，并创办了巴黎通讯社。1919 年底，周太玄创办《旅欧周刊》，并筹办《华工周刊》（次年改名为《华工旬刊》，并出版）。1920 年，入法国蒙彼利埃大学学习博物学，1924 年入巴黎大学研究院学习，1930 年被授予法国国家理学博士学位。1947 年赴香港任《大公报》编辑主任。中华人民共和国成立后，任西南文教委员会委员、四川大学校长等。1953 年任中国科学院编译局副局长，后任中国科学院科学出版社社长兼总编辑、中国科学院编辑出版委员会副主任委员等。著有科学著作《动物心理学》《生物学浅说》等 7 部；翻译著作有《物种》《人的研究》《细胞与生命之起源》等 11 部。此外还著有关教育、妇女、哲学等方面的论著及诗论、诗作。被誉为学贯中西、博古通今的一代通才。

周　文（1907—1952）

四川荥经人，原名何开荣，字何稻玉，笔名何谷天等。1932 年参加革命，次年加入中国共产党，曾任中国左翼作家联盟执委、组织部部长。1937 年在成都领导和开展文艺界统战工作。1940 年到延安，曾任《大众读物》社社长、陕甘宁边区教育厅厅长、陕甘宁边区政府秘书长、中共晋绥分局秘书长、宣传部部长，兼晋绥日报社、晋绥大众报社社长。1946 年任重庆新华日报社副社长。1949 年赴北京参与筹备中华全国文学艺术工作者第一次代表大会，任大会联络部部长，被选为中国文学艺术界联合会、中国作家协会委员，任中央马列学院秘书长。先后主持或参与过《文艺》《笔阵》《四川日报》《新民报》编辑工作。周文在从事革命工作的同时还进行文学创作，作品多以揭露、讽刺、鞭挞川康边地军阀吏治的丑恶嘴脸为题材。他的小说曾两次被鲁迅推荐到国外，还写有大量的文论和杂文。代表作品有短篇小说《雪地》，短篇小说集《父子之间》《多产集》《爱》；中篇小说《在白森镇》《救亡者》；长篇小说《烟苗季》等。

周　彦（1909—　　）

北京人，原名周国彦，电影编导。20 世纪 30 年代，加入中国左翼戏剧家联盟。全国抗战时期与杨村彬、贺孟斧、欧阳红樱、卢淦等人辗转由湘入川，从事抗日救亡演剧活动。他在成都与欧阳红樱、杨村彬、贺守义、萧锡荃同台演出了熊佛西编导的《后防》，并创作了大量的剧本，如《桃花扇》等。代表作有电影台本《万象回春》《挤》；导演有话剧《重庆 24 小时》《黄金梦》等。

朱大枏（1907—1930）

四川巴县（今重庆巴南区）人，号仲实，笔名枏、大枏、一苇、槐南等。1921 年入北京师范大学附属中学学习。1923 年与塞先艾、李健吾等组织文学团体曦社，编辑《国风日报》副刊《爝火》。1924 年入北京交通大学学习，同时在《现代评论》等报刊上发表诗歌。1926 年创办、编辑《晨报副刊·诗镌》。1927 年，创办《荒岛》半月刊，参与创办徒然社。朱大枏创作涉及新诗、散文诗、杂文、小说、戏剧及文学批评等，曾译介过托尔斯泰等人的作品。代表作品有短篇小说集《她的遗书》；诗文合集《灾梨集》；诗集《饥饿》《冷箭》；童话集《夜来香的复活》《爱与憎》等。

朱光潜（1897—1986）

安徽桐城人，别名孟实，笔名盟石。1922年毕业于香港大学，1925年留学英国爱丁堡大学，后在法国斯特拉斯堡大学获哲学博士学位。回国后，于1937年任教于四川大学，1939年任教于迁入乐山的武汉大学。任中华全国文艺界抗敌协会理事和成都分会筹备员。1946年后一直在北京大学任教。主要著作有《悲剧心理学》《文艺心理学》《西方美学史》《谈文学》《谈美书简》等。现有《朱光潜全集》行世。

朱　健（1923—2021）

山东郓城人，原名杨竹剑，又名杨立可。1937年考入菏泽中学，后随校西迁四川，就读于国立六中第四分校，参加进步学生活动并开始发表作品。"皖南事变"后离开学校，辗转甘肃、陕西等地。1946年考入重庆乡村建设学院，从事进步学生运动，后在湖南潇湘电影制片厂工作。著有诗集《骆驼和星》《朱健诗选》等，另有杂文和随笔集多部。

朱介凡（1912—2011）

湖北武昌人，民间文艺学家，歌谣、谚语学家。曾在万州任《蜀东新闻》编辑。著有《中国风土俚谚小集》《中国谚语类编》《鸡儿喔喔啼》《中国儿歌》等。

朱　偰（1907—1968）

浙江海盐人，著名经济学家和历史学家、文学家。1929年毕业于北京大学，1932年获柏林大学哲学博士学位。全国抗战时期，曾在重庆中央大学兼职。著有《金陵古迹名胜影集》《漂泊西南天地间》等。

祝实明（1908—1951）

四川巴州（今四川巴中巴州区）人，又名祝世德，笔名有杜
宇、夏留仁、惠留芳、祝实名等。1927 年与方敬、何其芳同在万县
读初中。此时祝世德已在《语丝》等刊物上发表小品文、诗歌等。
从上海吴淞公学毕业后，在万州、武汉、上海、河北、江西等地教
书。1942 年任汶川县县长，1947 年任筠连县县长；1949 年调珙县
任县长。同年冬，祝世德响应该地区公署和平起义的号召，率其部
属参加起义。其主要作品有《大禹》《明季哀音录》《娑罗树》《熊
猫行》《爱国词人辛弃疾》《新诗的理论基础》等。

庄学本（1909—1984）

上海人，中国影像人类学先驱，纪实摄影大师。1934—1945 年
间，以《良友》《中华》《申报》特约记者的身份，在四川、云南、
甘肃、青海四省少数民族地区进行了近 10 年的考察，对藏、羌、
彝、苗、羌、傈僳、纳西等 17 个少数民族做了富有成果的研究，
尤其在受聘担任西康省政府参议顾问期间，对嘉绒藏族进行了详细
考察，发表了大量的人文考察报告和具有震撼力的摄影作品。代表
作品有画册《西北边荒旅行记》《西竺剪影》《庄学本少数民族摄影
选》等。

庄　涌（1919—1996）

江苏邳县（今江苏邳州）人。1935 年，在江苏省立运河乡村师
范学校加入南风诗社，并开始在《徐报》副刊《南风》发表新诗。
1937 年考入山西民族革命大学，同年年底到重庆，任《大公报》记
者。抗战期间创作了大量爱国与抗战的诗歌，代表作有《颂徐州》
《给十万八千六百七十九》《祝中原大战》等。1945 年，在《真报》

做助编。著有诗集《突围令》《悲喜集》等。

子　冈（1914—1988）

江苏吴县（今江苏苏州）人，本名彭子冈，原名彭雪珍，著名女记者。1936年北平中国大学肄业。1938年加入中国共产党。全面抗战时期，后随《大公报》撤退到重庆，以《大公报》记者名义在大后方采访，发表大量通讯，揭露日本侵略罪行。抗战胜利后，任《大公报》驻北平记者。1945年8月，发表了轰动大后方的新闻特写《毛泽东先生到重庆》。中华人民共和国成立后，先后任天津《进步日报》和《人民日报》记者。代表作品有《苏匈短简》《子冈作品选》《时代的回声》《驰骋疆场的女战士》等。

邹荻帆（1917—1995）

湖北天门人，原名邹文学，笔名邹荻帆、狄凡、杨令、陆泉、德府等，诗人、翻译家。20世纪30年代中期开始发表诗歌作品。全国抗战爆发后，参加中华全国文艺界抗敌协会。1940年在重庆复旦大学外文系和经济系学习，1941年秋，创办了《诗垦地》丛刊。1944年到成都"战地服务团"工作，被选为中华全国文艺界抗敌协会成都分会理事。中华人民共和国成立后，历任《文艺报》编辑主任、《世界文学》编委、《诗刊》副主编等职。著有短篇小说集《风》《砍柴妇》《售血者》《悬崖》；长篇小说《大风歌》；诗集《在天门》《木厂》《尘土》《雪与村庄》《走向北方》；散文集《忆奈良》《难忘的灯》《苦菜花和我》等。

邹　绛（1922—1996）

四川巴县（今重庆巴南区）人，原名邹德洪、邹德鸿，笔名邹绛、一野、沈乐、郝去冰、费固。1940年考入内迁乐山的武汉大学外语系。1942年参加文谈社。1944年从武汉大学毕业后，曾先后在乐山、万县（今重庆万州区）、重庆等地中小学任教。中华人民共和国成立后，先后在西南人民艺术学院、中国作家协会重庆分会等单位工作。曾任《西南文艺》《红岩》《星星》《四川文学》等刊物的诗歌编辑，中国新诗研究所研究员，四川外国文学学会会长。1963年后，在西南师范学院任教，并从事翻译工作。著有诗集《现代格律诗选》《邹绛现代格律诗选》；译有《黑人诗选》《和平的旗手》《初升的太阳》《聂鲁达诗选》；编有《中国现代格律诗选》《外国名家诗选》等。

邹绿芷（1914—1986）

辽宁辽阳人，原名邹尚录，笔名费雷、贺新等。抗战前，曾在北京大学、清华大学等校学习，其间开始在《中流》等杂志发表诗歌作品。抗战初期，曾在军队从事战地文化工作，后到延安，入陕北公学学习。随后受组织委派回重庆，到育才学校任教。中华人民共和国成立后，长期在中国福利会工作，任儿童时代社社长等职。出版翻译作品多种，诗作和散文散见于《文艺阵地》《文艺生活》《现代文艺》《国民公报·文群》等。

左琴岚（1923—?）

四川成都人，原名纪宏春，笔名白易、黄沙文、左琴岚、左宏春等，生平不详。平原诗社成员。晚年居台湾。

文学社团

整理说明

本辑搜集整理了 1912—1949 年活动于四川（含重庆）的文学社团及川人在外创办的文学社团的资料，希望能给读者和相关研究者提供资料，使其对这一时期的四川新文学社团情况获得总体性了解。

资料整理参考了四川、重庆等地的文化志、文体志、文教志、文艺志等各类志书以及《中国新文学大系》《中国现代文学社团流派词典》《中国现代文学的巴蜀视野》等前人学者的成果。

社团资料整理原则：

一、凡是活动于四川（含重庆）的文学社团及川人在外创办的社团均予以收录，采用减法原则，在整理阶段先将各类文学艺术团体、话剧社团、抗日宣传团、进步书店等均收录进来，后期定稿再做删减。

二、排序问题：首先按地区分类整理，分为四川（含重庆）、国内其他地区和国际地区三部分。各地区内，每条社团资料按创立时间先后①排序。

四　川

成　都

川剧教育会

1912年，川剧艺人王治安联系同盟会成员母剑魂、王觉悟等人在成都组建新戏组织——川剧教育会，专门排演时装新戏，有王觉悟编的体现反袁斗争的《洪宪官场》，鼓吹革命的《广州风潮》《复图》《川路血》《徐锡麟刺恩铭》等。川剧教育会排演的新戏在演出内容方面虽有变化，但在演出形式上仍采用新事旧唱，未能摆脱上场引子下场诗的旧章法。川剧教育会的成立对推进川戏改革和促进话剧形式的发展起了积极作用。

成都春柳剧社

1913年，留学日本的春柳社川籍成员曾孝谷回到成都，在任教之余，仍热心于新剧运动，创建了成都春柳剧社，提倡演出话剧。由于当时成都社会闭塞，封建遗风甚盛，参加剧社的人数不多。最初，仅有他的学生，成都中学的章尔谷、王子苑等少数几人，后又有钟曼秋、肖汪度、张文、巫木头等人陆续参加。剧社在成都华兴街悦来茶馆进行公演，时人称其为"文明戏"，又叫"幕表戏"。其间，曾孝谷曾编写反封建讽刺剧《好儿子》。

春柳剧社成立以来屡遭地方封建势力的压制和迫害，最终夭折，曾孝谷亦离开成都。

少年中国学会成都分会

1919 年 6 月，李劼人等借《川报》社址在成都正式成立少年中国学会成都分会。会员有彭举、周光熙、穆济波、胡助、李思纯、何鲁之、李珩、孙少荆等 9 人。成立大会议决：每星期六开谈话会一次，筹办《星期日》周刊，间日共同研究英、法文三小时。1919 年 7 月 13 日，分会刊物《星期日》创刊，李劼人自创刊起到当年 8 月底赴法国勤工俭学前夕，任《星期日》编辑，后编辑改由穆济波和孙少荆担任。1920 年 4 月，孙少荆赴德国留学后，由李珩任编辑，并成立星期日社，社员 40 余人。

星期日社

参见"少年中国学会成都分会"条。

人生活学会

成都高师、附中、觉群女学等校的学生组织成立人生活学会，1920 年下半年出版《直觉》，由刘先亮、秦德君等主持。该刊为文艺性刊物，着重谈男女恋爱、婚姻自由等问题，在当时别树一帜。

草堂文学研究会

1922 年 11 月，叶伯和、陈虞裳、张拾遗、何又函、沈若仙、巴金、雷承道等在成都组成草堂文学研究会。研究会的主要活动是从事新文学创作，出版不定期的纯文学刊物《草堂》。刊物由研究会成员筹款印刷，32开本，每期70页左右，没有固定的编辑部地址，联络处设在《草堂》主持人叶伯和家里。

《草堂》创刊于1922年11月30日，共出4期，刊登了新诗151首，小说12篇，翻译小说2篇，译诗6首，4幕话剧以及1部评论、通讯数篇。[①]

1923年11月，因经济困难，《草堂》停刊，草堂文学研究会也停止了活动。

孤吟社

1923年春，孤吟社在成都成立，成员有张拾遗、张望云、张继柳、唐苇杭、雷承道、杨鉴莹、唐植藩、徐苏陔、章戬初、刘叔勋等。

1923年5月15日，《孤吟》半月刊创刊。《孤吟》非常注重儿童诗的创作，第3期出了增刊《儿童诗歌号》，发表了很多儿童创作的诗歌，而且从第4期起，增设《儿童创作》一栏，专门发表儿童的作品。

孤吟社和1922年成立的草堂文学研究会有着密切的关系，很多成员同时也是草堂文学研究会的重要成员，他们的创作在内容和风格上也有很多共同之处，被人们认为属于诗坛上的同一流派。

1923年7月起，《孤吟》和《剧坛》两种刊物合并，成立了蜀风文学社。

1923年8月1日，《孤吟》出至第6期后停刊，孤吟社也停止了活动。

---

① 据李怡、肖伟胜《中国现代文学的巴蜀视野》统计，《草堂》四期共发表诗歌112首，小说12篇，戏剧1篇，翻译小说2篇，译诗6首。李怡、肖伟胜：《中国现代文学的巴蜀视野》，成都：巴蜀书社，2006年，第55页。——编者注

蜀风文学社

参见"孤吟社"条。

成都摩登剧社

1930年5月4日，由上海先后回到成都的原上海南国社和摩登社成员王怡庵、肖崇素、陈明中、肖宗英、李仲宜等人，在原成都四川戏剧协社的基础上组成了成都摩登剧社，参加者有成都公教人员、新闻界、工商界人士和大专院校的青年学生五六十人。社址在成都南门三巷子十二号。主要成员有闵震东、李倩云、舒次章、吴先优、陈竹影、罗毅文、张拾遗、张望云、陈仲年、吴学秀、马静沉、姜云丛、张鄂、蔡正东、谢趣生、王曼琳、万淑英、舒俊升、肖梅、李岳、戴华琪、王怡庵、陈明中、肖崇素、肖宗英、李仲宜等。

成都摩登剧社以"摩登"命名，是为了表明与上海摩登社在思想与艺术主张上是一脉相承的关系。后经上海摩登社同意，成都摩登剧社正式成为上海摩登社分社。

剧社演出的剧目，大多由田汉、洪深等创作，还有一些翻译剧作，也有社员自己创作的作品。由于剧社在成都首次实行男女同台演出，男女同座观剧，开创了成都话剧舞台演出的新局面。

1931年，因演出剧目引起成都某些封建势力的仇视，剧社被控告，随即又被成都市政府查封。为了继续生存下去，剧社决定改名为现代剧社，继续公演。更名后，剧社创办了两个戏剧周刊《戏剧》和《风标》，作为《新四川报》和《川报》的副刊出版，以配合剧社历次公演。此外，还编辑出版了《现代戏剧》月刊，介绍新剧，后因经济困难，出版2期后停刊。

摩登剧社改名现代剧社后不久，陈明中、马静沉被国民政府军警逮捕，险遭枪杀。此后，剧社活动时断时续。1935年夏，陈明中离开成都去上海，剧社的活动才完全停止。

现代剧社

参见"成都摩登剧社"条。

前卫社

1930年夏，前卫社于成都成立，是由一批文艺青年组成的文学团体，活动以文学创作为主，社员作品大都发表在当地报刊上。

青联社

1930年夏，成都当地一些爱好文艺的青年发起组织成立了青联社，不久自行解散。

前线社

1930年间，前线社于成都成立，成员大多都为当地文艺青年。除从事文学创作外，还不定期举行讨论会，商讨文学创作问题。

平凡社

1931年8月，平凡社于成都成立，由当地一些新兴作家组成，以成都《快报》为阵地，从事文学创作，并组织社员讨论文学创作方面的问题。

青年文艺社（1）

1933年，青年文艺社于成都成立，主要成员有月影、克鲁、朋其等。编辑出版了《新芽》半月刊，共出3期。该社活动时间较短，后自行解散。

四川大学文艺研究会

1934 年，四川大学文学院部分学生，在一些著名教授的指导下，成立了四川大学文艺研究会。执委会由 5 名成员组成，负责整个会务工作，下设编辑委员会和研究干事会，负责具体工作。主要成员有羊蓔、张维、天纵、星原、李岳南、林栖、歌帆、李永和、罗幼卿、蔡天心、陈思苳、方敬、李伏伽、谭仲超、廖微户、少光、羊角、白井、菲于、鲁兵、寄尘、落磊、张明、许健、凡鸟、白森、卓耕、瘦石、丙生、南屏、旗开、晓天、林冰、张颐年、胡述英等。

研究会分为 5 个组：文艺理论组、小说组、诗歌组、散文组、戏剧组。每个会员可自由选择加入两个组。为了便于会员阅读、讨论，还设立了书报流通处，负责书报的借阅和流通工作。

研究会的主要活动有：

一、创办刊物。研究会前期出版《文艺》月刊 10 余期。到1939 年，在教授谢文炳、罗念生、周煦良的支持下，又出版《半月文艺》，出刊 10 期以上，直到研究会停止活动时终刊。此外，文艺研究会还出版壁报，前期在成都街头张贴，迁峨眉山后，继续出版壁报，每周 1 期，从未脱期，并经常出版特辑。

二、举办文艺研究座谈会。先后邀请文艺界著名作家、诗人如老舍、曹葆华、萧军、何其芳、周文、任钧等前来讲演。

三、开展文学创作。1938 年初，研究会同人成立了文研写作团，以创作为核心。会员的作品除在会报（即壁报）、会刊《文学》《半月文艺》上发表外，还在校外《文艺阵地》《铁流》《金箭周刊》等报纸副刊上发表。

研究会的活动，可分为前后两个时期。前期为 1934—1939 年，活动地点在成都，后期从 1939 年秋开始，由于日军轰炸成都，四川大学迁往峨眉山办学，研究会设在峨眉山的伏虎寺内。这时，会员增加至 200 余人，活动频繁，是研究会的鼎盛时期。1942 年，因主要成员不断离校，研究会工作逐渐停顿下来。

成都文艺工作者协会

1937 年春，成都部分文艺工作者李劫人、陈翔鹤、陈思苓、毛一波、刘涟清、赵其文、杨波等 30 余人组织建立了成都文艺工作者协会。参加协会的以大学生和青年文艺工作者为主。协会成立后的活动不多，同年 5 月 30 日，部分会员以金箭文艺社的名义在《四川日报》创立了副刊《金箭周刊》；另有一些会员以散文社的名义，于同年 6 月出版了《散文》月刊，出版 2 期后停刊。

1937 年 8 月 15 日，社员陈思苓主编的《金箭》月刊创刊，同时，仍在《四川日报》上主编《金箭周刊》。9 月 22 日，部分会员与一些中学生联合，成立了青年文艺社，在《四川日报》上另辟副刊《青年文艺》（周刊）。这些刊物都积极宣传抗战，反对对日投降、妥协。

1937 年 12 月下旬，当时的成都市政府对宣传抗战的刊物采取查禁政策，《青年文艺》出到第 11 期后被迫停刊。《金箭》月刊出到第 5 期后，接到四川省警备司令部勒令停刊的通知。此后，成都文艺工作者协会成员的工作均告结束。

散文社

参见"成都文艺工作者协会"条。

金箭文艺社

参见"成都文艺工作者协会"条。

青年文艺社（2）

参见"成都文艺工作者协会"条。

星芒社

1937年9月1日，由江牧岳、胡绩伟组织的星芒社在成都正式成立。该社设有星芒通讯社、《星芒报》和星芒宣传团，并出版了以刊载通俗文艺作品为主的《星芒报》，对广大群众进行通俗的抗日宣传。但不久因受国民党当局的压迫而停刊，后通过种种渠道，在国民党中宣部获准登记，于1938年1月28日开始发通讯稿，并在中国共产党的领导和成都文艺界联谊会的帮助下，筹备创办《星芒报》。1938年3月20日，召开座谈会，黄宪章、吴先忧、邓均吾、杨村彬、任钧、周文等人参加，确定了《星芒报》的内容、形式以及编辑方针、发行计划，并致函郭沫若，请他题写刊头。同年4月5日，《星芒报》创刊。

《星芒报》以大量篇幅刊登反映广大人民群众的抗日爱国热情，揭露贪官污吏、豪强和资本家剥削人民、破坏抗战的行为的通俗文学作品，引起了国民党当局的不满。1938年5月10日，国民党军官、天府中学校长萧寿眉率领数百名被蒙蔽的学生，捣毁了星芒社和战时出版社。于是，《星芒报》出了"特别增刊"，揭露事实真相和萧寿眉的罪行，要求当局给予惩治。此后，《星芒报》改名为《蜀话报》，又改名为《新民报》（3日增刊）。后来又以中华全国文艺界抗敌协会成都分会的名义，出版《通俗文艺》（5日刊），一直坚持到1940年才停止活动。

火炬社

1937年秋，成都20多名爱好文艺的青年学生组织成立了火炬社，编辑《火炬》半月刊，于 12 月 12 日出版创刊号，但不久因受国民党当局的压迫而停刊。

成都文化界救亡协会

1937 年 10 月，随着国内抗日救亡运动的发展，成都文化界人士在中共地下党的领导下，成立了成都文化界救亡协会。主要成员有：车耀先、张秀熟、杜桴生、王白与、羊角、沙汀、张真如、朱光潜、黄宪章、周文、李劼人、刘骥、王影之、陈克琴、陈伯林、朱若华、贺明、陈思苓、戴碧湘、陈志让、张鳄等。中共地下党干部和部分左翼作家、学者被选为执委或监委。协会下设国防艺术委员会、出版委员会、研究委员会和防护委员会。

1937 年七七事变发生后，川籍作家马宗融、罗淑、邓均吾、沙汀、曹葆华、陈敬容、周文，以及外地作家任钧、陈白尘等相继来到成都，和已在成都的作家朱光潜、谢文炳、卞之琳、罗念生、李劼人、陈鹤翔、毛一波、刘涟清、赵其文、杨波等积极开展文艺活动。他们大多是成都文化界救亡协会的成员，创办了一些刊物，如葛乔、沙汀、周文创办了《战旗》旬刊，马宗融、张履谦、毛一波等创办了《群众》月刊，吴先忧等创办了《惊蛰》等刊物，相继出版。此外，成都报纸的文艺副刊也有增加。一时间，在成都文化界救亡协会的影响下，成都出现了抗战文艺蓬勃发展的态势。

成都文化界救亡协会国防艺术委员会下属戏剧组翻印了《放下你的鞭子》等宣传抗战的剧本，还印发了一些通俗的创作剧本，并进行演出；歌咏组则走上街头，开展群众性的歌咏活动，宣传抗日救亡。

1937 年 12 月下旬，当时的成都市政府以成都文化界救亡协会"内情复杂"为由，勒令其解散，活动遂告结束。

成都文艺界联谊会

1937年底，成都文化界救亡协会被迫解散后，成都文艺界呈现一片萧条景象。为了建立文艺界统一战线，周文、沙汀等将在成都的外地作家和本地作家串联起来，于1938年元旦后正式成立了成都文艺界联谊会，会员有罗淑、马宗融、朱光潜、毛一波、任钧、李劼人、陈鹤翔、刘涟清、曹葆华、卞之琳、吴先忧、叶麟、张履谦、邓均吾、周辅成、赵其文、流矢、方报安、玲子、王影质、谢文炳、罗念生、叶菲洛、周太玄等20多人。

成都文艺联谊会注重联络作家友谊，"以此相互勉励，尽可能为当前的抗战，为四川的文艺尽力，设法出点刊物"。（周文：《文艺活动在成都》，载《抗战文艺》第2卷第1期。）

联谊会成立后，以聚餐或茶会的方式举行欢迎会，欢迎外地剧团和作家来成都，不断巩固和扩大成都文艺界统一战线。联谊会活动主要有：

创办文艺刊物。由卞之琳、何其芳编辑的《工作》半月刊于1938年3月16日创刊，编辑和主要撰稿人都是联谊会成员。《工作》出至第8期，于当年7月停刊。由周文、刘盛亚、王白野汇编的《文艺后防》旬刊于1938年7月10日创刊，出至第3期，正式成为联谊会的会刊，但因受当局压迫，于同年9月20日停刊。在成都文艺界联谊会的影响和会员的指导下，一些新的文艺社团如学生文艺社、雷雨周刊社相继成立。毛若夫编辑的《雷雨》周刊、外省来成都的学生创办的散文周刊《峰》等10余种期刊和报纸副刊都相继问世。

举办暑期战时文艺讲习班。为了提高文艺青年的理论水平和写作能力，联谊会在光华补习学校举办战时暑期文艺讲习班，由马宗融主讲西洋文学史、何其芳主讲中国文学史、沙汀主讲文学概论、周文主讲创作、任钧主讲戏剧、邓均吾主讲诗歌、刘披云主讲战时文艺。

加强与戏剧界的联系，使外来剧团与本地剧团团结起来。随着抗日救亡运动的发展，吴雪、王少燕、孙怒潮等先后在成都组织了成都剧人协社、国防剧社等。外地剧团来成都的公演，有陈白尘等领导的上海剧人剧团公演《卢沟桥之战》，熊佛西领导的中华平民教育促进会抗战剧团公演《后防》，吴雪和王少燕在武汉组织的四川旅外剧人抗敌演剧队公演《塞上风云》，联谊会加强了与这3个剧团的联系，并做了它们与本地剧团间的协调工作。1938年1月20日，成都戏剧界发起组织成都戏剧界抗敌协会，在国民党四川省党部开发起大会，到会的有国防剧社、成都剧社等15个组织的代表，推刘骥、熊佛西、孙怒潮、周牧源、陈彝、吴季、倪岭啸等为筹备委员，但后因国民党当局阻挠，成都戏剧界抗敌协会未能正式成立。

1939年，中华全国文艺界抗敌协会成都分会成立后，联谊会成员全部加入，成都文艺界联谊会自然解体。

雷雨周刊社
参见"成都文艺界联谊会"条。

工作社
1938年3月16日，何其芳、卞之琳、方敬、朱光潜、罗念生等在成都组建工作社，并创办了《工作》半月刊，纸张和印刷费用由同人轮流支付。刊物是一个16开8面的小册子，每月10日、16日出版，主要刊登散文，也有杂感、随笔、报道、通讯，偶有短篇小说。文章的内容最初是记述工作社成员在沦陷区或即将沦陷地区的冒险经历，或在战区亲见的实况，后来则多写祖国的大好风光，揭露社会的阴暗面。撰稿人除何其芳等 5 人外，还有邓均吾、周文、沙汀、陈翔鹤、刘盛亚、陈敬容、顾绶昌等。何其芳是主力，几乎每期都有他的文章，创刊号上第一篇文章就是他的《论工作》。他还在《工作》半月刊第 7 期（1938 年 6 月 16 日出版）发表了著名的诗篇《成都，让我把你摇醒》，这首诗也标志着其在创作道路上的转折。

1938 年 7 月 1 日，《工作》出版了第 8 期后停刊，工作社也停止了活动。

学生文艺社

1938 年 5 月，在时任成属联中国义教师何其芳的指导下，学生文艺社成立，并编辑发行了《学生文艺》半月刊。该刊自称"学生界唯一纯文艺刊物"。何其芳题写了刊名并常在该刊发表文章，指导学生在文艺创作中应注意的问题。刊物出 6 期后于 7 月停刊。

中华全国文艺界抗敌协会成都分会

1938 年 3 月 27 日，中华全国文艺界抗敌协会总会在武汉成立，并积极筹备在各地建立分会。

1938 年 5 月，总会理事会通过了组织部的建议，指定姚蓬子写信给在成都的周文，"推周文、李劼人、朱光潜、罗念生、马宗融等为成都分会筹备员"。周文等在原成都文艺青年抗敌工作团的基础上，筹备成立文协成都分会，但国民党成都市党部仍然不准登记，后经过冯玉祥出面交涉，文协成都分会才于 1939 年 1 月 14 日正式成立。在成立大会上，选举李劼人、周文、萧军、罗念生、谢文炳、刘开渠、叶麟等为理事。分会的组织机构仿照总会的设置，设立了总务部、出版部、研究部。总务部由周文、刘盛亚负责，出版部由萧军、萧蔓若负责，研究部由刘开渠、邓均吾负责。1940 年

2月6日，在刘开渠家举行第二届年会，改选第二届理事。萧军、李劼人、沙汀、刘开渠、赵其文、萧蔓若、陶雄等当选为常务理事，毛一波、熊佛西、叶菲洛等当选为候补理事。萧蔓若负责出版部，沙汀负责研究部，陶雄和赵其文负责总务部。1941年1月，文协成都分会在春熙路青年会楼上举行第三届年会，刘开渠、刘盛亚、牧野、苏子涵、洪毅然、罗永培当选为理事，罗永培负责总务部，牧野负责出版部，苏子涵负责研究部。中华全国文艺界抗敌协会成都分会的主要成员有：李劼人、谢文炳、周文、罗念生、周太玄、熊佛西等。

成都分会的活动大致可以分为三个时期：

1938年到1939年底。这一时期，国共两党实现第二次合作，人民群众抗日情绪高涨，分会积极开展宣传抗日救亡的活动。在分会的领导和推动下，成都的文艺青年成立了16个小组、8个通讯站，有100多名会员参加，他们走向街头，走向农村，以戏剧、音乐等文艺形式，向群众宣传抗日。1939年，国民政府决定组织前线慰问团，成都分会响应总会的号召，也派会员参加慰问团。汪精卫集团叛国投敌后，分会召集全市各文化团体共同发起募捐，"为汪逆兆铭铸造铁像"，让其遗臭万年。1939年2月16日，成都分会会刊《笔阵》创刊，每期约1.5万字，大约每半月出版一期。刊物曾几度中止，到1944年5月5日停刊。1939年8月25日，分会与文协总会共办的《通俗文艺》（5日刊）创刊，到1940年7月停刊，共出版45期。分会还在成都各报刊上广泛开展宣传，推动通俗文艺活动，组织了诗歌、小说和戏剧理论研究会，经常举办讲座，帮助青年提高写作水平。1939年，分会举办了暑期文艺讲习班，招收会外的文艺青年和大中学校的学生参加学习，由谢文炳、卞之琳、石璞、刘盛亚、叶菲洛、萧蔓若、陶雄等担任讲师。分会也积极开展了其他活动，如1939年鲁迅逝世3周年，分会和中苏文化协会、中国青年记者学会成都分会联合，于10月19日举行了纪念会，又举办了鲁迅著译及有关纪念品的展览会和鲁迅研究学术演讲会，会刊《笔阵》还出版了《鲁迅先生三周年逝世纪念特辑》，发表了萧军、朱孟引、懋文、保罗和杨波的纪念文章。

1940年到1942年底。这一时期国民政府连续掀起反共高潮，搜捕共产党人，成都许多文艺工作者如王朝闻、周文、何其芳、卞之琳、曹葆华、郑育之等或去革命根据地，或流亡他乡，或隐蔽活动，致使成都分会的活动中断，会刊《笔阵》从1939年底开始中断发行将近半年。《通俗文艺》于1940年5月起由5日刊改为旬刊，7月停刊。但这一时期成都分会的作家，由分会成立初期的昂扬激奋状态进入对现实的深入思索，所写的作品较以前更有深度。留在成都的分会会员，改组和改版了会刊《笔阵》，于1940年4月1日开始发行新1卷第1期，增加篇幅，改为月刊出版，至1943年4月15日出版新第8期，又告中止；1944年5月5日，《笔阵》吕洪钟编辑了革新第1号，出版后又告停刊。《笔阵》的改版和改组，反映了成都分会从这一时期开始的曲折历程。但在这一时期，分会培养文艺青年的工作仍在继续进行，如小说研究会于1941年5月底，请叶圣陶做了题为《写作漫谈》的演讲。1941年鲁迅先生逝世5周年，《笔阵》又出版了《鲁迅先生逝世五周年纪念特辑》，发表了16篇纪念文章。

1943年到1945年。这一时期分会的活动很少。《笔阵》编刊了老舍、郭沫若、茅盾等人的作品。

抗战胜利后，中华全国文艺界抗敌协会改组为中华全国文艺协会，成都分会也随之解散。

海星诗社

1939年春，牧丁、贺敬之、李方立、程芸平等于成都发起成立海星诗社，创办诗壁报。后得萧军相助，从 1940 年 2 月 2 日起在《新民报》的副刊《新民座谈》上，每周刊登《海星诗页》栏目。刊至第 9 期时，《新民报》因成都"抢米案"被迫停刊，《海星诗页》也随之终止。《海星诗页》的主要作者有牧丁、贺敬之、金石等。1940 年 7 月 20 日，创办 32 开、8 页的小型诗刊《新星》。不久，叶菲洛、张天梭、李岳南、冯振乾、赵慧澄、张秋君、牛汉等各地诗歌作者先后加入海星诗社。1940 年 7 月，创办《诗星》月刊，主要作者有艾漠、影痕、李嘉、叶菲洛、蒲丁、婴子、冯振乾、沙蕾、谷风等，于 1942 年 8 月 10 日终刊。此外，海星诗社还出版了"海星诗丛"和"诗长征丛书"。"海星诗丛"已出版的有魏荒弩译的长诗《爱底高歌》、雷石榆的《在战斗中歌唱》、蒂克的《小兰花》、李岳南的《哀河北》、彭桂萼的《边塞的军笳》、覃子豪的《自由的旗》、婴子的《季候风》等。"诗长征丛书"已出版的有影痕的《杀人交响曲》《五月的农村》《水车》《街头》。

海星诗社在成都还积极参与文化界的社会活动。1942 年 8 月，牧丁离开成都去外地任教，海星诗社随即解散。

华西文艺社

1939 年 6 月，成都市协进中学疏散到四川新繁县龙藏寺内办学，成都联合中学（即石室中学）也疏散到了新繁城内。协进中学在学校的中共地下党发动下，于七七事变两周年时，组织了一次规模较大的抗日救亡宣传活动；接着，中共地下党支部负责人赵光鲁、蔡瑞武、黎邦琼等发动了一批爱好文艺的同学，组织了七七文艺墙报社，定期出版文艺墙报。为了扩大影响，协进中学的岳军与联合中学的徐德明、王远夷等同学联系，决定以七七文艺墙报社成员为基础，联络一些曾在成都各报刊上发表文章的作者组建华西文艺社。

1939 年冬，华西文艺社在成都成立，成员除青年学生外，也有社会上的文艺爱好者，如曾为创造社成员的王影质等。主要成员有：赵光鲁、岳军、黎邦琼、徐德明、王影质、杜谷、王远夷、白堤、徐季华、白易、丹南蓼、葛珍、陈英、任耕、刘振声、刘开阳、高寒、方强、孙跃冬、陈道谟、芜原、曾士风、陈海萍、顾牧丁等。成立大会在成都布后街志诚商业高级职业学校的教室里举行，40 余人出席。大会还邀请刘盛亚、《华西日报》副刊编辑唐微九和《新中国日报》副刊《动力》编辑左翰臣等参加，刘盛亚在会上发表长篇祝词。成立大会通过了社章，选举产生了理事会和编委会，决定筹办刊物《华西文艺》。《华西文艺》创刊号于 1940 年 3 月出版，经费由社员缴纳，并向亲友募捐，发表作品不付稿酬。第 2、3 期为合刊。后因协进、联合两校的骨干纷纷转移或考入外地大学，《华西文艺》在 1940 年 10 月出版了第 5 期后停刊。《华西文艺》停刊，华西文艺社的活动也告停止。后来，在华西文艺社的影响下，出现了挥戈文艺社和拓荒文艺社。抗战后期，成都平原诗社的基本力量也是原华西文艺社的部分成员。

朔风文艺社

1939 年 7 月 7 日，由陈子羽等联合创办，发行《朔风》月刊，以唤起民众共同抗日为目的，共出 3 期，同年 9 月停刊。

破晓社

1939 年 7 月 10 日，由巴金的侄子、华西协合高中学生李致和同学陈先泽创办，不定期发行刊物《破晓》。在同年 9 月 1 日出版的第 2 期中，刊有巴金的文章《写在罗淑遗嘱的前面》。共出 8 期，1941 年 1 月第 2 卷第 2 期后停刊。

挥戈文艺社

1940年7月1日，成都市几位年轻的灌县籍文学青年，借用陈道谟寄居成都的家——仁厚街49号，成立了挥戈文艺社，又称挥戈社。"挥戈"之名，源于我国古代神话"鲁阳挥戈退日"的传说，寄寓挥戈退日的志愿。成员有：陈道谟、徐季华、安旗、赁常彬、敖学祺、谢宇衡、胡文熹、陈敬等。

在不到两年的时间里，挥戈文艺社参加过由刘振美主持的成都文艺团体联谊会的活动；为贫病作家张天翼捐过稿费；在诗人铁军家里开过鲁迅纪念会；邀请过剧作家熊佛西谈文艺创作。出版了16开的《挥戈文艺》月刊，每期约40页，双色套版封面。还出版过32开的《挥戈》副刊（单行本）；在《成都晚报》上不定期地编刊过《诗与散文》专栏；也出版过创作诗集《诚实的歌唱》。

1942年，挥戈文艺社终止了活动。

拓荒文艺社

1942年3月，成都南熏高中女学生徐季华、树德高中女学生安旗和邮政局女职工卢经钰组织成立了拓荒文艺社，社员只有她们3人，没有固定的社址。

三位社员将其微薄的收入作为办刊资金。社刊《拓荒文艺》于1942年3月创刊，每期印500份，一半交微微书店销售，一半由朋友代销。由于经费紧张，她们有时还向亲友募捐，徐季华甚至曾卖掉被子以补足印刷费用。刊物的稿件，除她们自己写作外，主要向老师和朋友组稿，田野、无以、蔡月牧、寒笛、黄桦、赵隆襄等都在《拓荒文艺》上发表过文章。

《拓荒文艺》主要发表诗歌和散文，也发表少数杂文和译作。1942年6月出了第2期后，由于物价飞涨，经费越来越紧张，又难取得"图书杂志审查证",刊物坚持下去非常困难,遂于 1942 年 11 月出了第 3、4 期合刊后停刊,拓荒文艺社的活动也告结束。

平原诗社

1942 年 8 月,平原诗社创办于成都。名誉社长周太玄,实际由芦甸负责。诗社宗旨是:团结分散在川西各地的青年诗人,与重庆诗垦地社遥相呼应,推动抗战大后方的进步诗歌创作。主要成员有杜谷、芦甸、方然、白堤、蔡月牧、葛珍、羊翚、孙跃冬、左琴岚、范方羊、徐季华、廖恒苏、穷发、任耕、张孟恢、若嘉、青林等。

该社曾举办诗歌座谈会、诗歌朗诵会,并集资出版了《平原诗刊》。

抗战胜利后,芦甸等到了中原解放区,方然等东下江南,杜谷等在四川投入学生运动和解放斗争,诗社随即解体。

现实学社

1943 年,金陵大学(成都)学生方然、谢韬等面对现实、切磋写作,发起成立现实学社,主要成员有金陵大学学生白永达、郭挺章,金陵女子大学学生安旗、叶玉美、史春芳,四川大学学生郭威等。现实学社曾邀请叶圣陶参加其举办的文艺晚会,也邀请过张友渔等讲国内外政治形势。李相符、沈体兰、吴耀宗、陈中凡、罗玉君以及文幼章(加拿大)等教授曾支持过现实学社的活动。

抗日战争胜利后,学社解散。

草原社

1944 年,四川草原社由成都金陵、华西、燕京、四川、齐鲁五大学学生组成,编辑发行《草原旬刊》,该刊共出 3 期。

方生文艺社

1948 年，华西大学、四川大学"民协"成员组织成立了方生文艺社，主要成员有胡立民、崔之富、倪烈光等，创办刊物《方生》，其前身为于 1947 年 11 月成都《西方日报》的副刊《骷髅》。《方生》出至第 6 期，于 12 月 2 日转到《西方夜报》。该刊大力支持进步青年的文艺活动，林如稷也常为该刊写稿和约稿，鼓励进步青年积极创作。

苍　溪

苍溪县鲁迅剧艺社

1949 年 10 月，苍溪县鲁迅剧艺社成立，创作并演出进步话剧《从黑夜到天明》。

达　县

烂漫社

1926 年，达县人戴治安、张鲤庭、于民生和进步学生张爱萍、魏传统、王荣澍等人在达县县立中学组织烂漫社，发行《烂漫》旬刊，宣传新文化和革命。

灌　县

灌县文协支会

抗日战争时期，为激起人们的抗日情绪，灌县文艺工作者吕人、徐季华、亚明等用通俗的语言写街头诗歌、光荣的从军报告、英勇的战斗故事，除刊载在省报和市刊外，还创办了两种文艺月刊《挥戈文艺》和《文艺堡垒》。这两种刊物在灌县、重庆和成都三地发售，后因受到国民党当局的压迫而停刊，但他们仍继续创作，把作品寄送外地报刊发表，并用稿酬捐助贫病作家。后来就算被国民党当局迫害，他们仍继续写作并努力研究，每月1日和15日，坚持定期集会，或报告所读的书，或交换讨论自己的新作。抗战胜利后，他们响应中华全国文艺协会要求发展地方文艺协会的号召，成立了灌县文艺协会支会，并出版《人民文艺》月刊。部分支会会员也是文协成都分会的会员。

开　江

开中文艺研究会

1929年暑假，中共宣特支部成员向文成、王化肃、金戢声等在开江中学开展学生运动，与广福支部的刘朗怀、李贤彬组织了一批进步青年学生，组建开中文艺研究会（地下党外围组织）。创办石印《荆棘》半月刊，宣传新文化、新思想、抨击时弊，在学校中发行，未久被迫停刊。

抗敌后援会（大众剧社）

1938 年，开江县文化界知名人士王剑鸣等人组织抗敌后援会（半官方性质），创办《呐喊》周报和大众剧社，宣传抗日救国。负责人为王剑鸣、孙怀章，主要演员有黄雨辉、郑鸣吉、王树槐、王伯鲁、孙志成、何杰夫等 30 余人。在学校、街头和十多个乡镇经常演出剧目《前夜》《秘密文件》《中华民族的子弟》《古城怒吼》《有力出力、有钱出钱》《放下你的鞭子》等。

1940 年后，国民党县党部下令取消一切抗日活动，该社即行解散。

阆　中

川陕苏维埃新剧团

1935 年，阆中县成立川陕苏维埃新剧团，后更名为"红四方面军政治部剧社"，下设三个分团。

乐　山

水星文艺社

1946 年 9 月，萧蔓若等组织建立了水星文艺社，出版《水星文艺》3 期，约于 1947 年 3 月停刊。

泸 县

零星社

1923 年，川南师范学堂学生组织成立了零星社，出版《零星》杂志。

朝露文艺社

1936 年，刘振美与邱泽仁等在泸县组织朝露文艺社，每周在《泸县民报》上出一期文艺副刊《朝露》，共计 13 期。《朝露》以推动革命文艺为重，点燃了抗日救亡的烈火。刘振美也以白滔、榴子等笔名写了很多抨击时政的文章，宣传了新文化新思想。

荣 县

流火社

1938 年秋，在中共地下党员饶世俊的启发下，由地下党员刘一先和程觉远带头，联合刘正蓬、丁冬、水草平、周怀清、刘石夷、柳倩、范晶如等，在四川荣县成立了流火社。刘正蓬、丁冬和刘石夷担任理事，刘正蓬主持日常事务。

1938 年 11 月，流火社创办了《流火》文艺月刊，毛边 16 开本，每期封面都印有红色的刊名和火炬、火焰等图案。老舍、周文、马宗融、陈翔鹤、王余杞、胡风、任钧、方敬等常为该刊撰稿。流火社同人也抱着将刊物办成"人民大众化的地方文艺刊物"的目的，密切配合当时的形势，发表了大量的抗战文学作品。不久，在流火社抗日宣传的影响下，文化教育界进步人士谷醒华、万民选、李西来以及进步青年朱寄萍、龚让辑、禾波等先后加入了流火社。

1939年1月，流火社派代表参加了中华全国文艺界抗敌协会成都分会组织的纪念鲁迅逝世三周年大会等活动，同时扩大抗日宣传演剧队的组织，由丁冬任团长，刘正蓬任编导，中共地下党员程觉远领导，团员有黄仲、刘振国、周怀清等20余人。不久，又组织了以中共地下党员马介民、赵广锦、曹裕等为骨干，流火社成员禾波为团长的抗敌宣传四团（后改名为抗敌歌咏团），自编自演了一些内容通俗的宣传抗日的剧目，深入农村、城市，在川南地区产生了一定的影响。

在流火社直接领导和带动下，荣县先后出现了10余个抗日宣传团，300余人参加演出。流火社还在荣县开设旭声书店，由流火社同人、中共地下党员范晶如主持。书店除经售《流火》杂志外，还推销一些马列主义著作，代订《新华日报》《抗战文艺》等进步报刊，成为当时罕见的公开出售革命书刊的"红色书店"和宣传抗日的"文艺阅览室"，深受当地群众的欢迎。

1939年11月，《流火》出版了《鲁迅先生逝世三周年特辑》。由于流火社不只宣传抗日，也宣传马列主义，所以很快就引起了国民党当局的注意。同月，《流火》出到第10期时，被勒令停刊，但流火社同人冒着风险，坚持于1940年1月出版了第11期，并写了一篇短文作为终刊词，宣称："流火灭不了，歌声唱不完！"

抗日宣传演剧队
参见"流火社"条。

抗敌宣传四团（抗敌歌咏团）

参见"流火社"条。

旭声书店

参见"流火社"条。

三　台

山谷社

1944 年冬，东北大学（抗战时期迁入四川）学生谢宇衡等组建了山谷社，每周在成都《建设日报》上出一期副刊《山谷诗帖》，并出版"山谷诗丛"。诗丛出版两期，第 1 期《号角》，第 2 期《浪花》，第 3 期《我们的歌》已编就，因经费不足，未能印行。

射　洪

文学青年社

1943 年秋，受五四新文化运动的影响，射洪文学青年宋麦音、张鸣秋、彭代秀、杨明源、李天仪、魏传寿、王艾东等发起组织了进步文学社团文学青年社，宋麦音为社长。

之后，在进步作家陆侃如、冯沅君、姚雪垠、徐放等的支持下，筹办文学刊物《文学青年》，宋麦音任社长兼总编辑，王艾东任编辑。1945 年 5 月，《文学青年》创刊并印出首期，刊登了一批宣传民主革命、抗日救国的诗文并由中华全国文艺界抗敌协会川北分会代写发刊词。后因受到国民党审查机关的阻挠和威胁，刊物被迫停办，文学青年社解散。

北社诗社

1945年，射洪县参议会议员田雨梅在太和镇组建北社诗社，研讨诗文，激励文学青年进步。

西　昌

西昌青年文艺研究会

1940年春，《宁远报》编辑韩屏周、陈瑞琪等发起组织文艺研究会，以调动青年爱国抗战积极性，引导青年走上抗日救亡文艺宣传轨道为宗旨。第一次会议在省立西昌民众教育馆召开，到会30余人，议题为"文艺与抗战"。会议决定每月活动一次，并在《宁远报》副刊辟《青年文艺》专栏，每周出刊一期，以刊登会员作品，会上选举陈瑞琪负责主编文稿。此后，文艺研究会按期活动并不断推出新的研究课题，如"写哪些题材""什么是国防文学""大众化问题""抗战诗歌的写作""怎样写英雄人物"等。

文艺研究会的主要成员有《宁远报》的陈瑞琪、韩屏周、周道林、杨雁冰、孙伯约，业余读书会的张熹华、郭念纯等，到第三、四次月会时，人员增至50余人，经常写稿的作者有四川银行的曹华伟、中国银行的陈衡、济康银行的康小凤，康专的周汝恕、罗佩琼、熊嘉珂等。《青年文艺》出刊5期后更名《拓园》，仍由陈瑞琪主编。

1941年，《宁远报》内部矛盾突出，文艺研究会的陈瑞琪、周道林、杨雁冰相继辞职，孙伯约、顾毅又被国民党当局逮捕，骨干大减，活动一度中断，数月后，因川滇西路管理局的张明、张秋岩等新人加入，活动开始恢复，改为两月一次，每次到会者在 20 人左右，活动地点改在行辕后花园。

文艺研究会参加者只签名，不收会费，来去自由，集体领导。诸如开会的时间、地点、议题以及主要发言人的约请，《青年文艺》《拓园》出刊文稿的选择等，都是集体讨论，商量决定。前期领导人为陈瑞琪、孙伯约、韩屏周，后期为许汝恕、韩屏周。

1944 年，陈衡、张明、张秋岩、曹华伟、许汝恕等骨干会员先后离开西昌，活动再度停止，文研会无形解散。

西南文学社

1941 年，康晓峰、许成章、罗西玲、林枫、王傅华等人组织成立了西南文学社，有章程，但无刊物，只在《新康报》副刊发表诗文。

1944 年，因成员大都离开西昌而解体。

雅 安

劲草社

1948 年 1 月前后，雅安一些文艺青年组织成立劲草社，出版《劲草》，曾得到中共地下党的支持。

宜 宾

浪花社

1929 年 3 月，郑佑之组织成立了文艺社团浪花社。

重　庆

重　庆

开明社（建平剧社）

1913 年，留日回国的春柳社川籍成员唐濂江回到家乡重庆后，与巴县人陈悠序、江北人徐亚新等组织成立了开明社。

1913 年 4 月，唐濂江与在成都的春柳社同学曾孝谷、傅志清联系后取得合作，率领陈悠序、徐亚新等西上成都，在少城公园附近建立了建平剧社。

建平剧社演出的剧目多为上海春柳剧社上演的剧本，后因多种原因改唱川戏，建平剧社亦改名万寿茶园，唐濂江离开成都返回重庆。

群益新剧社

1913 年秋，重庆青年周慕莲发起组建群益新剧社，先后参加的成员有石德华、赖吾新、谷广之、黄宝澄等人，其宗旨为切磋演剧技艺，并举行新剧公演宣传以教育民众。

该社曾演出《明盲目》《徐锡麟刺恩铭》《马介甫》等新剧，是重庆第一个职业话剧社团。

1917年，群益新剧社据当时社会新闻编了《郭怀芝的现眼报》一剧，并进行了排练，准备正式公演，但因当地政府出面干预被迫取消。

重庆通俗教育会

1922年2月2日，重庆通俗教育会在神仙口文昌宫成立。以办讲演、办夜校、办报刊、改良戏剧等方式对群众开展文化教育活动。

石印社

1928年，卢作孚于重庆成立石印社，兴办刊物《学生周刊》《工作周刊》《嘉陵江日报》《北碚月刊》等。

重庆艺术专科学校剧团

1928年，重庆艺术专科学校剧团由重庆艺术专科学校师生共同组建。

1929年，该团演出了侯曜创作的《弃妇》。1932年，演出了团内教师甘树人根据法国作家雨果的同名小说改编并导演的《悲惨世界》。次年，又演出了蒋本沂创作的《一条战线》和《母归》。该团在演出上扬弃了当时流行的幕表戏，采取尊重剧本、遵循话剧演出基本法则的态度组织演出，在重庆话剧运动中开创了一时新风。

奔放社

1929年冬，介夫、丁若等人于重庆发起组建奔放社，编辑出版了《奔放》月刊。

国际笔会中国分会

1921 年，国际笔会在伦敦成立。

1930 年 11 月 19 日，国际笔会中国分会在上海正式成立。笔会是一个松散的作家团体，一般每月举行一次聚餐会讨论会务。

全国抗战爆发后，部分笔会成员到重庆。1938 年 7 月初，宗白华、郭有守等在重庆开会，决议在重庆设立笔会通讯处，推定伍蠡甫负责通讯联络事宜，但未见后续活动。

抗战胜利后，笔会中国分会在国内的活动停止，但陈源和熊式一还以笔会中国分会代表身份分别出席第 18、19 届国际笔会大会。

笔会成员还有叶恭绰、章士钊、谢寿康等。

沙龙社

1934 年秋，赵其文、龚灿光、王野芹、叶菲洛等在重庆组建了沙龙社，借《济川日报》的副刊版面编刊机关刊物《沙龙》，每 10 天出 1 期，1935 年改为 16 开本小册子单独刊行。

1935 年春，沙龙社终止活动。

中苏文化协会

1935 年 10 月，由徐悲鸿、张西曼等人筹组，在南京召开成立大会。章程规定中苏文化协会"以研究及宣扬中苏文化并促进两国国民之友谊为宗旨"。1937 年 12 月 21 日迁至重庆市中区中山一路 162 号。会长孙科，副会长陈立夫、邵力子。全国抗战期间，协会得到迅速发展，会员人数有 5 万多人。协会经常组织座谈，讨论中苏关系和国际问题，出版苏联政治、经济、文化丛书，曾创刊《中苏文化》，侯外庐任主编。抗日战争胜利后，于 1946 年迁回南京。

四川文学研究会

1935 年成立于重庆，成员有吕次文等，曾创办《艺囊》周刊，主编吕次文。

中国万岁剧团（怒潮剧社）

1936 年，国民政府武昌行营政训处电影股组织成立怒潮剧社。

1938 年 9 月，迁至重庆，隶属于中国电影制片厂，1938 年 10 月 1 日出版《怒潮季刊》创刊号。

1940 年 4 月 1 日，因其所演《为自由和平而战》和《中国万岁》两剧影响很大，遂用《中国万岁》剧名改团名为中国万岁剧团。郭沫若任团长，并亲自撰写了《中国万岁剧团之歌》歌词，郑用之为副团长，实际负责人为王瑞麟。

1942 年后，中国电影制片厂领导易人，对剧团专制管理，部分人员愤然离职他去，剧团实力渐衰。抗战胜利后，该团随制片厂复员东下。

文摘社

1937 年 1 月 1 日，以复旦大学部分师生为基础组成，创办《文摘》月刊，社长兼主编为孙寒冰。该刊最初是文摘社编辑的文摘性刊物，主要选取国内外报刊上的文章刊载，内容一般议论世界政治、经济，中、日、苏问题，中国的过去与现在，一般学术等。曾连续译载斯诺的《西行漫记》，也刊登过一些文学作品，如萧红的小说《放火者》《逃难》。全国抗战爆发后改名《文摘战时旬刊》，另起编号。曾迁汉口，1938 年 10 月迁重庆出版。1939 年 3 月第 48 期起，每隔 3 期单独出版一期文艺副刊，主编为端木蕻良、靳以，主要刊登文学作品。

重庆文化界救国联合会（重庆市文化界救亡协会、重庆市抗敌后援会文化界支会）

1937 年 5 月 16 日，由漆鲁鱼、赵铭彝等发起组织的重庆文化界救国联合会在重庆市总商会成立。会议由漆鲁鱼主持，选出金满成为主席，金满成、漆鲁鱼、黄宇齐、肖崇素、陈彝苏、温嗣翔、李华飞、陈凤兮、沙金、丁雪松、许可经、李郁生、李开先等为理事。旨在团结重庆市文学界、艺术界的作家、艺术家开展文化救国活动。下设戏剧演出队、儿童演剧队和课余宣传队。

1937 年 11 月 21 日，为了与全国各地文化界救亡协会取得一致行动，重庆文化界救国联合会召开全会，决定将重庆文化救国联合会更名为重庆市文化界救亡协会，并重新选举领导班子，主席为肖崇素，执委有肖崇素、金满成、漆鲁鱼、黄宇齐、吴朗西、陈凤兮、赵铭彝。

更名不足一月，被国民党当局强令解散，其成员集体并入抗敌后援会，称重庆市抗敌后援会文化界支会（简称文支会），并于 1938 年 1 月 28 日在社交会堂召开成立大会。会上选举沈起予、谢冰莹、漆鲁鱼、肖崇素、金满成、周慕先、袁翰青、郝威等 9 人为理事，李华飞、陈彝苏、赵铭彝等 5 人为候补理事，负责人为肖崇素。

该会除于文协会期间向工农群众宣传抗战、讲解有关战争知识、举办战时知识训练班外，从文救会到文协会再到文支会，一直有组建移动演剧队和儿童演剧队，均由肖崇素负责。该队利用工余、课余时间进行抗日宣传，1937 年至 1939 年间，除在城郊演出外，足迹还远及合川、江津、长寿、涪陵、丰都、万县等地。1938 年以后，除演剧队外，该会的活动逐渐停止。

七月诗派

1937 年 9 月，胡风创办《七月》杂志，许多诗人在该杂志上发表反映抗战的诗作，后来又出版《七月诗丛》，从而形成了"七月诗派"。因刊物编者大半转移，《七月》周刊出了 3 期后即告停刊。1937 年 10 月 16 日，《七月》在汉口重新出版，改为半月刊。到 1938 年 9 月，共出版 18 期。后因战局变化，中辍一年。1939 年 7 月，在重庆改为月刊，出到 1941 年 9 月，后因"皖南事变"后形势日益严峻而告终刊，刊物前后历时 4 年。

1945 年 1 月，七月诗派创办了《希望》杂志，标志着七月诗派进入了第二个重要阶段。《希望》第一集 4 期先在重庆编印，后在上海翻印。第二集 4 期（1946 年 5—10 月），都移到上海编印出版。

《希望》停刊后，七月诗派的作者又先后编辑出版了《蚂蚁小集》《呼吸》以及《荒鸡小集》等。这些作品，都继承了七月诗派的基本创作倾向。与此同时，在上海陆续出版了《七月新丛》《七月文丛》（第二集）六册。后者于 1948 年编定，出版时，已是中华人民共和国成立后的 1951 年。七月诗派的活动也于此时终结。

中华全国戏剧界抗敌协会（中华全国戏剧界协会）

1937 年 12 月 27 日，中国文艺社在武汉宴请旅汉各戏剧团体时，阳翰笙、王平陵倡议发起成立中华全国戏剧界抗敌协会，张道藩、洪深、田汉、马彦祥、应云卫附议。

1937 年 12 月 31 日，举行成立大会，通过由田汉起草的《中华全国戏剧界抗敌协会成立宣言》，并推举张道藩、方治、余上沅、洪深、朱双云、田汉等 25 人为常务理事，张道藩为主任常务理事。

1938 年秋，日军进逼武汉，协会迁往重庆，先后举办了 6 届规模盛大、影响深远的戏剧节。

全国抗战期间，协会曾数度改选理、监事，多次举办戏剧节纪念演出和川、汉、楚剧等地方戏剧公演、研究座谈会，编辑出版戏剧新闻，为推动抗战戏剧的发展做出了重要贡献。

会刊为《戏剧新闻》，1938 年 5 月在武汉创刊，起初为周刊，自 1938 年 9 月起改为半月刊，并迁到重庆出版，共出 9 期。

1945 年抗日战争胜利后，协会改名为中华全国戏剧界协会。

抗到底社

1938 年 1 月 1 日，由冯玉祥倡议发起并筹资组建的通俗文艺团体抗到底社在武汉成立，同时出版了机关刊物《抗到底》半月刊。刊物由老向、何容主编，君文、老向为发行人。主要成员有冯玉祥、老舍、何容、老向、赵望云、贾午、苏子涵、朱凤等。

《抗到底》还出版了抗日负伤将士作品专号和抗日通俗文艺专号。除了《抗到底》半月刊，抗到底社还在武汉六渡桥、江汉路等闹市区举办过"拉洋片""诗画配"等演出活动，并举办过多次展览会。

1938 年 9 月，因武汉局势紧张，刊物移至重庆出版。1939 年 11 月 20 日，第 26 期出版后停刊，抗到底社也随之停止活动。

中华全国文艺界抗敌协会（中华全国文艺界协会）

1938 年 3 月 27 日，中华全国文艺界抗敌协会在汉口市商会成立，是全国文艺界抗日民族统一战线的组织。成立大会通过了《中华全国文艺界抗敌协会简章》，推选老舍、郭沫若、茅盾、丁玲、邵力子、冯玉祥、陈铭枢、郁达夫等 45 人为理事，周扬、吴奚如、曾虚白等 15 人为候补理事。创办《抗战文艺》，并开展了大量的社会活动。

1938 年 7 月 30 日从武汉迁出，8 月 14 日抵达重庆。10 月 12

日，协会召开第一次重庆会员大会。

1939 年 4 月 9 日，召开第一届年会并改选理事、监事。冯玉祥、邵力子、郭沫若、老舍、朱自清、茅盾、叶圣陶、郁达夫、郑振铎、巴金、丁玲、姚蓬子、阳翰笙、宋之的等 45 人为理事，余上沅、梁宗岱、杨强、徐仲年、欧阳山等 15 人为候补理事，于右任、吴稚晖、陈立夫、柳亚子、孙科、宋庆龄、白崇禧、蔡元培、陈诚、何香凝、周恩来等为名誉理事。此后，每届年会均进行理事、监事改选。

1945 年 10 月 14 日，中华全国文艺界抗敌协会在重庆召开理、监事联席会议，商讨改换协会名称问题，经研究，议定将"中华全国文艺界抗敌协会"之名改为"中华全国文艺界协会"，简称仍为"文协"。会刊仍以《抗战文艺》为名，于 1946 年 5 月 4 日出版最后一期后停刊。

抗战胜利后，作家们纷纷云集上海，上海又成为文协活动中心。

1946 年 5 月，中华全国文艺界协会重庆分会成立，文协总会在渝工作从此结束。

中华全国戏剧界抗敌协会重庆分会

1938 年 6 月 4 日，中华全国戏剧界抗敌协会重庆分会正式成立。该会由上海业余剧人协会、重庆市抗敌后援会文化界支会演出队、青年剧社、三八剧社、怒吼剧社以及重庆其他戏曲团体联名发起组成。参加成立大会的有重庆市抗敌后援会文化支会演出一队、演出二队、越剧团、青年剧社、三八剧社、怒吼剧社、中大剧社、国立戏剧学校、第五师抗敌剧团和川剧、曲艺班社等组织的代表，以及李剑飞、余上沅、赵铭彝、陈治策、曹禺等 70 余人。会上选出肖崇素、姜公伟、余克稷、阎哲吾、张德成、吴祖光等 30 余人为理事。总会在渝理事余上沅、赵铭彝、潘孑农、陈治策、黄天佐为当然理事。

该会组织了多种义演活动，还积极参与协助剧协总会举办各种大型演出、宣传活动，如历届戏剧界、火炬宣传大游行，以及"一二·九""九一八"等纪念演出大会等。

中苏文艺研究会

1938年11月24日，中苏文艺研究会在重庆成立，隶属于中苏文化协会。该会各组负责人分别为文学组组长戈宝权、罗果夫，戏剧组组长史东山、谢雅江，音乐组组长盛家伦、安娥，美术组组长魏孟之、丰中铁。

复旦大学抗战文艺习作会

1939年初，复旦大学新闻系、外国文学系等爱好文艺的学生于北碚组成复旦大学抗战文艺习作会，以文艺为手段做抗日宣传。在《大声日报》上辟《号角》副刊，于1939年1月23日创刊，出至3月27日第6期时停刊，5月8日复刊，又出5期，于6月6日终刊。前后共出11期。

作家战地访问团

1939年，为了促进抗战文艺进一步繁荣发展，发挥文艺在抗战中的作用，中华全国文艺界抗敌协会在重庆组织部分文艺工作者分赴西北战场和中原战场进行战地访问，即作家战地访问团。

6月14日，作家战地访问团在生生花园举行出发仪式，周恩来、郭沫若、邵力子等出席并致辞勉励。该团一行13人，在周恩来的建议下，王礼锡被选为团长，宋之的为副团长，团员有李辉英、白朗、陈晓南、袁勃、葛一虹、以群、方殷等。

作家战地访问团历时 5 个多月，深入党政军民做了大量的访问工作，是文协第一次派出的"笔部队"。

书词改进社

1939 年 11 月 11 日，老舍在重庆负责组建的书词改进社成立，专门从事研究和编写大鼓书词，以进行抗日宣传。

中国诗艺社

1938 年，《中国诗艺》在长沙编辑出版，中国诗艺社宣告成立。成员有孙望、徐仲年、徐迟、袁水拍、常任侠、林咏泉、陈才、吕亮耕、汪铭竹等。他们扶持反映时代的好作品，破除门户之见，和全国的诗作者共同开拓新诗的园地。后来因为社友四散，中途休刊。

1941 年，大部分社友来到重庆，6 月，在重庆编辑、出版了《中国诗艺》复刊第 1 期，仍为月刊。复刊第 3 期因为印刷厂被炸，移地重印，编为 8、9 月号合刊。10 月，又出版复刊第 4 期。

突兀文艺社

1940 年，重庆北碚兼善中学的学生组建了突兀文艺社，主要活动是出版壁报、油印刊物，在课余开展学习、讨论文学创作。后来，由于毕业、升学或转学，社员分散到许多大中学校，并不断发展新社员，突兀文艺社成为跨校的学生文艺团体，在复旦大学、同济大学、国立剧专、育才中学、载英中学和兼善中学等校有社员百余人。此后，突兀文艺社的活动范围也从学校发展到社会，先后出版了铅印刊物《突兀文艺》4 期、"突兀文艺丛书"3 种（小说集《纯真的爱》、民歌集《中国风》、诗集《早安呵，市街》）。

突兀文艺社的活动曾得到茅盾的支持。此外，突兀文艺社还积极倡导民间文艺，参加秧歌演出，还在"突兀文艺丛书"之一的《中国风》中收录了不少秧歌曲，出版后受到读者欢迎，曾再版。

1948年中华人民共和国成立前夕，突兀文艺社停止活动。

耕耘社

1940年4月，耕耘社于重庆创立。丁聪、郁风、黄苗子、徐迟、夏衍、张光宇、张正宇、叶灵凤、叶浅予、戴望舒等人有感于全国抗战开始后，相较于文学、漫画和木刻，其他艺术门类如雕塑、音乐、油画、水墨画、舞蹈等的刊物较为少见，遂于1940年4月以耕耘社的名义创办了包括各种艺术门类的综合性刊物《耕耘》。

《耕耘》虽是一个综合性艺术刊物，但其中文学作品的比重仍然较大。第1期便刊登了司马文森和黄苗子的散文，袁水拍、舒群、特伟、艾青和杨刚等的诗歌，徐迟的小说。第1期的印刷费由同人分担垫付，后由于经济困难，在拖了4个月后，才出版第2期。第2期出版后即停刊，耕耘社也在无形中解体。

文化工作委员会

1940年夏，国民政府要求在重庆的军事委员会政治部第三厅工作的文化界人士集体加入国民党。以郭沫若为首的绝大多数工作人员纷纷拒绝，递上辞呈，并表示愿意到延安工作。周恩来对此表示欢迎。而重庆国民政府唯恐这些卓有影响的文化界人士去往解放区，招致中外舆论的指责，便采取羁縻政策，设立了文化工作委员会，作为学术性研究团体归属政治部领导。于是，在周恩来的领导下，经郭沫若、阳翰笙的积极筹备，文化工作委员会在1940年10月正式成立，并开始正常工作。郭沫若担任主任委员，阳翰笙、谢仁钊担任副主任委员，成员有茅盾、沈志远、杜国庠、田汉、洪深、郑伯奇、尹伯休、翦伯赞、胡风、姚蓬子、老舍、陶行知、张志让、邓初民、王昆仑、侯外庐、卢于道、马宗融、黎东方、吕振羽等。

文化工作委员会下设 10 名专任委员和 10 名兼任委员，分 3 个组，第一组从事国际问题研究，第二组从事文艺研究，第三组从事敌情研究。成员或著书立说，或讲学论争，或从事创作，在大后方文化活动中发挥了巨大的作用。

1945 年 1 月，周恩来从延安返抵重庆，代表中共中央向各民主党派、民间团体提议召开党派会议，作为国事会议的预备会议，以便正式商讨国事会议、联合政府的组织及其实现的步骤问题。文化工作委员会负责人郭沫若、阳翰笙等，根据中共中央的这一精神，起草了《文化界对时局进言》，并由文化工作委员会所有领导干部出面，秘密发动三百多位文化界进步人士签名。这件事产生了很大的影响，国民政府恼怒不已，于 1945 年 3 月 30 日下令解散文化工作委员会。

沙磁文化社

1940 年 12 月 5 日，该社由中央大学、四川省立重庆大学、四川省立教育学院、国立药学专门学校、国立中央工业职业学校组织成立，创刊《沙磁文化》，为综合性月刊。该刊宗旨为"联络青年朋友之感情，增进青年朋友之了解，砥砺青年朋友的学术和团结青年朋友之意志"，"站在文化的岗位上，举起文化的武器，英勇向敌人搏斗"。内容有时事评论、小说、诗歌、地方印象、沙磁生活等。1943 年 4 月第 2 卷第 9 期是现存最晚一期。

中华剧艺社

1941 年 1 月后，为了有力地抵御国民党反动派对进步文艺的围剿，中共南方局决定约集话剧界部分地下党员和民主进步人士组织中华剧艺社。

1941 年 6、7 月间，经国民政府军委政治部副部长周恩来批准，文化工作委员会主任郭沫若给陈鲤庭 3000 元开办费。8 月，应云卫出面筹组，在重庆南岸黄桷垭的苦竹坝集合周峰、张立德、丁然等近 30 人，开始创办中华剧艺社，由陈白尘、陈鲤庭、辛汉文、刘郁民、孟君谋、贺孟斧组成理事会，应云卫为理事长（对外称社长）。9 月，中华剧艺社迁入重庆市区，队伍得到扩充。

1943 年春，国民党发动第三次反共高潮，中华剧艺社受到沉重打击，而经济也日趋困难，有时甚至要靠中共中央驻重庆办事处匀出白米来救济。

1943 年 3 月 23 日，阳翰笙、夏衍向周恩来汇报了中华剧艺社和中国艺术剧社之处境。周恩来认为两社同时在重庆活动目标太大，会引来更多的麻烦，遂决定让中华剧艺社暂时离渝赴蓉。

1945 年 12 月 28 日，该社历经在成都、内江、自贡、嘉定、泸州等地为期两年的演出后，返回重庆。

1946 年 6 月，该社东下上海，沿途在各地演出，于 1947 年春到达上海。回上海后，剧社认为已完成自己的历史使命，遂宣布解散。

中外文艺联络社（中国文艺通讯社）

简称"文联社"，前身是中国文艺通讯社。

1941 年 4 月，茅盾、叶以群等在香港正式创建中国文艺通讯社。通讯社一直工作到 1941 年 12 月 8 日太平洋战争爆发。

1944 年，随着湘、桂失守，文艺工作者又向重庆集中。经过筹备，在 1945 年夏正式成立了中外文艺联络社，是中国文艺通讯社的继续。

1946 年 1 月 5 日，以茅盾、叶以群的名义主编的社刊，文艺报道性半月刊《文联》，在上海永祥印书馆出版，茅盾作《发刊词》。《文联》发表了不少对当时文化、文艺运动各具体问题的意见。2月，茅盾的《清明前后》被禁演，《文联》受到"警告"。6月，茅盾与书店商议后，出版《文联》终刊号，并刊登由茅盾执笔的《终刊启事》作为结束。

诗垦地社

1941年10月，重庆北碚复旦大学的姚奔、曾卓、邹荻帆等爱好诗歌的学生筹建了诗垦地社，得到了云天、张芒、桑汀、冀汸、绿原等的支持，又通过桑汀，得到了中共南方局的指示。原计划出版月刊，但为了避免登记，改出丛刊。主要成员有邹荻帆、姚奔、曾卓、冀汸、绿原、桑汀、柳南、吕剑、云天、谷风、张芒、张帆、邹绿芷、赵蔚青、杜谷、阿垅、芦甸、白堤、葛珍、徐季华、陈于子等。

《诗垦地》丛刊第1辑名为《黎明的林子》，由邹荻帆和姚奔主编，重庆沙坪坝互生书店总经售。从第3辑开始，丛刊改由成都草原书店发行，并在成都印刷。由于重庆、成都两地相隔，编、校、印都不方便，丛刊从1943年3月第4辑起，改为16开，又在重庆印行。后由于国民党掀起第三次反共高潮，诗垦地社同人又分处各处，编好的第5辑直到1946年5月1日才得以出版。1944年5月初，邹荻帆到成都工作，和杜谷、芦甸、白堤、葛珍等编辑了《诗垦地》丛刊第6辑，后由几人集资用果园出版社的名义出版。因为这一辑没有送审，在当时成为非法刊物，被迫停刊。诗垦地社也就结束了它的活动。

除了以上出版的六辑丛刊，1942年2月2日—1943年5月29日，诗垦地社还在重庆《国民公报》编发了《诗垦地》副刊25期，每周出版一期。

春草诗社

1942 年上半年，王亚平、臧云远、徐光霄、臧克家、柳倩、力扬等在郭沫若的支持下在重庆组织了春草诗社。9 月，出版了《诗家丛刊》第一辑《诗家》，还接收了不少从解放区转来的诗篇，在丛刊上发表。

1945 年初，为了祝贺王亚平 40 岁生日，春草诗社的诗友们纷纷献诗唱和，并在 6 月出版了诗集《星群》。

抗战胜利后，春草诗社的同人各奔东西，诗社便也停止了活动。

诗焦点社

1942 年，李岳南等在重庆组成诗焦点社，在重庆《国民公报》副刊版面创办诗专刊《诗焦点》，还印成单页的诗传单，在各地书店出售，出了 32 期后停刊。包白痕又商得沅陵《国民日报》的副刊版面，继续出版《诗焦点》沅陵版，两年共出 50 期。

其后，分布在西南各地的诗焦点社同人纷纷出版丛书，创办诗刊，开辟诗歌阵地。1943—1944 年，包白痕和魏荒弩等创办了《诗焦点》贵阳版；荒牧主编出版了"诗焦点丛书"，共 3 本，包括荒牧的长诗集《河》；包白痕和李岳南主编了《诗焦点》芷江版；罗泅开辟了《诗焦点》涪陵版；李岳南、季淙等在重庆出版社出版了"诗焦点丛刊"；吴以滔到了印度，在加尔各答创办了《诗焦点》印度版。1945—1946 年，苗家秀在西昌约刘炼虹合编了《诗焦点》西昌版，出版 20 多期。1947 年，刘炼虹和邓钦又主编了《诗焦点》成都版。

此后，诗焦点社成员还在各地组织了许多文学社团，如魏荒弩和邱晓崧组织了枫林文艺社，出版了《枫林文艺》；他们和包白痕、常任侠、葛向晚等创建了百合诗社，出版了《百花诗丛》。但诗焦点社也因成员分散各地而停止活动。

中国艺术剧社

1941 年，太平洋战争爆发后，一批爱国进步剧人由香港回到重庆。

1942 年 12 月 29 日，夏衍、于伶、金山、宋之的、司徒慧敏等在周恩来、郭沫若的支持下筹组中国艺术剧社。理事会由潘公展、杜月笙等 20 余人组成，赵志游任理事长，社员有金山、章泯、宋之的、蓝马、沙蒙、王苹、舒强等。

1944 年下半年，剧社赴内江、乐山等地旅行演出半年。

1945 年 7 月，剧社领导人员改组，宋之的任总干事。8 月，茅盾的第一部剧作《清明前后》问世，交由该社首演。

1946 年，在抗建堂演完陈白尘的新作《岁寒图》后，便结束了它在重庆 3 年的历史，东去上海，并入上海剧艺社。

黑土地社

1943 年夏，徐放、马牧边等东北大学学生在重庆东北大学组建，因怀念被日军占领的关东黑土地而取名黑土地社，活动以新诗创作为主。

火之源社

1944 年，国立艺术专科学校从昆明迁到重庆沙坪坝后，西洋画系学生李一痕、刘予迪编了刊名为《火之源》的诗墙报，半月出一期，吸引了校内外很多诗歌爱好者。中央大学学生周牧人和曾卓、李一痕等联系，决定把诗墙报改成铅印公开出版，火之源社由此成立。

1944 年春，周牧人、李一痕卖画集资，出版了《火之源》第 1

期。由于编者李一痕等学习任务重，《火之源》第 2 期脱期，和第 3 期合刊出版。从第 4 期起，发行量达到了 3000 份。

1945 年冬，《火之源》第 5、6 期合刊出版后，日本投降，火之源社决定把《火之源》迁往上海出版，但上海市政府却不准登记。

1946 年底，李一痕到武汉，与刘予迪等商议，改《火之源》为《诗地》，用诗地社名义出版了《诗地》创刊号，内容为《火之源》第 7 期全稿，印行两千多份。

1947 年 1 月，国民党武汉当局通知书店不准代销《诗地》，《诗地》被迫停刊，火之源社至此完全停止活动。

中国学生导报社

中国学生导报社是中共南方局青年组领导的学生进步团体，于 1944 年 12 月 22 日创办《文艺》，在重庆出版，是《中国学生导报》副刊，束衣人、朱天等任编辑。《文艺》"是抗战以来，在国民党统治区中出版时期最长，影响较大的进步学生刊物"。该副刊用文艺的形式，反映进步学生的生活。

诗文学社

1945 年 2 月，邱晓崧、魏荒弩以诗文学社的名义，在重庆创办了《诗文学》丛刊。在筹备期间，曾得到郭沫若和茅盾的赞助，又得到中共党员力扬和叶以群的支持，开辟了来自延安的大量稿源，在不到一年的时间里，共出版 16 开《诗文学》两辑，第 1 辑刊名为《诗人与诗》，第 2 辑为《为了面包与自由》。在出版《诗文学》的同时，诗文学社还编辑出版了一套"诗文学丛书"。《诗文学》丛刊于 1945 年 5 月停刊。

抗战胜利后，魏荒弩于 1946 年回到北平，并于 1947 年将《诗文学》复刊，32 开，封面"诗文学"3 字为沈从文题写，共出两期，发表了李广田、臧克家、魏绍荣、魏荒弩等的作品。

《诗文学》前后共出 4 期，除了发表国统区诗人、作家的作品，也发表了很多解放区诗人的作品，如艾青的《献给乡村的诗》，鲁藜的长诗《锻炼》，特别是何其芳的《夜歌》，在当时的诗歌爱好者中流传很广。

革命诗社

1945 年秋，柳亚子、郭沫若、张西曼、田汉等人于重庆组织成立了革命诗社。柳亚子任社长，张西曼任主编，办社宗旨和诗歌主张是"感时忧愤，有力同抒"，"配合时代，争取光明"。

社员诗作以张西曼主编的《民主与科学》为主要发表园地，该刊曾发表毛泽东的词《沁园春·雪》以及柳亚子、郭沫若的诗。

1946 年，《民主与科学》停刊，诗社也就停止了活动。

新年代文学社

1945 年冬，重庆复旦大学的几位学生和几位校外青年在吕荧的支持下发起成立了新年代文学社。该社油印出版过 4 期文学刊物《文艺信》，尹宗伦任主编。

1947 年春，《文艺信》由陈六祥、郗潭封等在上海改成 4 开铅印小报发行，先后发表过路翎、阿垅、冀汸、方然、化铁等人的作品，1948 年秋停刊。

骆驼社

1945 年抗战胜利后，王亚平、丰村、巴波、李葳、李索开、李赛风、李钊彭、吴视、孟引等在重庆组织成立了骆驼社。社名寓意为发扬不怕苦、不怕艰难的骆驼精神，并计划出版以中篇小说为主的"骆驼文艺丛书"，再创办文学杂志。

1945 年下半年，骆驼社出版了李葳翻译的契诃夫中篇小说《阿霞》和丰村创作的中篇小说《烦恼的年代》。

1946 年间，骆驼社同人有的去了解放区，有的复员回到河南、陕西、上海等地，骆驼社解体。

诗激流社

1946 年初，诗激流社于重庆成立，是中国共产党领导的，团结进步诗人和青年作者为争民主、反独裁，争团结、反内战而斗争的诗歌社团。社长为赵无眠，负责人还有邵子南、禾波。曾出版《诗激流》月刊。

活路社

1946 年 4 月，重庆一些爱好文艺的中共地下党员和进步青年组织成立了活路社。成员有杨仲明、岳平、吴秋帆、黄友凡、陈楚云、邵子南、力扬、张友铭等。

1946 年 5 月 25 日，《活路》月刊创刊，发表了陶行知的通俗诗《活路》并以此作为发刊词。月刊开辟了老实话、街谈巷语、天南地北、七十二行、大众诗歌等栏目，先后共出版 8 期，主要发表通俗文艺作品。

1947 年 1 月，《活路》月刊总编辑岳平与薛蜂商量，决定编一本民歌集并出版。2 月中旬，"活路丛书"的第一本书——《民歌初集》，用大众文化社的名义正式出版发行。这是一本 32 开、50 多页的小册子，共收集各种民歌 60 首，既有创作的民歌，如薛蜂的《复员谣》《庄稼佬》，马凡陀填词的《送旧迎新》（四川莲花调）等，又有搜集的四川、贵州等 13 个省、区的民歌。此外，活路社还出版了艾谣编写的《民歌二集》和几期《孩子们的歌》。

中华全国文艺界协会重庆分会

1946 年 3 月 3 日，中华全国文艺界协会在欢迎田汉、马思聪、端木蕻良的茶会上决定成立文协重庆分会，推举艾芜、沈起予、赵铭彝、阳翰笙、陈白尘、金满成、萧蔓若、李兰等 10 人为筹备委员。

1946 年 5 月 1 日，在文协总会为冯玉祥、郭沫若、田汉 3 人离渝而举行的欢送大会上，重庆分会正式成立，通过章程并选举沈起予、金满成、聂绀弩、艾芜、萧蔓若、沙汀、陈翔鹤等 7 人为理事，屈楚、李文钊 2 人为候补理事，李兰、冼群、柳倩 3 人为监事。但该会成立后，国民党挑起全面内战，重庆当局严格限制群众团体活动，故除出版会刊《萌芽》和进行一般联系工作外，未能开展重大活动。

诗地社

参见"火之源社"条。

大众文化社

参见"活路社"条。

摹仿社

1947 年 10 月，在重庆《商务日报》编辑部工作的王诚德和陈亮取得中共重庆市中区特别支部的支持，以"纯文艺"作掩护，邀约自己熟悉的、爱好相同的朋友龙斯猷、董仁辅、董仁瑞、焦景鑫、朱莲芳、熊德海、熊小凡、傅烈彬、戴世忠、潘星海等成立了摹仿社。创办了《摹仿》文艺杂志（刊名取自亚里士多德关于文艺的定义）。

1948 年 1 月出版第 1 期，发表论文、诗、小说等 17 篇。出刊以后，即被国民政府内政部和重庆市社会局以"内容极为荒谬""内容反动"为由查禁。3 月，出版第 2 期，发表论文、诗、散文 12 篇，出版后又被查禁。

后由于部分社员被捕甚至被害，社团无法开展工作而自行解体。

铁窗诗社

1949 年春节，在艾文宣、史德瑞和傅伯雍等倡议下，由刘振美、白深富两人组织串联，利用"大放风"的机会，被关押在重庆渣滓洞牢房中爱好诗歌的难友杨虞裳、何雪松、何敬平、古承铄、陈丹墀、张朗生、余祖胜、张学云、蓝蒂裕、章亮、屈楚、唐征久、蔡梦慰、张永昌、胡作霖等组建了铁窗诗社。

1949 年 11 月 27 日，诗社的大部分成员被杀害。铁窗诗社烈士们创作的诗，都是用自己的生命和鲜血凝成的，闪耀着革命英雄主义和革命乐观主义的熠熠光辉。

合 川

炉火社

1926 年，复兴小学补习生在合川渭溪组织成立了炉火社，领导人为蒙文凤。该社以办壁报，出油印小报，演讲等为活动方式，宣传新三民主义与妇女解放等进步思想，出版《炉火周报》，刊登老师写的小说、诗歌、散文、杂文等。该刊实际是中国共产党领导的刊物，曾掀起驱逐天主教牧师王道南的斗争。

铜梁旅合同学会

铜梁旅合同学会约于 20 世纪 20 年代末期在合川出现，为外县人在合川组织的唯一文艺团体，曾出版铅印刊物《周刊》，惜资料散失无存，故详细情况亦无从查考。

文学研究社

1930—1931 年，该社办了纯文艺刊物《秧针》，其余情况不详。

文艺研究会

1935 年 10 月，由合川中学学生自发组织成立，每周二出壁报一张，由印义信、王尔富等人负责，期终编订成册，募款出书。

晨钟文艺社

1937 年，合川中学师生组织成立了晨钟文艺社，成员有王肇伦、陈光烈、文德本、潘先了、郑松年、潘钧等。该社在《大声日报》第四版辟有《晨钟周刊》专页，4 月 19 日创刊，由王肇伦、陈光烈主编，共出 12 期，至 7 月 5 日止。曾发表小说《万人坑》（张伯佐），散文《黑夜思想的我》《学校生活》（文德本）、《诀别》（唐从善）、《杂思》（廖启凡）、《脱笼鸟》（丁志平），杂文《君其告我》等。

抗日救亡宣传队

1937 年 8 月，中共地下党员、合川中学教务主任罗涤尘在学校号召同学们投身抗日救亡运动，成立了抗日救亡宣传队，利用课余和节假日，在校内外进行抗日救亡宣传。

叱咤文艺社

1938 年春，合川中学进步师生组织成立了叱咤文艺社，罗涤尘任社长。参加者有黄秀松、胡牧国、梁伯亚、李渊琴等，以宣传抗日民族统一战线、反对分裂、揭露旧社会的黑暗为己任。出版铅印半月刊一种，名为《叱咤》，胡、李二人兼发行，罗兼任主编。每期印数 2000 册，16 开，字数 5 万余，是带有文艺与政治性质的综合性刊物，发表诗歌、散文、评论、小说及杂文等，刊头系时任重庆大学校长胡庶华题写，经费自筹，多为罗涤尘捐赠。前后共出 7 期，连载过梁伯亚的长篇小说，发表过黄秀松的话剧剧本《在铁蹄下》等，还有罗元辉撰写或函约的社论发表。这是合川中学师生自办的唯一公开发行的刊物。

哨兵文艺社

1938 年，川高校（国立二中前身）师生共同组织成立了哨兵文艺社，成员有莎虹、汤念亮、彤翔、丁信、邹培恩、鲁莎等，多系外省籍学生。他们呼吁抗战文学，宣传爱国主义。在《大声日报》第四版上辟有副刊《哨兵》，8 月创刊，至次年 5 月 28 日止，共出 72 期。

铸魂文艺社

1939 年，本地文艺青年自由联合成立了铸魂文艺社，为时短暂，成员有罗风、夏丹等。在《合川日报》第四版上办有副刊《铸魂》。仅见创刊号（1939 年 3 月 25 日）与终刊号（1939 年 6 月 4 日）两期。

沙流文艺社

1940 年，绿原、堵述初等组织成立了沙流文艺社，参加者多为外籍流寓合川之文艺界知识分子，如绿原、堵述初、鸣骆、景翔等，在《合川日报》《大声日报》联合版设有不定期副刊《沙流》，不少知名作家为之撰稿，绿原负责集稿。

1940 年 10 月 30 日宣布停刊，现仅存第 6 期（即终刊号）。

云门二五三壁报社

1941 年，合川县属云门镇青年文学爱好者自发组织成立了云门二五三壁报社，出有巨幅壁报，内容通俗，颇受群众欢迎。时停时办，1945 年又出《瑞风》专刊。

濮城诗社

1943 年，育才中学教师与一些爱好诗歌的青年学生组织成立了濮城诗社，在《合川日报》出《诗刊》专版（陶行知题写刊头），创作了不少质量较高、倾向进步的新诗。成员有沙丘、木人、喀沙、江雁等。常有流寓合川的外地诗人为之撰稿。

现仅存 8 月 12 日出版的第 7 期。

濮国文艺社

1943 年秋，流寓合川的外省籍文艺工作者殷白、田禾等发起组织成立了濮国文艺社，以"研究三民主义，习练写作"为目的。曾借《合川日报》第四版出一旬刊，名《濮国文艺》，但资料已全部散失。该社曾约请当时国内知名作家方敬、邹荻帆、曾卓等人写稿。《合川日报》1943 年 9 月 25 日第三版对此曾做过报道。

旭渠文学研究社

1944 年，国立二中师生发起成立旭渠文学研究社，参加者与撰稿人有巴山、林居、萧山蔚农、定林山、季护、泓混、健伟、寒松等。在《合川日报》第四版上出有《旭渠特刊》（不定期），严立扬题写刊头，5 月 17 日发刊，至 7 月 1 日止，共出 4 期。该社社址设在濮岩寺内。曾邀请《合川日报》编辑谢守枢等举办文艺讲座。

山城、敦志文艺社

1944 年下半年，中国共产党南方局青年组派赵龙侃、陈邦幸、胡果等到合川，以濂溪中学为主要阵地团结革命青年 20 余人，先后成立了山城、敦志文艺社（读书会），开办"鱼城书屋"，在《合川日报》主编副刊，传播进步思想。

蕹露社

1945 年 5 月，晏和麟、白丁等发起成立了蕹露社。成员有娄学贵、苏岚、胡西、剑华等。在《合川日报》第四版上刊出《蕹露》周刊，6 月 2 日发刊，至 9 月 29 日，出 15 期。

敦志文艺社

1946 年初，合川中学高中部学生组织成立了敦志文艺社，由边塞诗人马铃梆（时任该校教师）辅导。在《合川日报》第四版出有《敦志旬刊》，另外还办有文艺性学报。

1946 年 1 月 16 日发刊，出至 7 月 16 日止，共出版 13 期。撰稿者有石贡、村夫、易京、小松、狄茄、天使、王炎等（多为笔名，真名已不可考）。该社曾邀马铃梆在铜梁洞举行以"中国诗歌之演变"为题的文艺讲座。

蓓蕾文艺社（伙伴文艺社）

1947年4月，以合川高中学生袁昌遂（中共地下党员）为首发起组织蓓蕾文艺社，借语文教师、县参议员郭育才主编之名，在《合川日报》第四版出《伙伴》文艺副刊，以小说、诗歌等形式揭露国民党的腐朽统治，故又称伙伴文艺社。参加者有冯正、樊启智、先培、你也、抄民、欠真、左少杰、叶玲、方茵、李野、黎明、昭禄、黎清、吴辽、竹影、陵良、真真、追真、真正、陈迹、逼真、正真、立真等，大多数是笔名，真名已不可考。

瑞山中学学生自治会

1948年3月，瑞山中学学生自治会成立，在《合川日报》第四版辟有文艺副刊《瑞风》，3月25日发刊，至6月16日止，共出10期，撰稿者有静波、戌钩等20多人。

濂溪中学生自治会

1948年4月，濂溪中学生自治会成立，在《合川日报》第四版上辟有文艺副刊《白光》，撰稿者有邹师洵、梁伯然、蒋果等20多人，4月14日发刊，至7月12日止，共出7期。

合师校学生自治会

1948年4月，合师校爱好文学艺术的学生组织成立了合师校学生自治会，他们在《合川日报》第四版辟有副刊《铎声》，撰稿者有伍志刚、秦家丰等13人，4月23日创刊，至11月11日止，共出版8期。

小沔中学学生自治会

1948 年 4 月，小沔中学学生自治会成立，在《合川日报》有副刊版面《渠波》，撰稿者有蒙振华、左荣芳等 13 人，4 月 27 日发刊，至 5 月 3 日止，共出版 22 期。

合力文艺社

1948 年 4 月，合川中学师生组织成立合力文艺社，参加者有尚礼、每文、璞仁、率性、洁影、凡心、亡羊、干西人、梁世宏等。该社在《合川日报》辟有不定期副刊《活力》，4 月 3 日发刊，至 7 月 20 日，共出版 9 期。

私立夔文中学学生自治会

1948 年 5 月，私立夔文中学学生自治会成立，在《合川日报》辟有文艺副刊《夔文》，撰稿人有屈能伸等 20 多人，5 月 16 日发刊，至 11 月 14 日止，共出版 7 期。

合川县农业初级职业学校学生自治会

该会相关成立信息不详，在《合川日报》第四版辟有文艺副刊《农呼》，撰稿者有帅英仲、邓家纯等 9 人，1948 年 5 月 26 日发刊，至 6 月 15 日止，仅见两期。但该组织在此之前，曾单独印行过同名的专刊 10 余期，存续约 1 年，以发表文学作品为主，惜无资料留存。

岩星文艺社

1948 年 11 月，合川师范学校附小教师发起成立了岩星文艺社，社址在设合川师范附属小学。成员有杨焕若、悼天、匿心等。该社在《合川日报》第四版占有副刊版面，定名为《岩星》，由杨焕若等负责集稿，11月初发刊，现仅存第二期（1948年11月19日）。

炼心文学社

1949年秋，合川职中校师生联合组织成立了炼心文学社，以该校教务主任张恕为主编，出版巨幅壁报。其中所载《物价与利率》《菊》《秋夜读书》《漫谈青年基本三大条件》等文，被《合川日报》评价"内容丰富、文辞新颖"云云。

万　县

文化界救亡联合会

20世纪30年代，全国抗战爆发后，机关、学校内迁，一批作家、诗人抵万，与本地作者携手合作，创办文学刊物，宣传抗日思想，培养文学新人。何其芳、杨吉甫、方敬等人相继在《万州日报》《川东日报》上开辟《川东文艺》《马达》《少年兵》《小朋友》《十日文艺》等副刊，发表萧乾、卞之琳、李广田、曹葆华、陈敬容、臧克家、碧野、姚雪垠、陈伯吹、罗泗及一些文学新人的作品，并成立文化界救亡联合会，培养了一批文学新人。

金戈文艺社

1940年冬，万县金陵大学附属中学学生罗泗与进步同学一起组织成立了金戈文艺社，并在《川东日报》副刊上编《金戈文艺》半月刊。刊物遭查禁后，罗泗被迫流亡。

朝暾文艺社

1940—1941 年，该社由罗泅与川东文艺青年组建于万县，次年编辑出版"朝暾文艺丛刊"两期。

1941 年，朝暾文艺社穗秾在《万州日报》主编《铁马诗刊》；罗泅在《万州日报》创办杂文副刊《匕首》。

国内其他地区

北　京

少年中国学会

1919 年 7 月 1 日，李大钊、王光祈、陈愚生、张尚龄、周太玄、曾琦、雷宝菁 7 人联合各有志青年组织成立了少年中国学会，并创办机关刊物《少年中国》，李大钊被举为编辑主任。总会设于北京，并在会员较集中之南京、成都两地设分会。

李大钊和王光祈是学会的发起人，会员主要有三类人：一是向往俄国十月革命的年轻人；二是因反对日本侵占胶东半岛而归国的一部分留日学生；三是从事爱国运动的国内各校学生。毛泽东、恽代英、邓中夏、杨贤江、高君宇、李达、黄日葵、缪伯英、蔡和森、赵世炎、张闻天、许德珩等进步学生都参加了这个组织，部分还起到了重要的领导作用。学会的宗旨是"本科学的精神为社会活动，以创造少年中国"，信约为"奋斗、实践、坚忍、俭朴"。

会刊《少年中国》为月刊，每年出 12 期，合为一卷，由少年中国北京总会负责编辑，李大钊、恽代英等曾在上面发表文章。1922 年 7 月后曾休刊 7 个月，1924 年 5 月停刊，共出 4 卷，48 期，另外，还出版了《少年世界》，邓中夏是主要负责人。

1925年底，学会因社员思想观念分化而停止活动。

少年中国学会成员分散在国内各大城市，都直接或间接参加了五四运动，后来虽因会员的立场观点不同走向分裂，但在当时对于五四运动起了很大的推动作用。

合川青年社

1924年，黄肇纪、石天柱、唐木森等13人在北京朱市胡同集会成立合川青年社，参加者有唐木森、徐大昌、王维宪、华绍衡、秦友石、杨连礼、孟基昌、蒋云裳、戴轩孟、肖德渊、周际可等。

该社以宣传新文化为宗旨，自筹经费，出版不定期刊物《合川青年》（铅印4开）。黄肇纪、唐木森负责编辑，石天柱、华绍衡负责发行，其余人均参加撰稿。发表诗歌、小说、散文、传记、报道等各类形式的文章，反对帝国主义、封建主义，拥护民权，废除封建礼教，主张婚姻自由、男女平等。发行数高达3000多份。共出12期，出至第9期时，曾与另一青年文学组织展开论战，扩大了影响。1925年，又将刊物改名《合川潮》（铅印8开），石天柱主编，黄肇纪等积极撰稿，共出5期。社员后扩展到重庆、成都、上海、广州等地，并成立了一些分社及小组。

合川青年社是合川青年最早在外地建立的自发的、有组织的宣传进步文化的团体，为中共地下党合川县委的建立做好了思想准备和组织准备，也为进步文学艺术活动的开展打下了良好基础。

沉钟社

1925年秋，沉钟社于北京成立，主要成员有林如稷、陈炜谟、陈翔鹤、邓均吾、陈竹影、王怡庵、冯至、杨晦等。创办杂志《沉钟》周刊，1926年8月改为半月刊，中间曾有中断，至1934年2

月停刊，共出 35 期（含 1927 年 7 月出版的翻译专号特刊）。沉钟社的作品兼具现实主义与浪漫主义，刊发的作品主要有诗歌、小说等，也包括了不少的翻译作品。出版"沉钟丛刊"，其中有陈炜谟的小说集《炉边》、陈翔鹤的小说集《不安定的灵魂》及冯至的诗集《昨日之歌》及陈炜谟等人的翻译作品。沉钟社在当时有很强的社会影响力，得到了鲁迅的重视，将主要成员的作品收入了《中国新文学大系·小说二集》中并给予了高度评价，称沉钟社为"中国最坚韧、最诚实、挣扎得最久的团体"。

瑞 金

八一剧团（工农剧社）

1931 年底，八一剧团成立于江西瑞金，由中国工农红军大学俱乐部的戏剧工作者及部队中爱好文学、戏剧的指战员组成，黄火青、李伯钊、伍修权、霍步青、赵品山等人为剧团委员会委员。剧团曾编演过一些小戏，次年扩建为工农剧社，开展抗日演剧活动。

上 海

创造社

1921 年 6 月，郭沫若、郁达夫、张资平等留学青年在东京成立，主要成员还包括田汉、成仿吾、郑伯奇、穆木天等。创造社依托上海泰东书局出版《创造社丛书》，郭沫若的新诗集《女神》作为《创造社丛书》第一种于 1921 年 8 月出版。1922 年 5 月创办《创造季刊》，1923 年 5 月创办《创造周报》，同年 7 月在上海《中华新报》创刊《创造日》副刊，1926 年 3 月创刊《创造月刊》等。作为新文学运动最重要的文学团体之一，创造社对新文学运动产生了极大的影响，推动了新文学的发展。创造社高举新文学的旗帜，其文学主张有着明显不同，早期提倡"为艺术而艺术"，倾向浪漫主义，反对为人生而艺术；后期逐渐抛弃浪漫主义，提倡写实主义。创造社主要成员中的川籍作家除郭沫若外，还有阳翰笙、段可情、李一氓等。

浅草社

1922 年春，浅草社于上海成立，林如稷作为发起人，主要成员有陈炜谟、陈翔鹤、邓均吾、王怡庵等川籍作家及冯至等。1923 年 3 月浅草社创办《浅草季刊》，林如稷、陈炜谟等主编；1923 年 7 月，在上海《民国日报》编辑副刊《文艺旬刊》，后改名《文艺周刊》。后因林如稷到法国留学，社员星散，1924 年 9 月《文艺周刊》第 50 期后停刊，长时间延期的《浅草季刊》第 4 期至 1925 年 2 月刊行。主要成员于 1925 年在北京成立沉钟社。浅草社刊行的作品以小说为主，受到了创造社"为艺术而艺术"的影响，向内挖掘自己的灵魂，向外吸取异域的营养，其小说创作的内容、方法等在当时产生了较大的影响。

国立同济大学合川同学会

1945 年 5 月，国立同济大学合川同学会成立，参加人员有唐嘉庭、刘和平、胡良润等，在《合川日报》第四版辟有《济风》副刊，5 月 3 日发刊，至 8 月 17 日，共出版 8 期。

国际地区

东 京

春柳社

1907 年春，中国留日学生曾孝谷、唐濂江、李叔同等，受日本新派剧的影响，在东京发起组织留日学生演剧团体——春柳社。排演了《茶花女》《黑奴吁天录》《生相怜》《画家与其妹》等话剧，其中，曾孝谷根据美国作家斯托夫人的小说《汤姆叔叔的小屋》改编的五幕话剧《黑奴吁天录》是中国现代话剧的开山之作。

春柳社在日本的演出活动，尤其是《黑奴吁天录》的演出影响甚广，当时国内虽已有不少人提倡演出新剧，但缺乏良好的表现形式和表现手段，春柳社在这方面颇有成就，深受国内提倡新剧人士的推崇。

1910 年，留日学生陆续回国，春柳社在日本的演出活动停止。

1912 年，春柳社成员陆镜若回国，组织了新剧同志会，1913 年建立春柳剧场。1915 年春柳社解散。春柳社剧人为中国新剧运动奠定了坚固的基石。

文艺期刊

整理说明

一、1912—1949 年创办于或迁来四川（含重庆）的文学性期刊，或部分川籍社团在省外办的文艺性期刊均予收录，综合性期刊根据其中文学内容的篇幅酌情收录。

二、资料包括刊名、创刊地、期刊属性、存续时间、编辑者、发行者、办刊宗旨、主要栏目、发刊词或编者按语（仅部分期刊有）、馆藏信息。部分期刊因缺乏相关佐证资料或语焉不详，某些信息缺失。

三、带★的词条，其发刊词附后。发刊词或编者按语根据影印资料重新录入，因年代久远字迹模糊，个别字体确实难以辨认的，均以□□代替。

四、排序：按年代顺序排列，由远及近。

五、内容不尽全面，但力求完善。

内容综合参考了王绿萍先生编著的《四川报刊五十年集成（1897—1949）》《民国时期期刊全文数据库（1911—1949)》《全国报刊索引》等资料。

1912—1919

文艺周报

成都　1913 年 4 月 6 日创刊，社址位于成都羊市街 11 号，成都文艺周报社编辑，发行处位于成都桂王桥西街 31 号。该刊为文艺性期刊，内容有文苑、诗坛、诗余、诗话、小说、戏曲、游艺、琐谈、杂俎、社课等。共出 6 期，同年 5 月 11 日停刊。四川省图书馆有存。

★娱闲录

成都　1914 年 7 月 16 日创刊，半月刊，是《四川公报》特别增刊，由樊孔周主办，发行处位于成都总府街四川公报社。1915 年 10 月 6 日，《四川公报》改名《四川群报》后，《娱闲录》作为《四川群报》副刊随刊发行，不再单独出版。李劼人被聘为《四川群报》首任主笔，并主编《娱闲录》。1918 年 4 月《四川群报》被查封，《娱闲录》也随之停刊。

该刊是四川较早的文艺期刊，吴虞、刘觉奴以及女诗人曾兰等都曾为该刊撰稿。主要栏目有小说、丛录、剧谈、笔记、文苑、剧本等。其中小说栏就包括滑稽小说、家庭小说、言情小说、侦探小说、纪实小说等。李劼人早期短篇小说《儿时影》《夹坝》，以及以《盗志》为总题目的短篇小说，均在该刊发表，共计40余篇，署名"老嫩"。《娱闲录》注重写实，娱而不闲，敢触时弊，名噪一时，发行遍及全国各地，在当时颇有影响。四川省图书馆、四川大学图书馆有存。

1920—1929

直　觉

成都　1920 年下半年出版，由成都高师、附中、觉群女学等校学生组织的人生活学会编辑出版，刘先亮、秦德君等主持。该刊以宣传妇女解放为主题，是独树一帜的文艺性刊物，主要发表关于男女平等、婚姻自由的新诗。当时成都著名的文学家、诗人叶伯和也曾在该刊发表诗作，对封建礼教压迫下的中国妇女表示深刻同情。无馆藏信息。

半　月

成都　1920 年 8 月 1 日创刊，半月刊。由来希宋、张拾遗、吴先忧等人发起，半月社成员轮流编辑，每月 1 日、15 日出版。社址和发行处几经变动，后定于成都悦来商场楼上第 59 号。创刊号上的《本社宣言》指出："世界并不是永久污辱的世界，乃是正在改造的世界。这改造的责任，是凡人类都有一份的。不过有许多可怜的弟兄，还不大觉悟，所以我们才组织这报，要使多数人觉悟。"该刊第 11 号《半月社简章》宣称以"传播文化，改良社会"为宗旨。曾出新年增刊新文艺号，提出"民主、自由、大联合"的口号，歌颂俄国十月革命，但也曾宣扬无政府主义。从第 14 号开始，巴金以"芾甘"之名加入，积极为刊物撰稿，并被选进编辑部。第 24 号之后被查封。四川省图书馆有存。

谭　薮

成都　1921 年 4 月 22 日创刊，月刊，由谭薮月刊社出版，通讯处位于成都方正东街 10 号，发行处位于成都东丁字街新新社。该刊以"启迪社会，改良风俗"为宗旨，主要栏目有小说、新剧、笔记、文苑、诗钟、杂谭、附录等，小说栏又分为社会、警世、世纪、侦探、醒世 5 种。无馆藏信息。

★石室学报

成都　1921 年 11 月 10 日创刊于北京，每年出版一册。该刊由留京成都联合县立中学校同学会编辑部编辑，第 2 期改为旅外石室同学总会编辑。该刊系同学会会刊，编辑主任有李光浓、任永珍、毛升达。以"研究学术，灌输知识，报告会员消息"为宗旨，除发表校友的学术性文章外，也刊登文艺作品，主要栏目有论说、选载、翻译、调查、通讯、纪事、杂俎、小说、文苑。曾停刊，1943 年 12 月复刊，由石室学会编辑委员会主编，社址位于成都东御街 157 号。四川省图书馆有存。

川南师范月刊

泸州　1922 年 1 月 1 日创刊，由泸县川南师范学校学生自治会出版。当时恽代英在该校任职，他在第 1 期撰文《最近四个月的川南师范》中阐述该刊宗旨为："一、求增加教育、社会两方面的贡献；二、求小学教育有正常的研究；三、为谋小学教育变成有目的有方法的现实；四、力谋川南教育之改造；五、求改造社会。"主要栏目有评论、诗歌、小说、记载、通讯等。重庆图书馆有存。

小　露

成都　1922 年 9 月 15 日创刊，拟为半月刊，实为不定期刊，由小露文学团体出版，社址位于成都昌福馆普智书室。理事为张爽、傅世杰，编辑为黄静修、傅自悲、窦勤伯，发行为李仲麟，宗旨为"育民德、启民智、易其俗、移其风"。倡导白话体，专研究文艺，内容不拘小说、新剧、童话、新诗。1923 年 4 月 16 日出版特刊《诗歌号》，主张"应当创造新的，独有的，为艺术的艺术，去督促人生，而不能为现实的人生或人生底讳忌，或社会的嘲笑，去抹杀自己创造底伟大天才"，"反对无病呻吟或矫揉造作"。仅存于四川省图书馆。

草　堂

成都　1922 年 11 月 30 日创刊，名为月刊，实为不定期刊，1923 年 11 月 15 日停刊，共发行 4 期。创办人为叶伯和，社址位于成都指挥街 104 号。该刊由成都草堂文学研究会主编、发行，属于文学研究会会刊，撰稿人大多为青年诗人，有秋谭、张拾遗、何又涵、沈若仙、叶伯和、陈虞棠、雷承道、叔农、赤话等，主要栏目有诗歌、小说、戏剧等。

诗歌占据该刊的大量篇幅，载有秋谭译的法国诗人波德莱尔的诗《坏种》《生动的火把》，以及法国莫泊桑、俄国迦尔洵等人的文学译作，还有抒情类诗歌《清露凝在花心里》《一件使我不安的事》《割草人》《我的悲哀》《微笑与拥抱》《泪之想象》《草堂怀杜甫》等，同时也刊登写景类的诗歌《登青城第一峰》《常道观之夜》《乡游杂诗》等。第 1、2、3 期上都发表有巴金署名"佩苔"的诗作。该刊宣传新文化运动，不但在全国发行，还在法国蒙彼利埃、南洋槟榔屿等地设有代售处。在当时影响颇广，为我国新文学与新诗的发展做出了一定贡献。

茅盾、郭沫若、周作人等都曾撰文，给予《草堂》极高的评价。茅盾在《中国新文学大系·现代小说导论》中说："四川最早的文学团体好像是草堂文学研究会，有月刊《草堂》，出至四期后，便停顿了。"周作人在该刊发表评论《读草堂》时说："近来见到成都出版的《草堂》，更使我对新文学前途增加了一层希望。"指出新文学不应该只存在于大都市，地方色彩的文学也有很大的价值。四川省图书馆存有第4期。

达县旅省学会会刊

成都　1922年12月出版，不定期刊，每年至少出版两期。宗旨为"研究学术，交换知识，促进发达文化，以广传输而资进行"。内容有论说、修养、文艺、小说、英文、调查。四川省图书馆有存。

★孤　吟

成都　1923年5月15日创刊，半月刊，主要刊载诗歌创作品和短论。曾发表巴金的多篇抒情小诗，其中一首署名为"P. K"的诗歌《报复》，是为纪念被湖南军阀赵恒惕杀害的工人领袖而作，控诉了军阀的暴行，号召人们"与恶魔决一死战"。第5期上有孤吟社成员名录。四川省图书馆有存。

繁星季刊

成都　1924年1月31日创刊，为新繁旅省学会会刊，主编为刘作宾。作家艾芜在创刊号上署名"汤耘"发表过两篇文章，一篇是《献诗代发刊词》，另一篇是《个人与社会》。四川省图书馆存第1卷第1期。

忠　声

北京　1924年6月6日创刊，由四川忠县留京同乡会编辑出版并发行。宗旨为"一方面在努力研究各自的科学，一方面还是关心讨论故乡紊乱的原因和补救的方法"。主要栏目有建言、评坛、译述、小说、戏剧、童话、诗歌、述记、杂记、近讯、调查等。四川省图书馆存有一期。

浣　花

成都　约1924年末或1925年初出版，由成都草堂文学研究会主办。《浣花》是该研究会在《草堂》月刊停办后推出的又一种文学性刊物，但不久又停办。无馆藏信息。

活路旬刊

成都　1925年2月申请立案，社址位于成都四圣祠西街17号，发起人有刘书贤、吴均国、安士云。宗旨为"以和平言论启迪民智，促进文化"。设有言论、译著、诗歌、小说、戏剧、记事栏目。无馆藏信息。

★南　鸿

重庆　1925年3月30日创刊，周刊，社址位于重庆戴家巷17号，由张闻天等创办。该刊主要以杂感、短评、散文诗、小说等形式抨击旧思想、旧道德及军阀统治，宣传个性解放，男女平等。张闻天、萧楚女等在刊物上发表了大量文章。出版第7期后被军阀王陵基查封。湖北省图书馆有存。

励志半月刊

成都　1925 年上半年创刊，为华西协合师范学生励志会会刊。宗旨为"发展自治能力，增进互助精神，养成健全人格"，目的在于激励同学，为学生提供发表作品的园地，内容有专著、讨论、时评、文苑、杂俎、白话诗等。四川省图书馆有存。

芳　辰

开江　约 1925 年出版，由开江县普安区小学主办，为文艺性周刊。无馆藏信息。

晨　光

开江　约 1925 年出版，由开江县普安区小学进步教师王剑鸣、王元善创办，为文艺性周刊。无馆藏信息。

处　女

成都　1926 年上半年创刊，旬刊，是成都四川处女社文艺研究会出版的文艺性刊物。1927 年 5 月第 55 期起改在日本或上海出版。无馆藏信息。

烂　漫

达县　1926 年上半年，达县中学生于民生、张端绪（张爱萍）、魏传统等组织文学团体烂漫社，并出版《烂漫》旬刊，宣传五四运动以来的新思想、新文化，发表反孔文章。未见馆藏信息。

炉火周报

合川　1926 年，合川渭溪来龙镇复兴小学成立炉火社，由蒙文凤主持，出版《炉火周报》，内容有老师写的小说、诗歌、对联、杂感、散文等。该刊实际上是地下党领导的刊物。无馆藏信息。

绿 波

绵竹 1926年创刊，为文艺性刊物，由共产党外围组织的新生民导社出版。1928年"七四"暴动前夕停刊。无馆藏信息。

华 大

成都 大约于1927年初创刊，半月刊，由成都华西协合大学出版，周允文、吴国章等编辑。内容以文艺作品为主，有少量宗教、医学方面的文章。四川省图书馆存有第4卷第1期。

乐山青年

成都 1927年4月创刊，季刊，由乐山市旅省学会出版，编辑为胡养清。该刊"为交换智识，灌输文化起见，所出刊物概不取资"。主要内容有时论、研究、诗录、新诗录、小说、常识等。四川省图书馆有存。

流 星

成都 1927年7月创刊，月刊，第3期起改为不定期刊，由成都青年文艺社编辑出版，社址位于成都后子门四川美专。该刊"纯以研究文艺表现为自我标的"。四川省图书馆有存。

★心 波

成都 大约于1927年10月创刊，为文艺性月刊，由陆更夫、张子玉创办，心波社编辑，社址位于成都仁厚街33号。主要刊登散文、诗歌、通信、杂文。四川省图书馆有存。

资 声

成都 大约于 1927 年创刊，由资中县留省学友会创办，通讯处位于国立成都大学。主要刊登时论性文章和文艺作品，以新旧体诗为主。提倡男女平等，反对帝国主义侵略，曾为资中县灾民实施赈济。四川省图书馆有存。

依仁半月刊

蓬溪 由蓬溪县人李青芝、纪大经、庄廉夫、何子君于 1927 年创办，为文艺性刊物，登载内容以诗歌为主。每月油印两期，分送给诗歌爱好者，经费由读者自愿捐赠，1945 年停刊。四川省图书馆有存。

期 刊

达州 约于 1927 年创刊，由绥定联合县立中学校友会编辑并发行，每学期出版一期。内容有论坛、小说、诗歌、杂俎等。四川大学图书馆存有第 4 卷第 2 期。

墨 池

成都 约于 1928 年 5 月创刊，为文学刊物，由成都县立中学校学生会编辑发行。刊载小说、散文、诗歌等作品。主要栏目有论坛、讲演、文艺、科学、小说等。四川大学图书馆有存。

蔷薇杂志

成都 1928 年 6 月 1 日创刊，文学性双月刊，由黄有邻主编。因该刊偏重爱情文学，尤重关于"罗漫斯"的描述，招致激进人士的批评，指其"替公子小姐扮美丽风流如花似朵而起见。形式上则冠冕堂皇，而性质上则荒谬绝伦"。无馆藏信息。

哼　哼

成都　1928 年 8 月创刊，文艺性刊物。创刊号《卷头语》指出该刊"是不甘屈服的哀呻，是弱者心琴的交鸣；是奔走于吃饭道途间的喘息，是徘徊于翠竹碧梧下的低吟。"四川省图书馆有存。

江　风

成都　约于 1928 年 9 月创刊，由内江旅省学会创办，为赠阅刊物。编辑处位于国立成都大学，发行处位于四川大学外国文学院。内容一半为时论性文章，一半为文艺作品。宗旨为"促进地方文化，主持桑梓正义"。该刊在上海、北平、重庆均有分发处。四川省图书馆有存。

流　萤

成都　1928 年 11 月 1 日创刊，文艺性刊物，但"也不只限于文艺"，由成都日新工业社代印。发刊词自称"无所谓宗旨"，但遵循"真的、切实的、前进的"精神，主要发表原创和翻译作品。四川省图书馆存有创刊号。

新潮月刊

成都　1929 年 1 月 30 日创刊，主编为陈风梧，发行为新潮书店，地址位于成都春熙路北段基督教青年会隔壁《新川报》内。该刊是宣传马克思主义革命文艺理论的刊物。四川大学图书馆存有创刊号。

彼哦哦

成都　1929 年 3 月 20 日创刊，文艺性月刊。创刊号《卷头语》云："我们不想说本刊如何的鼓吹什么，提倡什么……我们只想客气的抓下鬼脸，大家来混混账。"四川省图书馆有存。

★师亮随刊—师亮周刊

成都　1929 年 5 月 13 日创刊，由刘师亮创办。原名《师亮随刊》，为文学刊物，社址位于成都昌福馆。该刊以保持国学，辅助教育，恢复民族旧道德为宗旨。主要刊载各种国学论文、诗、词、小说、散文、游记、杂感、书信以及幽默讽刺性的文章。1931 年停刊，1936 年复刊，同年 10 月 17 日改名《师亮周刊》，1946 年停刊。四川省图书馆、四川大学图书馆有存。

荒　原

江津　约 1929 年 6 月创刊，文艺性半月刊，由凡夫、痴君编辑，社址位于江津文庙志和图书馆。四川省图书馆仅存 1930 年 7 月 15 日出版的第 27 期。

文学丛刊

成都　1929 年 10 月创刊，为国立成都大学中国文学系创办的文学刊物。该刊主要刊登中国古典文学研究方面的学术著作，并发表词曲、戏剧、小说等文学作品，其中有少量译作。主要栏目有通论、专著、杂文、诗歌、词曲、戏剧、小说、翻译、书评、附录。现仅见第 1 期，四川省图书馆有存。

文艺半月刊

重庆　1929 年 11 月创刊，由国民革命军二十一军政治训练部主办，邵正刚、曾若萍、曹仲英编辑，内容有文学原理、诗歌小说、剧曲作品、小品文等。无馆藏信息。

朝　华

重庆　1929 年 12 月 15 日出版，文艺性半月刊，由朝华社编辑发行，社址位于重庆戴家巷 8 号。四川省图书馆有存。

微　光

梁山　1929 年 12 月 16 日创刊，由梁山中学校学生会文艺部出版。发刊词中说："要想在这混沌的中国思想界找寻一条正确的路线……从这方面探寻一线微微的火光。"主要内容有文艺、论文、杂感、批评。四川大学图书馆存创刊号。

清　朗

成都　1929 年 12 月 18 日创刊，营山旅省学会会刊，会址位于成都燕鲁公所 38 号。发刊词中说："清者净也，朗者明也。扫除污秽而成净，铲除乌瘴而为明。《清朗》产生良有以矣！"旨在"介绍新兴文化，力与封建势力作殊死战！"内容有论著、研究、文艺、杂俎。四川省图书馆有存。

1930—1939

新　光

绵阳　约 1930 年 4 月创刊,周刊,社址位于绵阳大西街双忠祠。该刊重点宣传"普罗列塔利亚文学",即无产阶级文学。从第 1 期到第 4 期连续发表李济章撰写的文章《普罗列塔利亚特文学在文学史上的变迁过程》,对什么是文学、文学历史的变迁及普罗列塔利亚特文学的特质等做了详尽阐述。该刊还讨论了妇女问题。吉林省图书馆存有第 5 期。

新　生

江津　1930 年 6 月 1 日创刊,半月刊,社址位于江津文庙。该刊自称是江津县文化向外发展的唯一刊物,内容包括社会科学、哲学、中国文学发展趋势研究以及文艺诗歌、小品文等,发行对象以青年为主。重庆图书馆存有第 1 期。

蜀一旬刊

成都　1930 年 7 月 9 日创刊,社址位于成都会府西街 17 号。该刊专载古今文艺,栏目有通论、著述、诗歌、杂俎、丛录、谐薮、读者批评。四川省图书馆有存。

旭　光

成都　1931年6月10日创刊，半月刊，由四川省第二女子师范实验小学创办。该刊"以登载学生作品，鼓励学生作文精神为目的"。栏目有论说、故事、小说、文艺、诗歌等。四川省图书馆存有第1期。

戏剧特刊

成都　1931年10月10日出版，月刊，成都摩登剧社编辑发行，社址位于成都南门二巷子12号。剧社以"研究艺术，促进文化运动"为宗旨，该刊是为剧社成立一周年排演的剧目《山河泪》而出的特辑，以宣传戏剧主张为主要内容，认为"戏剧，明白地是为民众而戏剧"，"宁肯不要艺术，不可离弃民众！宁肯看轻戏剧，不可遗忘国耻"。四川省图书馆有存。

青年世界

重庆　1932年2月创刊于上海，月刊，综合性青年刊物。同年5月的第1卷第4、5期合刊在重庆出版，地址位于重庆天主堂街。世界青年杂志社编辑，重庆书店发行。该刊以"指导青年思想，灌输必需知识，增进生活兴趣"为宗旨。主要栏目有青年言论、健康撷粹、文学讲座、文艺作品、生活印象等。其中《文学讲座》一栏由张资平主编，曾连载卢作孚的《东北游记》。四川省图书馆有存。

蜀声—蜀声半月刊

成都　1933年9月15日创刊，初名《蜀声》，第3期起改名《蜀声半月刊》，通信地址为成都祠堂街现代书局。该刊为文艺性刊物，"不带任何政治作用"。编后记中说"几个爱好文艺的朋友，大家在一块儿，热心地要这样干一下子"，栏目有小说、诗歌、散文、随笔、杂感、文艺、论文。四川省图书馆有存。

★文　艺

成都　1934年6月15日创刊，文学月刊，成都文艺月刊社编辑发行。1935年7月30日出第3卷第1期起，成都文艺月刊社改名文艺研究社。通讯处为成都皇城四川大学文学院李伏伽。1936年4月停刊，同年12月复刊；1937年3月以后停刊。发刊词称"本刊为一纯文艺之杂志。除努力于文学范围内应有事项之研究外，绝对不含其他任何副作用"。"研求文学范围内应有事项。载文以关于文艺的创作、翻译与介绍批评为主"。四川省图书馆、四川大学图书馆有存。

华西日报副刊选辑

成都　1934年8月出第1辑，《华西日报》副刊部、营业部编辑发行。该选辑精选发表在《华西日报》副刊上的文章，以"优待基本订户，替爱护华副的作者留个纪念"，分为时事短评、论著、散文、创作、诗词几个大类，按发表时间排序。仅见第1辑，收集的是1937年7月底以前发表的作品。四川省图书馆、四川大学图书馆有存。

长　途

重庆　1934年10月13日创刊，长途周刊社编辑发行，社址位于重庆公园路仓坝子。该刊实为半月刊，每两期合为一期出版。第1卷出26期，栏目有时谈、论著、文艺、杂文、书评等，1935年8月第1卷第4期后停刊。四川省图书馆、重庆图书馆、四川大学图书馆有存。

沙　龙

重庆　1935 年 1 月 1 日创刊，旬刊，文艺性刊物。毛一波、叶菲洛、祝世德发起组织，王民铎、夏文焕参加编辑，经费由同人自负，同年 9 月停刊。重庆图书馆有存。

山　城

重庆　1935 年 1 月创刊，月刊，同年 12 月改为半月刊，为新 1 号，1936 年 1 月停刊。该刊由文艺界人士李依若、胡静屏、胡青萍、廖翔农、王橙紫集资创办，重庆方家什字新生命书局发行，开明书店及北新书局代售。四川省图书馆、重庆图书馆有存。

蜀　华

杭州　1935 年初蜀华学会在杭州创刊，不定期文艺性刊物，由蜀华文艺科编辑发行。南京大学图书馆存有第 1、2 期。

艺文月报

重庆　1935 年春在重庆创刊，刁知惑、李春海、甘靖人、向惑等创办，以"提倡艺术，促进文化"为宗旨。无馆藏信息。

蜀　曦

上海　1935 年 6 月 25 日创刊，由上海大夏大学蜀曦学会出版，是在大夏大学读书的四川籍学生所办。内容以政治、经济、社会、教育为主，也有小说、诗歌、戏剧等文艺性作品。每半年 1 期，现存 3 期。四川省图书馆、四川大学图书馆有存。

文建周刊

重庆　1935 年 8 月 1 日创刊，由中国文化建设协会四川分会编辑发行，通讯处为重庆售珠市大陆通讯社。内容有时评、时论、讲演、专论、文苑、游记、杂俎、附录等，1935 年 8 月出完第 4 期后停刊。四川省图书馆、重庆图书馆有存。

艺　囊

重庆　1935 年 11 月在重庆创刊，周刊，由吕次文等创办，四川文学研究会编辑发行，以"普及民众教育，提高文化水准"为主旨。内容有时事述评、论著、漫画、杂俎、文艺等。重庆图书馆有存。

嘤鸣诗词季刊

涪陵　约 20 世纪 30 年代中期创刊，由当时被称为"秀才帮"的杜吉光、刘西池、张树荣、邹鸿定等发起创办，并吸收青年诗人陈建双、文德铭、倪定国参加编辑工作。约出版 5 期后停刊。无馆藏信息。

四川文学

成都　1936 年 4 月 22 日创刊，月刊。由方极庵、戴碧湘编辑，李青廷发行，通讯处为成都北门正通顺街 38 号。每月 22 日出版，仅见创刊号。四川大学图书馆有存。

春　野

涪陵　1936 年 4 月 29 日创刊，由涪陵北岩简易师范男生部春野学术研究社创办，编辑为陈民先、张世德等。内容有论著、诗歌、散文、杂俎。无馆藏信息。

涪 钟

涪陵 1936 年 5 月上旬创刊，旬刊。该刊由涪陵各级学校对学术研究有兴趣的同学组织的涪钟社出版，社长为蒲见尧，内容以文艺为主。无馆藏信息。

文学十日

成都 1936 年 6 月 13 日创刊，文艺性旬刊，由成都文学生活社出版，上海杂志公司成都分公司经售。撰稿人主要有含婴、魔子、羊角等。无馆藏信息。

★前 进

成都 1936 年 11 月 1 日出版，文学半月刊，由四川大学前进社编辑。主要栏目有论著、言论、小说、诗歌、译著等，均为川大教师作品。其中刊登的《中国新文化运动与浪漫主义》《鲁迅与现实主义》《晋室南渡与南方开发》《辽代五京与汉文化》等文章，内容涉及论述中国新文化运动沿革，研究新文学理论，分析历史上中国社会政治对经济、民族文化的影响。李劼人的小说《程太太的奇遇》也在该刊发表。四川大学图书馆存有第 1—6 期。

黑 昼

重庆 1936 年 11 月创刊，半月刊，负责人为谢又仙，同年 12 月停刊。四川省图书馆有存。

文艺半月刊

成都 1936 年 12 月创刊，由四川大学爱好文艺的学生创办，内容包括文艺创作、文艺批评及国外文学介绍。无馆藏信息。

★春 云

重庆　1936 年 12 月创刊，月刊，为中共地下党支持的进步文艺刊物。编委有涂绍宇、李华飞等，主要刊登杂文、小说、译作、漫画、戏剧、诗歌、游记、文化报道等。经常为该刊写稿的有邓友民、梁实秋、老舍、蓬子、谢冰莹等。该刊发表了许多反映抗战前后重庆各阶层生活面貌的短篇小说，还有宣传抗战、开展戏剧运动的报道。1938 年停刊。四川省图书馆、重庆图书馆有存。

春 天

重庆　约于 1936 年在重庆创刊，文学性杂志，曾发表译稿《英法市民文学》。无馆藏信息。

★四川风景

成都　1937 年 1 月 10 日创刊，文学半月刊。第 5 期起改为月刊。社址位于成都落虹桥街 22 号，发行为祠堂街现代书局。1939 年 5 月后终刊。该刊由几个爱好文学的青年创办，有王影质、冯犹华、车寿周（车辐）等。创刊号上表示：本刊"无条件无理由地忠实于文艺，第一、绝对不评论政治，臧否人物；第二、绝对不徒托高腔，受人劫持；第三、绝对不自命作家，互相标榜；第四、绝对不打街骂巷，与人口角。"刊登内容除了文学批评，主要为随笔诗歌及短篇小说等。第 1 卷第 6 期所发表的文艺作品基本上都是脱离现实的小说和诗歌，在成都文艺界引起争议。第 2 卷开始关注抗战，所发表的文艺作品也以抗战为主要内容。无馆藏信息。

文化三日刊

重庆　约于 1937 年春创刊，由重庆文化界人士发起创办，主编为杨菊芜。无馆藏信息。

励进文学社社刊

资中　1937 年春创刊，文学性期刊，励进文学社编辑出版，社址位于资中大东街。内容有短篇小说、剧本、诗歌、翻译作品。仅出两期。四川省图书馆、四川大学图书馆有存。

散　文

成都　1937 年 6 月 1 日创刊，月刊，主编为陆骥，发行为谢百川，社址位于成都骆公祠街 15 号。创刊号《介绍词》中说："我们要保卫自己的自由，我们的笔是开路斧凿，要开辟荒径，要指出是非，要划分黑白，要描摹人类伟大的前景……反悠闲、反感伤、反浪漫是我们作品的共通原则；反帝、反封建、反汉奸，是我们作品的共通目的。"田家英、木家军、何郝炬等是散文社主要成员。仅出两期，于 7 月停刊。四川省图书馆有存。

金　箭

成都　由成都文艺工作者协会主办，该刊原是《四川日报》上的《金箭周刊》，于 1937 年 8 月 15 日改为月刊单独出版。社址位于成都祠堂街 156 号，主编为陈思苓，主要编辑有张文澄、羊角、朱孟引、戴碧湘、田家英等，发行为王隐之。该刊坚决主张全民抗战，旨在"以文学之工作唤醒同胞，共匡大局"。内容有论文、诗歌、小说、戏剧、散文、报告文学、通讯等。1938 年 1 月 15 日出完第 5 期后停刊。四川省图书馆、四川大学图书馆有存。

★呐喊—烽火

上海　1937年8月25日以《呐喊》为刊名创刊，周刊，两期后，于9月5日改名为《烽火》，期号另起，也是创刊号，但9月26日在重庆再版时又恢复《呐喊》原名，期号也延续。淞沪会战后，原文学社、中流社、文季社、译文社四社杂志无法继续出版，便联合组成呐喊周刊社，出版该刊。编辑为茅盾，发行为巴金。社址在重庆第三模范市场31号。主要撰稿人有茅盾、巴金、王统照、萧乾、靳以、周文、郑振铎、胡风、黎烈文、骆宾基、端木蕻良、田间、叶圣陶、刘白羽等。1938年5月改在广州出版，同年10月11日出完第20期后终刊。中国国家图书馆、四川大学图书馆有存。

校友园地

重庆　约于1937年9月创刊，由四川省立女子师范学校校友会编辑发行。内容有论文、诗词、小说、生活写真、通讯等。重庆市北碚图书馆有存。

抗敌星期刊

成都　1937年10月10日创刊，编辑为许伯超、谭辅之，发行为刘丕承，社址位于成都锦华馆7号。特约撰稿人有张澜、张秀熟、毛一波、金满成、沙汀等。该刊由中共党员和文化界进步人士所办。第1期《我们的话》中说："我们文化工作者，也应在民族抗战中尽一份力量，在大后方从事有益抗战的工作。"共出版10期，1937年12月停刊。四川省图书馆有存。

铁血旬刊

万县　约于1937年10月创刊，万县铁血社编辑发行，新生书店总经售。主要刊登关于抗战的文艺作品。无馆藏信息。

★吼 声

重庆 1937 年 10 月创刊，半月刊，由重庆吼声文化社编辑发行。内容有简论、战时问题、大众吼声、报告、妇女园地、抗战史料、时事报告、学生园地、诗歌、革命戏剧等。仅出 5 期，即因未履行出版登记手续发行而受到查封。四川省图书馆、上海图书馆仅存 1938 年 2 月出版的第 5 期。

杂 说

成都 1937 年 12 月 1 日创刊，半月刊，由四川大学学生创办，初期为文艺性刊物，"以小品、杂文的表型，来包罗万象。无党无派，说所想说"，"我们这里既有朝花夕拾，也一样有南腔北调。准风月谈谈也可，说说花边文学也可。总之，我们这是杂说"。1940 年 4 月开始改为综合性杂志，并改为月刊。该刊跨度时间较长，编辑、发行人员变化较大，现存最晚一期为 1943 年 11 月出版的第 4 卷第 5 期。四川省图书馆、四川大学图书馆、中国国家图书馆有存。

战 旗

成都 1937 年 12 月 15 日创刊，旬刊。编辑为葛乔、沙汀、周文等，发行为秦耀鸿，社址位于成都春熙路西段 17 号。该刊撰稿人多为文化界、教育界知名人士。创刊号上发表了李劼人的《对日绝交的我见》、胡绳的《北京的汉奸文化》、沙汀的《出征》、周文的《成都的印象》等，还发表了宋庆龄的文章《两个十月》，颂扬辛亥革命和苏联的十月革命。仅出 1 期就被当局饬令停刊。四川省图书馆有存。

火　炬

成都　1937年12月12日创刊，半月刊，火炬半月刊社编辑发行。是"要说话、要呐喊、要哭、要笑"的"年青的一群""自己筹钱，自己写文章，自己编辑，自己校排、印行"的刊物。内容主要是学校通讯、救亡情报以及宣传抗日的文艺作品、漫画、木刻等。共出3期，1938年2月停刊。四川省图书馆有存。

★诗　报

重庆　1937年12月16日出试刊号，1938年1月10日正式出版，半月刊。漆鲁鱼、郝威、李华飞创办，知识书店发行，星星书社出售。试刊号刊登了关于抗战中诗歌的内容和形式问题座谈会记录，以及10位作者写的诗。正式出版后第1期又发表了12篇作品。该刊刊登的诗歌作品反映了群众的心声，受到读者的欢迎，在社会上产生了极大的影响。由于坚决支持被关押在重庆反省院的37名政治犯展开绝食斗争，国民党当局很快以未办理登记手续为由对该刊予以查封。重庆图书馆有存。

川东文艺

万县　1937年创刊，半月刊，由川东文艺半月刊社编辑，万县川东文艺社、川东日报社发行。重庆图书馆有存。

晨　曦

秀山　1937年创刊，文艺性月刊，由颜学曾、王伯弼创办，刘兆麟主编。主要刊登教师和学生的文章，也发表宣传抗日的作品。无馆藏信息。

新诗月刊

重庆 约于 1937 年创刊。无馆藏信息。

文学生活

成都 约于 1937—1938 年在成都出版的抗日文艺刊物。无馆藏信息。

★战时戏剧

成都 1938 年 3 月 5 日创刊，半月刊，由成都中华平民教育促进会抗战剧团编辑发行，约出 5 期后停刊。四川省图书馆、四川大学图书馆有存。

新民族

重庆 1938 年 2 月 23 日创刊，由国立中央大学新民族编辑部编辑，社址位于重庆沙坪坝。该刊除重庆版外还有汉口版，汉口版出至汉口沦陷时止。该刊以"发扬民族精神，树立建国意识，以增进抗敌力量"为宗旨。主要内容有论著、文艺、抗战史料等。1939 年 6 月 20 日第 4 卷第 4 期为现存最晚一期。四川大学图书馆有存。

工 作

成都 1938 年 3 月 16 日创刊，主编为何其芳、卞之琳，通讯处为四川大学菊园，由工作半月刊社编辑发行，共出 8 期，同年 7 月停刊。该刊是由何其芳、卞之琳、朱光潜、罗念生、方敬等人组织一些从沦陷区来到成都的文艺界人士共同创办的小型文艺刊物，以"宣传抗战、针砭时弊、支持正义、传播文化"为宗旨。主要刊登散文、杂感、随笔、报道、通讯、诗歌、短篇小说等。内容主要记述在沦陷区的亲身经历，以及在战区目击的真实情况。何其芳是该刊主力，几乎每期都有文章或诗歌发表，比较有名的有杂文《论周作人事件》、诗歌《成都，让我把你摇醒》。四川省图书馆有存。

★光　明

重庆　1938年3月21日创刊，旬刊，由麦青编辑，光明旬刊社发行，社址位于重庆武库街21号生活书店。主要内容有"抗战的理论、救亡工作报告、救运工作批评、救运人物速写、前线生活、创作、戏剧、诗歌、木刻、漫画以及杂感、随笔"。共出3期，1938年4月停刊。中国国家图书馆有存。

春　草

重庆　1938年4月1日创刊，手抄本，非正式出版物，主办为张从吾，编辑为吴敏。栏目有论著、文苑、游记、诗坛、杂俎，均以抗战为内容，同月出第2期，1939年出第3期。重庆市北碚图书馆有存。

叱　咤

合川　1938年5月1日创刊，半月刊，主编为罗涤尘、汪端木等，由叱咤文艺社发行，社址位于合川南津街县立中学内。主要围绕抗战主题发表社论、短评、小说、儿童文艺等。1939年8月1日出完第7期后停刊。四川省图书馆、四川大学图书馆有存。

南　曦

成都　1938年5月13日创刊，月刊，由云南旅蓉学会编辑出版，地址位于成都正通顺街。该刊旨在"促进桑梓文化，介绍时代思想"，内容为"凡一切学术思想，边疆问题之论著、介绍、调查、建议、翻译及其他与抗战有关的文艺作品"。因战事和经费等原因，截至1945年11月25日，断断续续出版了10期。中国国家图书馆、四川省图书馆有存。

学生文艺

成都　1938年5月创刊，半月刊。当时何其芳在成属联中担任国文教师，在他的指导下，成立了学生文艺社，并编辑发行该刊。该刊自称"学生界唯一纯文艺刊物"，何其芳题写了刊名并经常在该刊发表文章，指导学生在文艺创作中应注意的问题。出6期后于7月停刊。无馆藏信息。

★雷　雨

成都　约于1938年5月创刊，是学生创办的文艺性刊物，由雷雨周刊社编辑出版。何其芳在该刊上发表《给〈雷雨〉周刊社的一封信》等文章，针对学生及爱好文艺的青年在文艺习作中存在的问题予以解答。无馆藏信息。

民族诗坛

重庆　1938年5月创刊于武汉，1938年10月后迁重庆，文艺月刊。主编为卢冀野，发行为项学儒，重庆独立出版社编辑发行。1945年12月出至第5卷第5期终刊。内容大致有诗录、词录、曲录、新体诗录、诗坛消息、诗评，以及有关诗词发展历史及现状的理论文章。撰稿人有于右任、陈立夫等。南京图书馆、四川省图书馆、重庆图书馆、中国国家图书馆有存。

文艺后防

成都　1938年7月10号创刊，旬刊，由战时出版社出版，编辑为刘盛亚、周文、王白野，发行为刘盛亚。社址位于成都文庙前街18号。该刊"想在这作为后防的城市作点文艺工作……尽我们的一分微薄的力量，培植一点这后防的文艺"。内容主要以文艺形式抨击时弊，讴歌抗战。经常撰稿的有沙汀、何其芳、萧军、叶菲洛等。从第3期起成为成都文艺界联谊会发表言论的刊物，是中共领导下的抗日文艺期刊。9月20号出"暂停号"，但在10月19号又出了一期《鲁迅先生逝世二周年纪念特辑》，前后共出9期。四川省图书馆、重庆图书馆有存。

蜂

成都　约1938年创刊，周刊，系流亡学生在成都创办的散文刊物。同年8月因"尚未核准登记"停刊。无馆藏信息。

扶　摇

夹江　1938年夏创刊，周刊，主编为王峨生、朱震山。该刊由叶圣陶题写报头，主要登载抗战新闻及文艺作品，揭露社会弊端，于1939年12月初被国民党强令停刊。无馆藏信息。

★文艺月刊战时特刊

重庆　原名《文艺月刊》，综合性文艺刊物，为国民党中央宣传部所办，1930年创刊于南京，中国文艺社编辑发行。1937年10月21日出《文艺月刊战时特刊》，卷期另起，旬刊。同年11月21日迁汉口，出第4期，第8期起改为半月刊。1938年8月16日迁重庆售珠市36号。该刊认为，"文艺工作者是同为民族战士的一员"，"文艺工作者应该尽其所能……务必做到使人民与政府结成一体，使战争与文化打成一片"。内容多为国内文坛名家的作品及世界名著之译作，包括文艺理论、小说、戏剧、诗歌、散文、书评等，也报道国内外文艺界消息，发表一些宣传"民族主义"的文章。主要撰稿人有端木蕻良、张恨水、金满成等。现存最晚一期是1941年约9月出版的第5卷第1期。四川大学图书馆、重庆图书馆、峨眉山市图书馆有存。

南华文艺

南充 1938年8月创办，不定期刊。共出3期，由中共川北工委领导的抗日群众组织南华艺社出版。无馆藏信息。

★抗战文艺

重庆 1938年5月4日创刊于汉口，文艺三日刊。系中华全国文艺界抗敌协会会刊，由抗战文艺编辑委员会编辑并发行，编委会由当时文艺界抗日民族统一战线的知名作家组成。1938年10月8日迁重庆，地址位于重庆临江门横街33号，后迁张家花园65号。该刊的刊期、出版地点、执编人屡有变动，在重庆期间始为周刊，后改半月刊、月刊，由老舍、蓬子执编，罗荪一度参与编辑。1946年5月4日出完第10卷第6期总第73期后停刊。主要栏目有通讯、论文、小说、启事、漫画、歌谣、报告、随笔、诗等。撰稿人有郁达夫、姚雪垠、老舍、楼适夷、胡风、张天翼、艾青等。

《抗战文艺》是唯一贯穿全国抗战始终的全国性大型文艺刊物。在动荡不安的环境中和来自经济、政治等方面的严峻压力下，紧密依靠革命的进步作家，吸引并团结爱国的、拥护抗战的作家，为战时文艺的发展做出了重大贡献。该刊采取创作与评论并重的编辑方针，重视文艺消息的报道和延安、敌后根据地、沦陷区等地文艺动态的交流，为战争中分散于各地、难通音讯却又相互关切的作家随时提供消息，在当时颇具影响，也为抗战文化史、文艺史的研究保存了丰富的、有价值的资料。四川大学图书馆、四川省图书馆、重庆图书馆、中国国家图书馆有存。

文摘战时旬刊

重庆 1937年1月1日创刊于上海，原名《文摘》。社长兼主编为孙寒冰，由黎明书局发行。该刊最初是以复旦大学部分师生为基础组成的文摘社编辑的文摘性刊物，主要选取国内外报刊上的文章刊载，内容有世界政治、经济，中、日、苏问题，中国的过去与现在及学术等。曾连续译载斯诺的《西行漫记》，也刊登一些文学作品，如萧红的小说《放火者》《逃难》。全国抗战爆发后改名《文摘战时旬刊》，另起编号。曾迁汉口，1938年10月迁重庆出版，1939年3月第48期起每隔3期单独出版1期文艺副刊，主编为端木蕻良、靳以，主要刊登文学作品。四川大学图书馆、四川省图书馆、重庆图书馆、中国国家图书馆有存。

★弹 花

重庆 1938年3月1日创刊于汉口，文艺半月刊。原为月刊，同年10月30日迁重庆，改为半月刊，主编为赵清阁，地址位于重庆武库街7号，后迁美专校街8号隔壁，再迁北碚温泉公园琴庐4号。该刊是全国抗战爆发后出版的第一个文艺刊物，撰稿人有郭沫若、老舍、丁玲、谢冰莹、草明、欧阳山、邵子南、罗荪、穆木天等四十余人。主要栏目有文艺理论、小说、诗歌、戏剧、唱本、报告文学、杂感随笔、战地通讯、外国文学等。刊有老舍的《我们携起手来》、丁玲的《略谈改良主义平剧》、穆木天的《调整文化队伍》、草明的《荣誉大队》、冰莹的《倭寇的暴行》、老舍的《剑北篇》、冯玉祥的《夜袭》等。

该刊是文艺界配合群众性抗日运动的重要阵地，特点在于紧紧围绕着"热爱祖国，反抗侵略"这个中心，积极配合全国性的群众抗日运动。将全国的爱国文艺人士团结起来，对于中国的抗日运动有积极的作用。1940年9月第3卷第8期为现存最晚一期。四川大学图书馆、四川省图书馆、重庆图书馆、中国国家图书馆有存。

★时与潮—时与潮副刊—时与潮文艺

重庆　1938年4月《时与潮》创刊于汉口，半月刊。同年10月迁重庆，社址位于重庆米亭子16号。1942年8月1日出版《时与潮副刊》，1943年3月15日出版《时与潮文艺》。《时与潮文艺》为文学双月刊、月刊，由时与潮社编辑发行。该刊是战时重庆的一份文艺刊物，探讨文学艺术理论，研究作家与作品，也是战时中国的一份质量相当高的比较文学和世界文学专业期刊，内容包括小说、戏剧、散文、诗歌、译述、抗战报告文学。登载有巴金、朱光潜、沈从文、臧克家、秦牧、老舍、姚雪垠等人的作品，还大量刊登介绍苏联文学史和苏联文学的作品，对英国、法国文学的译介也做出了重要的贡献。1946年5月5卷5期后停刊。四川大学图书馆、四川省图书馆、自贡市图书馆、西昌市图书馆、重庆图书馆有存。

《时与潮文艺》作为抗战后期重庆文坛一份重要的文学期刊，登载的小说在人性主题上进行了深度的挖掘和多样性的展示。不仅吸引了一批知名作家为其撰稿，更为大批青年作家提供了创作园地。《时与潮文艺》的出现，推动了中国抗战后期文坛的发展。

流　火

荣县　1938年11月创刊，初期为半月刊，第6期起改为月刊。由流火社出版，荣县旭川书局总经售，在自贡、内江、重庆、成都均有分销处，流火编辑委员会编辑发行，主要编委有柳青、丁冬、水草平等。该刊为川南地区唯一的文艺刊物，讨论了文学下乡问题、战时文艺问题，内容主要为有关抗日的小说、戏剧、诗歌、散文等，现存 1—10 期。四川大学图书馆、四川省图书馆有存。

反 攻

重庆　1938 年 2 月 1 日创刊于武昌，同年 12 月 16 日迁重庆，半月刊，社址位于重庆两路口重庆新村 17 号。该刊由东北民众救亡总会宣传部编辑发行，生活书店经销。主编为于毅夫，后改为王卓然。该刊报道东北义勇军战况，宣传东北人民抗日运动，刊登国内外时事论文及译著，抗战意识的小说、散文、杂记、报告、诗歌等。1945 年 3 月 16 日出版的第 17 卷第 5 期为现存最晚一期。四川大学图书馆、重庆图书馆、南京图书馆、四川省图书馆有存。

时代月刊

重庆　1938 年 12 月创刊，重庆时代文学社编辑发行。无馆藏信息。

★蜀　青

成都　1933 年 11 月创刊于上海，1938 年 12 月迁成都，不定期刊。由蔡元培题写刊名，蜀青学社出版委员会编辑发行。内容包括论著、小说、戏剧、散文、小品、诗歌、书刊介绍等。从第 3 期迁往成都后，内容多转为抗战题材和反映四川的经济、自然、政治等。四川大学图书馆、上海图书馆、中国国家图书馆有存。

★抗到底

重庆　1938 年元旦创刊于武汉，得到冯玉祥资助。同年 9 月迁重庆，社址位于重庆公园路青年会宿舍，半月刊，由中华全国文艺界抗敌协会主办。该刊为文艺性刊物，内容主要反映前线的战斗，报道沦陷区生活动态及后方建设情况，编辑为何容，发行为王向

辰，作家老舍、欧阳山等曾为之撰稿。1939 年 11 月停刊。自贡市
图书馆、甘孜藏族自治州图书馆、中国国家图书馆、重庆图书馆、
四川省图书馆有存。

★时代文学

重庆　1938 年创刊，由重庆时代文学社编辑发行，主编有何剑
熏、王鲁雨等，文学类刊物。该刊宣传抗战，并针对当时文艺界的
缺陷作实际而正确的批评。曾刊载《论〈阿 Q 正传〉的改编和出演
的失败》《新年》《钢铁商人》等。四川省图书馆仅存有第 2 期。

开拓者

成都　1939 年 1 月创刊，由成都诗歌丛刊社编辑发行，只出一
期。吉林大学图书馆有存。

文学月刊

重庆　1938 年 12 月 20 日重庆《民声晚报》报道："作家端木
蕻良主编之纯文艺之《文学月刊》，定于下月出版。创刊号有台静
农、萧红、罗烽等之小说，艾青、贺绿汀之诗歌，绿川英子、克夫
曹娃、戈宝权、欧阳凡海亦有文章。由生活书店发行。"据此推断，
该刊当于 1939 年 1 月创刊，但未见实物，也无馆藏信息。

笔　阵

成都　1939 年 2 月 16 日创刊，半月刊。同年 11 月 25 日出至
第 14 期休刊。1940 年 4 月 1 日复刊，改为月刊，出版新 1 卷第 1
期，1940 年 11 月 1 日出至新 2 卷第 2 期休刊，共出 5 期。1941 年
11 月 20 日又复刊，1943 年 4 月 15 日出至新 8 期休刊。1944 年 5
月 5 日又出了革新第 1 号，为翻译专辑，此后再未出版。因经费困

难，李劼人曾多次捐赠现金和嘉乐纸张，帮助刊物渡过难关。1949年成都解放之际，李劼人代表《笔阵》编辑部，起草《欢迎成都解放》，印成传单，广泛散发。四川大学图书馆、重庆图书馆、中国国家图书馆有存。

该刊为中华全国文艺界抗敌协会成都分会会刊，主编先后有周文、叶圣陶、牧野，编委有陈翔鹤、李劼人、邓均吾、罗念生、萧军、毛一波、曹葆华、周文等，撰稿人有郭沫若、茅盾、朱自清、王朝闻、萧蔓若、邹荻帆等，发行为刘盛亚。主要栏目有编务报告、会务报告、附文、短论、诗歌、散文、小说、杂文、通讯、特写、报告文学、剧本、书评等，也载有翻译文学作品和文艺论文。鲁迅逝世3周年和5周年时，均出纪念专辑。

该刊倡导"在民族解放中，各人都站了各自的岗位，文化人唯一的岗位就是笔"。办刊目的是"为了要使各地——更是成都——文艺工作者取得密切联系"。为了巩固和建设边区文艺阵地，该刊内容以富于战斗性的文艺作品为主，主要探讨了一些文艺理论上的问题。最初14期，投稿者仅限于成都分会会员，稿件以文艺短评、杂文、随笔为主，文字一般都很短小、简约，内容多反映抗日和反汉奸的斗争，在文艺批评上则倡导"方言文学"和讨论关于旧形式的利用、朗诵诗等问题，后期作者逐步扩大到全国。尤其是新1期—新8期，得到国内许多知名作家的支持，发展成以创作为主，兼顾评论、翻译的大型文艺刊物。该刊是研究抗战时期文艺运动的重要资料之一。

★战　歌

重庆　1937年10月在上海创刊，由中国作曲者协会主编并发行，前4期为周刊，后因上海沦陷而短暂停刊，又在汉口以半月刊的形式复刊。1939年2月迁重庆。1940年出完新2卷第6期后停刊。四川省图书馆、中国国家图书馆有存。

该刊目的在于联系各地歌咏团同志、培养干部人才的音乐素养等。设有论文、随笔、文件、歌曲、通讯、批评、介绍、问答等栏目。主要收录抗日歌曲，作品有刘雪厂的《游击队歌》、贺绿汀的《保家乡》、江定仙的《抗战女工》等。该刊坚信"在这伟大的抗战期中，中国一定会产生伟大的音乐作品"，同时强调歌曲创作中歌词的内容要包括抗战的全面，作曲家应该到抗战团体中去体验生活。该刊曾出《保卫大上海专号》。

抗战画报

重庆 1938 年 1 月 20 日创刊于武汉，旬刊。1939 年 3 月 11 日起在重庆出版，地址位于重庆 108 信箱璧山县西街 19 号，主编为赵望云，编辑为高龙生、汪子美，发行为黄秋农，特约撰稿人有冯玉祥、老舍、田汉、张光宇、吴组缃等。该刊主要刊登抗日题材的木刻画、漫画和文艺理论的文章，提倡通俗文艺，主张文学艺术要反映现实生活，艺术家要体验生活。1941 年 1 月 5 日出的第 2 卷第 5 期是现存最晚一期。四川大学图书馆、四川省图书馆、中国国家图书馆、重庆图书馆有存。

战时演剧

成都 1939 年 3 月出版，月刊，由成都陆军军官学校政治部新生社编辑发行，地址位于成都黄埔路，内容有编著、独幕剧、剧坛动态等。四川大学图书馆有存。

半月文艺

成都 1939 年 4 月 21 日创刊，文艺性半月刊，由四川大学文艺研究会主编。常因印刷困难，不能按时出版，川大迁峨眉后，更是采用出壁报的方式维系。共出 10 期，1942 年 9 月 15 日后停刊。四川省图书馆、四川大学图书馆有存。

朔　风

成都　1939 年 7 月 7 日创刊，月刊，由成都朔风文艺社编辑发行，由陈子羽等联合创办，以唤起民众共同抗日为目的。共出 3 期，同年 9 月停刊。四川省图书馆、中国国家图书馆有存。

破　晓

成都　1939 年 7 月 10 日创刊，不定期刊。由巴金的侄子、华西协合高中学生李致和同学陈先泽创办，破晓社编辑发行。在 9 月 1 日出版的第 2 期中，刊有巴金的文章《写在罗淑遗嘱的前面》。共出 8 期，1941 年 1 月第 2 卷第 2 期后停刊。四川省图书馆、中国国家图书馆有存。

★七　月

重庆　1937 年 9 月 11 日创刊于上海，周刊，同年 10 月 16 日迁汉口，改为半月刊，1939 年 7 月迁重庆武库街，改为月刊。该刊为文艺刊物，由胡风主编，内容有短评、散文、通讯、特写、诗歌、小说、文艺理论、木刻画等。该刊揭露日寇暴行，反映中国人民奋起抗日的英勇事迹，大量报道抗日前线的消息，讲述抗日将士的英雄事迹，主张文艺"为光荣的祖国效命"。艾青、田间等在该刊发表了大量诗作，以他们为代表的"七月诗派"也因该刊而得名。1941 年 9 月被国民党当局停刊。四川大学图书馆、四川省图书馆、重庆图书馆有存。

通俗文艺

成都　1939 年 8 月 25 日创刊，五日刊，中华全国文艺界抗敌协会总会与成都分会合办，地址位于成都布后街。编辑有孙子涵、水草平、朱孟引等，发行为周文。该刊以通俗文艺形式宣传抗战，如唱词、小说、歌谣、通讯、常识、时事浅谈、漫画等，广受群众好评。共出 45 期，1940 年 7 月 20 日停刊。南京图书馆、陕西省图书馆有存。

阵中文艺

重庆　1939 年 8 月创刊，不定期刊，由重庆阵中文艺社编辑发行，抗战文艺刊物。该刊在抗日战争的背景下，用歌曲、小调、短剧、小说等形式，描绘了抗战官兵的风姿，反映了抗日军民的全貌。共出 5 期，1940 年 9 月停刊。中国国家图书馆、上海图书馆有存。

抗战艺术

重庆　1939 年 9 月 1 日创刊，文艺月刊，由重庆国民政府军事委员会政治部编辑发行。旨在发挥文艺在抗战中的特殊作用，帮助各种抗敌宣传工作。刊内载有抗日剧本、歌曲、戏剧理论、绘画作品、摄影作品等文艺作品及抗敌宣传工作报告，供抗日宣传使用。1940 年 1 月出的第 5 期是现存最晚一期。四川大学图书馆、中国国家图书馆、重庆图书馆有存。

西部文艺

成都　1939 年 9 月 10 日创刊，文艺性月刊，编辑为亿涛、向涛，由西部文艺社出版发行，发行人为双江度，社址位于成都光华街 87 号。郭沫若为该刊题词。主要刊登抗日文学作品，包括小说、诗歌、戏剧、散文、战地通讯、小品、随笔等，兼有少量木刻和漫画。每卷 6 期，共出 14 期，1940 年 10 月第 3 卷第 2 期后停刊。四川大学图书馆、四川省图书馆、重庆图书馆有存。

戏剧战线

成都　1939 年 9 月 25 日创刊，文艺半月刊，第 1 卷第 3 期起改为月刊。由成都戏剧战线社编辑发行，社址位于成都小关庙街 45 号附 5 号。该刊是专门的戏剧刊物，发表剧本 40 多部，以川剧为主。作者和撰稿人大都是当时戏剧界的著名人物，有刘念渠、陈治策、董辛名、董每戡、夏衍、施谊、王勉之、李束丝、陈志坚、王开时、吴绍炜、万籁天、刘斐章、周尚文、何治安、龚仪宜、杜秉正等。1942 年 5 月第 2 卷第 9、10 期合刊后停刊。四川大学图书馆、四川省图书馆有存。

《戏剧战线》主要宣传抗战，发表优秀剧本，探讨戏剧创作理论及舞台技术，报道国内外各地戏剧运动和抗敌剧团活动。其内容丰富多彩，涉及戏剧界的各个方面，有对于历史的思考，有对于未来的希望，展现了当时戏剧界运动的各种现实状况以及戏剧人的真实生活，从不同方面反映抗日这一主题，在当时颇有影响，是研究近代戏剧发展史的重要史料来源。

中国青艺

乐山　1939 年 10 月 16 日创刊，1940 年 2 月停刊，月刊，由乐山中国青艺社编辑发行。内容有论文、小说、诗歌、戏剧、书评、散文、杂文、报告文学、通俗文艺、漫画等。该刊通过宣传抗日，推动文艺大众化，希望能聚集文艺青年的力量，"在反封建、反侵略的目标下，发挥青年作家的战斗能力"。四川大学图书馆存有创刊号。

文艺堡垒

灌县 1939 年 10 月创刊，编辑为鲜玉龙、邓祺祥。文艺性刊物，其前身为《轻风》壁报。仅出 1 期，同年 12 月 12 日被查封。无馆藏信息。

先锋半月刊

成都 1939 年 11 月 10 日创刊，由先锋半月刊社编辑出版，地址位于成都上南大街 70 号附 2 号。该刊自称"为理论的及文艺的综合性刊物"。共出 6 期，1940 年 5 月停刊。中国国家图书馆有存。

野　马

成都 1939 年 11 月创刊，月刊，由野马文艺社编辑发行，发行人为熊西蒙，社址位于成都联升巷 12 号。共出 5 期，1940 年 4 月停刊。中国国家图书馆、四川省图书馆有存。

剧　报

成都 1939 年 12 月 28 日创刊，周刊，周五出刊，成都市戏剧界协会编辑发行。宗旨为："一、有计划的推动抗战建国的戏剧；二、不分区域，互相研究，提高戏剧水准；三、联络感情，保障同人的职业尊严。"四川省图书馆有存。

今日青年

重庆 1939 年 12 月创刊，月刊，由今日青年月刊社主编，中国青年写作协会发行，社址位于重庆民生路 100 号。内容有青年的生活与修养、经验与学习、青年动态、伟人传记、书刊评介、历史故事、文艺、名著摘译等。共出 16 期，约 1942 年 4 月停刊。四川省图书馆、四川大学图书馆、重庆图书馆有存。

诗歌月刊

重庆　约 1939 年创刊，重庆上海杂志公司出版。由老舍、何容、胡风、方殷等审稿，向国内外介绍中国的抗战歌曲，并推杨骚、方殷、袁勃、安娥、李华飞、常任侠、贺绿汀负责月刊事宜。无馆藏信息。

1940——1949

★乡村艺术

成都　1940年1月1日创刊，由刘砻潮编辑，四川省战时乡村服务团出版发行。该刊旨在号召艺术家"唤起落后觉醒的同胞，团结整个民族的精神……以达到艺术至上的任务——改造社会，指导人生"。内容有街头剧、抗日歌曲、独幕剧以及关于乡村艺术的讨论。仅见第1期，四川大学图书馆、四川省图书馆有存。

★新　流

重庆　1940年1月1日创刊，新流社编辑发行，地址为重庆沙坪坝9号信箱。内容有政论、时评、文艺等。曾刊载《中国走向宪政的必要与必能》《科学与哲学》《文艺工作者在大后方的任务》等。同年3月1日出完第2期后未见再出版。重庆市北碚图书馆、南京图书馆有存。

抗建通俗画刊

重庆　1940年1月1日创刊，月刊，通讯地址为重庆158号信箱。编辑有王建锋、宋步云等，特约编辑有王琦、老舍、孙伏园、郭沫若、熊佛西等。该刊常以木刻画反映抗战形势以及民众的生活，也刊登散文、小说、诗歌、剧本、歌曲、小品文等。发刊词中说："本刊以抗战建国为思想中心，以通俗文化为表现形式……使通俗文艺，真能成为一般民众精美的精神食粮。"同年7月出完第2卷第2期后未见再出版。中国国家图书馆、南充市图书馆有存。

★文学月报

重庆　1940年1月15日创刊，月刊，通讯地址为重庆329号邮箱。编辑为孔罗荪，编委有戈宝权等，读书生活出版社发行。内容有小说、文艺短论、诗、画等，主要作者有欧阳山、戈宝权、宋之的、葛一虹、张天翼、光未然等。共出15期，1941年12月出完第3卷第2、3期合刊后停刊。四川大学图书馆、四川省图书馆、重庆图书馆有存。

华西文艺

成都　1940年3月创刊，由成都华西文艺社编辑，社址位于成都青莲巷48号附4号，发行为王佩玱，主要撰稿人有任耕、寒笳、岳军、毛一波。共出5期，1940年10月15日停刊。四川省图书馆有存。

耕　耘

重庆　1940年4月创刊，文艺季刊，由重庆耕耘社编辑发行，编辑为郁风，发行为黄苗子，撰稿人有楼适夷、叶灵凤、丁聪、叶浅予等。同年8月出版第2期后停刊。四川省图书馆、重庆图书馆有存。

该刊主要刊登文艺理论论著，注重美术理论及创作，介绍进步作品，以各种表现形式宣传教育大众，并号召画家们贴近现实，创作出更多反映前线、反映农村的艺术作品。其内容丰富，图文并茂，既有木刻、速写等各种绘画作品，也有表现抗战主题的民谣、诗歌、散文、小说以及对国内外著名漫画家的介绍。除此之外，还曾刊载袁水拍的《鲁迅六十诞辰献诗》、郁风的《高尔基逝世四周年纪念画像》等。该刊对于研究抗战时期后方文艺界的发展和理论等有一定参考价值。

★新演剧

重庆 新演剧编辑委员会编辑，半月刊。1937年6月在上海创刊，1937年8月停刊；1938年5月迁汉口复刊，1938年6月停刊；1940年6月迁重庆继续出版1期后停刊；中华人民共和国成立后在北京复刊。重庆的一期由章泯、葛一虹编辑，天下出版社出版，主要介绍苏联戏剧的成就和经验。中国国家图书馆、四川省图书馆、重庆图书馆有存。

该刊以研究戏剧理论与话剧、电影的表演、剧本创作为主，着重介绍外国戏剧的成就与经验。同时分析中国戏剧界的发展方向，戏剧在抗日战争中的作用，戏剧运动的发展等话题。此外，报道宣传抗战戏剧的演出情况，介绍国外表演理论、著名剧目与影剧明星。主要供稿人有老舍、潘梓年、宋之的、陈白尘、金竞、章泯、葛一虹、任钧、瞿白音、胡风、光未然等。

青年戏剧通讯

重庆 约1940年6月创刊，月刊，主编鲁觉吾，编辑洪天民、刘念渠，重庆中央青年剧社出版。内容主要有戏剧创作、戏剧理论、戏剧动态等。共出19期，约1942年2月停刊。四川省图书馆、四川大学图书馆、重庆图书馆、厦门大学图书馆有存。

挥戈文艺

成都　1940年7月1日成立挥戈文艺社,地址位于成都仁厚街49号。该社主要成员都是灌县人,每月出版《挥戈文艺》一期,主编为陈道谟、徐季华。该刊主要"刊载那些有利于抗战前途的有生命的文艺作品",包括诗歌、散文、小说、通讯、书简等。出完第1集6期后停刊,1942年4月复刊,续出第2集1期,同年还出过一次专刊,以后未见再出版。中国国家图书馆、吉林大学图书馆、四川大学图书馆、四川省图书馆有存。

诗　星

成都　1940年7月创刊,月刊,由海星诗社编辑发行,社址位于成都实业街32号。主编为牧丁,郭沫若题写刊名。该刊前身是《新民报》每周一期的栏目《海星诗页》,撰稿人多为抗战时期具有革命进步思想的文人,有牧丁、艾漠、影痕、黄寅晓、金石、李嘉、风涛、菲洛、婴子、冯振干、沙蕾、吴祖光、蒲汀、郭石冰等。设有诗人音讯、诗坛消息、译诗小辑等栏目。《诗星》倡导"为了祖国的文化,祖国的生存,用感情的线,联系着民族斗士的心,传播着抗战的声",号召民众积极抗日,痛斥日寇侵略行为。出至1942年8月出至第3卷第1期终刊。中国国家图书馆有存。

蜀　风

成都　1940年8月8日创刊,半月刊。由郭沫若、李劼人、马宗融、陈望道、陶行知、叶圣陶、朱光潜等人发起,"为促进大西南文化进步,适应非常时期之需要而创办"。内容注重四川地理、历史、民俗、方言、艺术、物产的研究。无馆藏信息。

祖国文艺

成都　1940年8月创刊，文艺月刊。刊登有时评《论苏日协定》《民生与抗战》等，还有诗歌、散文、通讯、报告、小说。第1卷第3、4期合刊《纪念鲁迅先生特辑》，歌颂了鲁迅先生的战斗精神，表达了民众对鲁迅先生的怀念之情。出至1940年11月停刊，1941年5月复刊，出1期后再未出版。四川省图书馆、中国国家图书馆、南京图书馆有存。

燕　风

成都　1940年9月创刊，月刊，由燕风出版部编辑发行。编辑为朱枢、刘衍坤等，发行为梁德端，地址位于成都北门北巷子31号。该刊内容以散文、诗歌为主，也有随笔、杂感、书评、小说、剧本等，出7期后又重新编号，1942年7月15日出新1期，编辑及发行人员均已变化。四川省图书馆、中国国家图书馆有存。

★斯　文

成都　1940年10月1日创刊，半月刊，由金陵大学文学院编辑发行，主编佘贤勋，发行刘国钧，地址位于成都华西坝。该刊旨在"研究学术，阐扬文化。并谋散居各方之旧同学，籍通声息，联络感情"。内容以文学、史学、哲学、社会科学为主，有通讯、专题、书评、札记、诗文等栏目。主要刊登金陵大学一些著名教授学者的学术论文、古典诗作品等。1943年7月1日出完第3卷第13期后停刊。中国国家图书馆、四川大学图书馆、四川省图书馆有存。

沙磁文化

重庆　1940年12月5日创刊，综合性月刊，由沙磁文化社编辑发行，社址位于重庆沙坪坝中央大学内。沙磁文化社是由中央大学、四川省立重庆大学、四川省立教育学院、国立药学专门学校、国立中央工业职业学校组织。该刊宗旨为"联络青年朋友之感情，增进青年朋友之了解，砥砺青年朋友的学术和团结青年朋友之意志"，"站在文化的岗位上，举起文化的武器，英勇向敌人搏斗"。内容有时事评论、小说、诗歌、地方印象、沙磁生活等。1943年4月的第2卷第9期是现存最晚一期。四川大学图书馆、重庆图书馆、中国国家图书馆、南京图书馆有存。

野　火

成都　1940年12月创刊，月刊，由成都野火文艺社编辑发行，只出1期。四川省图书馆有存。

小文艺

重庆　1940年创刊，月刊，重庆小文艺社编辑发行，共出5期，同年停刊。中国国家图书馆有存。

★文艺阵地

重庆　1938年4月16日创刊于广州，半月刊。由茅盾担任编辑兼发行，生活书店总经售。其间一度由楼适夷主编，改名《文阵丛刊》，还曾停刊。1941年1月10日第6卷第1期（总第51号）起在重庆复刊，恢复刊名《文艺阵地》，仍由茅盾主编，地址位于重庆学田湾4号附1号，编委会成员有叶以群、沙汀、艾青、宋之的、章泯、曹靖华、欧阳山等。该刊曾几度停刊，断断续续存续了

6 年，是抗战时期出版的大型文艺杂志，文化界的进步人士大都参加了该刊的编辑和撰稿工作，在社会上影响很大。1944 年 3 月出完总第 63 号后终刊。四川大学图书馆、四川省图书馆、重庆图书馆有存。

文艺工作

重庆　1941 年 1 月创刊，文艺理论刊物，由郭沫若、阳翰笙、冯乃超主持，大东书局出版。无馆藏信息。

散文与诗

成都　1941 年 3 月出版，由成都散文与诗社编辑发行，只出两期，同年 5 月停刊。重庆图书馆、中国国家图书馆有存。

文艺青年

重庆　1941 年 3 月创刊，月刊。该刊是《文化新闻》的文艺副刊，由文化新闻社文艺青年编辑部编辑，文化新闻社发行，社址位于重庆两浮支路 83 号。内容有小说、诗歌、杂文、剧本、翻译作品等。1942 年起《青年戏剧》并入该刊。1942 年 4 月出的第 3 卷第 4 期是现存最晚一期。四川大学图书馆、中国国家图书馆、重庆图书馆、南京大学图书馆有存。

★今日戏剧

重庆　1941 年 3 月出版，由重庆今日戏剧社编辑发行，主编为王余，仅出 1 期。四川省图书馆、山东大学图书馆有存。

★旭　锋

成都　1941 年 4 月创刊，由成都旭锋文艺社编辑出版，文学刊物。发表爱好文学的学生作品，刊有诗、词、歌、赋、散文、小品等短篇文艺论作。仅见一期。四川省图书馆有存。

海 星

成都 1941年6月创刊，不定期刊。由成都四川省立技艺学校海星诗社编辑出版，共出6期，约于同年停刊。四川省图书馆、成都图书馆有存。

中国诗艺

重庆 原在长沙出版，曾停刊，1941年6月在重庆复刊，月刊，期数另起。由重庆中国诗艺社编辑发行，诗歌刊物。主要刊载诗词作品，同时也发表译诗及诗论，多以抗战为题材。1941年10月出的第4期是现存最晚一期。四川省图书馆、重庆图书馆有存。

草 地

康定 1941年7月创刊，不定期刊。由康定文化服务社发行，草地文艺社编辑，文艺社主要成员有王梦天、寒星、柳青、林韬等。该刊是康定第一个文艺刊物，创刊号上刊载了王梦天的长诗《草原之恋》以及林韬的诗、胡治均搜集的《天全农歌》。只出一期。南京图书馆、重庆图书馆有存。

文化杂志

重庆 1941年9月创刊，半月刊。由重庆文化杂志社编辑出版，共出17期，约于1942年10月停刊。中国国家图书馆有存。

边风月刊

阆中 约于1941年秋创刊，是中共地下党编辑的文艺刊物，主要以文艺宣传抗日。无馆藏信息。

★金　沙

成都　1941 年 10 月 25 日创刊，编辑兼发行为杨白平，发行部为金沙文艺月刊社，社址位于成都少城祠堂街 219 号。该刊自称是"一群文艺工作者的园地"，主要刊登外国作家的小说、诗歌，广泛介绍各国进步作家的作品，如海涅、托尔斯泰、席勒、小林多喜二、陀思妥耶夫斯基、莫泊桑、马雅可夫斯基等。1943 年 5 月 25 日出完第 6 期后未再见出版。四川大学图书馆、四川省图书馆、重庆图书馆有存。

★战时文艺

成都　1941 年 11 月创刊，半月刊，第 3 期起改为月刊。主编为沙坪，发行为冯月樵，由成都开明书店总经销。该刊为纯文艺刊物，内容有散文、小说、诗歌、翻译小说、创作经验、文化消息、文艺史话等。主要撰稿人有巴金、臧克家、碧野、姚雪垠、谢冰莹、叶圣陶、刘念渠、洪涛、王亚平、李春舫、沙坪、邹荻帆、王佛崖、姚奔、李薇、流沙、陆印泉、安娥、雷石榆、牧丁、李葳等。1943 年 2 月第 2 卷第 2 期出版后停刊。四川省图书馆、四川大学图书馆有存。

诗垦地

重庆　1941 年 11 月创刊。主编为邹荻帆、姚奔，发行为诗垦地社。该刊属于文学刊物，"是一批青年诗人的创作园地"，以宣传抗日的内容为主，主要刊载革命、政治、反法西斯题材的原创诗歌、翻译诗歌、散文和评论等。主要撰稿人有孙演、丁然、邹荻帆、徐迟、令狐简青、李嘉、姚奔、邹缘芷、曾卓、师穆、方然、杨芸、绿原、陈辉等。1944 年出版第 6 辑后停刊。吉林大学图书馆、四川大学图书馆、中国国家图书馆有存。

玉垒周刊

灌县 1941 年创刊，文艺性杂志，主办为张醒华。约于同年底停刊。无馆藏信息。

夜 星

重庆 1941 年创刊，文艺性期刊。发行为温广经，社长为王志光，编辑为王采，通讯处位于重庆中兴路韩家巷 9 号。创刊号出版后即停，1942 年复刊，复刊词中写道："文艺工作者本身是硬碰硬的。我们既要立志走这条路，当然不怕困难和一切阻碍"。后出第 2 期，此后未见再出版。重庆市北碚图书馆有存。

高原月刊

成都 1942 年 1 月 8 日申请登记，发行为彭善宝，编辑为张彻，地址位于成都祠堂街中国文化服务社。该刊"以发扬三民主义，创造民族本位之文艺为宗旨"，内容包括文学艺术、戏剧之论文与创作。无馆藏信息。

★世界学生—世界文艺季刊

重庆 1942 年 1 月 25 日创刊，由世界学生月刊社编辑出版，社长为杭立武，主编为黄席群，地址位于重庆中山三路 189 号。该刊早期为综合性刊物，内容包括报道世界学生战时生活动态、介绍国防科技知识、青年学生之读书方法及青年读物，从第 10 期起增加《文艺》专栏，1944 年第 3 卷起，改为纯文艺月刊，主要刊登文艺作品如小品、戏剧、诗歌等，出 3 期后停刊。1945 年 8 月复刊，改名《世界文艺季刊》。1946年迁南京，出4期后于同年11月终刊。四川省图书馆、四川大学图书馆、重庆图书馆、南京图书馆、中国国家图书馆有存。

★大　学

成都　1942年1月创刊，由大学月刊社编辑发行，地址位于成都横丁字街13号，后数度迁移。首期封面标明该刊为"学术的综合性的月刊"，实为中共直接影响和支持的进步舆论阵地。编辑委员有陈中凡、黄宪章等，特约撰稿人有王守礼、施复亮、彭迪先、顾颉刚等知识界进步人士、著名学者。后来又增加了千家驹、张友渔、孙起孟、郭沫若、茅盾等，均为当时文化教育界的知名人士。该刊内容包括政治、经济、社会、历史、哲学、文艺理论等，后来增加了文艺作品。1947年10月1日出完第6卷第5期后终刊。四川省图书馆、四川大学图书馆、重庆图书馆、中国国家图书馆有存。

朝　暾

万县　1942年2月创刊，由朝暾文艺社编辑发行，编辑有汪唯庸、罗泅等，通讯处位于万县沙河子金戈信箱125号。该刊为文艺性杂志，内容有小说、散文、诗歌、通讯等，同年6月出完2期后停刊。重庆市北碚图书馆有存。

★创作月刊

成都　1942年2月创刊，由成都创作月刊社编辑发行，主编为希金，发行为黄大白，社址位于成都祠堂街中国文化服务社。该刊是文艺刊物，内容以各种文艺创作和翻译作品为主，主要栏目有通讯、报告文学、小说、散文、诗歌、戏剧、随笔等。主要撰稿人有陈波儿、李广田、杨朔、臧克家、孙艺秋、方令孺、彭燕郊、包白痕、陈纪滢、王晨牧、张圣时、魏精忠、茅盾、郭沫若等。曾刊登莫泊桑的《恐怖》、普希金的长篇连载《雪莉》、托尔斯泰的《西伯利亚的征服者》、谢冰莹的《穷与爱的悲剧》、郭沫若的《今天创作的道路》、熊佛西的《论现阶段的戏剧运动》、张叔夜的《托尔斯泰和他的时代》等。1942 年 4 月出完 2 期后停刊。四川省图书馆、重庆图书馆有存。

华文月刊

成都　1942 年 3 月 15 日创刊，由华西大学文学院编辑发行。该刊旨在"阐发我中华民族之文化，即在欲推进人类之文化，以朝达于光华灿烂的境地"，内容为"关于文学、哲学、历史教育与社会科学，及自然科学之研究，与东西文化问题之探讨"。1943 年 9 月出的第 2 卷第 4、5 期合刊是现存最晚一期。四川大学图书馆、四川省图书馆、重庆图书馆有存。

★文　坛

重庆　1942 年 3 月创刊，半月刊，主编为老舍、姚蓬子，发行为重庆作家出版社。该刊系文学刊物，主要刊登有关文艺创作理论的研究文章，有文艺短论、文艺史料、创作经验、演剧通讯、文坛轶闻、剧评、出版报告、作品解剖等，另外也介绍国外新书和国内外文坛近讯。主要撰稿人有孙伏园、胡风、老舍、臧克家、叶知秋、郭沫若、张静庐、潘子农、俞明、徐昌霖等。1943 年 4 月出完第 2 卷第 4 期后停刊。中国国家图书馆、四川省图书馆、重庆图书馆有存。

青年旬刊

泸县　1942年3月创刊，由泸县青年文化促进社编辑发行。共出20期，第1卷18期，第2卷2期。中国国家图书馆有存。

★诗　丛

重庆　1942年3月创刊，由重庆诗丛社编辑发行，诗歌集刊物。该刊所载之诗歌有短诗、长诗、诗集、散文诗、译诗等，还有部分关于诗歌的论文和诗坛点滴。载文有常任侠的《冬天的树》、普希金的译诗《爱情》、泰戈尔的译诗《恶邮差》等。1945年5月出完第2卷第1期后停刊。中国国家图书馆有存。·

★拓荒文艺

成都　1942年3月创刊，主编为徐季华、安旗、卢经钰，由成都拓荒文艺社编辑发行。该刊是由三位十六七岁的文学女青年自筹资金创办的文学刊物，主旨为"在这荒凉的土地上开垦出一片沃土来"，主要在学生中销售，同年11月出完4期后停刊。四川省图书馆有存。

文化报导

成都　1942年4月20日创刊，半月刊。主编为任之的，发行为中国文化服务社四川分社，通讯处位于成都祠堂街119号。该刊目的为"联系成都乃至全川文化同仁，相鼓舞，相砥砺，相勉励，相研讨。表扬正义，清除病污，为艰困祖国略尽绵薄力量"。创刊号内容有报道文化新闻，介绍作家近况，刊登随笔杂文、诗歌通讯等。四川省图书馆存有创刊号。

春　天

乐山　约于1942年4月出版，文艺性刊物，由拓荒文艺社乐山社主编。无馆藏信息。

绿　野

成都　1942年4月创刊，由成都绿野文艺月刊社编辑出版。同年5月出完第2期后未再见出版。四川省图书馆有存。

春草集　春草诗丛

重庆　1942年5月在重庆创刊，主编为王亚平。当时青年诗人王亚平在重庆受周恩来、郭沫若的启发，组织诗友成立春草诗社，创办进步刊物《春草集》《春草诗丛》。无馆藏信息。

文风杂志

重庆　1942年5月创刊，由文风月刊社编辑，主编为韩侍桁，发行为文风书店，地址位于重庆中山一路107号。该刊为纯文艺刊物，主要栏目有创作、翻译、杂文、散文、读书漫笔、短篇等。曾发表老舍、臧克家、徐迟、陈纪滢等人的作品。共出4期，同年8月停刊。四川省图书馆、四川大学图书馆、中国国家图书馆有存。

文学修养

重庆　1942年6月20日创刊，由重庆青年写作指导会编辑发行，主编为钟宪民，发行为唐秉彝，地址位于重庆观音岩临华街4号。栏目有论著、作家研究、修养讲话、文艺思潮、文艺史、小说、诗歌、戏剧、报告文学、文艺批评、作家经验、文坛信息等。经常刊登茅盾、曹禺、姚雪垠、邹荻帆等人的作品或译著。1944年

6月20日出完第2卷第4期后终刊。四川省图书馆、四川大学图书馆、重庆图书馆有存。

★月季花

达县 1942年6月创刊，月刊。由达县驻军一三六师师部副官祝钟荣编辑出版，地址位于达县院棚街38号。该刊自称"纯文艺杂志，约定名家执笔"，主要在青年学生中发行。该刊研究文艺理论，交流创作经验，介绍中外文学家及其作品，发表诗歌、散文等原创作品等。无馆藏信息。

莽　原

成都 1942年8月登记，创刊约在此之前，文艺性半月刊。总编为碧野，副总编辑为牧丁，由莽原出版社发行，地址位于成都祠堂街125号。莽原社由中共党员领导，于1942年夏被查封，《莽原》也因此停刊。无馆藏信息。

文化先锋

重庆 1942年9月1日创刊，周刊。编辑为李辰冬、徐文珊，发行为张道藩，社址位于重庆会府街曹家庵16号。该刊自称"学术性刊物"，"以建设民族之化，促进文化事业为宗旨"。创刊目的是"合乎三民主义的哲学观与世界观，重新建立各种学术的系统，树立各种文化事业的重心。"栏目有短论、论著、抗战史话、科学讲座、青年园地等，也刊登文学作品、报道文化消息，其中有诬蔑共产党的文章。1946年7月第6卷起迁南京出版。四川大学图书馆、自贡市档案馆有存。

诗家丛刊

重庆　1942 年 9 月创刊，年刊，由重庆戏剧文学出版社编辑发行。该刊为诗歌文学刊物，内容以国内诗词名家的作品为主，也有部分国外诗歌的翻译作品。曾刊载郭沫若的《易水寒》、臧克家的《从冬到春》、冯先的《向布拉格致敬》、邹荻帆的《春蚕》等。1943 年 9 月出完第 2 期后未见再出版。重庆图书馆、上海图书馆有存。

文艺界

重庆　约于 1942 年秋创刊，编辑有姚雪垠、任钧、列躬射、王萍草。无馆藏信息。

★文艺先锋

重庆　1942 年 10 月 1 日创刊，半月刊，第 2 卷第 1 期起改为月刊。主编为徐霞村、李辰冬，第 5 卷时主编改为赵友培，编辑为丁伯骝，发行为张道藩，地址位于重庆会府街曹家巷 16 号。栏目有短论、论著、小说、名著研究、散文随笔、演技研究、诗园地、遗珠录、攻玉集等，茅盾、老舍、谢冰莹、臧克家等都曾为之撰稿。1946 年 5 月第 8 卷第 5 期起迁南京。四川大学图书馆、重庆图书馆有存。

戏剧知识

重庆　约 1942 年 10 月创刊，半月刊，第 3 期起改为月刊。重庆南岸玄坛庙南国戏剧知识社编辑发行，徐苏灵、孔色时主编。1942 年 12 月出的第 4 期是现存最晚一期。重庆市北碚图书馆有存。

戏剧周刊

成都　约于 1942 年 10 月创刊，发行为周企何，社址位于成都华兴正街 67 号。共出 37 期，1943 年 7 月停刊。四川省图书馆存第 7—29 期、第 31—37 期。

成都剧刊

成都　1942 年 11 月 9 日创刊，周刊。主要内容有戏剧界信息、戏剧剧本、表演探讨、剧评等。发行为裴心易，地址位于成都五世同堂街 59 号附 2 号，后数度迁移。共出 37 期，1943 年 5 月停刊。四川省图书馆有存。

戏剧生活

重庆　1942 年创刊，由重庆戏剧生活社编辑发行，停刊时间不详。中国国家图书馆、南京图书馆有存。

创作家

重庆　1942 年创刊，月刊。由创作家月刊社编辑发行，负责人为李岳南，地址位于重庆沙坪坝上海杂志公司。停刊时间不详。无馆藏信息。

现代文学

重庆　1942 年创刊，月刊，负责人为高峻峰，地址位于重庆新桥。停刊时间不详。无馆藏信息。

艺苑丛刊

三台　约于 1942 年创刊，文学刊物，由国立东北大学艺苑社编辑发行。刊有大量诗词。共出两期，1943 年 8 月停刊。四川省图书馆有存。

复兴半月刊

康定　1943 年 1 月 1 日创刊，编辑为干介夫、龚据鼎、萧任俊，发行为复兴半月刊社，社址位于康定新市区 118 号。该刊宣传三民主义，研究建设西康的理论与实际问题，报道西康政治、经济、交通、文化、教育等，也刊登小说、诗歌、剧本等。1943 年 5 月 1 日出的第 1 卷第 7 期为现存最晚一期。四川大学图书馆有存。

英国文摘

重庆　1943 年 1 月创刊，英文月刊。主编为杨承芳，由英国大使馆新闻处编印，地址位于重庆市民生路 29 号。根据该刊广告，其内容"有文艺论著，有短篇小说，有随笔小品，有诗歌散曲，有社会写真，有盟友动态"，"是内地的唯一英文杂志，尤其是学生最好的英文读物"。无馆藏信息。

戏剧月报

重庆　1943 年 1 月创刊，月刊。发行为金长佑，编辑委员有陈白尘、曹禺、陈鲤庭等，社址位于重庆新生路 40 号，五十年代出版社发行。该刊是抗战后期大后方的主要戏剧刊物，其创办宗旨除了进行戏剧艺术的探索，还有推动戏剧为抗战服务。内容大致分为戏剧作品和戏剧理论两大部分，吴祖光的《风雪夜归人》、夏衍的《水乡吟》、阳翰笙的《天地玄黄》等名剧都在该刊发表。共出 5 期，1944 年 4 月停刊。四川省图书馆、四川大学图书馆、重庆图书馆、中国国家图书馆有存。

★时代生活

重庆 1943年2月20日创刊，月刊。编辑兼发行为周新，由时代生活出版社出版，社址位于重庆中正路中信大厦210号。该刊为综合性刊物，主要栏目有时代进展、专论、科学讲座、词歌、书库、小说、人与地、国际风云线等。主要发表政治、经济方面的专论及有关战局的报道，同时刊有通俗科学知识、诗歌、散文、译作、国外通讯、人物专访等。主要撰稿人有锡如、费孝通、林语堂、高平书、徐迟、胡秋原等。1946年5月起迁上海。四川大学图书馆、重庆图书馆、中国国家图书馆、南京图书馆、上海图书馆有存。

天下文章

重庆 1943年3月15日创刊，主编为吴熙祖、周彦、徐昌霖，发行为戴行遥、唐秉彝，由天下文章社出版，社址位于重庆市民族路224号。该刊为综合性刊物，主要刊登已发表过的文章。编者希望做到天下的好文章，都能尽量搜集起来，任何"陷在谬误思想上的青年，都能从这里获得正确的解答"。曾出小说特辑、戏剧电影专号、文艺专号。1945年6月出完第2卷第5、6期合刊后停刊。四川省图书馆、四川大学图书馆、重庆图书馆有存。

东方杂志

重庆 1904年1月创刊于上海，初为月刊，曾改为半月刊，后来又恢复为月刊，由商务印书馆编辑发行。1943年3月15日第39卷第1期起在重庆复刊，时任社长为王云五，主编为苏继顾，社址位于重庆白象街。1947年1月15日第43卷第1期起迁回上海。该刊历经清末、辛亥革命、五四运动、抗日战争、解放战争等各个重大历史时期，断断续续存续了 45 年。其间多次停刊，几度迁移，但始终紧跟时代的脉搏，忠实地记录了我国近现代发展的历史轨迹，是我国近现代期刊史上影响最大、刊龄最长的综合性杂志，也是中华人民共和国成立前学术品位较高，学术质量较高，读者的文化层次较高的学术期刊。许多著名的思想家、政治家、文学家，如梁启超、蔡元培、严复、鲁迅、陈独秀等都曾在该刊发表过文章，社会影响极大。各大图书馆均有收藏。

文 心

成都　1943 年 3 月创刊，月刊，由成都文心文艺月刊社编印，只出两期，同年 5 月停刊。四川省图书馆、重庆图书馆有存。

诗 座

重庆　1943 年 3 月出版，由重庆诗座月刊社编辑发行，只出 1 期。重庆图书馆有存。

文 学

重庆　1943 年 4 月创刊，月刊，由重庆文学社编辑发行，地址位于重庆南纪门韩家巷 9 号。该刊为纯文学刊物，内容广泛，有小说创作、诗歌、散文、通讯、翻译、评论、剧本等。注重外国文学的翻译，有屠格涅夫作品的全面介绍，文艺理论性文章也是其重点，如夏衍的《新与旧，明与暗》、郭沫若的《诗歌的创作》等。1944 年 11 月第 2 卷第 4 期出版后停刊，1945 年 8 月又出了一期，此后未再出版。四川大学图书馆、上海图书馆、重庆图书馆、中国国家图书馆有存。

★东方文化

成都—重庆 1943年5月15日创刊，月刊，实际不能按时出版。编辑为黄大受、秦学圣，发行为梅汝璇，地址位于成都少城蜀华街蜀华中学内。1943年尚未出完第1卷6期便暂时停刊，1945年4月在重庆复刊，地址位于重庆文化街25号，同年秋出完第2卷第3期后停刊。该刊旨在阐扬中华文化，以"振发自信心"，并通过整理"祖先的文化遗产"，使它"弘扬光大"。四川大学图书馆、四川省图书馆、重庆图书馆、中国国家图书馆有存。

当代论坛

重庆 1943年5月16日创刊，半月刊，主编为刘光炎，发行为联合文化编译社，地址位于重庆李子坝三江村400号。该刊宗旨是"以文会友"，"是学术性的，中立性的"，目的是使名家作品发表。冯友兰、朱光潜、梁实秋等都曾在该刊发表作品。同年11月出的第13期为现存最晚一期。四川大学图书馆、四川省图书馆、南京图书馆、中国国家图书馆有存。

蜀 风

成都 1943年5月创刊，旬刊。该刊由蒋荫恩、张蓬舟、郭耀三、张正锦创办并轮流编辑，郭耀三任发行人，社址位于成都暑袜北二街77号。约出13期后于1943年内停刊。四川省图书馆有存。

文化论坛

成都 1943年6月登记，发行为黄梦九，社址位于成都祠堂街119号。无馆藏信息。

诗月报

乐山 1943 年 6 月 10 日创刊，编辑为蒂克，发行为林既耕，地址位于乐山府前街 60 号，由成都莽原社经销。该刊是诗刊，以刊登国内外诗人作品为主，兼顾诗评论著等内容。撰稿人有蔡月牧、臧克家、邹荻帆、朱光潜、齐明、王亚平、王采、孙艺秋、戴镏龄、李岳南等。设有拜伦之页、普希金的民间故事诗等专栏。出 3 期后停刊，停刊时间不详。四川大学图书馆、四川省图书馆、重庆图书馆、中国国家图书馆有存。

★中　原

重庆 1943 年 6 月 21 日创刊，月刊，主编为郭沫若，发行为沈硕甫，社址位于重庆临江路西来街 20 号，由群益出版社发行。该刊为文艺性刊物。发表小说、散文、诗歌、戏剧评论、翻译作品等。主要撰稿人有茅盾、阳翰笙、徐迟、闻一多、力扬、蔡仪等。1945 年 10 月停刊。四川省图书馆、四川大学图书馆、复旦大学图书馆、重庆图书馆有存。

野　园

成都 1943 年 6 月出版，由成都野园文艺月刊社编辑发行，只出 1 期。四川省图书馆、南京图书馆有存。

文丛半月刊

成都 1943 年 7 月创刊，由成都文丛半月刊社编辑发行。共出 3 期，约于 1944 年 7 月停刊。南京图书馆有存。

★民族文学

重庆 1943年7月创刊，主编为陈铨，文学刊物。载有《民族文学运动》《文学与语文》《中国文学的世界性》等文章，还有中外文化名人介绍、名作、名剧等。1944年1月出完第5期后终刊。重庆图书馆有存。

果园—果园文艺—枝头月—看青人

成都 1943年7月创刊，月刊。社长为陈配虞，编辑为杨运培，发行为李光治，社址位于成都石马巷19号。该刊由几个爱好文学的青年人组织的互助学会出版，三次改名，社址也数度迁移。不少进步人士和作家为该刊投稿，如邹荻帆、黎澎、臧克家、陈翔鹤、谢冰莹、陈白尘、徐迟、孙伏园等，主要内容有诗歌、音乐、短论、戏剧、论文、翻译小说、作家介绍等。1944年6月起改名为《果园文艺》，同年10月又改名为《枝头月》，约于1945年10月又出了一期名为《看青人》，后不再有出版。四川省图书馆、南京图书馆有存。

文艺创作

成都 1943年8月1日创刊，由成都文艺创作社编辑发行，主编为李北流，社址位于成都半边街32号。编者在《歌颂及其他》一文中宣布该刊的任务是歌颂抗战，编后记中又写道："那些直接间接为敌人摇目张舌的东西，我们当然不要，那些'见秋花而伤心，对明月而泪下'的东西，我们也不要。并且我们也反对'抗战八股体'作品。我们歌颂这大时代中值得歌颂的事物，我们也诅咒并揭露那些新疮与旧毒。"该刊立场鲜明，歌颂布尔什维克，刊载苏联小说。只出1期，四川省图书馆、吉林大学图书馆有存。

沙　滩

成都　1943 年 8 月创刊，由成都平原诗社主编。《沙滩》是平原诗丛的第一辑，刊有邹荻帆、绿原的诗作。无馆藏信息。

世界文学

重庆　1943 年 9 月创刊，双月刊，由重庆世界文学社编辑发行。该刊几乎全部是西方文学评论和诗歌的译作，译者有杨宪益、周煦良、罗念生、戴镏龄等。只出两期，约于 1943 年 11 月停刊。重庆图书馆、南京图书馆、中国国家图书馆有存。

新少年

重庆　1943 年 9 月创刊，由新少年月刊社编辑，青年书店发行，主编为黎锦晖，社址位于重庆民生路。内容有常识、故事、短篇小说等。共出 4 期。四川大学图书馆、南京图书馆、甘肃省图书馆有存。

★风土什志

成都　1943 年 9 月 30 日创刊，月刊。社长为李劼人，编辑有谢扬青、雷肇堂、萧远煜等，发行为樊凤林，社址位于成都东门红石柱正街 56 号。本刊副刊名为"研究人生社会，介绍风土人情"。行文生动化，故事化，雅俗共赏。主要刊登介绍和研究中外风土人情的文章和调查报告，内容涉及天文舆地、宗教文化、语言文字、民俗习惯、历史人物以及社会、美术、山歌、民谣、民间传说等。该刊发行到 14 个省份，在国外也有销售，在当时很受欢迎。因经费困难，1946 年 9 月出完第 2 卷第 1 期后停刊，直到 1948 年 8 月才出第 2 卷第 2 期，1949 年 10 月 15 日出完第 3 卷第 2 期后终刊。

四川省图书馆、四川大学图书馆、重庆图书馆有存。

文学集刊

成都　1943 年秋创刊，由四川大学中文系、文科研究所合编。本刊虽名为文学集刊，实则大部分内容为有关中国史的论文，为纯学术刊物。约出 3 期，1947 年停刊。四川大学图书馆有存。

江潮月刊

成都　1943 年 10 月创刊，综合性月刊，社长为黄哲文，主编为张信书，由江潮月刊社发行，社址位于成都永安街 21 号。内容主要有时论、学术、文艺、通讯等，共出 7 期，约于 1944 年 12 月停刊。四川省图书馆、四川大学图书馆有存。

★文风杂志

重庆　1943 年 12 月 1 日创刊，主编为萧侍桁，编辑为周圣生，发行为邹杰夫。该刊为社会科学理论刊物，内容以学术性论文为主，涉及政治、经济、文化、历史、哲学、文学等领域。曾刊登老舍的《一筒台烟》，茅盾的《谈鼠》等，此外，夏衍、黄炎培、孙伏园、邓初民、聂绀弩、臧克家等也为该刊撰稿。1944 年 8 月 20 日出完第 6 期后停刊。四川省图书馆、四川大学图书馆、重庆图书馆、复旦大学图书馆有存。

★江　声

万县　1943 年创刊，创办者为李登高，由江声月刊社编辑发行，文艺理论性刊物。刊有文艺、论文、小说、散文、现代诗歌，多是学生作品，部分小说是译文，还介绍部分外国著名作家生平。主要撰稿人有谌庐、洪水、寒梅等。1944 年 5 月出完第 2 卷第 4 期后停刊。中国国家图书馆有存。

星期文艺

乐山　1944年1月创刊，由抗战期间迁址乐山的武汉大学文学院主办，主编为刘盛亚、蒂克，地址位于乐山月咡塘。该刊以繁荣文学为宗旨，主要登载文艺作品，报道文艺方面的信息，撰稿人都是学者、教授。约出8期后停刊。无馆藏信息。

正　声

成都　1944年1月创刊，由正声诗词月刊社编辑发行，地址位于成都光华街85号附4号。该刊主要刊登诗词作品，同年11月出完第4期后停刊，1946年10月复刊，只出1期便终刊。四川省图书馆、四川大学图书馆有存。

当代文艺

重庆　1944年1月创刊，创刊号上有茅盾、艾芜、端木蕻良、骆宾基、黄药眠等的作品。无馆藏信息。

★天　风

成都　1944年2月18日创刊，周刊，实际不定期发行，由基督教联合出版社编辑出版，社址位于成都四圣祠北街20号。该刊名义上是要"表达基督教对于当今时局的意见"，实际上关于宗教的文字不多，更多的是关于时政以及反映现实的文艺作品。马寅初、张友渔、黄药眠、文幼章等曾为之撰稿。1946年3月25日暂停，后迁往上海复刊，1952年11月出完第341期终刊。四川大学图书馆、吉林大学图书馆、上海图书馆等有存。

★新　军

重庆　1944年2月创刊，双月刊，由新军社编辑，骆驼社发行，发行人为王志光，社址位于重庆民生路230号附11号。该刊为文艺性杂志，提倡"描写活的真实的人的文学"，希望能播撒文艺的种子，以此来促进文学的发展，普及民众的文学知识。以刊载诗歌、中短篇小说为主，兼有剧本、散文等。其内容丰富多彩，形式多样，主要撰稿人有臧云远、田涛、碧野、徐盈、白莎、王采、方殷、王志光、徐昌霖、王亚平、田仲济、李岳南等。曾发表雨果《欧兰碧由的悲哀》和契诃夫《卡斯坦卡》的译文，臧克家的《人怪》，戈茅的《诗论丛谈》，徐盈的《沦陷区的故事》等文艺作品。只出2期，1944年4月停刊。中国国家图书馆、复旦大学图书馆有存。

新长城

成都　1944年3月创刊，季刊，发行为吴名一、冯溉华，主编为杨少震，编辑为邓起定、徐荫忠等，社址位于成都西二道街38号。聘请特约撰稿人萧公权、钱穆、蒙文通、周太玄、胡鉴民等。该刊旨在"研讨学术，发扬崭新知能"，内容包括文学著述、时事评论、社会科学、自然科学，辟有论说、记叙、译述等。1945年5月1日出的第3期为现存最晚一期。四川省图书馆、四川大学图书馆有存。

金陵大学中国文学研究会会刊

成都　1944年4月1日创刊，月刊，由于右任题写刊名，成都金陵大学中国文学研究会编印。成都金陵大学中国文学研究会由金陵大学国文系师生组织，该刊旨在以文会友，研究古典文学，内有谢无量、林山腴等人的题词，仅见 1 期。中国国家图书馆、南京大学图书馆有存。

★中国文学

重庆 1944 年 4 月创刊，月刊，由中国文学社编辑，发行为马骕程，地址位于重庆沙坪坝中央大学。该刊为文学刊物，"以研究中国文学、发扬民主精神为主旨"，内容包括经学、史学、哲学、文学理论及专题研究等。1945 年 2 月出完第 5 期后停刊。四川大学图书馆、南京大学图书馆、复旦大学图书馆、中国国家图书馆有存。

火之源

重庆 1944 年 4 月创刊，不定期刊。由中国新诗写作研究会创办，火之源社出版，发行为李时杰，主编为李一痕，地址位于重庆捍卫新村 2 号。该刊 1—3 期为以诗为主的文艺性刊物，第 4 期起为纯诗刊，共出 6 期，1945 年冬停刊。四川大学图书馆、吉林大学图书馆、重庆图书馆有存。

艺　风

成都 1944 年 7 月在成都创刊，由艺风社编辑发行，啸涛、胡牧主编，文艺性刊物。无馆藏信息。

诗前哨

万县 1944 年 7 月创刊，刊期不详。由郭沫若题写刊名，编辑有谌庐、穆静、车英、裴然、周昌歧等，发行为李文钦，万县读书屋和重庆五十年代出版社经售。该刊是诗歌丛刊，主要撰稿人有臧克家、王亚平、张泽厚、李岳南、夏舒雁、沙鸥、武戈等。栏目设置有国内新诗，主要抒写大自然及美好的事物，同时也表现了对未来新世界的向往；外国译诗，翻译一些外国著名诗人的诗歌，如海涅、郎法罗；书报新志，主要介绍一些新近出版的书刊等。该刊也探讨新诗创作的题材、语言、表现手法等问题，对于研究近现代新诗的创作理论具有重要参考价值。只出2期，1944年11月停刊。重庆图书馆有存。

微　波

重庆　1944年8月创刊，文学性月刊。由重庆微波社编辑，主编为陈纪滢、姚雪垠、田仲济，文聿出版社发行，地址位于重庆邹容路新生村33号。《编后小记》称，该刊是"几个志同道合的朋友以极高的热情，较必远大一点的眼光，抱着极低限度的要求，老老实实，平平稳稳协力催生的文艺新婴"。内容以文学创作为主，散文、杂文和小说居多，小说多以现实生活为题材，具有较强的时代感和踏实的作风，如姚雪垠的短篇小说《伴侣》和中篇小说《三年间》都描写了抗战期间知识分子的家庭生活，撰稿人还有茅盾、叶以群等。只出2期，约于1945年2月停刊。四川省图书馆、重庆图书馆、复旦大学图书馆有存。

德风季刊

成都　约于1944年秋创刊，由成都济川中学德风文艺社主编，地址位于成都华西坝。德风文艺社由济川中学热爱文学的青年学生组织，该刊目的是学习写作和研究一些关于文艺的理论知识，"正视现实，表现现实"，"以文艺的方法，对抗战建国发生积极地作用"。仅见创刊号。四川大学图书馆有存。

人地时

成都　1944年10月20日创刊，由人地时月刊社编辑发行，社址位于成都东城根街南段68号，社长为罗尚林，编辑为黄炳元。该刊为综合性刊物，发刊词称："要以采矿的手段，来发掘中国文化宝藏"，"创建中国独特的文化与学术"，"用左手执着中国文化之盾，右手执着西洋的科学之矛，继承历史的使命，接受时代的驱策"。仅见创刊号。四川省图书馆、四川大学图书馆、复旦大学图书馆、中国国家图书馆有存。

草原文艺

成都　1944年11月6日核准出版，发行为何恁私，社址位于成都春熙路5号。无馆藏信息。

★国文月刊

重庆　1940年6月创刊于昆明，1944年11月迁重庆，地址位于重庆保安路132号。由西南联合大学师范学院国文系同人主编，前期主编为浦江清，编辑委员有余冠英、罗常培、朱自清等，发行为开明书店，后期的主要编辑是叶圣陶和郭绍虞。该刊是国文教学刊物，旨在于战时促进国文教学及青年人国文程度的进步，补充青年学子自修国文的材料。主要登载国学专家撰写的有关语言文字及文学的基本知识，选登学生的作文和教师的著作，讨论国文教学中的各种问题等。内容包括通论、专著、诗文、写作、书报评价等。为该刊撰文的作者几乎涵盖了文学院中国文学系和师范学院国文学系的所有优秀的学者，有朱自清、闻一多、浦江清、余冠英、李嘉言、萧涤非、吕叔湘、罗常培、王力、张清常、罗庸等。1946年3月20日，因西南联大解散，该刊由开明书店接办，至1949年8月出完第 82 期后停刊。四川省图书馆、四川大学图书馆、重庆图书馆、中国国家图书馆有存。

文学新报

重庆　1944 年 12 月 20 日创刊，半月刊。由文学新报社编辑发行，地址位于重庆两浮支路 8 号附 1 号，主编为萧蔓若，发行为汪啸凡。该刊为文学刊物，提倡通俗文学，讨论文学艺术的民族形式，刊载小说、诗歌、外国文学译著及文学评论，介绍高尔基、托尔斯泰、果戈里等外国著名作家及其作品，报道文坛消息。郭沫若、茅盾、臧克家、艾芜、周而复、冼星海、萧三等曾为该刊撰稿。约于 1945 年 12 月停刊。四川省图书馆、四川大学图书馆、重庆图书馆、上海图书馆、吉林大学图书馆有存。

★青年文艺

重庆　1942 年 10 月创刊于桂林，出 6 期后于 1944 年 12 月迁重庆，重新编号出版，主编为葛琴。该刊为文艺刊物，以"灌输文学知识，推荐新人作品"为宗旨，栏目有小说、诗选、散文、习作、作品评价、生活场景、青年文会、名著选释、文艺消息、信箱等。主要撰稿人有茅盾、艾青、臧克家、袁水拍、冯亦代、沙汀、陈白尘、何其芳等。在重庆出 6 期后于 1945 年 2 月停刊。中国国家图书馆、重庆图书馆、复旦大学图书馆有存。

★中学生—进步青年

重庆　1930 年创刊于上海，主编为夏丏尊、金仲华、叶圣陶，由开明书店出版，月刊。1937 年 8 月停刊，1939 年 5 月迁桂林复刊，改为半月刊，1944 年 12 月迁重庆，地址位于重庆保安路 132 号，1946 年 2 月迁回上海继续出版，1951 年 12 月后改名为《进步青年》。该刊为综合性刊物，内容丰富，在文化知识和思想教育方面对青年影响较大。初期宣传反帝反封建思想，东北沦陷后又积极宣传抗日。中华人民共和国成立前夕，提出在中国共产党的正确领导下迎接新时代，建设新中国。内容包括数学、写作、美术、哲学、音乐、英文讲座等。栏目有卷头语、科学知识、青年论坛、青年文艺、英文等。许多专家学者和著名作家曾为该刊撰稿，如千家驹、胡愈之、冯友兰、吕叔湘、朱光潜、张天翼、丰子恺、巴金、周立波、朱自清、夏衍、范长江、臧克家等。四川大学图书馆、中国国家图书馆、上海图书馆、重庆图书馆、南京图书馆有存。

号角—浪花

三台　1944 年 12 月创刊，由东北大学学生谢宇衡与友人孙跃东在三台主办的山谷诗社编辑出版。第 1 期《号角》，第 2 期《浪花》，内容多为诗作及对诗歌艺术的探讨。刊载陆侃如、孙跃东、谢宇衡、绿原、朱健等人的诗作或评论文章，其中《号角》由孙跃东收藏。无馆藏信息。

草原旬刊

成都　1944 年创刊，由四川草原社编辑发行。该社成员由成都金陵大学、华西大学、燕京大学、四川大学、齐鲁大学五所大学的学生组成。该刊共出 3 期，其中第 3 期南京大学图书馆有存。

文化旬刊

万县　约于 1944 年创刊，是由四川省立万县中学校长杨吉甫与一批进步教师办的文学刊物，出版 6 期后被查封。无馆藏信息。

流　星

　　成都　1945年1月1日创刊，由流星月刊社编辑发行，社长为邹荫玄，发行人为黄竹川，编辑为张琴南、郑庄林、蒋荫恩。特约撰稿人有朱光潜、吴宓、顾颉刚、钱穆、谢冰心、卢剑波等。该刊为综合性月刊，"主要让名流学者、专家教授及青年学生、一般读者有交换意见的地方与机会，所以对于各种探求真理的论著和反映现实的作品等，莫不刊登"。内容涉及政治、经济、社会、教育、新闻以及各种通讯、小说、诗歌、书评等。该刊除在四川省内销售，还在云南、贵州、陕西等省发行，还发行到西藏，甚至印度，社会影响很大。终刊时间不详。四川省图书馆、四川大学图书馆、重庆图书馆、中国国家图书馆有存。

★笔　戈

　　成都　1945年1月15日创刊，文艺性月刊，由笔戈文艺社编辑出版，社址位于成都提督西街45号，后迁下西顺城街85号，发行为张英度。主要撰稿人有微之、微山、金天、星伟、任耕、亚宇、许伽、天子、罗雪、菲于、萧宁、陈鸣龙、丁易等。该刊内容以文学作品为主，包括创作、散文、诗辑、书评、戏剧等。其中创刊号为"小说专号"，另外有为纪念五四运动而专设的特刊，对五四精神进行了热情的歌颂和宣传。第2卷第1期为现存最晚一期，1946年1月停刊。四川省图书馆、四川大学图书馆、重庆图书馆、南京图书馆、中国国家图书馆有存。

突兀文艺

　　重庆　约于1945年1月创刊，由突兀文艺社编辑。突兀文艺社是由一群大中学校爱好文艺的学生组成的文艺团体，最初在北碚兼善中学内出壁报，后改为油印，再后因得到茅盾的支持与帮助，约在 1945 年 1 月改出铅印的《突兀文艺》月刊，影响也由学校扩大到社会。约于 1945 年 4 月停刊。复旦大学图书馆有存。

★希 望

重庆 1945 年 1 月创刊，文艺月刊，由希望社编辑出版，主编兼发行为胡风，五十年代出版社总发行，通信处为重庆信箱 212 号。出 4 期后于 1945 年 12 月停刊，1946 年 1 月与《中原》《文艺杂志》《文哨》合出联合特刊，同年 5 月 4 日又在上海出《希望》第 5 期，出至第 8 期后停刊。四川大学图书馆、重庆图书馆、上海图书馆有存。

南 风

重庆 1945 年 2 月 1 日创刊，由南风社出版，月刊，地址位于重庆中山三路 218 号，发行为黄天鹏，编委有潘公弼、陆丹林、曾虚白、老舍、谢冰莹等。该刊系综合性刊物，以"论政谈艺为经，新知逸史为纬"，但"充溢着文艺的风趣"，栏目有《时事论坛》，包括政治、经济、军事、教育、外交、国际等评论；《文史丛载》，包括艺文史地、随笔、游记、掌故、逸闻、书评、序跋、考据、札记、金石书画等文章；《世界名著》，包括国际时论摘要、文艺理论、小说、戏剧、散文等译述。共出 6 期，1945 年 10 月停刊。四川大学图书馆、复旦大学图书馆、重庆图书馆、南京图书馆有存。

人生画报

重庆 1945 年 2 月 28 日创刊，月刊，主编为周俊元，编辑有张有为、张仲庆、姚正基，由人生画报社发行，社址位于重庆夫子池大同路 17 号。该刊刊登"一切阐述人生意义，指示人生途径，激发人生向上的，有光有热的图画和文字"。内容有风景照片、漫画，以及探讨人生意义的文章和散文、诗歌等。中国国家图书馆、四川大学图书馆有存。

★诗文学

重庆　1945年2月创刊，主编为邱晓崧、魏荒弩，发行为邱晓崧，由诗文学社出版，地址位于重庆临江门顺城街22号。该刊为诗歌刊物，旨在"使写诗的笔更有力的反映这时代的光明面黑暗面，留下一点真正的战斗的时代的呼声"。内容包括探讨诗歌创作理论，发表了国内外众多著名诗人的诗作及部分延安诗稿。主要撰稿人有姚雪垠、王亚平、邹荻帆、何其芳、臧克家、艾青、李广田、黄药眠、林薇、灰马、宗亮等人，设有江湖小辑、叶赛宁诗抄、诗四首、诗五首等栏目。此时共出两辑，第1辑《诗人与诗》，第2辑《为了面包与自由》，1945年5月停刊。后于1947年复刊，又出两辑。四川省图书馆、四川大学图书馆、重庆图书馆、中国国家图书馆有存。

朝　华

成都　1945年3月15日创刊，由朝华旬刊社编辑发行，地址位于成都春熙路南段17号附2号。该刊以登载散文为主，创刊号《编后记》中说："这是一个什么也说不上的小刊物……在选稿上，我们有这么一个小小的原则，凡无病呻吟的文字，不管写作的技巧如何熟练，它的题材是那么现实的铁血火炮，我们也只能割爱。反之，只要是言之有物的，即风花雪月我们也乐于发表。"载有叶圣陶、丁易、常任侠、洪钟等的散文以及邹荻帆翻译的托尔斯泰的作品。仅见两期，四川大学图书馆有存。

诗与音乐

成都　1945 年 4 月 15 日创刊，由陈弦编辑，诗与音乐社发行，通信地址位于成都祠堂街联营书店。创刊号陈弦写的《诗人、音乐家与现实生活》中说道："诗人、音乐家都是最自觉的人，倘若失掉了为人民服务这一目的，'艺术'本身有什么用呢?""作者不单要理解现实，而且还应该深入现实生活……向大众学习。无论谁也无法否认，在民间有着取用不尽的诗和音乐的源泉。"创刊号上刊登数首抗日歌曲与介绍苏联音乐界的文章。仅见 1 期，四川大学图书馆、重庆图书馆有存。

新　地

成都　1945 年 4 月 30 号创刊，月刊，社长为胡子云，发行为蒋益明，编辑有邓文质、曾巴波等，社址位于成都上东大街 63 号附 2 号。发刊词《希望、方向与使命》中说："《新地》可以说是一个文化一般性的月刊。""我们所探求的，虽因种种条件的限制，而不能兼及文化的全貌，但'宁阙毋滥'，总以不离现实，不顾左右而言他为原则。"栏目有社声、国际瞭望、专论、诗、文艺等。停刊时间不详。四川省图书馆、复旦大学图书馆有存。

国文杂志

重庆　1942 年 8 月 12 日创刊于桂林，由开明书店创办，主编为叶圣陶、宋云彬，发行为杜铎。1944 年 5 月因桂林人口疏散而停刊。1945 年 4 月 20 日第 3 卷第 3 期作为复刊号改在重庆出版发行，社址位于重庆临江门大井巷 10 号。该刊发刊词写道："只想在国文学习方面，对于青年们贡献一些助力"。主要撰稿人有吕叔湘、朱自清、郭绍虞等。1946 年 2 月 1 日出完第 3 卷第 5、6 期合刊后停刊。四川省图书馆、四川大学图书馆、中国国家图书馆有存。

★文 哨

重庆 1945 年 5 月 4 日创刊，文艺性月刊，编辑兼发行为叶以群，社址位于重庆林森路蹇家巷 3 号，由建国书店发行。该刊口号："向生活学习，向民众学习，从人民中来，到人民中去。"载有文艺理论与创作评论、名人名作介绍、诗歌、小说、散文等，发表的各类文学作品内容大都反映了普通劳动人民的生活和情感。主要撰稿人有郭沫若、茅盾、夏衍、艾青、冯亦代、徐迟、艾芜、沙汀等。1945 年 10 月 1 日第 3 期后停刊，又在 1946 年 1 至 6 月与《中原》《希望》《文艺杂志》合出联合特刊 6 期。四川省图书馆、四川大学图书馆、重庆图书馆有存。

热力光

重庆 1945 年 5 月 25 日创刊，文艺半月刊，由周铮创办，地址位于重庆临江门。以刊载具有时代感的、热情的、有力的文学作品为主，栏目有杂文、诗与散文、书评、译著、文艺批评等。曾刊载《文艺者的另种任务》《鲁迅先生对批评的态度》《官员的早晨》等文。作者有胡风、许广平、刘黑枷、耿济之等。1945 年 7 月出版第 3 期后被查封。重庆图书馆、中国国家图书馆、南京图书馆、上海图书馆有存。

文艺杂志

重庆 1942 年 1 月在桂林创刊，1945 年 5 月 25 日在重庆复刊，编号另起。创办人为王鲁彦，发行为覃英，主编为邵荃麟，总发行为人生出版社，地址位于重庆邹容路苍坪新村 6 号。为该刊撰写文章的大多是当时从事抗战文艺工作的知名人士或左翼作家。有茅盾、巴金、老舍、胡风、臧克家、蔡楚生、张天翼、曹靖华、艾芜、沙汀、靳以、李健吾、邹荻帆、姚雪垠等。登载文学论文、长短篇小说、散文、报告文学、杂记、诗歌、戏剧、童话等作品。在重庆出 3 期后于 1945 年 9 月终刊。四川大学图书馆、四川省图书馆、重庆图书馆、南京图书馆有存。

星岛画报

重庆 原在香港出版，月刊，曾停刊，1945 年 5 月在重庆复刊。主编为糜文焕，发行为胡好，社址位于重庆莲花池正街 10 号。该刊内容包括"抗战动态，新兵器，科学发明，各地人民生活，新闻图片，电影戏剧，漫画，木刻以及文艺论著，生活杂感，幽默小品，短篇小说，散文随笔等"。1945 年 7 月出完 3 期后停刊。中国国家图书馆有存。

文学青年

射洪 约于 1945 年 5 月创刊，宋麦音、王艾东、杨明源、李天倪发起创办，社长兼总编为宋麦音，编辑为王艾东，由射洪县太和镇互益文化服务社发行。该刊得到中华全国文艺界抗敌协会川北分会的支持，实际上成为川北分会所办刊物《文学期刊》的一个分支，发刊词即以川北分会的一篇文章《纪念五四》代替，仅出 1 期。无馆藏信息。

中华乐府（诗词曲月刊）

重庆 1945 年 5 月创刊，又名《诗词曲月刊》，重庆中华乐府月刊社编辑发行，诗词刊物。该刊是由于右任、沈尹默、卢前等人创作的诗词曲汇编而成的定期刊物，内容多以古典诗词的文学形式讴歌英勇杀敌的抗日将士。其中收有格律诗，各种长、短词及少量散曲。各诗、词、曲对仗工整,用韵严格,有较高雅的文学欣赏价值。共出 4 期,1945 年 7 月停刊。四川省图书馆、重庆图书馆有存。

通讯月刊

西昌 1945 年 6 月 1 日创刊,社长为李万华,副社长为刘元瑄,总编为伍柳村,副总编为张乃桢,社址位于西昌中正北路筹边室。该刊主要报道西康的建设情况,阐扬刘文辉的经边言论,刊载西康省的政纲政策,也发表关于边情的小说、诗歌等文学作品。仅见创刊号。西昌市档案馆有存。

文艺月报

重庆 1945 年 6 月 15 日创刊,文学刊物,主编为田涛,社长为陈鸿谋,发行为亚洲图书社,地址位于重庆都邮街新生市场 58 号。该刊内容包括小说、诗歌、散文、文艺理论、文学评论等,此外,还以较大篇幅介绍和翻译了一些外国作家及其作品,如俄国的契诃夫,挪威的毕安生,西乌克兰的斯泰芳尼克、契辽姆辛拉等。主要撰稿人有刘白羽、白燕、梅林、臧克家、王亚平、拾遗等。仅出 1 期。四川大学图书馆、南京大学图书馆、复旦大学图书馆、重庆图书馆有存。

演剧艺术

重庆 1945 年 6 月创刊,月刊,由重庆演剧艺术社编辑发行,中国文化事业社总发行,社址位于重庆民生路冉家巷 21 号,仅出 1 期。四川省图书馆、重庆图书馆有存。

文学期刊

三台 1945年6月创刊，由中华全国文艺界抗敌协会川北分会编辑出版。三台国立东北大学教授赵纪彬、冯沅君分别任该刊正、副编辑主任，曾刊登陆侃如、冯沅君的文章，还有学生创作的小说。仅出了创刊号，后因国立东北大学迁回沈阳未再继续出版。四川大学图书馆、四川省图书馆、复旦大学图书馆有存。

文学青年

三台 1945年6月5日创刊，主编为文学青年社社长为吴汝成，编辑顾问为龚国雄、杨赞育，发行为马宗鲁，社址位于三台县太和镇中正街88号。该刊隶属于中华全国文艺界抗敌协会川北分会，创刊号刊有《我们对于当前文艺工作的意见》，提出文艺工作者要"更严肃的面对现实，深入现实，提高我们工作的热情，发挥思想战士的积极精神，由反映现实到改造现实"。还刊载了姚雪垠在三台东北大学的演讲记录及部分学生作品。仅出1期，四川大学图书馆、四川省图书馆、复旦大学图书馆有存。

时代文学

成都 1945年6月创刊，月刊，由时代文学社编辑发行，发行为陈一萍，社址位于成都娘娘庙街21号。该刊旨在"联络于文学有志趣的朋友，共同研讨写作，使一般读者有练习写作的机会"。辟有学生园地，刊载学生作品。1945年出完第8期后停刊。四川省图书馆、中国国家图书馆有存。

国 声

重庆 1945年8月20日创刊，月刊，主编为王云，发行为连谋，社址位于重庆中华路 215 号附 4 号，后迁江北任家花园 26 号。该刊系社科综合刊物，其中有部分文学作品。代发刊词《我们的态度》提到："我们是要为大多数国民的利益而呼吁，为巩固国族安全而呼吁，为全世界的和平而呼吁。"内容包括论著、述评、通讯、传记、科学新闻、诗歌、小说、小品等。1945 年 10 月出版的第 3 期为现存最晚一期。四川大学图书馆、中国国家图书馆有存。

采 风

重庆　1945 年 9 月 1 日创刊，月刊，由国立礼乐馆礼制组采风编辑部编辑，地址位于重庆北碚中山路 23 号。该刊搜集"各地域、各民族、各宗教婚丧礼之特异风俗、岁时祭礼之仪式，即山歌、童谣、民谚，靡不甄采。理论以民俗学为据，而重在保存资料之真实"。1946 年 1 月出完第 5 期后未再见出版。中国国家图书馆、广东省中山图书馆有存。

★法国文学

重庆　1945 年 12 月创刊，主编为徐仲年，发行为世界文学社，社址位于重庆领事巷 12 号。该刊为纯翻译杂志，栏目有文学评论、作家介绍、文学史料、诗歌、小说等，作者均为值得推崇的法国作家，曾刊登法国作家维尔丹的《新法兰西的文学》、茨威格的《在我少年时代的巴黎》，还有部分法国民歌选译。共出 4 期，1946 年 4 月停刊。四川大学图书馆、重庆图书馆有存。

远 方

西昌　1945 年创刊，文艺性刊物，由马景福、徐国珍、夏一虹、刘伟等集资创办。创刊号出版后受到青年学生和文艺爱好者欢迎，仅出 1 期，无馆藏信息。

菩提　文穗

三台　1945年创刊，均为东北大学中文系师生在三台出版的刊物，其中，《菩提》为综合性文学刊物，《文穗》为诗歌丛刊，均只出一两期，无馆藏信息。

华　风

成都　1946年1月1日创刊，由华风学术研究社编辑发行，社址位于成都白塔寺街97号。综合性学术刊物，"以阐发学术思想，传导中西文化为宗旨"，设有时评、论坛、生活写实、文苑等栏目。发表对教育、文学艺术、法制、民主、历史、经济、政治等问题的论述。4月1日出第2期，自5月第3期起定为月刊。1947年5月的"文艺专号"发表了孙伏园的文章《五四运动与新文学》。同年7月出完第3卷第1期后未再见出版。四川省图书馆、四川大学图书馆有存。

★文　联

重庆　1946年1月5日创刊，半月刊，由中外文艺联络社编辑，主编为茅盾、叶以群，发行为陈安镇，社址位于重庆市中山一路218号。该刊内容主要有论文、报告文学、剧评、电影介绍、书评、漫画、报道、通讯等，主要撰稿人有茅盾、力扬、徐迟、冯乃超、夏衍、臧克家、何其芳、刘白羽等。1946年3月出完第5期后迁往上海，6月出第7期时登出停刊启事。四川大学图书馆、中国国家图书馆、上海图书馆、重庆图书馆、吉林大学图书馆有存。

中原·文艺杂志·文哨·希望联合特刊

重庆　约于1946年1月上旬创刊，半月刊，由四社共同编辑发行，重庆三联分店总经销，通讯处为重庆民生路 73 号三联书店转，主编为郭沫若、胡风、邵荃麟、叶以群。该刊是抗战胜利后四刊停刊迁移期间联合出版的临时刊物，在第 1 卷第 1 期《关于联合特刊的出版》一文中写道："我们编辑这联合特刊的主要方针，就是：一、加强文艺战斗与政治战斗的配合；二、加强文艺运动上的思想斗争。"为刊物撰稿的有茅盾、何其芳、叶圣陶、郭沫若、老舍、艾芜、陈白尘、邵荃麟、冯雪峰等。曾刊载郭沫若的《历史的大转变》、冯雪峰的《论民主革命的文艺运动》、茅盾的《写在政协会议的前夕》等文章。1946 年 6 月 25 日出第 1 卷第 6 期后停刊。四川省图书馆、四川大学图书馆、重庆图书馆、中国国家图书馆有存。

正气杂志

重庆　1946 年 1 月 15 日创刊，月刊，由正气杂志社编辑发行，社址位于重庆复兴关青村 1 号。该刊系时事评论刊物，有部分文学作品。办刊宗旨为弘扬正气，发挥社会科学的真谛，探求自然科学的真理，阐发道德、文艺、美术的源泉，介绍古今优美的文艺作品。主要刊载有关国际、政治、经济、外交、军事等方面的时事论文、诗歌小说、连载剧本以及自然科学论文等。1946 年 5 月出完 5 期后停刊。四川大学图书馆、南京图书馆、重庆图书馆有存。

★文　讯

重庆　1940 年 10 月创刊于贵阳，月刊，主编为顾颉刚、白寿彝，发行为华问渠。1946 年 1 月 15 日第 6 卷第 1 期起迁重庆，地址位于重庆中山一路神仙洞新街 22 号。该刊系大型综合性刊物，荟萃较多权威专家撰写的文章，内容涵盖政治、经济、文化、教育、法律、史地诸方面。每隔两期出版文学专号，巴金、艾芜、沙汀等为文学专号主要撰稿人。在迁重庆的新 1 号《复刊词》中说："我们希望本刊里，把史学家和文学家联合起来，以史学的方法，取得正确的材料和系统的知识，而由文学家的一支笔宣布给大众。"1946 年 12 月 31 日新 10 号起迁苏州，后再迁上海，1948 年 12 月停刊。四川大学图书馆、重庆图书馆、南京图书馆、中国国家图书馆有存。

★妇女文化

重庆 1946 年 1 月创刊，由重庆妇女文化月刊社编辑发行，编辑有李曼瑰、吴元俊、陆庆，编辑顾问为冰心、陈衡哲。社址位于重庆复兴关青村 3 号。该刊系妇女刊物，旨在纠正社会对妇女的封建观念、提高妇女文艺水准、开辟妇女言论之园地。设有读者来鸿、妇女消息、读者信箱、海外猎奇、诗歌、杂俎、文化消息、科学新发明等栏目。主要撰稿人有欧阳艾静、莫日芳、何定生、渌音、包凤仪、陶冰等。1948 年 4 月第 3 卷第 1 期出版后停刊。四川省图书馆、重庆图书馆有存。

★文　艺

乐山 1946 年 3 月创刊，文艺半月刊，由银联社编辑出版，主编为谭耀宗。主要内容有论著、报告、小说、日记、剧本、散文、诗歌、通讯、速写、中学生文艺等。共出 7 期，1946 年夏停刊。1947 年 9 月，谭耀宗又将 7 期的内容集结为一辑，在广州出版。四川大学图书馆有存。

★诗歌月刊

重庆 1946 年 3 月创刊，主编为徐建，由重庆诗歌社编辑发行，社址位于重庆中山一路四德里 5 号。该刊内容包括译诗、民谣、儿歌、方言和可以谱歌的诗篇等，主要撰稿人有安娥、柳倩、禾波、戈矛、一川、吴视、朱炎、端木蕻良、闻一多、臧克家、田汉、郭沫若、王亚平等。该刊文艺思想深受中国左翼作家联盟影响，主张诗歌应该富有人民性，所刊诗歌多赞颂民主自由，揭露讽刺国民党专制独裁统治，还有一些诗歌描绘乡村生活，格调清新，读来让人感觉轻松自然。共出 5 期，1946 年 7 月停刊。四川省图书馆、重庆图书馆有存。

时代周刊

重庆　1946 年 5 月创刊，由时代周刊社编辑发行，地址位于重庆中山三路 95 号。该刊为综合性刊物，有部分文学内容。主要撰稿人有陈健夫、金峰、程大森、云梦、李万询、光宇、周明、孙春江等。主要登载时事述评、特写、散文、杂文、游记、诗歌、科学小品、人物素描、时事漫画等。出 33 期后于 1947 年 2 月迁南京，改为半月刊，1948 年 1 月与《建国月刊》合并，为《时代》，1948年 6 月第 61 期停刊，1949 年 3 月 21 日出版复刊号第 1 期，同年 4月出至第 3 期后停刊。四川省图书馆、重庆图书馆、中国国家图书馆、南京大学图书馆有存。

★民主文艺

重庆　1946 年 5 月创刊，月刊，由民主文艺社编辑发行，仅出1 期。该刊系文学刊物，内容以小说、杂文为主，也刊登一些外国文学作品译作。重庆图书馆有存。

啸　涛

成都　约于 1946 年 5、6 月创刊，胡牧主编，文艺性刊物。无馆藏信息。

文　莽

重庆　1946 年 5 月创刊，由重庆文莽社编辑发行，文艺性月刊，主编为丽砂，仅出 1 期。复旦大学图书馆、中国国家图书馆有存。

西南风

成都　约于 1946 年 6 月创刊出版，社长为马秋帆，副社长为秦佩珩，主编为文苇，编辑有吕中亮、吴中天、李黎、夏炎，发行为张鉴虞，社址位于成都祠堂街 123 号。该刊创刊号《编后记》中写道："'超然'是本刊的根本精神与作风……所谓超然……是各种言论和文艺的兼包并蓄。"主要内容有论文、诗歌、散文、评论等，撰稿人有萧公权、马秋帆、谢文炳、臧克家、李伏伽、卢剑波等，仅出 1 期。四川省图书馆、四川大学图书馆、重庆图书馆有存。

★萌　芽

重庆　1946 年 7 月 15 日创刊，由中华全国文艺界抗敌协会重庆分会编辑发行，主编为邵荃麟、何其芳，通讯处位于重庆邮箱 327 号。该刊为文学月刊，由中共四川省委文委领导，主要刊登各类文艺创作和一些国外著名作家的文艺作品及文艺理论的译作，每期都有一两篇文章阐述毛泽东《在延安文艺座谈会上的讲话》精神，其中不少是由解放区作家撰写。栏目有短论、论文、文艺创作、通讯报告、杂文、翻译、书报评论等。主要撰稿人有冯至、野谷、鼎彝、艾芜、宗石、陈翔鹤、方敬、沈超予、吕荧、郭若沫、茅盾、朱自清等。因国共和谈破裂，1946 年 11 月 15 日出完第 4 期后被查封。四川省图书馆、重庆图书馆、南充市图书馆、中国国家图书馆有存。

诗激流

重庆　1946 年 7 月创刊，由重庆诗激流社编辑发行，社长兼发行为赵无眠，主编为夏渌。诗激流社为中共地下党领导的文艺团体，意在团结进步作家、诗人以及青年作者，为"争民主、反独裁、争团结、反内战"进行斗争。该刊系诗激流社社刊，内容以抗战诗选为主，还有具有现实性的短评、新出诗集的评介、新诗、歌谣、译诗等。曾载《诗译述现况》《哀战友》《谈诗歌与人民结合》等文，在社会上反响很大，被称为"沙漠中的绿洲"。出两期后被查封。重庆图书馆、中国国家图书馆有存。

诗生活

重庆　1946 年 8 月创刊，由重庆诗生活社编辑发行，同年 10 月出的第 2 期是现存最晚一期。重庆图书馆、中国国家图书馆有存。

乐　嘉

乐山　1946 年 9 月 15 日创刊，文艺性半月刊。社长为袁至刚，发行唐兆森，社址位于乐山白塔街 64 号。内容有论著、小说、散文、戏剧、诗歌等。四川省图书馆有存。

青年创作

重庆　1946 年 9 月创刊，月刊，由重庆青年创作社编辑发行。该刊自称为"青年的、现实的、大型的、文艺的"刊物，内容有小说、诗歌、杂文等，仅出 1 期。重庆图书馆、南京图书馆有存。

水星文艺

乐山　1946 年 9 月创刊，由乐山水星文艺社编辑出版。该刊为纯文学刊物，发表小说、诗歌、杂文等文学作品，曾载萧蔓若的《文艺与民主》一文。约于 1947 年 3 月停刊。四川省图书馆、重庆图书馆有存。

★呼　吸

成都　1946 年 11 月 1 日创刊，文学双月刊，主编为方然，由大学月刊社出版部代印，成都联营书店总经销，通讯处位于成都祠堂街 21 号联营书店。栏目有政论时评、文艺评论以及文艺作品，内容抨击国民党的政治独裁和文化专制政策，揭露社会时弊，反对文学界的投降主义、中庸主义和学院文章，介绍国外革命进步文学作品，经常撰稿的有田间、阿垅、绿原、路翎等人。该刊发行量大，社会影响广泛，1947 年 3 月 1 日出完第 3 期后被迫停刊。四川大学图书馆有存。

周末文萃

成都　1946 年 11 月 9 日创刊，总编为朱枢，发行为魏良淦，社址位于成都奎星楼街 27 号。该刊旨在"增长周末知识兴趣，及述有价值之见闻，介绍各国人民生活、风习及文献"。四川省图书馆有存。

竖　琴

綦江　约于 1946 年 11 月创刊，由黎庭贵、封思善等创办，文艺旬刊。约出 5 期后停刊。无馆藏信息。

★生命文学

　　成都　1946年11月创刊，月刊，由生命文学社编辑发行，地址位于成都青石桥北街8号。该刊系文学刊物，提出"文学是生命的表现"，并围绕这个观点展开文学理论研究、评论作家作品，刊载文学创作。内容包括"一切文艺理论、小说、诗歌、戏剧、童话、散文、随笔、传记、游记以及各地风俗人情之记载等"。部分作品为译文。共出4期，约于1947年9月停刊。四川省图书馆、中国国家图书馆有存。

　　风　雨

　　重庆　1947年1月创刊，文艺性月刊，主编为黄嘉音，地址位于重庆神仙洞街118号。1948年2月停刊，共出3期，重庆图书馆有存。

　　草　原

　　成都　1947年1月创刊，文艺半月刊，由成都草原社编辑发行。主要发表诗歌、散文、小说等反映社会生活的文艺作品。载有《土地的呼唤》《我们，如此而已》《像太阳，我们工作着》等，仅出两期。四川省图书馆有存。

　　菊芳月刊

　　广汉　1947年4月创刊，文艺性刊物，由广汉县中学生所办，不久即停刊。无馆藏信息。

　　文　星

　　重庆　约1947年5月创刊，半月刊，由四川江北县文星社编辑发行，仅出 1 期。重庆图书馆有存。

★迅　风

成都　1947 年 7 月 1 日创刊，双月刊，编辑为迅风社，发行为艺光出版社，社址位于成都斌升街 23 号。创刊号《创刊前的声音》表示，该刊"侧重与现实人生息息相关的文化批评、论文……我们要求我们的文字从生活里来，而又走向生活里去"。辟有论著、诗歌、小说、散文、译著、社声、独幕剧、杂感、书评等栏目。仅出 1 期。四川省图书馆、四川大学图书馆、重庆图书馆有存。

★虹　辰

重庆　1947 年 9 月创刊，文艺性月刊，编辑有周德能、旭庐等，由虹辰文艺研究社编辑发行，地址位于重庆上南区马路 145号。该刊以学习研究为目的，相互砥砺，共同创造，顺应民主潮流。栏目有论文、漫谈、报告文学、评书、诗锦、散文、小说、杂文、书译等。主要撰稿人有旭庐、芦帆等。曾刊载《文艺应该服从政治吗?》《论文章中的废话体》《危运》等文。共出版两期。四川省图书馆、重庆图书馆有存。

文艺垦地

重庆　1947 年 9 月创刊，月刊，由徐孝坤、何异等筹办，重庆文艺垦地社编辑发行。该刊旨在西南地区办一个纯文艺刊物。载文谈论文学艺术，发表连载小说、诗歌、独幕剧，翻译国外作品等。"只要作品质量足够好，不问作品渊源与新旧，都予以刊登"。主要撰稿人有方敬、艾芜、王耐宇、向阳、雷鸣、谢冰莹、吴似鸿、徐君慧等。1947 年 11 月出完第 2 期后未再见出版。四川省图书馆、重庆图书馆有存。

大 兵

重庆　1947年12月1日创刊，由重庆大兵杂志社编辑发行，主编为刘德溥。该刊认为"生活即战斗，人人即大兵"，刊物"当然是为读者大众说话，为公理正义说话"。辟有社论、散文、杂文、译文、诗歌、文献等栏目。重庆图书馆有存。

劲 草

雅安　约于1948年1月，雅安一些文艺青年组织了劲草社，出版了《劲草》。该刊曾得到中共地下党的支持。无馆藏信息。

文艺之家

重庆　1948年1月创刊，文艺周刊，由重庆文艺之家社编辑发行。该刊主要刊登具有现实性的文艺作品。内容有小说、散文、戏剧、小品、杂文、诗歌、论著、介评等。共出4期，约1948年6月停刊。四川省图书馆、重庆图书馆有存。

人 道

成都　1948年2月创刊，由成都爝火文艺社编辑发行，仅出1期。四川省图书馆有存。

作家杂志

重庆　1948年2月创刊，由重庆作家杂志社编辑发行，社长为黄石山，文学刊物。刊登短论、戏剧、论文、译作、散文、小说、诗歌、通讯报告等，并刊有作家动态。载有李广田的论文《从一首歌谣谈起》、田汉的书评《一个古代妇女的悲剧》、臧克家的诗《打开了仇恨的结子》。仅出1期。武汉图书馆有存。

呐喊文艺

成都 1948 年 5 月 4 日创刊，主编为樊凤林，社址位于成都黄瓦街 42 号。代发刊词《谈自由文学》中说："在文学之史的发展上，只有向大众化的发展，才能达艺术化的发展。也只有艺术化，才能达到大众化的成功。"四川省图书馆存有创刊号。

★新　生

重庆 1948 年 5 月创刊，由重庆新生文艺社编辑发行，系文艺刊物。该刊办刊宗旨为"希望青年人聚在一起，燃起一把热情的火，向黑暗的一面射击，向光明的一面歌唱"。内容以短论、书评、小说、散文、诗歌、民歌等为主。载有《论目前文艺的低潮》《献出了我们的世纪的弦乐》《激变时代的歌》等文。仅出 1 期。重庆图书馆有存。

文艺工作

成都 1948 年 7 月 1 日创刊，文学类半月刊。主编为文艺工作社，发行为古振华，社址位于成都实业街 27 号，编辑部位于西玉龙街 162 号。刊载小说、散文、评论、随笔、译作等文艺作品。曾发表刘盛亚、孙伏园、靳以、朱自清等人的文章。共出 6 期，约 1948 年 9 月停刊。四川省图书馆、四川大学图书馆有存。

★青年文艺

成都 1948 年 11 月创刊，文艺性月刊，由青年文艺社编辑发行，社长为潘晓农，主编为裴斐，发行为胡哲之，社址位于成都祠堂街 215 号，编辑部位于成都西城根街 2 号。内容为反映现实的文艺作品。共出 6 期，约于 1949 年 6 月停刊。四川大学图书馆、重庆图书馆、中国国家图书馆有存。

★诗思诗刊

成都　1948 年 12 月创刊，月刊，编辑为马东周，由成都诗思诗刊社编辑出版。该刊系纯文艺刊物，主要发表新诗、古诗词作品，也有中外古今名家论词。载有《哲学与诗》《在人间度过了三十年》《一首好诗应具备的条件》等文。主要撰稿人有马东周、臧克家、田世超、洪毅然等。共出 6 期，1949 年 10 月停刊。四川省图书馆、重庆图书馆有存。

力　行

成都　1948 年创刊，文艺性刊物，由郭受祺、陆炬野、郭伯诚创办。1949 年 1 月时已出 3 期。无馆藏信息。

长　歌

成都　最早为《成都快报》的副刊，1944 年 4 月开始刊出，每周一期。1949 年 1 月 1 日正式单独出版，半月刊，编辑为巫怀毅、魏良淦，发行为长歌社，社址位于成都忠烈祠西街 80 号。该刊发刊词称："《长歌》是一个学习写作的园地"，"这个刊物多少带点儿'劳者自为歌'的意味而已"。内容有文艺理论、小说、诗歌、戏剧、散文等。1949 年 10 月停刊。四川省图书馆、四川大学图书馆有存。

戏剧生活

成都　1949 年 1 月创刊，季刊，由成都戏剧生活社编辑发行。该刊系戏剧文学刊物，主要刊载关于戏剧方面的论著与译述，并介绍近代戏剧界人物，评论戏剧新书，报道国内外戏剧界消息，还刊登少量的剧本作品、电影消息等。1949 年 6 月出第 2 期。四川省图书馆、吉林大学图书馆有存。

鹤山风月刊

蒲江　1949 年春创刊，文学性刊物，不久停刊。无馆藏信息。

★火　种

重庆　1949 年春创刊，由火种诗社编辑发行。诗歌刊物，所载诗歌作品以反映战斗纪实和现实生活为主。重庆图书馆有存。

文艺与生活

成都　1949 年 4 月 1 日创刊，文学月刊，由文艺与生活社编辑部编辑。社长为冷登威，总编为刘文轼，主笔为伍经庸，社址位于成都文庙西街 51 号。该刊由中共地下党外围组织六一社成员所办，主要撰稿人有李广田、山矛、冷戈、穆新文、秦林等。发表的文学艺术作品贴近现实生活，揭露社会黑暗，反映人民疾苦，歌颂光明，给广大青年带来了积极的影响。重点介绍苏联的作家并翻译其作品，其中有多篇文章介绍了高尔基，还介绍了诗人马雅可夫斯基的文学与诗歌成就，并翻译了契诃夫的小说《罪犯》。共出 6 期，1949 年 9 月 1 日终刊。四川大学图书馆、峨眉山市图书馆有存。

小说季刊

成都　1949 年 4 月出版，由小说季刊社编辑发行，仅出 1 期。四川省图书馆有存。

浪花半月刊—文艺半月刊—新声报

成都　1949 年 7 月 15 日《浪花半月刊》创刊，同年 8 月 10 日改名为《文艺半月刊》，9 月 14 日又改名为《新声报》晚刊。社长兼总编为叶建初，发行为张汇。1949 年 12 月 29 号出第 16 号时，成都已解放。无馆藏信息。

今日文艺

成都　1949 年 7 月创刊，半月刊，由今日文艺社编辑发行。仅出两期，约于同年 8 月停刊。四川省图书馆有存。

大众文艺

成都　1949 年 9 月创刊，半月刊，主编为余青，发行为胡泽芳，社址位于成都华兴上街 25 号。纯文艺性刊物，内容包括论文、诗歌、小说、戏剧、散文、书评等，1949 年 10 月 1 日出第 2 期后停刊。四川省图书馆、四川大学图书馆有存。

艺文志

成都　1949 年 11 月 6 日创刊，综合性文艺月刊。根据成都《生活导报晚刊》中关于该刊的介绍，该刊内容包括小说、剧本、论著等，作者有陈白尘、李广田、孟谷等。无馆藏信息。

诗与诗论

成都　1949 年 11 月 18 日创刊，由诗与诗论社编辑发行，通讯处位于成都三圣街 24 号。主要刊登诗作和有关诗的文章。四川大学图书馆有存。

译文月刊

成都　约于 1949 年创刊，由成都四川译文月刊社编辑发行。四川省图书馆有存。

发刊词

娱闲录

束阁生来简

各报出版，例有发刊词或宣言书，本录系日报外所增刊，固无需此也。兹友人来简，颇能道出本录主旨，特载篇首，用以代序。（编者识）

某某先生执事：顷奉手札知尊社诸公，将以日刊之暇，更录杂撰，命曰"娱闲"。嗟乎！今之时何时乎？天灾人祸相逼而来，愁叹之声比户相应，以诸公悲悯之怀，不知所谓娱者安在？而所谓闲者何为乎？仆曩者日周旋于诸公之间，每一语及家国之忧、身世之感，则诸公未尝不扼腕而太息，愀然而深悲。而朝夕所以自鞭策，以企夫古人复绝之域，而储他日无穷之用者，恒俛焉！日有孜孜而不敢自逸。以仆昔之所见，推夫今之所闻，盖有以知诸公之所谓娱者，其必有至不娱者在；所谓闲者，而其心乃天下之至不闲者矣！昔韩氏悲文穷其词，曰：怪怪奇奇，不专一能。不可时施，只以自嬉。诸公之于今日，毋亦不得已而自嬉之时乎？且报纸者，又非徒以自嬉而已，语其主义，盖古之所谓吹万者也。吹万之具，庄雅者难为功，诙谐恒易人。而言禁之密如今日，尤非滑稽如曼倩，寓言如庄生，常不足以自免于世而图存。由是论之，则诸公之为是录，度其中必有至不获已之苦，有万非正言庄论所能曲达者，盖不但游戏于斯文，而苟以自悦己也。执事闻之，其亦以为知言否耶？仆杜门已久，斗室之中，正苦无以自断，得尊录以佐饮，是所至快，而翰墨之缘相绝，已非一朝。承索拙稿，乃百思而无以报，命空言奉复，愧悚万分，惟执事曲宥之焉！某月日某白。

1914 年 7 月 16 日

石室学报

石室学报降生了！他在未降生以前，有许多娠孕的历史和苦幸，现在不能一一细说。只把我们所以要他降生，望他降生，庆祝他降生的正当目的，剖断说明一下。

（A）在联络个体间的应求；砥砺互相间的学术——人类是竞争的，抑是互助的，这是历来哲学家争论不休的根本问题，我们不去管他；我们要说的是人类生活事实上不能种粟而后食，织布而后衣，一定要分工去做起来，才适于生存。求学问何尝不是这样，《礼·学记》说"大学之道……相观而善之谓摩"，又说"独学而无友，则孤陋而寡闻"以及中外古籍中那一部莫有说些朋友们交资互发的好处。况且我们石室同学的朋友出省留学的，数处在国外——英、法、日本等，国内——京、津、沪、宁等，统计不下数百一千人，我们能提高互助的精神，于此就可以收许多他山之助。但是地既不在一个地方学，又各有专攻，要把他结晶起来，使异乡异国如同一室，各以所学互相切磋；除掉以精神上的结合作楮墨间的晤谈，采之撷之，付印成篇，俾人手一册；那么，个体间的应求和学术上的砥砺，必有顾此失彼、挂一漏万的情形；这个学报的降生就是在减少我们离群的痛苦，求获许多互助的利益。

（B）在促进母校的革新；指导母校同学的向往——吾川的文化史大率可分为两大时期。第一个时期就是从汉朝文翁化蜀起，其后扬子云、司马相如、王褒、严君平、李白、陈子昂、苏东坡辈世出，于中国文化史上占很大的势力。由宋而元而明，其间稍堕落。第二个时期可说是从清朝起。那时得张之洞、王壬秋诸人的提倡，文风又丕炽。其声大，至于今未寝。石室是文翁讲肆，而母校适建于斯。承历史上的渊源，据蜀州之中土，开办有年，一堂济济。于吾川的中学校里，自然是数一数二的。不过人类文化是向上进化的，总以眼前现象为不满足。况且我们出省以来，所有感受过的新教育方法和考察过的南北有名中学制度，若是拿来和母校比比，自然是母校又逊一筹了。虽说母校自身也时时在进步，但是终不能同外面的学校成正比例的革新。又省外各专门大学校招考新生，于外国文及科学程度上，逐年提高，母校同学究应怎么样先事预备才能衔接得上。以上两层，都是我们在省外的同学应该常常掬诚谨告和指导的。所以这个学报的降生就是在促进母校的革新，指导母校同学的向往。

（C）在以学术的研究作商量的态度，对于吾川社会上有改革必要的地方，促其改革，并提高其文化，使能适应于外界的潮流——从经济的历史观学说发生后，大多数的学者总是承认自然的状况，对于人民经济的、政治的种种生活有极大的影响。吾川陆有剑门栈道，水有巫峡瞿塘。在闭关主义一方面说，固然有山溪之险可守。在他一方面就因受了这种自然界的限制，交通上大为不便。人民自为风尚。五千年来的历史——若唐、若宋、若明——那一朝不是大局既定，然后命一偏将，率师入川，取其地，隶之版图？所以吾川人民于全国政治上自来立于被动的地位。今欲矫正这种病根，除掉使故乡父老的耳目能实时直接间接的感受外界的潮流外，几乎无从着手。这种道理自然与交通事业——轮船、铁路、航空、邮政等——有绝大的关系。那些物资上的交通便利，我们川人不知道这要好多年月后才得享受。到那时能享受交通便利的时候，川中文化自然容易与外界拉扯个水平。但是我们现在不能够坐了等，眼吧吧望着那交通事业发展。别的总要想个法儿，一天早似一天的，使我们那桃源洞里的父老昆季直接间接的听些、看些、领略些夔门外面学术上、社会上种种光怪陆离的现象。对于新的、旧的、应保存的、当改革的，以主观的判断商量斟酌而损益之，以谋公共的福利使社会上一切制度，存的没有不适，不适的没有不去。那么，我们可以断言大家的环境决定渐渐顺适，全川的文化一定蒸蒸上进起来，于全国政治上更可以由被动的变而立于主动的地位。目下纷扰流离不安的状况绝不能再出现于那个时代。这个学报的降生，他的性质是属于学理的不是文字的，属于启发民智的不是政治及其他种行为的。虽然他的内容也有时说到政治、教育和社会的各种问题，但是总不外以学术的研究作商量的态度。我们要想利用他来当作五丁开山一般打破人民所受的自然界锢蔽，以飞机一样的速度促其改革并提高其文化，使适应于外界的潮流。

1921 年 11 月 10 日

孤　吟

我们底使命

书生事业真堪笑！

忍冻孤吟笔退尖。

——何绍基句

这是何子贞的诗句。照他这样说，孤吟实是一件无聊的事业！但我们现在公然孤吟起来了，我们是为了甚么来？读者须要知道：

第一、我们是不承认作诗是无聊的事。而现在的诗之无聊与否？也是从一九一九年起，就超过以前的现象的了。所以子贞只管笑作诗是书生事业；真堪笑事业。而我们现在作诗的用心，及现代文学功用的趋势，已是与这批评无关的了——这就是我们敢于孤吟的原因。

第二、我们觉得近代人的烦闷——尤其是青年——实有借文字陶镕的必要；而诗更是最适用的工具，所以我们才刊这小小的刊物，借来发挥青年的时代的烦闷！

第三、从一九一九年文学革命起，到近年已推进到革命文学时代了。我们刊行这张刊物，一方也是预备披露这些人类被压阶级的呼吁。

以上就是我们自负的使命了！可是我们力量何等薄弱，希望有心人来与我们同唱呵！

呵！朋友！

你青春之花开了么？

你动脉之血燃了么？

虽然失路者的呼声是十分底薄弱；

但人间终仅是人间，

来！来与我们同唱哟！

1923 年 5 月 15 日

南　鸿

发刊辞

　　我们几个人都切身的感觉到重庆这地方的空气实在太闭塞，太干燥，太腐败，并且太沉闷了。我们生活在这种含有毒质的空气中，如若不取一种积极反抗的态度，我们的意志只有一天一天的消沉下去，我们的头脑只有一天一天的昏乱下去，我们的情感也只有一天一天的冷淡下去，到末了，我们都将一个一个变成麻木不仁的行尸走肉！

　　我们为得要冲破这种闭塞的，干燥的，腐败的与沉闷的空气，我们为得要鞭策我们自己的生命不使他们朝着死的路上走去，所以我们创办了这个小小的报纸。我们反抗一切压抑青年清新的思想与活跃的行动的旧道德，旧思想与旧制度。我们提倡自由思想，自由批判与活泼的新文艺与新生活。每一个人都应该表现他自己的生命：这就是我们这个小报的标语！

1925 年 3 月 30 日

心　波

写在卷头

　　天空是阴沉黑暗着，看不见一丝星月的光芒，冷风轻轻的浸入肌肤，陡觉一阵幽清的凉意沁入心脾，落叶震□着同沙土接吻，蟋蟀孤凄地在墙荫唏嘘，寒蛩更力竭声嘶地□出了沉郁的低吟。是挽歌，还是葬曲？——一样的悲哀呵！

诚然的，春的和煦是十分的值得爱慕与追求，但是，秋的肃杀也胜似冬的颓丧罢？而今秋是消逝了，虽然是初冬，已呈现出几分答□与衰微的景象。真的，冬是来了！冷酷的环境嚣张着，渐次地将包围着我们整个的身躯与心灵。于是我们□□了！寒气的侵袭，固不足以中伤我们坚决的意志，可是，四周的丑恶，已令人大生憎恨了，更何堪踯躅在漫漫的长夜里！因为心的波动不是容易抑制住的，而且我们又不会作伪，于是，我们终于只有慨叹起来。我们有澄洁的清泪，我们有赤热的鲜血，我们要挣扎着，呐喊着，唱，尽力地唱，唱出我们内心的烦闷与悲哀！看，那隐没在东方的天之涯涘的，不是黎明的微光？看，那浮云被吹喝碎了，片片的坠下，□了月明之下的芳□，岂不是春的征象？

"人生原不过一个脚印，印在大自然的沙滩上。"不错，人间——现世——原只一块广袤的沙漠！但我们不仅止印上我们的脚迹便算完事，我们要向前走，努力地走，去探求人生的究竟与获得生命的充实；忍受一切苦辛，扫除一切荆棘，一直到寻得我们理想的幻洲——为了自己，也为了众生。

于是，我们的工作场，我们说话的处所——心波——从前因为种种关系曾经停顿过许久的，现刻又复活了；不！是再生了！再生的原因；第一便是冬的光临使得我们"青年人的热烈的情绪在这黑漆漆的浑沌中着了莫大的苦闷"；二则实在是看不惯目前的种种丑态，要想说话而又寻不到可以让我们尽情说□畅快的地方；最后而又是最大的原因，则为最近认识的一些同志的朋友——一批生力军——之怂恿与努力。

关于此后心波的内容，我们也无需预为限制。悲伤时，号哭；高兴时，狂歌——我们是不会作伪的。所以，那些无谓的夸张或故意的谦逊，我们都一概敬而远之。我们只踏踏实实地向前做去。在这死一般冷静的冬夜，我们不能，也不愿躲在温热的被窝里做梦，我们只由衷的吐出郁积的呼号，冲破这周遭岑寂的空气。我们相信，我们努力的结果，终究会呈露在人们的面前。

"人们的意志，是人们物质生活关系造成的。"在暗沉沉的静悄悄的冬夜里，在风和骤雨的势力范围下，血性的理智的青年人，你们不觉得丝毫缄默的难堪么？与我们有同感的喊叫，是我们所竭诚欢迎的！

一九二七，一一，三，夜未央；霭缘

1927 年 12 月 1 日

师亮随刊—师亮周刊

改良发刊词

师　亮

别人出版发刊词，我的刊词数首诗。
若问本刊真意义，改良社会大公司。
师亮随刊莫剪刀，全凭文字著风骚。
东拉西扯荒唐甚，唤起人民可自豪。
不说规模与体裁，七姑八节尽邀来。
偶然得意拈毫写，孕妇闻之笑堕胎。
词涉诙谐不计工，言虽有尽意无穷。
当车我敢舒螳臂，死到阴司鬼亦雄。

1930 年 12 月

文 艺

刊 前

一、顾名思义，本刊为一纯文艺之杂志，除努力于文学范围内应有事项之研求外，绝对不含其他任何作用。

二、文学为人类全部精神生活之一单元，而后者的依据又为实际的社会生活。故文学绝非超越一切的"绝对真理"。他在一方面须视社会生活为转移，一方面须反映、指导当前的社会生活。据此见解，本刊选取自身的稿件，衡量别人的东西。

三、本刊揭载关于文艺的创作，翻译，与介绍批评。创作随各人的兴趣与经验以供同好者之阅览；翻译介绍则限于东西洋之名作：或于内容有深湛之含义；或于形式有特殊之佳点。

四、本刊之揭载同人"力作"，不问其是否"杰作"。

五、本刊态度绝对公开。欢迎外来投稿，更欢迎有理性之批评。

六、本刊人财力均极有限，但敢信愿尽心力而为之。

1934 年 7 月 15 日

前 进

前进曲

石 璞

前进，前进！

你是美丽底希望的化身。

你是暴风雨中勇敢的引港者。

你是黑暗的魔窟里的明灯。

你是堕落之海里唯一的灯塔。

你是疾病垂危时起死的神针。

没有你，灿烂的希望只是梦中的幻影；

没有你，这颠簸的小舟何所依凭？

遍世界会游荡着毒蛇做头发的恶鬼，

海洋上满布着层层黑云。

人们只有在重压之下长号地死去——

那呻吟着，切望着活力去援引的人们。

和希望从潘杜娜底匣中飞出一样，

前进，你也自黑暗里诞生。

没有愁苦和悲哀等恶魔底出现，

希望会躲在匣里永不做声。

啊前进。你这从退化腹里跃出的战神，

祝福你，一切胜利在等着你底光临！

一切困扰，陈腐，萎靡，苟安。

飞得去的地方，你也会振着大翼

在空中一圈又一圈像鹰般地回旋，

你随在他们后面紧紧地追击，

像特洛伊的战士，口中呐着喊，

你一拍翅，他们已立化肉泥。

你在那残毁之山的最高峰上
筑起了一座美丽的建设之塔，
每层塔上悬挂上光明的灯，
像夏夜天空中群星般的光明。
而你，金甲的卫士，塔的守者，
要把那败坏的群妖一起扫杀。

在沉沉的寂寞之宫底深处，
你给它吊上那响亮的洪钟。
它底音声上可达埃达底山巅，
下可振起世界上一切愤聋。
怯懦听了会忽然奋起，肩上
责任和义务的长枪去上阵冲锋。

茫茫大漠上一队饥渴的行旅，
似一条受了重创的巨蛇，
挣扎着拖延他生命底最后一息。
你，只有你，会把黄沙变成曼拉，
在平地上涌出清泉，使他们那
焦枯的树干上重开生命之花。

荒山里徘徊着迷路的群羊，
在黄昏笼罩着的荆棘丛中哀嚎，
一转又一转，不寻见那温暖的羊圈。
你，那是你，一刹间铲除了
满山的恶草，捶平了崎岖的高坡，
给他们创造下永远的大道。

逸乐和懒惰拖着他们迟慢的步，
惺忪着半开的睡眼，忽然看见
你，伟大的你，勇敢的你——
他们的灵魂骇掉了一半；
他们束手低头作你底俘虏，
被你那教训的鞭催促向前。

前进，前进！
你是希望底化身
没有你，这万物底活力，
世界会永远在黑暗里沉沦。
无畏的战士，勇敢的领港者，
祝福你，一切胜利在等着你底光临！

春 云

释 名

韩昌黎先生在他醉赠张秘书的一首诗中，有这么两句："君诗多态度，蔼蔼春空云"，昌黎先生的意思是说：张秘书的诗能描写自然的一切，如像春天的浮云，变幻无常，不可逆料，揣其语气，大略是恭维张秘书的。本刊依此意义，命名"春云"，岂不是颂扬自己，恭喜自己发财吗？不是这样，绝对不是这样，原来本刊是几个同业的朋友连同外界的少数朋友——爱好文艺的朋友——所倡办的，这几个人既非文艺界的明星，对于文艺作品，也说不上什么特长，便是过去或现在文坛上所谓某派某主义，也没深刻的研究，打算拿出各个人的相当笔力，来表现各个人的个性或者描写他的个性与自然和社会的联系，换句话说，我们的作品，既不拘格，也不限体，不打算做某派某系的走卒，也不妄称要响应那些刊物和作家，可以说是如春空云彩一样的多态度，因此才命名（春云），本来用古人陈语可以断章取义的，今天我们摘取韩诗两句来作依傍，更是断章而不取义了，旁观者或竟目为幼稚病，我们决不哓哓置辩的。

1936 年 12 月 20 日

四川风景

编　后

本期齐稿付印刚在阴历年前后，真是一件难事，一面要顾虑出版时间，一面又要顾虑印局节假，而且任是阳历年如何有人提倡，可是阴历年的忙碌还是不能为这提倡而减少，所以本刊便感着十足的困难了。

但是，凭了我们的努力，终于产生出这样一个——当然不算好的成绩，总可勉强作为我们对各读者新年底一种献礼吧！

此外，近来复承许多朋友函询以关于本刊本社各方面情形，我们可以概的说：对扩大本刊增多篇幅，使成为华西的大型文艺读物一问题，我们并不是没有那种野心，而是限于事实。首先经费便成问题，因为第一我们没有银行老板支持，第二我们没有政党与玩弄文化的钜公作背景，全凭了几个爱好文艺的朋友，自掏腰包用"热情"和"忠实"来顶杠，倘使要外强中干地虚轰几下便搁倒，倒不如踏踏实实地多干几天为有益。何况，文人（无理的）相轻，自古已然，也便成为这种集体运动或扩大运动的障碍，而今虽然还不晓得是否这样，但我们总宁肯慎始善终，免得故辙重循，酿出些人事上的"伙并""割席子""斗鸡走狗"之类的丑剧吧——倘同时如真有与我们一样有傻劲的人，我们还是不拒绝！……

其次再说到投稿条例之所以不刊登，除了因为他已成为一种常识，也是为了宝贵篇幅。至于值得登而没登的，只有一来稿一经登载"如何如何的问题"，不过我们可以坦白的说，本刊几位既穷且傻的朋友岂止自写稿，自编排，自校对，自发行，甚至还有拍卖了祖传书画来捐助印刷费的，所以当然腾不出这一笔款来酬稿买稿，如果勉强登出，必打破一九三七年的投稿记录，会把"每千字酬现金×元至×元"改为"能惠助捐款若干更妙"，那必会成一个大笑话了。但这并不是说我们便不登外来投稿，实际只要是合乎我们选稿水准的还是登，可至大限只能酬本期本刊一份。想来世间定还有不少像我们这类的傻子，愿站在忠实于文艺的立场上来与我们合作的吧！

末了，还得预告的，第四期决于三月五日出版，内中的小说有篇是描写古代复兴民族的故事——《田单》，有篇是描写现代都市风光的点缀品——《产妇》，由她们里面，还可以发掘出不少的古今所共有的（？）咧！……

1937 年 2 月 18 日

呐喊—烽火

站上各自的岗位（创刊献词）

大时代已经到了！民族解放的神圣的战争要求每一个不愿做亡国奴的人贡献他的力量。

在这时候，需要热血，但也需要沉着：在必要的时候，人人要有拿起枪来的决心，但在尚未至此必要时，人人应当从容不慌不迫，站在各自的岗位上，做他应做的而且能做的工作。

我们一向从事于文化工作，在民族总动员的今日，我们应做的事，也还是离不了文化，——不过是和民族独立自由的神圣战争紧紧地配合起来的文化工作。

……

中华民族开始怒吼了！中华民族的每一儿女赶快从容不迫地站上各自的岗位罢！

向前看！这有炮火，有血，有苦痛，有人类毁灭人类的悲剧；但在这炮火，这血，这苦痛，这悲剧之中，就有光明和快乐产生，中华民族的自由解放！

只有争取独立自由的中国，才能保障东亚的乃至世界的和平。同胞们！认识我们的光荣伟大的使命！被压迫的日本劳苦大众和被驱遣到战场来的日本士兵们，也请认清了你们的地位，坚决地负起你们自己解放的任务，让亚洲两大民族达到真正的共存共荣！

和平，奋斗，救中国！我们要用血淋淋的奋斗来争取光荣的和平！同胞们，站上各自的岗位，向前警戒！一百二十分的坚决，一百二十分的谨慎！

二十六年八月十六日夜于隆隆炮声中

1938 年 5 月 1 日

吼　声

我们所应尽的力

最近我们常听人说这句话："国难当前，我们应该有钱者出钱，有力者出力，使一切都贡献给国家。"这意思是说：每一个人，在国家生死存亡的时候，要救助国家，若不出以财力，也该出以精力。为什么要这样呢？因为在这已经发动了全民抗战，一心一意，对付日本的当儿，如其一个人不帮助国家，就减削了一份毁灭敌人的力量。

这话是很对的。尤其是我们应切愿遵守。

然而就现在实际的情形看，不单是出钱的人少，就是出力的也十分稀微。这原因在于有一般人还没有认清这次中日战争的意义，和战争以后所影响的政治情势的演进。我们随时在喊着"生存，生存"！但正式临到争取生存的时候，大家又不愿作自我的牺牲去换取，而让"生存"只是成为两个美丽的字，动听的口号。请问：这字，这口号，对我们有什么益处？

想来大家会一口承应：没有！不过，我们要说到这般人为什么没有认清这次战争的意义？可以说，这是我们对国难的一切宣传，还不曾深入到每一个阶层；假若我们指出全中华民族要怎样怎样能生存的路的话，我想这般人是会毅然反悟，而负承起救亡图存的重担。

因此，吼声社愿先负起唤醒这般沉睡的人底责任。也就是因为我们几个无钱的青年人要在这国难日亟的时候尽一点仅能出一点的"力"。虽然那是非常的微弱，但究竟还有一点之故，我们便不自轻的去应尽了。

但是只有几个人的力量是不能收到大的效果，所以本社虔诚希望广众的读者与我们合作携手起来！

现在，我们就开始向那般沉睡的人发出宏伟的吼声吧！

1937 年 10 月 15 日

诗　报

我们的告白

把握住每一种于抗战有力的武器，这是展开全面抗战的条件，也是争取最后胜利的因素。

诗歌，这短小精悍的武器，毫无疑义，对抗战是有利的，它可以以经济的手法暴露出敌人的罪恶，也能以澎湃的热情去激发民众抗敌的意志。

为了增加一分抗战的力量，因此，我们不能放松，我们可以把握的诗歌这武器。

这是一，是我们创办这诗刊的原因之一。

在过去，这短小精悍的武器，受了不少的委曲，"诗人"们把它的锋利磨平了，关闭在象牙之塔里，只要少数人在饭余去赏鉴，因此而使它受了大众的鄙视，使大众否认它的力量。我们企图跟着我们的伙伴把它解放出来，交给大众，从新发扬它的社会意义，提高它的地位。这是二，也是创办《诗报》的原因之一。

诗歌在四川，是太寂寞了，除了一两个附属于报纸的诗刊，我们只间或在副刊刊物上看见一两首，这种零落的枪声，在抗敌情绪高涨的时候，实在太不配合，把它集合成轰炸队，去震动这寂寞的四川，已经成了必要。

这是三，是《诗报》出现的另一个原因。

然而，这决不是说，要以我们少数人的绵力去担付起这些巨大的任务，这是不可能的，是绝对不可能的！

我们只是为大家开了一块土，我们的任务只是把守住这一块地方，不让强盗们冲闯进来；施肥，播种，完全是大家的责任。

我们正想象着一个果实——就是强化诗歌这武器，使它属于大众，使它能冲破四川诗坛的寂寞；这也决不只是想象想象而已，让我们以大家的努力，来促使这想象成为事实！（华龙执笔）

1937 年 12 月 16 日

战时戏剧

明　义

自从全面抗战开始以来，全国剧人都奋起参加救亡工作，担负抗战宣传的艰巨责任，开辟了中国话剧的新路径。在那一方面的使命都非常重大，不过要切实负起这种重大的使命，没有组织是不会收到伟大的效果的。

谈到组织，有人认为全国的剧团应当有一个联合的阵线，应当有一个负指挥责任的中央。固然这是迫切需要的，而且这已经是屡次的组织了，但现在各剧团步伐还未能一致，虽然有许多剧团尽了极大的力量，做出很好的成绩，可是这还是没有统一计划的游击战，所以有这种现象的缘故，关键并不在无中央组织，而是在缺乏一个中心刊物来担负起剧团与剧团间的联络工作。

我们见到的这个缺憾，因此决定了出版《战时戏剧》。这个刊物不是一个剧团的机关刊物，而是全国抗战戏剧运动的中心刊物，它担负着的使命是：

一、研究工作　现在各剧团之间，因为缺乏联络，一切技术方面难于收到切磋的机会，譬如下乡演剧，这工作是有种种困难问题的。也许有一个剧团对于某一项困难问题，已获得克服的方法了，而另一个剧团则正在为这一项困难问题，深思苦虑的筹划克服方法。这种精力消耗最为可惜，这个刊物将成为大家研究讨论战时戏剧一切技术问题的园地，使大家不致再消耗宝贵的精力。

二、情报工作　剧团与剧团间因为缺乏联络，消息不通，以致同时或先后有许多剧团到某一个地方去宣传，而别的地方则始终没有到过一个剧团的足迹，这种不均等的现象，不能收到深入民间普遍宣传的效果，这个刊物也将担负起组织情报网来，来解除那不均等的现象，而推动普遍的工作。

三、剧本供给　剧本的恐慌是每个剧团都在迫切感到的问题——尤其是便于下乡宣传的独幕剧和新型的街头剧，对于这种剧本的恐慌，这刊物是将负起解决的责任。

这个刊物既负着这些重要的使命，那末，希望全国努力抗战剧运的同志，爱护他，辅助他，使他生长，茁壮，使他能为我们大家忠实的服务。

1938 年 3 月 5 日

光　明

编辑室

我们在忽促的时间里，出了这一期；欠缺的地方，一定很多。希望读者，加以严正的批评。我们欢迎各方面投稿，大家一起把这小小的刊物扶植起来；使在这山川阻隔的中原，开出灿烂的向阳的花朵。我们需要的稿子：抗战理论，救运工作报告，救运工作批评，前线生活，救运人物速写，创作，戏剧，诗歌，木刻，漫图，和杂感随笔一类的小品。一经登载，酌致薄酬。

来件请寄：重庆武库街生活书店转本社编辑室。

1938 年 3 月 21 日

雷　雨

创刊献词

多年来生长在敌人的铁蹄下，禁锢得像窒息着人的牢狱，莫有光亮，莫有自由，人们在黑暗中苦痛的渡着岁月。

一阵雷，一阵雨，霾云中闪出了光明，轻悄的启开这闭塞的罪恶的牢狱之门，人们固执的顽强的向铁的□门外奔跑着，拥挤着，踏上光荣的自由解放的道路，高举着反抗底旗帜。

受尽了屈辱及屈辱，这多年的腥血和唾液中的日子，像蠕动在敌人的刀斧下，苦痛的，人们将被压榨的淫威而窒息了，总是如久的旱地望着大雨似的期待着一个巨变动——一个雷雨时间的到来。

期待中人们低着头，怀着血，将怨恨和呻吟用力的压在内心，没有人能发出一声叹息，也莫有人能够喊叫，只是眼睛里露出血红的络丝，心胸间燃烧着愤怒的火焰。

是需要反抗了：尽量的容忍已经到最后的关头，反抗的愤怒的火焰烧焦了每个人底眼睛。

在压榨里蛰伏而且挣扎着的生活，已经使得人们有更多的认识了。咬着牙，发着誓，握紧了自己的拳头，准备向负在身上的沉重的束缚底锁链拖着，拖着……

声音咆哮了起来，一阵雷，一阵雨后，人们站起来了，反抗的旗帜插遍了国土，伟大的自由的烽火蔓延了巨原。

一声呐喊，一举拳头，敌人的假面被撕毁，奴隶的链锁被烧□

了，人们开始了伟大的斗争，用鲜血记下他们光辉的史页。

多年来人们被压榨得举不起头，透不到一口新鲜的空气。到今天，黎明破晓，光荣日来，每个人将有个自由的世界。

站起来，自由解放的日子到了，快站在平等线上向着一个目的迈进着——解放枷锁，毁破牢狱——那蹂躏我们的，压榨我们的。

"快站起来，不愿做奴隶的人们。"

"快站起来，被压迫的人们。"

"快站起来，全世界的弱小民族。"

一阵雷，一阵雨，带来了多少光明。

于五月廿七夜

1938 年 6 月 3 日

文艺月刊战时特刊

创刊话

中国是世界上酷爱和平的民族，同时，中国在国际间复杂的情势下，实掌握着世界和平的总关键；日本帝国主义者为着满足野心，发泄兽欲，破坏中国的和平，就是破坏世界和平的罪魁。中国这一次奋起抗战，誓与暴敌周旋到底，岂仅是争取自国的生存，实在是不顾一切牺牲，拼着头颅和血肉，为人类保持正义与良心，维护世界上最后一线的和平。在昔，希腊的反抗波斯，雅典人付予伟大的代价，终于幻灭了侵略者的迷梦，在其文化上种下光荣的胚胎；美利坚在华盛顿的领导下，血战八年，脱离英国的羁绊，在西大陆散播自由的福音；此刻，我蒋委员长禀承总理的遗教，应全国民众一致的要求，尊重各友邦维护和平的公意，领导抗敌，给予侵略者以打击，不但是中国有史以来最神圣的战争，在世界民族解放史上，同为最光荣的一页。

现在，站在最前线的战士们，都已为了千百万人的幸福，大中华民国的生存，作壮烈的血战，两月以来，已充分地表现了伟大的抵抗的力量，其中如南口之役，宝山的孤城抗敌，无不可歌可泣，较之古斯巴达的三百勇士，尽为国殇，实有过之而无不及。此种正义的战争，实为文艺工作者值得歌颂的史迹。

在此非常时期，文艺工作者是同为民族战士的一员，抗战的精神与情绪，要使能与壮士们的热血，同样地沸腾与持久，是文艺工作者的责任；因战争所发生的种种实际的问题，应如何就能得着圆满的解决，是文艺工作者的责任；战时教育如何设施，社会经济如何组织与分配，农工生产如何策进，都是文艺工作者的责任。文艺工作者应该尽其所能，实现智力与劳力的协作，特别注意于国家新生命的发扬与光大，务必做到使人民与政府结成一体，使战争与文化，打成一片。

文艺月刊另换一个新的姿态出现于读者之前，与其说是适应时代的要求，无宁说是被责任所督促，热望全国文艺界，同为义不容辞的责任而努力，大家亲切地握手，站在一条线上，尽量贡献能力，为这神圣的战争而效劳。

1937 年 10 月

抗战文艺

发刊词

文艺——在中国民族解放斗争的疆场上，一位身经百战的勇士！

它在中国民族的喋血苦战之中生长，紧紧地伴随着为痛苦而挣扎的民族，"以血泪为文章，为正义而呐喊"，二十年来，不管道程的险阻，境地的窘迫，始终不动摇，不绝望，不失节，不逃避，挺身疾走，勇往迈进，战取了自己的光荣的历史，奠定了自己的不朽的功绩！

它面对着黑暗的封建的压榨，不屈不挠地持续着顽强的斗争，它站立在民族国防的前哨，和帝国主义的侵略支撑着艰苦的肉搏！

它为着痛苦的民众，呼出悲怒的叫号，它为着神圣的祖国，争取前途的光明！它号召着战斗，它报告着到来的希望。像一道光华的长虹，割破了世纪的晴空，像一群勇敢的海燕，冲击着时代的阴霾。

在震天动地的抗战的炮火声中，必须有着和万万千千的武装健儿一齐举起了大步的广大的文艺的队伍；笔的行列应该配合于枪的行列，浩浩荡荡地奔赴前敌而去！满中国吹起进军的号声，满中国沸腾战斗的血流，以血肉为长城，拼头愿作爆弹，在我们钢铁的国防线上，要并列着坚强的文艺的堡垒。

这一个文艺的堡垒由于中华全国文艺界抗敌协会的成立，已经奠定下了最初的基石，《抗战文艺》的刊发是首先在这基石上树起一杆进军的大旗，在这面旗子之下，我们号召全中国的文艺工作者，为着强固文艺的国防，首先强固起自己营阵的团结，清扫内部一切纠纷和摩擦，小集团观念和门户之见，而把大家的视线一致集注于当前的民族大敌。其次把文艺运动和各部门的文化的艺术的活动作密切的机动的配合，谋均衡的普遍的健全的发展。并且我们要把整个的文艺运动，作为文艺的大众化的运动，使文艺的影响突破过去的狭窄的知识分子的圈子，深入于广大的抗战大众中去！

《抗战文艺》要肩负起这个巨大的责任，反映这一运动，推动这一运动，沟通这一运动，发扬这一运动，集合全国文艺工作者的巨大的力量，成为全国文艺工作者行进中的道标，使文艺这一坚强的武器，在神圣的抗战建国事业中肩负起它所应该肩负的责任！也只有在战斗之中负起自己的任务，才能巩固其本身发扬和光大的基础！

1938 年 5 月 4 日

弹　花

我们的话（代发刊词）

时代的动力，把"象牙之塔"里的艺术推迫到"十字街头"，把"为艺术而艺术"的作品，推迫到变为"宣传的工具"，有些人在嗟叹，在咒骂，而有些人在欣悦，在慕经。有些人说：真正的艺术固然也有显示着作家对于现实的不满和光明的追求，但创作的动机及其过程就无非是真情的流露和苦闷的象征；假使把艺术当作达到某种主义的工具，或为某种主义而装潢，甚而至于沦为政治生涯的一部分，沦为市场的商品，那样是艺术的堕落，作家的羞耻；而又有些人说：艺术是人类某种意识具体的表现，而意识是社会机构决定的结果，动因变了，艺术即不能不随着变迁，惟其为此，才有实际性，才是真的艺术；真的艺术是在表现主义，而不是主义的表现。他们的话，我们无须判断，但事实会告诉我们：真的艺术是真的人生和真的社会，换言之，是真的现实之具体的表现。

目前中国社会，已经到了生死存亡的关头，站在民族战争的大时代：阵容上，不分前线与后方；作战上，不分军队与民众；动员上，除了人力与物力还要加上精神，文艺就是精神动员的有力因子之一。被侵略民族为要求生存而抗战，是神圣的，是有真实性的；惟有充分表现这种真实性的文艺才是目前真正的艺术，才有它历史的不朽性。敌人的奸淫掳掠，烧杀凶横，我们可以写；将士的慷慨赴义，壮烈牺牲，我们可以写；人民的琐尾流离，饥寒疾苦，我们可以写；甚而至于汉奸土劣贪官污吏之不知人间羞耻的丑态，都是我们描写的对象。希望能够给后人比"扬州十日""嘉定屠城"更深刻的血一般的遗迹，不独希望它可以发扬目前的士气，并且希望它可以换作未来的人心。

抗战高于一切，克敌是共同的要求。在这个要求下，没有派别的畛域，更没有个人的自由，应该集中力量，贡献政府，以战取最后的胜利，"四海皆秋气，一室难为春"，希望我们从事文艺工作的同人，也能够蠲除成见，群策群力，把笔尖一齐向外，对准我们的敌人。

不过我们力量有限，深盼文艺界同人多多援助，使本刊成为共同的园地，共同促其文艺抗战的使命，象征那子"弹"开放的"花"。

1938 年 3 月 15 日

时与潮—时与潮副刊—时与潮文艺

发刊词

时与潮社，一向以报导时代潮流，贯通中西文化为宗旨，所以我们所首先出版的《时与潮半月刊》，便针对这大动荡的时代，介绍各国对于时局，对于战争，对于国际政治经济的言论和文章，使读者于国外报纸杂志的精华，可以一目了然。《时与潮副刊》，更扩大了我们的范围，着目于一般性的介绍，以生动的文笔，描述现代生活各部门的知识，务求言之有物，不流于虚浮。我们这两种刊物，出版以来，谬荷读者嘉许，销数日增，风行全国，这是我们既感且愧的。

但是，我们并不以这一些为满足，我们还愿意继续不断的扩大我们的视野，使我们的对象，遍及于文化的各方面。《时与潮文艺》，就是在这原则之下创刊的。我们相信，一个民族的精神，最明显地表现在它的文学艺术中，所以，要澈底了解我们的世界，我们还需要更深掘到民族灵魂的源泉。

《时与潮文艺》，一秉时与潮社向来的作风，将对中西文学艺术的各部门，作切实的绍介研究，并尽量刊载优秀的作品。它是一个通俗性的刊物，但却带有学术化的气息。

《时与潮文艺》的主要对象，是世界文学。所以我们对世界文学名著，对中外的作家，将逐个加以分析和评介，研究与批评。对于外国作家的作品，我们要以超出一般水准的译文，把它介绍过来。此外，文艺的理论和技巧，也是我们所要特别注重的。

同时，我们也将努力于耕种本国的园地，提供特优的创作，介绍有力的作家。在中国国运日隆的今日，我们相信，我国的新文艺，已临到光明灿烂期的前夕。我们愿尽绵薄之力，助成这伟大时期的来到。

此外，《时与潮文艺》还负有两个特殊的使命：一、对于抗战的作品，不论是报告文学或是创作，我们要尽可能的刊载，为这一个大时代，留下剪影；二、对于目前难得到的各国艺文坛消息，我们要尽力搜求，为读者报道之责。

《时与潮文艺》，有别于一般的文艺刊物。它不是"同人"性质的刊物，也不是任何人的机关报。因为这样，我们更需要各位作家，多予帮助，也更希望每位读者，特加爱护！

1943 年 3 月 15 日

蜀　青

发刊词

历史的车轮。现在已经到了突变的阶段，世界的怒涛激潮，动荡了我们的长梦，国内的狂风暴雨，摇撼了我们的心灵。

形成这种严重底局面，经济恐慌底尖锐化，乃是唯一的动因；从而国际政坛上，各显神通，高筑着关税壁垒，厉行着合理化运动，这都不外所谓统制经济的手段，在各种不同底形态表现着，企图挽这种垂危的厄运。惟事实上，不但对于这种危机，未能加以丝毫的补救，反而使恐慌的程度，更加扩大与深刻，因之国际间底对立；阶级间底矛盾，日益加剧，整个世界的总崩溃，第二次人类的大屠杀，已历历闪烁在我们目前。

我们生存在这样千钧一发底严重局面之下，自然，我们不敢像主观唯心论者那样地臆断与夸大，认为意识决定现实，改变现实；同时我们也不欲像机械唯物论者那样地呆板，认为社会的发展，具有一定的机械形式，人类对于客观现实，不会发生丝毫作用。我们的认定，是要对现阶段的社会加以深刻的认识与探讨，更急需地要发现它发展底动向，尽我们人类所负的历史底使命。

本刊降生在风雨如晦的今日，我们不敢有旁的玄想与奢望，我们只有以我们全部的勇气与决心，以文字为武器，对于客观的症结，加以严密地探讨与批判，更希冀在这里面，求出原理原则，对于当前的危局，施以匡扶与补救；惟同人等能力绵薄，尚祈海内硕彦，给我们以严切的批判和指正！本刊幸甚！

1933 年 11 月

抗到底

发刊词

在艰苦的抗战期间，不许任何人作任何无益于抗战的事情。我们所有的枪杆既已都对准敌人的心窝，自然我们所有的笔杆也必须都扑向敌人的咽喉。

所有的作家，如果没有"多写一个字，多增一分抗力"的热诚，尽可以不必浪费纸笔；所有的书店报馆，如果没有"多一份刊物，多增一支生力军"的信心，尽可以把印刷机器封起来；所有看书报杂志的人，如果没有"多读一个字，多增一分抗战的认识"的要求，还不如省下钱来，去慰问伤兵。

《抗到底》这个半月刊，创办伊始，篇幅有限，可是力求实效，愿望无穷。我们希望这里边的每一篇文章，甚至每一个字，都有炸弹般的力量，炸碎敌人的阵垒。所有的作家，学者，与全体抗战爱国的同胞，只要有"多写一个字，多增一分抗力"的热诚，便都是本刊的合作者。我们希望登载各种不同体裁的文字，得到无量数的读者，也就是希望得到无量数的战士。

"抗到底"这个名称，充分代表着本刊的特性：我们要根绝妥协，永不屈服，抗战到底。我们不说大话，但绝对不说软话。不说于抗战无益的话，更不为谁造消闲趣话。我们愿以血为墨，使文字化为武器，赠与全国的同胞。

不抗战，国必亡；不抗战到底，难博最后胜利。这是必然之理，不容稍存疑惑；"若是彷徨不定，妄想苟安，便会陷民族于万劫不复之地"。可是，直到今天，有许多人竟还不明白这个道理，也无庸讳言。本刊在一方面愿对忠诚的同胞加以鼓励激发，在另一方面愿趋近畏战主和的人们高呼："倡言妥协的假抵抗者是准汉奸，真正抗日者必要抗到底！"

我们的领袖蒋委员长曾屡次昭示于吾人，一则曰："我们认定这次抗战断不是一年半载间所可以了结的事。要预算今后的困苦艰难，只有一天天的加重。因此，必须准备着一切，来担当比今天还要艰难困苦到几十倍的境遇，我们惟有立定牺牲到底的决心，才能达到民族生存的目的。"二则曰："如日本在中国境内从事侵略不止，则中国抗日之战争一日不止。虽留一枪一弹，亦必坚持奋斗，直至日本根本放弃其侵略政策，并撤回其侵略工具之武力之日为止。"

冯副委员长昭示于吾人者，一则曰："现在是我们全体国民为公理，为正义，为生存，为和平，为国家，为民族，为自己，为子孙，牺牲一切精神物质的最后关头，要人人起来抗战，方可生存，不然则亡。"再则曰："无论如何，我们必定要打下去。一直抗到倭寇完全失败，我们的旧耻新仇完全洗清，我们的国家完全独立平等，我们的大功才算告成。我们的责任才算完尽。"

我们服从领袖的指导，我们拥护领袖的主张，我们的言论要抗到底，我们的行动也是抗到底。我们自信有此决心，更愿全国同胞也同具此心，用抗到底的精神战胜一切困苦，最后胜利必是我们的！

1938 年 1 月 1 日

时代文学

编辑后记

编完以后，看见还剩了小小的空白，于是就打算来作点后记。

这刊物所选登的文章，都是些所谓旧作，和现在许多文艺刊物比较，我们不免要落后一点，但是这几篇译作，在编者看来，却都是出自作者和译者的严肃态度，比起其他刊物，我们觉得是多少惭愧的。

本期我们没有登载散文通讯和速写，也并不是我们缺乏这类稿件，及并不是不登，理由是这样：目前散文通讯速写在各种刊物和报纸上出现得很多，读者顺便就可以读到。今后是否要登，现在也还不能确定。

这样一来，这刊物似乎是有点专门化了。是特性？是缺点？尚待读者指正。

今后我们的编排，大致也和此期相同，唯论文一项，当针对目前文艺界的缺陷做实际而正确的批评，决不使它流入空洞。目前在文坛几乎绝迹的翻译小说，我们打算每期都必有一篇。

1938 年 12 月 10 日

战　歌

致读者

我们的亲爱的朋友：

每一个大时代都遗留下宝贵的民歌，原因是个人产生的歌曲发展为集体的歌唱，更由集体的歌唱深入民间，而深入民间的效果不仅是愤懑的发舒。当此中华民族临到生死关头的现在，发动大家的歌咏运动，主要的意义，是在唤起民众，参加反抗法西斯帝国主义的坚苦斗争，所以我国各地歌咏团的组织是适应时势的需要的。我们不能否认，中国一般歌咏团已经完成了相当的任务，但是还不够，我们还得加紧努力，发展组织，不独在各城市，而且在每一个小村子，都应该弥漫着救亡的歌声，然后才算是尽了我们的责任。

不过要发展组织，先得健全干部人才，所谓干部人才，除了对于音乐有相当的素养之外，对于中国以至世界的政治动向，都应该具有正确的认识，与坚定的信仰，这才不至于指导时无形中给群众注入危险的毒素，还有，我们承认歌咏工作是目前救亡工作的一环，非统一阵线不能收到预期的效果，所以各地歌咏团，应该互相保持紧密的关系，灵活的运用，然后进一步完成全国歌咏界的联合组织，汇入抗日救亡的巨流，成功强大的复兴力量。

我们自知能力薄弱，一切还得期待各地同志的通力合作，现在暂时把《战歌》周刊作为通讯机关，有什么意见请大家不客气地随时指示。

1937 年 10 月 31 日

七　月

愿和读者一同成长
——代致辞

当这一本薄薄的杂志送到读者的手里的时候，我们曾经费去了一个月以上的筹备时间。

有人说到，这样的紧急关头，应该放下笔来。然而，我们没有。不但没有，为了得到用笔的机会，还不得不设法越过了种种的困难条件。

中国的革命文学是和反抗日本帝国主义的斗争（五四运动）一同产生，一同受难，一同成长。斗争养育了文学，从这斗争里面成长的文学又反转来养育了这个斗争。这只要看一看九一八以后中国文学的蓬勃的发展和它在民众精神上所引起的巨大的影响，就可以明白。

在今天，抗日的民族战争已经在走向全面展开的局势。如果这个战争不能不深刻地向前发展，如果这个战争底最后胜利不能不从抖去阻害民族活力的死的渣滓启发蕴藏在民众里面的伟大力量而得到，那么，这个战争就不能是一个简单的军事行动，它对于意识战线所提出的任务也是不小的。

中国社会好像一个泥塘。巨风一来，激起了美丽的浪花，也掀动了积存的污秽。这情形现在表现得特别明显：一方面是惊天地而泣鬼神的英雄行动，一方面是卑劣无耻的出卖民族的现象。在这两个极端中间，交织着各种各样的态度和思想。

不错，在今天，可以说整个中华民族都融和在抗日战争的意志里面。但这还是一个趋势，一个发生状态；稳定这个趋势，助长这样发生状态，还得加上坚苦的工作和多方面的努力。意识战线的任务就是从民众的情绪和认识上走向这个目标的。

发刊一个小小的文艺杂志，却提到这样伟大的使命，也许不大相称，但我们以为：在神圣的火线后面，文艺作家不应只是空洞地狂叫，也不应作淡漠的细描，他得用坚实的爱憎真切地反映出蠢动着的生活形相。在这反映里提高民众底情绪和认识，趋向民族解放的总的路线。文艺作家底这工作，一方面将被壮烈的抗战行动所推动，所激励，一方面将被在抗战热情里面踊动着成长着的万千读者所需要，所监视。

工作在战争底怒火里面罢，文艺作家不但能够从民众里面找到真实的理解者，同时还能够源源地发现从实际战斗里长成的新的同道伙友。

我们愿意献出微力，在工作中和读者一同得到成长！

1937 年 10 月 16 日

编完小记

胡　风

经过了不小的困难，总算能够复刊了。这停刊期间内的经过和我们底感受，写出来也许可以作为考察新文化运动的人底参考，然而，不但没有篇幅，而且现在也不是时候，只好暂时压下罢。总之，从停刊到复刊，经过了十一个月的时间，以原来的半月刊篇幅计算，有一百二三十万字，以现在的月刊篇幅计算，有百万字左右，这些都百分之九十以上随着时光消逝了。固然，《七月》底能不能继续，当不会使最后胜利早一年一月甚至一天或者迟一年一月甚至一天得到，那些消逝了的字数也许不会有一篇甚至一行伟大的或值得指导家向青年"推荐"的作品，然而，"河海不择细流"，在能够从事更实际更伟大的作者虽然不算什么，但在不愿完全放弃或只能做做文艺工作的我们，总不能不感到痛苦。

好心的友人给过了忠告：《七月》在挣扎的时候，文艺活动还很消沉，现在不同了，阵势堂堂的刊物继续出现，没有再为一个小刊物费尽力气的必要。这好心曾经使我们在困难中动摇，然而，当每一看到敌人底文艺杂志或综合杂志底文艺栏被鼓动侵略战争的"作品"所泛滥了的现象的时候，总不免有一种不平之感。而且，就杂志说，有的能够凡名家都兼收并纳，组成一望惊人的阵线，也有的只愿用微力在读者里面开辟一条小路，就作者说，有的看到所有的杂志里面如果有一种没有自己底名字就觉得难过，也有的只愿意向自己所偏爱的杂志投稿，就文艺活动和现实内容底丰富的对照上说，不是还没有达到万花缭乱，多一朵少一朵都毫无关系的地步么？

所以我们还是复刊了。也由于这个原因，除了发行所，定期，售价以外，态度和内容还和从前大致一样。当然，有的作者不见了，那是因为他们觉得这天地太小，不足成龙的原故。也有了而且将续有新的作者，那是因为我们本来愿意做一条桥梁的原故。

但也略有变动，例如原有较长的作品和翻译。翻译，想略有系统，每期两三篇，或者是某一作家底作品和评论，或者是某一国底某几个代表作家……。这一期来不及了，下一期将搜集几篇高尔基底作品和介绍，借以纪念这巨人殉道底第三周年，虽然出版时也许离忌辰很远了。

由上海移到武汉，在半个月里面能够发刊，那不能不感谢友人熊子民、金宗武，没有他们底助力，《七月》也许根本不能存在。现在的复刊，当然也由于友人们底助力，但这只有到再一次复刊或者简直废刊的时候再来表明我们底谢意罢。（五月六日）

1939 年 7 月

乡村艺术

编后记

情　圣

这一块艺术底荒地，
是我们革命青年底垦界。
我们热烈的希望：
都来开拓，
都来培植，
都来灌溉。
我们工作底方式；
集体创造，

集体批判，

集体修改。

艺术底园门大开，

革命的青年都来！

艺术底园门大开，

革命的青年都来！

1940 年 1 月 1 日

新　流

发刊的话

一九四〇年将成为人类历史的转捩点。本刊在元旦创始，真感到无限的兴奋。

现在世界上充满着腥风硝味，但是并不晦暗。我们的祖国正在斗争中逐渐成长，越过顽强的阻碍和无比的艰难，各方面有着飞跃的进步。两年半英勇的抗战，我们骨肉碰钝了锋刃，血液浇熄了烟焰，民族的曙光已经展露在目前。摆在我们面前的虽然还有无数的奋斗和牺牲，然而道路是清清楚楚，胜利是有把握的！

事实告诉我们：每一个伟大的斗争时代同样是文化突进的时代。配合着每个阶段的发展，有多少严重的问题需要提出来商榷和讨论；在抗战的前线和建设的后方，有多少可歌可泣的事迹需要记录和报导。日寇的侵凌激动了我们民族沉睡的灵魂，广大的民众热切地渴求着新的知能。因此，形式普遍而内容深入的文化运动，便必须提倡了。

我们的创办本刊的目标，是要在抗战建国艰辛缔造的过程中，竭尽新的文化启蒙的任务。本刊定名为"新流"，它的意义是很明白的："新"象征着时代，而"流"是推进时代的一股动力。我们对于进步的爱国的理论，要加以引伸和阐扬，使它向着更理想的方面发展生长；我们对于错误的有害于民族的企图，要加以指摘和打击。我们将竭尽最大的努力，帮助读者去认识现实，把握现实，推进现实。

本刊的执笔者都是在大学里相熟的朋辈，立场各人自由，言论不求一致。我们所有的只是青年人的正义感和真理的信心，并无共同的纲领和必守的规约。我们不赞成教条主义、公式主义的作风，不登载游离了现实的纪事或由几十百句口号堆砌成的"文章"。我们希望本刊成为一种学术性的，批判性的，教育性的杂志，站在文化的岗位上，作一点小小的贡献。

初生的苗芽需要扶掖灌溉，我们诚恳地希望读者给我们热情的帮助和合理的批评。

1940 年 1 月 1 日

文学月报

发刊词

文艺不仅是民族的生活与战斗的反映者，而且是民族精神的指导者。不但是历史现实的最正确的见证者，而且是精神领域的伟大的创造者。它引领着现实世界向着更高阶段发展，鼓舞着人类精神向着更为完善的阶段迈进！

进行了三十个月的民族革命战争的烽火，为文艺开辟了极其广阔的道路，为作家拓展了极其丰饶的领域。在这三十个月中间，抗战文艺运动，不但树立了全国文艺作家空前的伟大团结，而且展开了更为实际，更深入的基本问题的探讨，而且开始接触了从未接触过的生活内层的发掘。

生息在这伟大的民族革命战争的时代，新的人民典型开始产生了，旧时代的渣滓被批判的暴露了。在现实主义者的笔底下，诗人为了这饱含了年青的气息的时代而歌唱着，为了那腐蚀着新生机的溃疮而诋丑着。

新的环境，新的情势，影响着，孕育着，每一个作家在这一伟大力量的搏击中，进步了。迫使着作家们必须睁开眼睛看，必须手触着生活，必须反映着现实，必须揭发着人的充满着内心矛盾的多样的情绪，必须把握着曲折的内心斗争的发展……。不但是使自己仅仅是一个作家，而且必须成为一个战士！

在这情势底下：那些颂扬"为艺术而艺术"的歌唱被扫除了；那些提倡"与抗战无关"的错觉理论被清算了！历史是公正的裁判者，一切欺骗必然归于消灭！

但是，现阶段的文艺运动，还不够配合了当前的需要，还不够适应了当前的速度，也就是说还需要建立更多的战斗单位，还需要展开更普遍的文艺运动，特别是在反映这新时代的青年气息上，在树立新的文艺兵的事业上，也还需要更大的努力，来开拓更广大的土地。

《文学月报》的创刊，只是企图在那伟大的文学事业的建设过程中，加进一块石基，一根木头；是企图在工作中，在学习中，尽可能的增强我们的文艺部队的力量；因此，它需要的是年青的，战斗的姿态；是健康的，坚实的精神。基于这两个基本要求，无论是在工作的表现上，学习的过程中，都需要严正的批评，严肃的研究。因此我们不但希望在新的理论建设中引导前进，而尤愿展开严肃的文艺批评工作，加强文艺建设的力量，推进文艺运动的影响。

在另一点上，为了增加文艺的教育意义，翻译工作在今天有着非常迫切的需要。抗战三十个月来，文艺的介绍工作是比较薄弱的。一则是由于交通运输上的困难，乃使精神文化的沟通上受到相当的影响。一则是颇有些人以为当前的问题只有抗战，只要从事于这一活动的反映便够了。因而对于汲取与介绍外来文化的工作便被认为不必要了。但是为了强大文艺部队的教育工作，为了强大文艺领域的建设基础，翻译仍然是极为重要的文学事业的一部（分）。因此本刊拟在这一点上，尽可能的有计划的做一点介绍的工作。

新诗，不仅被广大的为民族的解放而斗争着的青年所爱好，而且也有了珍贵的收获。我们愿与所有的诗歌青年共同努力于健康的现实的诗风的树立，使新诗能坚实的负起革命先驱的责任。同时，我们决定经常的介绍值得我们学习的国际诗人及其作品，以补偿我们新诗遗产贫乏的缺陷。

对于绘画，我们也持着对新诗相同的态度：一面是介绍国外的名作，一面是树立纯朴的写实的作风。

我们将以广大的篇幅给予诗与画，使它们能自由的发育，长成。

最后还有一点，应该特别郑重声述的，就是本刊不是同人杂志，乃是一切努力于当前文艺运动的工作者的共同的园地。因此，本刊将以最大的热诚欢迎各地从事文艺工作的同志给予援助，扶植和指导。并以最大的努力达成上述几点的工作目标，愿以事实的表现和读者诸君相见。

新演剧

编者的话

（一）我们的希望：这贫弱的《新演剧》算是出世了。我们希望它的贫弱的程度逐渐减低；这希望，除了我们自己特别努力外，还更需要从事于演剧或关心剧运的朋友们的扶助，才能完成。我们诚恳地希望着一切的帮助和指正！

（二）我们的方针：我们想尽可能地使《新演剧》提供出一些演剧艺术上的理论和实践。我们不愿因"趣味"而阻止了必要的理论和实践之充分的提供。

（三）系统化：我们想使每一问题有一种比较有系统的说明，如表演，装置，灯光，导演，作剧……我们都计划有系统地陆续谈论下去，虽说每一期只能谈论问题的一部分，可是联系起来是能提供出问题的全部的。

（四）中心问题：在每一期里，我们想以某一问题作为一个中心，多发挥一点。如这一期里，我们对于莎士比亚就是这样的企图（自然还不够得很，以后我们还想陆续地谈及这位伟大的戏剧艺术家），下一期里我们又决定以演员的修养问题作为中心。关于这一问题，我们诚恳地希望演剧工作者和关心剧运的朋友们多提供些宝贵的意见，不管是演员的生活或艺术上的种种修养意见，都很欢迎！

1937年6月5日

斯　文

发刊词
刘国钧

文学院诸君创行《斯文》半月刊，而命予弁其端。予维我中国之以积弱者也久矣。议者咸知其重文而轻武。今日强虏侵凌，鲸吞虎视。名都巨邑，沦于废墟。子女物产，恣为寇掠。凡有血气，莫不欲挥戈指日，奋勇死敌。而诸君子乃创行斯刊，相期研究学术，发扬文化。毋亦缓急失宜，轻重失序，而以水济水，益文胜之弊耶？盖有必不然者矣！

世之轻视文学者，岂不谓文章与政事殊科。词华非经国所尚。然而读诗读礼，乃孔门从政之基。习御习射，亦国子六艺之列。是故文学之流为虚言。习于荏弱，是为之者之过，而非其本性之所必然。且所谓文者，又岂仅词章之美，语言之写云尔哉。昔人有言，经纬天地谓之文。文之要固在于经纬。经纬，组织之谓也。宇宙间万事万物，有不组织而能治理乎？然则骈词丽旨，固文也。穷理尽性，亦文也。典章制度，体国经野，莫非文也。世所谓文学、哲学、史学乃至社会科学，皆古之所谓文，而今日文学院之所诵习者也。纵如世言，诗赋词章可以粉饰太平，未能拨乱反治。不知亦可以此为经济、社会、史学、哲学等科之病乎？

……

是故讲文学无益者，固非。谓文学不切于今日者，尤非。今之世，所以强凌弱、众暴寡、力胜义者，正以不文之故耳。器械非不利，科学非不精。然而三十吨之飞机，不用于物资之运输而用于空中之战斗。七十吨之坦克，不用于载重之拖曳而用于城池之争夺，凡所以毁文明、致人命者，莫非科学之精华。此皆四百年来集聪明才智之士，竭精殚思而后成者也。然其流变适足以造成今日之残杀。即我中华民族今所身受者，亦莫不由于此，此其故何耶？英人柯林渥德于其自传有言："人类控制其自身之能力，似正与其控制自然之能力成反比例。"呜呼，何其言之痛也。自培根以来，世之言学者，皆以征服自然为鹄，迄于近日，盖极绚烂光灿之致。其功绩彰彰甚明。然而不能止杀，且以益杀者，则以其未致力于人性之控制耳。夫科学，权力也，器也。用之者人也。人而不知为人，虽有权力与利器，亦不知所以用之。惟然，故于人生之理想、社会之鹄的少所抉择。而于自然科学，乃若孺子之使刃，适足以自伤其手已。然此非科学之罪也，用者之过也。人性之隐蔽，言行之准则，非详究不明。事业之繁积，世态之丛杂，非组织无功，而所以详究而组织之者，文科之学也。明人之学以治人事，犹明自然之理以治自然。人事治，而后自然能用得其所。自然科学示人以生活之法术，文科之学且示人以生活之理想。然则化科学利器成生生之具，为人类谋无量之福者，岂非有待于所谓文学者之努力哉。故世变愈烈，世乱愈亟，则文之需要亦愈切。今之世，正思文治之不足耳。救之，则莫若以文。此文之本质固然，亦习文者之大任也。

虽然，今此刊物，特以治学余闲，出其管见，就正当世，故不足以语此。盖我校之有文科四十余年，卒业者千有余人。先后掌教其中者亦无虑数百。散之各地，声气鲜通。国难以来，尤感离索。然治事治学，罔感或怠。各以所见，布之此刊，用代简札。聊为散记，非云创获，或亦博雅之所不弃。况吾校今寄于蜀，蜀中文教，自汉以来，即已斐然。昔者响风，今且亲炙。忘其固陋，借以请益。此邦君子，或不见噱。如其不然。覆瓿扫地。亦固其所。兹刊之创，意在斯乎！

1940 年 10 月 1 日

文艺阵地

发刊辞

朋友们都有这样的意见：我们现阶段的文艺运动，一方面须要在各地多多建立战斗的单位，另一方面也需要一个比较集中的研究理论，讨论问题，切磋、观摩，——而同时也是战斗的刊物。《文艺阵地》便是企图来适应这需要的。

这阵地上，立一面大旗，大书"拥护抗战到底，巩固抗战的统一战线！"

这阵地上，将有各种各类的"文艺兵"，在献出他们的心血；这阵地上将有各式各样的兵器，——只要是为了抗战，兵器的新式或旧式是不应该成为问题的。我们且以为祖传的旧兵器及亟应加以拂拭或修改，使能发挥新的威力。

这阵地上，（我敢断言）又将有新的力量，民族的文艺的后备军，来增长声威，补充火力。因为，在神圣抗战中，在炮火洗礼下，在救亡工作的锻炼中，从青年知识者群中，从人民大众群中，已经觉醒了不少的文艺天才。没有他们来进入阵地，民族解放的文艺不能发扬壮大而灿烂。

从今天起，这阵地算是草创起来了。要是没有许多文艺工作者的热情和毅力，这草创也是不易实现的。但是以后，如何构筑阵地，如何配备火力，如何洞明敌情而给以致命的打击，如何搜寻后方的间谍与汉奸而加以肃清，乃至武器的淬厉，战术的讲求，……这一切，都有待于更多的文艺同志以及广大的读者们更大的努力和更多的扶植。

让我们大家来巩固这阵地罢！

1938 年 4 月 16 日

今日戏剧

编后小记

王　余

剧运正是打得火热的时候，因此，我们这一批干戏的伙子们，也就不能放弃责任。

《今日戏剧》经过了两个月的筹备，一切工作的进行都承蒙各方热烈的赞助下，终而在非常困难的环境中克服了许多，虽然它不是当代的代表戏剧的刊物，更能够让得它很迅速的出版，当它与读者见面的时候，这些都会感染到编者同读者诸君有共感的愉快，不是吗？

　　我们既非"前辈"，又非"名流"，能大胆的喊着我们是建立新演剧的"理论"与"实践"，这未免说我们太夸耀，太奢望了。不，值得我们夸耀的是能得到几十位，艺术各部中的名家扶助我们，愿共同地完成今日戏剧的理论与实践。奢望，到是怀有高贵而远大的理想。

　　这期值得我们推荐的是刘念渠先生的《论人物观察》，从人物观察是活的课程里提出了非常可宝贵的几个原则，希望读者别轻易放松过去，尤其是在戏剧岗位上的各部门工作者更是要深刻地去领略、体味。赵越先生的《中国戏剧走向那里?》，是一篇检讨的、批判的，而指示出今日的中国戏剧当前的症结。林刚白先生的《莎士比亚舞台的历史》，作者是一个专门研究中西洋剧场史的学者，此文乃是被世人所推重的莎翁时代的剧场演变的历史，可以当做戏剧史上宝贵的资料。汪漫铎先生的《戏剧哲学简论》，本文之珍贵还待读者去拜读，的确它是具有坚锐的正确的个简论。朱宓先生的《戏剧艺术家的人生哲学》，这正是给青年朋友们企图后事戏剧事业的一片明镜，更有力地是恰恰反映到现时剧人的生活。王余拙作《论综合艺术里的舞台装饰家》，可以作为有志于舞台装饰工作者的一个起码常识。徐昌霖先生的译文《新剧场先驱的柯密斯莎郝夫斯卡亚》，这个富于敏感向真理追求中的伟大艺术家，是值得我们去摩仿的。伍乔先生的《剧作家与生活感》，明确地提供出给今日戏剧作家在创作表现的过程中应密切注意的地方。士原先生的《洪深先生自杀》，李楠先生的《看了〈刑〉以后的所感》《中先生的两句话》，这都是可宝贵的提供。叶子先生的《驼枪驾》，译笔清丽可读，萧赛先生的《秦淮河上》，确是可能上演的好效果剧本。

最末，我们要申明的是：一、《今剧》是属于我们每个人的刊物，因此需要读者与作者、编者紧密地联系起来，不断地通讯、供稿和批评。二、《今剧》是一群爱好研究戏剧青年的组合，他并无"后台"与"津贴"，经费是从我们节衣省食下蓄积的，所以，在这里我们很坦白地向同情我们的贤达者求助，作家们能赠我们的稿，《今剧》是更感谢的。

帮助我们工作进行的林刚白先生、赵越先生、周哲生先生、《建国晚报》同仁，设计封面的宋玉素、葛兴莩两先生及本期作者们，在这里我们热忱的表示感谢。

本刊已呈请中宣部内政部登记中

重庆市图书审查委员审查证杂字第二六六二号。

1941 年 3 月 1 日

旭　峰

编后记
德　昌

我们这个小刊物，简直是纯粹的文艺刊物，我们没有野心，我们不会光有团体的组织，才决定出一个可以给团体利用的刊物。我们的目的，只要爱好文艺的人凑在一起写写稿子发表出去，如是而已。并且我们没有一定的多少都可以的。同时我们对于出刊的文字，在出刊前不分好坏，在出刊后大家才来一个公正而和平的指正其偏见的地方。并且我们是决定的受人指正，以达到日日上进的理想。

办刊物的难处第一是经费，我们对这点虽全没有把握，但总想尽量支持下去。第二是稿件，我们常听人说起初是人办刊物，后来就是刊物迫勒人，这就是说找稿件的难。我们也知道，专靠自己几个人的力量，一定是应付不了的，因此便请重庆、昆明、贵阳、内江、自贡、荣县……的友人们帮忙。现在兆基、寸心、蒙舒诸先生已先为本刊撰稿了，其他地方的友人们，大约也会有稿来的。此外我们还想选用一点外来的稿件，如果他是可以登得上去的话。

最后我还要声明一点，我们在校中本来没有写文章的余裕的。但因为有了种种的原因（请看写在前面）只约勉强的执笔，明知错的地方一定不少，只盼社会先进的先生们，不客气的来给我们以指正吧！

1941 年 4 月 20 日

金 沙

我们的宣言

二十世纪五十年代（编者注：原文如此，应为"四十年代"）人类的历史，写满了血腥的屠杀和无辜的荼毒，这就充分的证明了人类心灵的萎缩。

自西欧至东亚数百万流亡的男女和离乡者都在黄昏时瞧望着无情的天空寻找还乡的星光呢。

日出前的晓星是有的，可是在秋风多厉的中夜，却没有星和月光的。

我们，暗夜中的工作者，更相信民族的自由和独立的最美丽的花朵，在日出时会开放的，如今我们要去摸索晨星。

长路上，心灵负荷起大西洋上和扬子江流域的孤儿寡妇的眼泪，任重者是没有享乐，只有工作的。

一面怀抱着晨星的希望，一面不断地辛苦工作。

《金沙》就是我们一群文艺工作者的园地。

一九四一年十月草

1941 年 10 月 25 日

战时文艺

写于深夜里（代发刊词）

在我们生活的窗前，已经缺乏了富有诗意的蓝色云天，也看不见安静的飞鸟掠空而过。虽说竟有些聪明人想越近井边两步，找到一条给深密丛林和高耸榆树荫蔽了的沟濠，偷闲地看鲜花长得如何丰美和柔嫩。或者贫乏而竭蹶，财富与权威，惨痛地被炮火摧毁在幻梦的绝望里。然而那极多数以："地球是开辟了的新泉源"挣扎在压迫下，追求在黑暗中，用生命去歌颂爱情，战争，死亡的人们，却生活在火光里。这一种艰苦的命运的试探，是全世界热诚的呼号！

应当庆幸你生存的时代，因为这是一个磨练，有很多的机会给你学习，也有极兴奋和惨酷的事实使你真哭，真笑！而你除掉把生命交给一支枪和一匹马，或者是绵软地死掉外，便是用丰富的情感熔化在死亡的血汗和战斗的烟火中，那灿烂光辉的织图，便是永恒的生之历史。

有一个时期，或者是永久的；你和笔结了不解之缘，你像是织网似的随着你的环境披上棉丝，在月明如昼之夜，你歌唱过心之泣诉。或者是春暖如酒的早晨，你陶醉在袭人的芳香中，悠闲地看飞鸟鸣叫在你的头顶上，你描写自然，你歌咏爱情，甚而是你感慨着静美的死。用你的智慧，用你的聪明，用你丰富的情感，写出美丽的诗篇。感动过一千个多情的少女。而现在，你嗅着狮子的气味，闻着响尾蛇蝎的声息，你却苦恼和恐惧的悄然无声。

一个参加过欧洲大战的中国士兵，他浮过弥天的海洋，在高入云峰的危楼下听见了震人心魄的炮声，也见过可怕的死亡；然而，当他卸却了那件为战争而披上的衣服时，他像是做了一场茫乱的梦。一个走遍非洲，在热带深林中有降龙伏虎的本领，却望洋生叹地躲开一枝笔。在中华民族遭逢的厄运里，走遍了南北战场，也由伟大的河流和山林中经过无数次的生死场合，当有一个机会，使他疲倦地得到休息，他寄托在线装故纸中，要想把爬出来的仅有的生命，安排在华山或者是峨眉一类的白云里。让他们叹息着："中国没有伟大的作品产生！"

你想在炮声宁静，或者是敌人的铁鸟刚刚离开晴空。珍贵着一张桌子，在插满了鲜花的窗前，张开向阳的竹帘，你把那些记忆中的碎片，或者是反映了一缕金光的细影抓回来。你闭起眼睛，可以想象到战车开驶，枪弹如雨，而马却急驰在田野中。无限多的白骨露在河畔，无限多的血迹染遍草原，你把紧靠着胸膛的书案当做战场，你把人类的世界缩小在摆置在架中的地球仪上。用你的聪明虚幻出悲欢离合（那故事像肥皂吹成的泡），用你的匠心撮成可以行动的人物（那类似面撮的），而你却追求着伟大作品的梦。

和升平的时代一样，文坛上照例地有许多散步的闲人，按照天赋的性格应该属于权威的批评家一类，而却喊叫着是洋洋百万言的作者。"在质的成分只要有一百个字，在量上应当和自己站起来一样高大。"他把书店里的陈设一视同仁的目为废纸，而自己却在生活的梦幻中追求着：窗明几净的书舍，可以浇熄了枵腹肌肠的烟火，仿佛是埋葬在地下的珠宝似的，永远不会看到的好的心情，那是锦绣，也是杰作，而这样的东西只有用 X 光的照射镜才可看见。

"生命爬出来了。"你喊叫吗？

你用取火者的精神走到数十里外的远方，你悲壮着"早辞长江""暮宿黄河"的豪语。而你看见从前线归来的士兵，准确地射落了一只飞鸟，或者从老百姓的笼里偷来一只鸡，你认为这是不可言喻的神奇。你同以演戏著名的女政工队，或者是穿了一件航空皮大衣兼能皮簧的指导员一同挤进过一辆破旧的牛车。在低小的屋檐下又逢到正看着"敌人二百，企图过河"情报的上尉书记官，你兴奋的取下挂在胸膛上的照像机，你带来一束卡通，欣快地回到后方的照像馆里冲洗，这除了可以重价卖掉底片外，第二天，在陈列着泥巴人的玻璃架前，又添上拍来的新照片，当你刚从面食店走出来，一眼便看见自己的杰作，你心里微笑着，用臂肘轻轻地碰了同路的人，晚上你写信告诉你的爱人，睡倒也连续地做着天才的梦。

过分聪明的人应当是属于神圣的一类，而笨重的我们，却只能像爬行的蜗牛。地球应该是广阔的东西，但地球的印迹却不归于坐车子的人，而是用两只脚踏出来的。

在疾风暴雨以及沙漠卷来的血腥中，去作一株爬出泥土的嫩芽，它需要阳光，也需要雨露，它一丝丝地夜以继日的长大，开花而结实。如果刚走出土层，梦想把自己变成藤蔓去攀在修直的梧桐上，或者绵软地被强悍的马蹄喳喳而死，那也许是横祸，但聪慧的批评家会笑你是不自量力。

许多花朵都容易被东风吹开，而且很鲜，然而，生长在风沙里的枣树，却坚实的开出金色的小花蕊，它有砍不倒，折不断的傲骨，任凭被人遗置在不可知道的远处，而它，却生长着，强硬着，有着可以刺人的锋芒，有着成熟的果实。

让我们记住永远是年青，不断的奋发的去处理自己，也熟悉着身外的世界，不要只跟着时代跑圈子，不要看着光怪陆离而也眼花缭乱，不要牵住了千钧的铁链而悬崖在"沉""沉"……的海岸边，只用眼睛，只用脑子，而忘记了用手的人，会空空的看潮水落下。

在夜里，听见过黄莺的鸣叫，你却千万不要同样的有了一张说谎的嘴巴，因为环境在你周遭有成千成万真实的材料，那是你生活的领域，也是你最熟悉的事物。

我们是一株嫩芽，它需要长者们扶植的双手，也需要爱好者雨露的滋润，在暴风中，在烟火里，在战斗的河边，我们希望能看到它真实的生命。

1941 年 11 月 20 日

世界学生—世界文艺季刊

发刊词

杭立武

"美国青年对中国人民获得完全的独立解放奠定新中国基础的努力，看作是自己的事情一样。我们将热忱与同情寄给中国人民和中国青年！"这是美国青年大会在去年七月六日向中国青年的表示。

大时代的演变是非常的。现在，中英美苏荷等二十六个国家已是并肩作战了。战争是整个的，胜利也是整个的。所以英国的青年在今年一月三日致电全世界青年说："英国青年欢迎中美两国之青年参加新同盟，并向苏联青年士兵及公民等表示敬意。"又说："全世界之青年男女，无论在军队或工厂中，所肩负之工作，即为对于吾人之伟大政治家邱吉尔首相、罗斯福总统、史达林委员长、蒋介石委员长以及各自治领及同盟国家领袖等最近会商所拟定之计划，如何使之实现。"

我们四年半中艰苦卓绝的抗战，非但已经争取得了民主国家的同情与援助，现在更要以反抗侵略阵线中一个中坚分子的资格，互助合作，求谋全世界的永久合理的和平。

这永久合理的和平——自由人类最迫切的任务——须要以血汗努力换取，是一个艰辛的工作，也是最有价值的工作。

最后胜利必然来临。把握并促成这胜利，须要青年的汗血。而建立与维护永久合理的和平之新世界，尤其要靠着世界青年不断的奋斗努力。

做将来主人翁的青年！你们的体格是否够强健？学识是否够丰富？修养是否够坚定？做一个顶天立地的现代国民，负起大时代所给予的艰辛任务！你们准备到怎样程度？

我们为希望青年们多多相互警惕，使对于所负的时代使命，有更深切的认识，而于抗战建国及创造合理和平的新世界，克尽其最大的努力，特开此新园地，欢迎青年的先进导师和各学校的同学们，尽量利用。

1942 年 1 月 25 日

大　学

发刊词

综览中国近代文化发展之大势，在"新文化运动"未发生以前，大半只知固守旧日的精神传统，拒绝外来的思想学术，至"新文化运动"发生以后，又大半只知欢迎外来的思想学术，诅咒旧日的精神传统；其结果在前者固然是忘记了中国的时代变迁，"夏虫语冰"，在后者亦忘记了中国之自身需要，"削足适履"。抗战以还，虽因敌人之残酷，毁坏我文化机关，阻塞我与国际间之精神交通，乃至使我文化人颠沛流离，当然给了我国文化以无可数计的损失；但正因如此，却使我们从民族之现实的觉醒中，淘洗我们历史的沉淀，打破我们的依赖性和盲目崇拜，充实我们文化人以创造的生命，奠定我国文化之健全发展的根基。况从整个国际形势看来，中国在此大动荡时代中，担任了"拨乱反正"之最艰巨的任务，我们的文化，亦必随着这个斗争，发皇张大于世界。因此，我们中国文化界之现实的物质条件，虽然清苦非常，而我们的使命，是伟大的，我们的前途，是光明的。

不过，我们文化界之现势，是否完全适合着时代的需要呢？在一方面并不否认我们的文化动向，已经在步步趋入正轨，表现出健全发展的象征，而在另方面，我们却常看到一些死捧着什么"经典""教条"，闹得乌烟瘴气，以忘却现实；又常看到一些憧憬着空洞理想，以抹煞活泼的事实；至若大后方之不乏逆流汹涌，与锢蔽麻痹，及敌伪之种种歪曲麻醉，亦觉不可胜述。同人深信一国文化，为其国家存立之真正生命，更深信中华民族复兴，与中国文化之发扬，息息相关。同人站在文化的岗位，自应担当时代所课予之任务，努力文化工作。因特发行本刊，以为同人共同努力之一表现。同人在本刊所希求努力之目标：

第一、我们既不欲"盲目复古"，复不欲"舍己耘人"；我们对于中国的精神传统，固须使其通过目前的事实，始成为现实的东西，对于外来的思想学术，亦须使其通过中国的现实，始成为中国的东西。

第二、我们要承继祖先的精神遗产，珍惜人类的精神蓄积；但我们亦要把握历史发展的命运，认清当前的需要，树起创造的自信力，以使中国文化，"迎头赶上"。

第三、我们绝不欲放弃合理的理想，以拘泥于现实，但我们亦不欲忽视现实，以追求虚空的理想，我们只求缩短现实过程，以推进合于人生目的之理想。

第四、我们要根据科学和实践，以克服盲信或迷信，建立健全的世界认识，和人生信仰；但我们尤要本健全的世界认识和人生信仰，以制约科学精神和人生实践。

第五、我们要本各个人之所学，作各别之努力，以求学术之专门化与深刻化，不欲以博学自眩；但我们却以各所致力之不同的学术（人文科学及自然科学等）之密切合作，互相砥砺，俾达到学术上之综合运用，和认识上之融合贯通，庶不致有所偏差。

第六、我们认定在民族或国家的立场上，施行文化上之领导作用，在现时是需要的，合理的；但我们亦主张思想学术之相对的自由，以求发挥创造精神和充实文化的生命；因为文化的领导作用，决不是单靠刻板的形式或严密的法令可以完成的，而是要靠富有生命力的文化人在一定范围内，受国家社会之培护，各发展其个性，各尽其心力，经之营之，方能成为坚实有内容的东西，发挥积极的作用，结成珍贵的果实。

第七、现在我们的大学教育，因种种关系，正常教材，尚感困难，参考资料，尤觉缺乏；同人拟于本刊不断提供补助教材之外，更拟编辑丛书，以协助大学教育之进行，及提高一般文化水准。

第八、值此"一切为了抗战建国"的大时代，我们当然要认清现实，随时研讨抗建本身及有关抗建之一切问题，尽一得之愚，以贡献国家。

最后，同人认定为学之目的，在于作人，而作人与立德、立功、立言以济世，系不可分离；因而同人谨揭橥"大学之道，在明明德，在亲民，在止于至善"以自勉；并愿海内宏达，不吝赐教，以匡不逮！

创作月刊

发刊辞

一份刊物出版，编者照例有个极其灿烂的希望，这心情不必隐讳，我们也有的。刊名《创作》，暗示出一条新路径，挥别旧的探寻新的正是求进步的不二法门。一篇论文、小说、诗、散文、戏曲或者翻译，只要可以发表，它必须够得上是一种创作。论起什么是创作的标准也许会瞠目结舌，拿起一篇描红模子成功的作品才明白，原来那不成东西。好作品得靠作者的别出心裁。无创见的理论是用剪刀写成的，抗战八股是比一个代数的解题更容易成功，读不成句的翻译完全是译者的程度造成了这罪恶，原著者被难了，读者也担负了不小的损失。这样说可绝非有意证明本刊的完美，我们是在追求着完美：希望着今后本刊能够担当起介绍好作品、研究创作上诸般问题的责任。实现理想的艰难我们想到过，如果这理想还属于更多的人，可就算不得艰难了。纵或本刊是多么一块贫瘠的荒土，有了同情者帮我们施肥、垦殖，那前途会是暗淡的吗？我们没有宗派的成见，我们办的不是一个同人刊物，我们满怀着诚实和热情要求看重了眼前这个时代的师友们，请你们经常赐寄文章，坦坦白白的赐给意见，能如此，我们不仅感激，也会因这鼓励增添了百倍勇气。

如今是严冬将去的时候，最好还是盼望着我们的理想将随了欲来的春风开花吧！

一九四二，一月尾

1942年3月15日

新　芽

蓬　子

从车窗里看到几株枯柳在寒风中抽出嫩绿的新芽，忽然一种生命的驱动力奔上心来，虽然车子的颠动变节震碎了这一点小小的愉悦。

未必一定春天才是生命萌芽的时候，在阴沉的冻云下，在砭骨的寒风中，也还有几株老树敢于在这不适宜的时候吐出一片新的嫩芽来。也许明天北风一紧，这稚弱的新生命又萎谢了罢，然而敢于不计寿夭和成败，这就是战斗者。

我决定将《文坛》发刊。

过去一年间是中国文坛的荒凉的冬天，作家搁笔，期刊凋零，一种寂寞沉郁的气氛弥漫于文艺界。今天未必便是春信已经到来，不过即使是暂时的新绿，终究也暂时在这世界里多添了一分新的颜色。

我们知道前面的困难还很多，经济不必说，从印刷到发行，也都不是几个书生所能顺利解决的。但战争时代一切都无如意打算的道理，只能做到那里算到那里。

内容侧重于报道，但也有抗战艺术的各部门的批评，以及断片的文艺史料。作品及研究文字暂时不想刊载，这不仅因为篇幅太少，在文艺刊物的分工上，我们所能担负的最多只是一个近似小型文学报的任务。

希望由于这一小刊物的传递，使分散各地的作家们能够互相知道生活的近况、写作的勤惰和各地文艺活动的兴衰起落，因而感到一点自己世界的温暖，并因给予自己的挣扎于寂寞而辛苦的工作中的灵魂以些微的安慰。

既然一片新芽在寒风中抽出来了，我们祈祷着跟着到来的正是一个百花怒放的春天。这里，我们谨为抗战文艺的繁荣祝福，为作家们的健康祝福。

1942 年 3 月 20 日

诗　丛

编者小语

晏　明

当我们从艰辛的怀孕的日子里爬过来，我们战栗的透了口气，把这难产的婴儿捧到大家的面前时，我真感到无限的不安和诉说不出的愉悦呢。

我们不愿高悬着漂亮的旗帜，更不愿站立在漂亮的旗帜下作着虚无的抽象的喊叫。我们不懂什么"派"或者是什么"化"，也不愿跟在什么"派"或者是什么"化"的尾巴后干着自欺欺人的勾当。我们所有的，只是一颗灼热的爱情的心。我们热爱着诗艺，我们热爱着为争取自由的神圣的抗战。这样，我们的心里，只有着学习，只希望着在抗战的池塘里□些小小的蛙鸣——让我们底声音打进众人的群里去！让我们底声音刺激那些昏迷不醒的人们！让我们底声音打击那些违背了民族的利益的人们！……

关于内容，我们是这样打算的：创作译诗和诗论，在可能时，我们都力求充实。特别是创作，我们不独希冀着"量"的增加，也要求着"质"的发展。并且，我们打算多采用些青年朋友的好的创作。

我们是绝无门户之见的，我们绝对乐意和欢迎全国诗作者们赐给我们援助和指教。这稚小的婴儿，是大家的，我们虔诚地祈望全国诗作者们底乳汁的哺育。

我们很感激而且乐于接受王平陵、常任侠诸先生给我们的帮助和鼓励。我们也向在出版上给了我们许多帮助的姚仲刚、王效良、杨祥生诸先生致谢。

最后，我们要向赐稿诸先生特别道歉的是：我们拖延了出版的时间，因为印刷的过于困难。

1942 年 3 月 10 日

拓荒文艺

前面的话

"这世界就像一个蔓草不除的花园，那些蔓草长的连实都结了，污秽的下贱的东西，蓬蓬勃勃地满目皆是……"

——莎士比亚

"我们，生活，就为了要给世界拓条路……"

——托尔斯泰

"什么是路？就是从没有路的地方践踏出来的，从只有荆棘的地方开辟出来的。"

——鲁迅

"野地里的草，今天还在，明天，就要丢在炉里……"

——《马太福音》第七章

"栽培的人……遇见……凡属不结果子的枝子，他就剪去，凡结好果子的，他就修理干净，使枝子结果子更多。"

——《约翰福音》第十五章

"有一个撒种的出去撒种，……后来结实，有一百倍的，有六十倍的，有三十倍的。"……

——《马太福音》第十三章

"他们是被历史要求着，来创造生活的新的条件的。"

——高尔基

"手把着锄头锄野草呀，除去了野草好长苗呀……"

——陶行知

1942 年 3 月 25 日

月季花

发刊词

在目前抗战这个艰巨的环境里，文化之进展效率极为迟慢，新闻工作者虽极端努力挣扎，结果恶势力终于被有力的奋斗突破了。

这一次的创刊，完全是为了推行国家总动员，倡办军中文化，启导青年写作，以轻松文艺的笔法，凭着青年的热忱与冒险努力，以十余同人的意志力量集中，站在国家民族至上的立场，尽我们所有的力量促成军事胜利第一为目的，并本着总裁所指示新闻事业四项工作纲要：

（一）尽善普及宣传之责任

（二）尽善宣扬国策之责任

（三）尽善推进建设之责任

（四）尽善发扬民气之责任

本刊同人纯系革命斗争的干部，誓愿本着抗战建国纲领，为彻底宣扬三民主义的努力，贡献所有的力量尽忠于党。不过我们的能力脆弱，经验幼稚，尚祈贤明政府及文化先进之领导和启示，并助于本刊之倡行，俾早日达成抗建胜成万一之使命，则文化事业幸甚，同人等亦幸甚。

1942 年 6 月 5 日

文化先锋

我们的态度

一民族有一民族的文化；一时代有一时代的文化。实际上因为有文化的特点，才可显出民族的特点；也因为有了新的文化，才更显出新的时代。

文化的形成包含了两种因素：一则有空间性，一则有时间性。

空间性是指某一民族所处的地理环境。举凡土壤、气候、山川、物产以及一切的自然现象，使居住在那里的人们形成一种生活方式，这种生活方式的总和就是构成某民族的文化的外貌。各个民族因地域环境的不同，于是有各民族的文化。

时间性是指某一民族所处的时代潮流。举凡圣哲的思想、天才的发明、社会的风尚、国家的法令，乃至一切典章、文物、宗教、艺术等等无一不足以表示一个时代的特色。潮流所趋，大力莫挽，势必蔚为一个时代文化的骨干。此种文化潮流的演进或转变，在某一民族与别的民族接触时，往往更易发现。一民族因生存上的必需，在与异民族接触以后常常或大或小改变其旧有的生活方式与传统的思想类型而适应环境与时代，于是产生新的文化。

所以一个民族如果没有认清他的地理环境，或对于与异民族接触后所产生的影响出于漠视的态度，自然不会显出新的时代，而使其民族有焕然一新的气象。时代的真正意义，并不是像历史教科书上划分的一百年、二百年或数百年而言，而是生活方式上或思想体系因外来民族的接触而不得不有所演进与改变后这一段落而言。各民族各时代的文化，就由这种空间性与时间性的因素的交流互映而产生出各式各样的类型。

我国自满清末年被鸦片战争的炮火轰醒以后，一百年来大家都知道仅恃旧有的生活方式不足以竟存，传统的思想体系必须有所检讨与修正，方可适应此时代的新潮，于是新的文化运动就接踵而起。开始是曾国藩、李鸿章辈的洋务运动，继之有康有为、梁启超的变法运动，而民国初年以后，又有陈独秀、胡适之的新文化运动与所谓全盘西化的主张，更有陈立夫倡导的中国文化建设运动与十教授的中国本位文化的主张。其间成败得失，这里姑且不论，可是我们不能不郑重指出的，乃是国父孙中山先生所首倡以及蒋委员长所继承领导的国民革命运动，在中国文化史上的地位。我们要说：国民革命运动以三民主义为号召，实在就是一种最有力量的中国新文化运动。因为没有国民革命，中国这一个古老的国家，拥有四万万五千万人口的大民族决无走入一个新时代的可能，而新时代则固因世界潮流所趋，势所必至者。中国的文化，如果没有国民革命这种大力量开启其革新与复兴的大门，以为此民族竞存于伟大的新时代奠其稳固不拔之基础，则中国终必至于沦亡。而我们的看法，三民主义的国民革命，不仅是一种政治运动，不仅是一种经济运动，不仅是一种社会运动，而实实在在是一种包含一切，发动一切的中国新文化运动。所谓政治，所谓经济，所谓社会，乃至人类一切精神的物质的活动，本来都是在文化绩业范围之内的东西。我们站在文化的观点上看，三民主义的国民革命就是一种最大的新文化运动；尤其是在今日，世界反侵略大战发动以后的今日，国民革命所持的三民主义不但是中国的新文化运动，而且应该是全世界人类的新文化运动。

只要是中国人，甚至只要是人，从良知上讲，没有不承认民族应独立（自由）、民权应普遍（平等）、民生应发展（博爱）的。所以三民主义已不仅是中国国民党的主义，而是中国全民的信仰，也应该是世界人类最高的理想。中国国民党的总理已被全国民众认为创造新中国的国父，同样，他所创造的三民主义也被全国民众认为改造新中国的不二国策。我们既有一致的国策，一致的信仰，那就应当根据这种国策，固守这种信仰，集中一切的意志与力量以求三民主义的文化之建设，这是何等的伟大工程啊！这个伟大的新文化运动决不是几个人或几十个人甚而几百几千人的力量所能胜任；这个重任，全国的哲人学者，以及各科专家当仁不让，应该共同努力担负起来。不管是哲学家、文学家、艺术家、自然科学家、社会科学家，都有他们自家一份的责任。我们既有一致的国策，一致的信仰，那么，全国文化界各部门的哲人学者专家就应该从新考虑一下自己所专长的学科，所从事的工作，今后应当怎样研究，怎样进行，庶几可以达到建设三民主义文化的共同目标。这个《文化先锋》的刊物，就是供给各位哲人学者专家发挥议论的园地！我们不是几个朋友的集团，也不想来办什么机关报，却愿把这刊物看成哲人学者专家的喉舌，他们的理论的会萃所。只要是不背于中华民国建国最高准绳——三民主义的主张言论，本刊无不欢迎。

　　有些人只认研究哲学、宗教、文学、艺术、新闻、出版、戏剧、电影以及研究各种社会科学者为"文化人"，而将从事于工程医药等等以及一切自然科学的研究者摒之门外；我们愿指出来这是极端的错误。文化的绩业分精神与物质两方面，哲学、宗教、文学、艺术、新闻、出版、戏剧、电影与各种社会科学的专家学者固为精神文化之建设者。而工程医药等等以及一切自然科学的专家学者乃为物质文化之建设者。人类一切的活动无非是求生存。而人类于求生存时，势必人与人相接触，人与自然相接触。人与人接触的结果，产生各种社会科学（文艺等等都包括在内）以促社会的进步；人与自然接触的结果，产生各种自然科学以征服自然，利用自然，必如此，双管齐下，而后人类的生活乃日趋于丰富，日近于美满。且文明与野蛮的分别，就在看人们征服自然利用自然的能力高下以为断，故文化建设没有自然科学家从中努力，恐永远不能有圆满成就的建设，所以我们希望研究自然科学的专家学者也在本刊上来发表他们对于建设三民主义文化的议论与主张。举一个例吧，譬如，国父实业计划究应如何实施，这就是三民主义文化建设运动中一个很大的问题。研究自然科学的专家学者不起来写出他们的意见，还待谁来？

我们既有共同的目标，且我们都愿致力于中国新文化的建设，那么，就应当遵从我们最高领袖蒋委员长所指示的"以三民主义的宇宙观与哲学观，从新建立各种学术的体系以及一切文化事业的中心"，来完成我们新中国文化运动的任务。我们的态度是如此，万分诚恳的祈求全国哲人专家学者的共同努力！

1942 年 9 月 1 日

时代生活

生活的意义（创刊献词）

自有历史以来，便有生命，也便有生活，有了生命，必须生活。但生活是因人因物，因时因地而有不同。人类的生活，与动植物的生活，便有不同。就是同样的人类，因着环境的不同，时间差异，在他们中间，却就有了令人不能相信的差别。正像易经的八卦，有着万端的变幻，宇宙万物的生命，曾在历史的途径上，留下了无尽变化的轨迹。

然而在这无尽变化的轨迹中，我们却曾发现一种共通的□□。就是无论何种生命，都有一种适应环境的方法，无论在何种环境之中，不论是空沙无根的荒漠，冰山雪地的寒区，或是酷热□□的赤道，只要是在宇宙中间的一角，无不有着神明的存在，而都能适应环境，应付自如，继续生存。

在这中间，自然还有着"适者生存"定律的支配，许多不适者都在时代大潮中淘汰了，牺牲了，剩下的便都是适者的优秀的与进步的，于是便有新的生活的创造。

一枝草木，从萌芽到含苞开花，其间无时不在于环境奋斗，风霜雨雪的压迫，水旱灾患的挣扎，阳光空气的争取，不适者不待开花而枯了，适者乃胜利地开起鲜艳花朵，把它光荣奋斗的史实，写在它结下的果实之上，让下一代的子孙。□□□它的□的记载，做□□□□□门的范阶。生物学家称这作用为新陈代谢。

人类的生命，也在这同一新陈代谢作用之中，适应生活，改进生活，创造生活，以及文化的□□□留传。而我们的光荣奋斗的史实，便好比那草木，开起格外鲜艳的花朵，而把更美的果实，留传给了后代的子孙。

可是人类的生活，决不像草木简单，有了个人的生命，乃有家庭的生命，乃有社会的生命，乃有国家的生命，乃有世界的生命。我们为了个人生命的延续，乃必须谋家庭生命的延续，乃必须谋社会生命的延续，乃必须谋国家生命的延续，于是必须求得个人生活的适应，于是必须求得家庭生活的适应，于是必须谋得社会生活的适应，以至于世界的新的生活。从个人生活、家庭生活、社会生活，以及国家生活和世界生活的改进，而达到个人的，家庭的，社会的国家的乃至于世界的新的生活的创造。

生活的意义，便在此了，我们为了生命，必须生活，然而为了不愿做时代大潮中所淘汰的尘土，我们必须不断努力奋斗，伴随着时代，适应生活，改进生活，创造新的生活，在历史的过程中做成一个有意义的□□□□。

1943 年 2 月 20 日

东方文化

为本刊迁渝出版说几句话
梅汝璇

东方文化创刊于民国卅二年五月，原在成都出版，已有一卷问世。去年本社同人，认为有将本刊迁到陪都出版的必要，经过相当时期的筹划，终于在今天和读者见面了。在这里我们除向关怀本刊的友人深致谢意外，我们还要重申同人创办东方文化社的初衷和建设新中国文化的管见，俾爱护本刊的读者们有一较深的认识。

我们知道，自信是最有力的武器，我们对于自己的国家，更应当有"自信"。谁都不能不承认，中国文化，有着悠久而辉煌的历史，它在东方文化的领域里，占有着领导的地位，我们相信：假使中国文化不能成为东方文化的灯塔，东方文化将永远没有光芒，中国文化不能成为世界文化的指南针，世界文化的进程将迂曲而迟缓。

因此，我们要向那些轻视中国文化的人，尤其是某一部分中国人，提出有力的反证，来证明中国固有的文化，自有它的传统精神与价值，而中国人智慧的表现和发展，也有它独特的地方，较之其他国家，并无逊色。但是，我们并不讳言，近百十年来，中国在本位文化方面的表现，似乎是有点衰萎，正因为这样，我们要提高警觉性，振发自信心，来整理我们祖先的文化遗产，供它宏扬光大。

在方法上我们觉得：要想发挥东方文化的精神，宣扬东方文化的价值，必需具有冷静的头脑，科学的方法，以及纯客观的态度，记得本刊主编在发刊词里曾提出过："中国文化必须科学化，外来文化必须中国化"，其意义即在此。

一卷以还本刊已广泛地获得思想界的同情，许多权威学者像萧公权、萧一山、钱穆、杨家骆、姜蕴刚、何鲁之、冯汉骥、李安宅、李季谷、陈石孚、刘觉民、朱建民、钱孟侃、谢文炳、黄右昌、邵潭秋、程天放、梁寒操、邵力子诸先生都曾为本刊撰文并引起激烈的东方文化论战，而且本刊创刊号再版达三次，销行逾万份，这些事实，充分地证明了我们认识的正确，大大地增加了我们维护本刊的热忱！

建设新的中国文化是一件伟大而艰巨的任务，今天本刊既已迁渝出版，际此人文荟萃之地，它将以更充实更庄严的姿态出现，固意料中事，但值兹抗战的第九年代，出版事业的困难重重，亦意料中事，因此令人一则以喜，一则以惧，深望海内硕彦不吝指教扶持，让我们共同担任起对祖国对人类的文化使命。

1945 年 4 月

中　原

附：编者的话

郭沫若

朋友们要我来主编这个以文艺为中心的月刊——《中原》，好容易算把创刊号编出来了，敬呈在读者的面前。

我自己并没有主编过任何杂志，往年创造社虽然也出过一些刊物，但多半是成仿吾或郁达夫主编，有时是我和他们合编，我自己来主编杂志，这回要算是第一次。

杂志的编辑在中国是很进步了。因为缺乏经验，我自己很感觉困难，在形式上难能恰到好处，在内容上恐怕也很难满足读者的希望。万一读者诸君的期待过高，因而致使读后的失望转剧，那我首先便应该告罪。

但我也算尽了我的努力，搜罗了不少的朋友们的大作，在我自己是相当满意的，我想对于读者诸君总得多少有些贡献吧。

我在这儿首先要向寄稿诸君致谢，至于诸君之人与文，我想是用不着介绍的。

在每种杂志的创刊开始，照例都有一篇发刊辞，朋友们有的也劝我写一篇，但我考虑的结果把它省掉了。因为主编杂志并不像主持内阁，要来一篇施政方针。我可以说完全是一张白纸，园地是绝对公开，内容是兼收并蓄，只要是合乎以文艺为中心的范围，只要能认为对于读者多少有一些好处，我们都一律欢迎。因此创作也好，翻译也好，小说、诗歌、戏剧、评论以及关于其它姊妹艺术部门的研究介绍，我们都一视同仁，毫无轩轾。

自然，限制多少总是有的。譬如在思想上祖护法西斯主义的自不用说，即使稍微带些那样的气息，我们也只好敬谢不敏，不能让那样的豪杰来扰乱《中原》。

又譬如接受遗产我们是强调的，但我们所企图接受的是精神，是要以科学的方法来抉别和阐发。如一味的泥古不化，或拘泥于文言文与旧形式的古董，自然有接受它们的古董店或博物馆，我们这儿也是只好恕不招待的。

文言文的是非自在论外，我自己也有时写写文言文或旧诗来消遣；但在本志我们要求其统一，不愿有华裳黼黻来配上长袍马褂或中山装，如此而已。

大凡主编杂志，向来的习惯似乎是以编者为主。某人主编某志，似乎就是某人或某一小部分人的天下，这情形我看多少还是封建意识的表现。

但如在资本主义的英美乃至日本，杂志的编者只是技术上的员工，对于杂志的内容并无若何直接的参预。要说这是杂志的商品化当然是不错的，但那种商品是经过社会化的商品。我们的杂志又何尝不是商品？不过还多少带着手工业的气味而已。

社会化的过程是必要的，我们又看看社会主义国家的苏联吧，小俱乐部形态的刊物差不多是绝迹了。有名的《国际文学》，尽管主编者换人，而杂志的内容及其它并不因之而受影响。

我现在主编这个杂志，我也想极力减少个人中心的偏向，要使它成为真正的公有园地。为要实践这种意思，我在这创刊号里面把我自己的文章摒除了。

成名作家的文章当然是我们所欢迎的，但我们却不愿只看见人们的名而不看看人们的文。文坛的明星主义似乎也是应该清算的时候。杂志未出，争找名人，名人人数有限，力量也有限，于是乎大家只顾面子，苟且敷衍，这种会害了名人，也害了文艺。

我们的水准也并不高，眼光也并不大，总希望严肃而不苟且的作品。只要是用过功夫，苦心地写出来的东西，即使是出于无名的青年之手，我们也特别重视。遇必要时我自己还愿尽修改的义务。

这只是一个发轫，我是决心让它朝完善处走的，一期复一期地总会渐渐地充实起来。

但这不是我一个人的责任，而是大家的责任，我是想极虚心地接受批判的，无论是读者或作者希望能够不吝惜并不容情地时常指示，错了的我们一定照改，不足的我们一定加以补充。

我恳切地希望，作者、读者和编者能够打成一片，使这《中原》成为理想的刊物。

五月八日

1943 年 6 月

民族文学

编辑漫谈

民族文学运动，自从去年在《大公报》正式提出后，引起各方面许多的同情和攻击。但是世界上只有真理，才能够推动时代。只有真理，才不怕别人的误解。民族文学运动，能否成立，就是看它本身是否把握着真理。现在把两篇文章，重新整理，合成一篇，以代替发刊词，同时希望大家参加讨论。

论坛的目的，并不在消极地讥评现实，而在积极地建设原理。有许多时候，一篇长文章，不如一篇短文章，因为它不征引支离的事实，不用绕弯的证明，直切了当，一针见血。这正是西哲所说从一个山峰到一个山峰的巨人步伐。在中国现代文体，日趋于繁琐铺张，沉闷复杂的时候，我们希望能够给读者一剂清凉散。

搁笔多年的孙大雨先生，这次又重新以华丽的散文和读者见面，这已经够令人兴奋。孙先生翻译的莎士比亚，自然是名山事业，就是这一篇序文，也是琳琅满目，精力弥漫，在现代散文中自成一格。孙先生今后还要继续作本刊特约撰述，替本刊写作诗文，这自然是惊人的消息。

西南联大外语系教授吴达元先生，研究法国文学二十余载。这次以轻松的笔调，介绍法国的戏剧诗人——高乃依。高氏为法国三大戏剧家之一，和莫利哀、纳辛，势成鼎足。吴先生这篇文章，可不是平常的传记，到处都有特殊的见解。尤其是以坚强的意志，解释高乃依悲剧的英雄，令人耳目一新。

《花瓶》为《野玫瑰》的前身。作者最初完结这一篇短篇小说以后，搁笔一年，然后才根据它写成剧本。时间缩短，人物加多，情节变复杂，对话改明亮，结局有出入，一切都依照着戏剧发展的原则。小说和戏剧不同的地方，参考比较，亦饶兴趣。

朱光潜先生的学识文章，早已深入每一个读者的心坎。这次朱先生讨论文学与语文的问题，计分上中下三篇，上篇论内容形式与表现，中篇论体裁与风格，下篇论文言白话与欧化，均将次第在本刊发表。在上篇里朱先生第一步要求"语文的精确妥帖，心里所要说的与手里所写出来的完全一致，不含糊，也不夸张。最适当的字句安排在最适当的位置。那一句话只有那一个说法，稍加增减更动，便不是那么一回事。"寥寥数语，精确绝伦，本刊今后，将奉此原则，为选择文体的指南针。

作旧诗词不难，作旧诗词而能摆脱前人窠臼，推陈出新则难。梁宗岱先生的《鹊踏枝》居然克服了这一个难关。中间有许多鬼斧神工之句，如像："强作朝韵，掩却心头暮"，中国旧诗词里，朝暮二字，从未经人这样用过。

中国有数千年来的历史，在欧洲许多民族还在森林中居住的时候，我们已经有许多崇高优美的文学。然而这一些远传的宝藏，到底有没有世界性呢？到底对于世界文化的现在和将来，还有没有价值呢？唐密先生，用崭新批评的标准，哲学的眼光，来重新估定一切价值。他给我们一种不同的观点，替我们解答一个困难的问题。

朱自清先生的散文，整洁细腻，青年人都喜欢阅读。这次他虽然替人作序，仍然保持他原来的作风。自从《少奶奶的扇子》在中国舞台上成功，许多人都知道英国戏剧家王尔德，然而影响王尔德文学理论最深刻的瓦特、贝探，却还没有人介绍。贝探的审美文艺论，在英国曾经风行一时。贝探的散文，精心刻意，一字不苟，他能用最少的语言，表示最多的意义，同时却表示得那样亮，那样美。费鉴照先生在武大教授之余，作这一篇介绍，是一个有价值的贡献。

沈从文先生的《烛虚》两年前在《战国策》上发表，曾经轰动一时，此次又以同样笔调，讨论出路问题。我们很高兴，沈先生对社会的热情，仍然与时俱进。

林同端女士为林同济先生之令妹，联大外语系高材生。所译曼丝斐尔短篇小说《心理》，文笔流畅细致，的是上品。

《饮歌》为《无情女》剧本中插曲之一，原作因黎锦晖先生配音乐时，加以斧削，以述适合唱歌跳舞节奏。黎先生这种热情的友谊帮助，最足令人感谢。今仍将原作披露于此，一以存真，一以免除掠美的嫌疑。

辛郭先生对于《狂飙》同情的指谪，是作者所乐意领教的，但是他猜度前三十一章是旧作，后六章是趋时，却是错误。因为这一部长篇小说，是在昆明一气写成的。怎么样从个人的"狂飙"达到民族的"狂飙"，这正是全书的结构，也就是怎么样从五四运动的个人主义，转变到现阶段的民族主义最主要的关键。

1943 年 7 月 7 日

风土什志

发刊旨趣

人类生活中，无论文明与野蛮，他们每一群的心灵上，差不多为旧日的信仰、习俗和许多奇妙的事情所占领，几乎影响民族整个的生活方式。所谓"千里不同风，百里不同俗，"这种因地而异的风土，决定民族的思想、生活，形成民族的文化。而且充分显示着人类的率真、纯洁和性情，也反映着人类的野蛮、剽悍与凶恶！

在这种生之过程上，为了对宇宙万物崇敬或征服的缘故，于是与人发生了切肤的关系；尽管天体的运动是繁复的，蝼蚁的生活是渺小的，然而，它们有意或无意中影响着人的生活，其间不知到底有多少有趣的纪事、动人的画面，值得我们描叙的。《礼记》有："君子入境而问禁，入国而问俗，"古人尚注意一方的风土，际此民族文化和思想文化交流的今日，而当作进一步的探求与了解，如像对我们的敌人——日本，从风土人情里，得知其贪婪的、残酷的劣根性，比较真实深刻些。

我们虽没有赵武灵王胡服骑射那种移风易俗的精神，但我们对民族间的风俗，愿以激浊扬清的态度，加以阐扬和改进，借此对增进民族间的友谊，略效绵力。因之本志的性质为"研究各地人生社会既往与现实的人文地理及地理知识，收集各方风土人情资料，作详确广泛的调查报告，且客观的描述当时社会环境，阐述其衍变等历史与地理的因果关系，作现实问题之参考。"内容方面，摒除空泛的理论，力求真实，趣味；行文尽可能的达到生动化、故事化的原则；即是说我们将以"雅俗共赏"的姿态，供献于读者之前，从而获得一些宇宙间森罗万象的知识。

可是，这工作太艰巨了，而我们的能力却非常的薄弱，因之我们很虚心的期待贤达的匡助和指教！同时，我们应深致歉意的，就是本志经过十个月的筹备，三个月的印刷，这悠长的日子里，我们感谢作者和读者的关怀，而对目前印刷的困难，也有着无限的感慨。

1943 年 9 月 30 日

文风杂志

发刊词

萧同兹

易经上凡有"巽"的卦多和文教风俗相关；像"以懿文德"（小畜），"以教思无穷"（临），"以振民育德"（蛊），"以观民设教"（观），"以居贤德善俗"（渐）都是。由此可见提倡学术（文）对改良风气（风）有极大的影响。

《文风》创刊，愿达到两点任务：第一是学术性的提高；第二是时代性的注重。讲到学术性，我们不敢以通博相高，但我们却愿开风气之先。学术为国家命运所系，且与政俗变迁息息相关，委员长曾向我们启示：他认为"造成实践力行的学术风气"在今日已刻不容缓，而且他更望我们"真能了解今日实为我中国文化继往开来存亡绝续的最大关头"。我们惭非学人，更有愧于通人。我们还未能尽"穷理""知言"之功；但我们却很想对"研精""明察"切实加一番努力。我们不尚空言，却不愿知而不言；但我们如有当求无愧于口，更当求无愧于心。我们想立己，也同时想立人；我们对"造成实践力行的学术风气"具有诚心，也希望"实践力行"因思想的倡导而成为社会风气与政治风气转移的动力。

讲到时代性，中国文化已临到"继往开来存亡绝续的最大关头"，在今天最值得我们重视；委员长对此点指示得极为剀切，他认为"此次世界大战最后的效果，无疑归结于文化；所以此次战争，亦可说是文化战争。欧美三百五十年来民族主义、民主主义与社会主义的成败兴亡皆在此一役；中国五千年悠久的文化及其道德精神之兴废亦以此役为试金石"。我们不能不惊服他眼力的锐敏。

我们在一切为着抗建的前提下，以为中国文化但为着抗建便算它执行了时代任务，但战争是时代的主导力量，它转而影响文化，选择文化，因此，使我们对文化自身的时代性不得不加一番冷静的考虑。我们不能全无定见，或固执己见，在现在，在将来，负得起时代使命的中国文化决不全由我们主观认定，但谁是负得起这使命的中国文化我们必加以确切把握。因为，我们为世界人类，为国家民族，为中国文化自身的发展，都不当再误用聪明才力于浮辞的纷纭，反因而遗弃了笃实践履，阻碍了民族解放，国家建设的前途和人类和平的曙光。

1943 年 12 月 1 日

江　声

发刊词
刘庭槐

立言为不朽之事业，未可以草率从事也，故古人为文，必言之有物，以适合乎文以载道之义。其能臻于精深博大之境者，以时间言，可资流传，使百世而后奉为师表，以空间言，其潜移默化之力，虽海角天涯，亦能无远弗届，文字之功用如此，握管者应悉心体会，勿稍忽视。

后人为文者，往往以宗派继承者之面目示人，而树立崖岸，以使人莫测高深。其实迂腐之谈，无裨实用者有之；字句艰空，空洞无物者有之。其文虽字斟句酌，古色古香，而已离道甚远，功用全失。

道之一字，幸勿以为即玄妙难言之义。韩文公云："博爱之谓仁，行而宜之之谓义，由是而之焉之谓道。"由此可知举凡一切修齐治平之方法，事无大小，皆可谓之道，故道之于人，确未须臾离也。

载道之文，首应有不可磨灭之真理，尤应以辩才无碍之笔调，而以随缘说法之方式出之，始足以引人入胜，收得为文之预期效果。

抗战以还，敌人时施其"神经战"，加以汪之邪说，异党之中伤，又从而助长其声势，人非上智，罔不被其欺骗与蛊惑者。吾人为示人以准绳，纳思想于正轨，惟有积极作文字上之有效宣传，除此固无他途可循也。因此古典派之文字，以及毫无内容无病呻吟之作品，均已不宜于今日。

本刊应下东之需要及时出版，目的为宣达抗建国策，阐扬三民主义，以期集中全民意志，共趋于复兴运动之一途，而完成神圣之使命。文字以不背载道之义为主，而方式则嬉笑怒骂皆无不可，譬之人之应世接物，岸然道貌，往往使人畏而却步，固不若落落大方者之易于近人也。质诸读者，不识以为何如。

1943 年 12 月 20 日

天　风

中国的前途

——发刊辞

吴耀宗

中国的抗战已经到了一个最严重的阶段，中国的前途如何，就看我们如何渡过这一个危急的关头。

这几年来，我们的努力是艰苦的，我们的牺牲是巨大的，然而我们能够支持到今天，这不但超出了友邦人士的估计，甚至也超出了我们自己的估计。于是，我们的国际地位提高了，我们的自信心理加强了，这是中华民族有史以来的一件大事。

但是在最近二年，形势忽然改变了。我们的国家本来就是千孔百疮，几年来艰苦的撑持，更使我们捉襟见肘。去年九月间举行的参政会会议，就是这一种形势的反映。在这个会里，贪污问题、兵役问题、财政问题、军事问题、外交问题、党争问题，以至其他许多关于民生疾苦的问题，都曾有过坦白的揭发和公开的讨论。我们一方面固然庆幸大家没有讳疾忌医，像鸵鸟的埋首沙里，另一方面，我们也深深地体会到我们目前问题的严重。

这一种形势，在国际的舆论中，也明显地反映出来。二年以前，我们所得到的是无条件的夸奖，是理想化的崇拜；二年以来，怀疑的声浪逐渐传到我们的耳鼓：中国是不是一个民主国家？她有没有继续抗战的能力？她会不会发生内战？起先是在野舆论的批评与指摘，后来是同盟国执政者公开的讽刺与责难。不幸在这时候，敌人在我国战场上，横冲直撞，有了巨大的发展，甚至威胁到我们抗战基地。于是我国的声誉，一落千丈，其极端者，甚至以为中国只是一个地理上的名词。

在这种情形之下，国内有没有厌战的情绪和失败主义者的论调呢？没有，绝对没有！欧洲的战争，已经到了决定的阶段，太平洋的战局，亦正顺利而迅速地开展着。全世界法西斯的力量，已经到了日暮途穷的时候。这样的局面，是绝对不容许任何失败主义者存在的。然而，不可否认的，一年以来，在大后方弥漫着的情绪与空气，是悲观、是失望、是疑惑、是彷徨。似乎我们已经失掉了自信，似乎我们已经模糊了对国家民族前途的憧憬。苟且偷安的趋向，营私取巧的现象，先己后国的思想，无可奈何的心理，都一齐暴露在我们的眼前。有人甚至把这时候的情形，比之于三百年前甲申年间的光景，这也许是过甚其词，然而这种现象之使人惊心怵目，却是一样的。

然则中国的前途是怎样的呢？我们敢毫不迟疑地说：中国的前途是光明的，正如世界的前途是光明的。我们的世界，是在一个大转变之中，这转变的特质，是一切法西斯力量的清算，是政治民主的建立，是经济民主的推进，是弱小民族的解放，是帝国主义的没落。这不是几年间可以完成的转变，甚至不是几十年间可以完成的转变，然而这是一股洪流，是历史定律所决定的必然的演变。没有人能够塞住这一股洪流，没有人能够阻止这一种演变。我们中国在这大时代中，适逢其会，也要从数千年所遗留下来的腐恶传统中被解放出来，变成一个崭新的现代国家。辛亥的革命、北伐的成功、七七的抗战以及未来建国的艰巨工作，都是解放过程中所必经的阶段。这一个途程是迂回曲折的，然而中国不能停留在现在的阶段，中国不能逆着世界的潮流往后退，这是一个明显的道理。英国的学者拉斯基在十月八日《大公报》的《星期论文》上说得好："战后的中国，除非建立在经济民主制度的基础之上，它的胜利是不能持久的。除非中国的首领们按照这样政策去设计，中国的打败日本，只能看作两个战争中间的休止期。……一个资本主义的中国是不能希望成为一个民主的中国的。资本主义能生存在民主制度的机构里的时代，现已成过去。这就是这次战争的真正意义所在。"

这是对于中国本来趋向的话。现在呢？敌人重兵压境，节节前进，人心的忧惶焦急，为八年来所未有，现在战局虽然好转，但危机依然存在。盟邦虽然没有袖手旁观，却有远水不能救近火之叹。为要实现我们对未来中国的憧憬，我们就不得不竭智殚虑，赴汤蹈火，去挽救目前的危局。

然则我们对目前危局，应当怎样应付呢？从中国一般国民立场来说，我们认为我们负有以下几种重要的任务：

第一是民意的团结。现在全国人民最急迫的要求，就是救亡图存，争取胜利。这一种民意，不但须要宣达，也需要团结。民意要怎样才能团结呢？这几年来，似乎我们只听见窃窃的耳语，只能感到无可宣泄的愤怒，只能听见若断若续的呻吟。民意的不能宣达，可以说是造成现在悲惨局面的一个主要原因。我们能不能打破这一种局面呢？我们认为是可能的。我们要把我们心坎中所要说的话，把我们对国家民族的希望，把我们自己亲身所感到受到的痛苦，大胆的说出来，公开的说出来，一个传十，十个传百，作有计划的组织，作有效率的宣传，使我们微弱的声浪，渐渐变成山崩地震的吼声，这样的吼声，就像一股澎湃的洪流，可以转移目前恶势力的形势，终于使政治的趋向，不得不依照民意所指示的途程而迈进。

这一种民意的具体表现，现在已经逐渐形成了，它要求言论的自由；它要求人权的保障；它要求国是会议的召集；它要求国共两党精诚密切的合作；它要求把国家民族的利益放在一党一派的权力地位之上。它要求刷新财政、增加生产、整饬军纪、提高士兵的生活，使一切人力物力都集中于积极反攻、争取胜利的军事设施上。它要求贪污枉法的事实无情的暴露和严重的处置；它要求政权的开放和各党各派人才广泛的延揽以应付目前危急的局面；它要求人民生活的改善和营私殃民的行动有效的加以制裁。它所要求的不是纸上的空谈，不是官样的宣示，不是不兑现的支票，而是具体的，诚意的，大胆的，切实的计划与执行。人民对政治的主张，仅有多少的不同，然而他们对于救亡图存最低限度的办法，可以说是完全一致的。人民是最公正的评判者，民意能够宣达，民意能够团结，则许多似乎不能解决的问题，像这几年来国共两党间的问题，都可以迎刃而解。

第二是信仰的建设。要建立信仰，就要有历史的眼光。历史所昭示我们的，只是一个简单的定律：人们要生存，要美满地生存；

人们要做自由的人，不要做奴隶；人们要平等，要使地上所生产的和人类文化所创造的，从少数占有的状态中，变成公有公用的财产。自有史以来，人们不惜任何代价去争取的，就是这些东西。在这一次世界大战中，在中国的抗战中，我们所争取的，也应该是这些东西。这是人类生存的法则，顺乎此者，是进步的力量；逆乎此者，是反动的力量。反动的力量，无论它穿着什么美丽的外衣，喊着什么好听的口号，无论它怎样得了一时的胜利，终会被大时代的潮流所冲倒，因为它的基础是建立在沙土上面的，因为它是违反人民公意的。抱着这样信念，我们才能从消极悲观的情绪中被解放出来，变成大时代前驱的战士。

第三是风气的转移。我们在上面说过，形势虽然严重，国内却没有厌战的情绪，没有失败主义的论调。相反的，我们相信，大多数的民众，他们爱国的热情，他们为国牺牲的决心，并没有减于七七发动抗战的时候。只要他们有用武之地，只要他们晓得他们的血汗不致白流，他们是可以前仆后继，绝无返顾的。然则所谓风气的转移，指的是什么呢？所谓风气的转移，就是要把消极的放任，变成积极的有为，把无可奈何的畏缩心理，变成即知即行的坚决态度。一间房子被雨淋风吹，快要倒塌的时候，大家的态度不应该是咨嗟太息，袖手旁观。房子要修理，要改造，大家就要动手，如果有人妨碍这工作，就要把他说服，在不得已的时候，甚至把他打倒。我们也许觉得事情太大，个人的力量太小。这感觉是不错的，但我们不只应当感到匹夫有责，也应当晓得众志成城。一个人的力量有限，千万人的力量，有计划地结合起来，就可以倒海移山。凡是对房子的安全有帮助的，无论贡献的大小，都是有意义的。我们所应当造成的就是这一种心理，这一种风气。

也许这是中华民族一个苦难的时候，也许中华民族必须经过一次烈火的洗礼，才能烧净现在的渣滓，获得她的新生。但我们坚决地相信，我们是必定能够胜利地渡过这个苦难的。因此，我们便坚决地相信，中国的前途是光明的，正如世界的前途是光明的。

本刊是一个基督教的刊物。基督教对社会生活的基本主张，是自由平等与博爱。这一个主张的基础就是上帝为父，人类是弟兄的信仰。现代民主主义，大部分是从这种信仰产生出来的。把这一个富有革命性的信仰，应用在中国现在的问题上，使它能够变成转移危局，救赎人生的力量，这就是本刊的使命。

本刊的取名《天风》，没有什么深刻的意义。"天风"二字，在中国文学上是一个熟识的名词，它也多少带点宗教的意味。在现在忧患交煎的时候，我们愿意同着读者，仿佛登了一个高山，仰观俯察，顾后瞻前，让天上飞来的清风，把我们混乱了的脑筋，吹得清醒一点，把我们迷糊了的视线，弄得明亮一点，把我们沉闷了的心情，煽得火热一点，《天风》的意义，如此而已。

．1945 年 2 月 10 日

新　军

编后小记

《新军》创刊号，在匆忙与苦痛中，终于送到读者面前了。由于种种困难条件，把已经审查过的稿件又抽出了几篇：有林曦先生的《发挥大众语的音韵美》，芦慈先生的《想像与真实》，铁弦先生译的《伟大的革命诗人》，赵蔚青先生译的《流落者》，高寒先生译的《从永久摇荡着的摇篮里》，只好下期发表。

这一期，诗创作占了一大部分篇幅，《巴尔与马叶莎》取材自塞外的故事，从作品里显示了作者的朴素风格，《河》与《茅舍》

是两首含有清新气息的抒情诗，《猎户张德能》《塑像》都是作者的忠实的作品，我们诚挚的希望各地诗友们的批评、研究——那些含了恶意的无赖口吻的"诗弦新打手"底叫骂，我们是恕不作答的。

小说只留了两篇，《沦陷区的故事》是表现了年轻学生与敌伪作着惨烈斗争的事实，《灰》是作者企图以比较轻松的笔法描写一个典型人物的新作，为了篇幅，只能先刊出四分之一。几篇翻译，都是值得细读、研究的力作，《卡斯坦卡》和《欧兰碧由的悲哀》是契诃夫、雨果最优美的巨作。另外，散文、独幕剧各刊了一篇，以后视本刊力之所及，也许多刊一些这类新作。

最后要说到《新军》，这命名也许有人惊异，其实这不过是新移过来的一块土地。我们主要的工作，是要在这块地上撒播下能够开花结实的文艺种子，自知我们底力有未逮，深望文艺界朋友和读者来共同培植它、开垦它，使它在这冬春交替的季候茁壮地成长起来！

1944 年

中国文学

发刊辞

本刊发行之日，即为抗建方急之期。或有疑抗建大业，经纬万端，顾今舍弃一切致用之学，而亟亟于中国文学者，毋乃先其所后、缓其所急欤？曰：非也。蒋百里先生尝言：不治文科者，不足以使人；不治理科者，不足以使物。其分析文理二科之用，至为昭晰。即就文科论，部门至赜；举凡政治、经济、法律、社会、史地、哲学以及中外语文，皆文科也。而中国文学又为其主干。盖以诸科各有其新理新事，而所以达此新理新事以喻诸世人者，固非文莫赖焉。若是，则中国文学一科，即谓为文科之中权也可；谓为使人之方术也亦无不可。虽然，文亦难言矣。娲辞以为美，嚣听而无所终；摛埴索途而不获，则反覆其辞以自惑。皆不足以言文。文之归宿，有用有我而已。曹子桓曰：文章者经国之大业，不朽之盛事。夫文而至于经国不朽，当非言之无物之文。古今文家能副此旨者，唯经典、诸子、迁、固、以及先士茂制当之。此言其质也。沈隐侯曰：文章有三易：易见事，易识字，易读诵。邢子才尝深服之。此言其形也。质与形皆备，而文乃有用。白居易所谓孕大含深贯微洞密者也。且文学根于国性，国性不同，文学亦别；舍己从人，我于何有？传曰，人心不同，如其面焉。言为心声，各具面貌。非可强而同焉。孟坚不同于子长，昌黎不同于河东；即其他卓然自立者，亦皆各有独至，不相蹈袭。文能自成体格，而文乃有我。陆士衡所谓谢朝华于已披启夕秀于未振者也。同人不敏，谨揭橥二义以为鹄，虽不能至，心向往之。若夫新旧之界，文语之争，与夫奖同体之善，忘异量之美。斯又同人引为大戒者也。刊布伊始，于是乎书。

1944 年 4 月

国文月刊

卷首语

这一个刊物是由西南联合大学师范学院国文系中人所主编，同时邀同西南联合大学文学院国文系中同人及校外热心于国文教学的同志合力举办的。我们久想办这样一个刊物，因为经费及出版的问题，耽搁到现在。这次蒙黄子坚先生的赞助在师范学院内筹划出一部分经费，又蒙开明书店的赞助，贴补了一半的出版费，替我们印刷发行，我们非常感谢。

国文一科，在中学及大学的课程里，都占重要位置。教育部及各省教育厅屡屡表示注重这基本科目的意思，可是学生的成绩总不能如我们的理想。原因很多。但是至今没有一种专致力于推进本国语文教育的刊物，确实是一个缺憾。为弥补这一个缺憾，我们愿意抽出教书及研究的余暇来办这刊物，以为提倡。在此抗战期间，内地的印刷很困难，而且我们的力量也薄弱，所以只从一个小刊物入手，更待将来力量充实时，渐渐达到理想的规模。

本刊的宗旨是促进国文教学以及补充青年学子自修国文的材料。根据这一个宗旨，我们的刊物，完全在语文教育的立场上，性质与专门的国学杂志及普通的文艺刊物有别。所以本刊不想登载高深的学术研究论文，却欢迎国学专家为本刊写些深入浅出的文章，介绍中国语言文字及文学上的基本知识给青年读者。本刊虽然不能登载文艺创作，却可选登学生的作文成绩及教师的范作，同时也欢迎作家为本刊写些指示写作各体文学的方法的文章。照我们现在拟定的计划，本刊要登载的文章可分数类。一是通论，凡探讨国文教学的各种问题的文章以及根据教学经验发表改进中学国文及大学基本国文的方案的文字皆入此栏，作为教学同人交换意见的园地，同时可备办教育者的参考。二是专著，凡关于文学史、文学批评、语言学、文字学、音韵学、修辞学、文法学等等的不太专门的短篇论文或札记，本刊想多多登载。三是诗文选读，包括古文学作品及现代文学作品两项，均附以详细的注释或解说，备学子自修研究。四是写作谬误示例，专指摘学生作文内的误字谬句，略同以前别的杂志上有过的"文章病院"一栏。以上四类定为本刊主要的文字，此外还可以加上学生习作选录、书报评介、答问、通讯等等。但为篇幅的关系，每期不一定能具备各栏的文字。

据社会上一般人的意见，认为现在青年学子的国文程度的低落实为国家隐忧。同人中看过这两届全国各大学统一招生国文试卷的，也感觉到莫大的怅惘。我们办这刊物，抱有提高青年学子的国文程度的宏愿，至于能收多大的实效是不可知的。还祈望教育界同人，不吝指教，以匡不逮。尤盼望中学国文教师及大学基本国文教师赞同本刊的宗旨给予援力，拨教授的余暇，惠赐大作。这是我们最感谢的。

1940 年 6 月 16 日

青年文艺

编者告白

首先，我要请求亲爱的读者诸君，千万不要把这个杂志看作是什么指导青年的读物，这并非故意的议处，实是编者一个由衷的恳求。编者个人向来有种偏见，看到某些作家摆起一副岸然的导师面目，去教青年朋友"怎样……怎样……"的时候，终觉得怪不舒服。因为文学究竟不是一种工艺，可以有什么互相传授的秘诀，尤其是写创作的人，自己怎样写也教人家怎样写，实在是不大合式。譬如高尔基吧，该是一个成功的作家了，他尚且说："他们（指青年）向老作家要求技巧上的知识是合理的，遗憾的是，我不能教他们，只能告诉我怎样学习。"那么，办一个小小刊物就要扯起"指导青年"的大幌子，岂不惶恐杀人！

且引高尔基的另一句话吧："文学必须是集团的友谊的劳动，这劳动为着发展，同志们必须彼此共同努力劳作。"这种集团的友谊的劳动才是真正值得珍贵的，而在今天抗战中间，这种劳动尤其有重要的意义。高尔基的这句话，我想不妨作为是本刊的作者、读者和编者一个共同的信条吧。因此，希望这个刊物不是某一些作家们所包办的供应行，而是作者、读者、编者——参加这集团的友谊的共同劳作者底一个共同的场地。我们希望在这里可以介绍一些作家们学习和工作的经验。可以研究一些文艺创作上的问题，可以刊载一些作家的作品或是批评文字，然而更重要的，我们希望在这里能够广泛地反映出读者的意见，和在这里能够收获一些茁壮的和健康的新的种子和花朵。在我国，读者常是被疏忽和漠视的，编者以为这种态度必须改变过来，读者并不是轻易能欺骗的，"在这市场和论价的喧嚣里，忠实的心灵是被听得很清楚的"。

另外一种倾向，就是把文学的硝烟和欣赏狭窄地囚圈在技巧的研究范围内，于是"怎样……怎样……"便流行起来。技巧学习的重要是毋庸置疑的，但是我们以为对于生活的认识和实践，和从这种认识和实践中去培养我们的思维力、创造力，这在今天文学的研究上，该是不能忽视的课题吧。因此关于这方面的工作——如何从作品的欣赏和研究中间去理解现实、理解历史、理解生活，如何从一些轻巧的文学形式——如报告、速写、通讯——中间，去反映和分析抗战的现实生活，从认识和实践中间去培养我们创作的热情和增强我们对于抗战最后胜利的信心，希望应该更被我们这些共同劳作者所注意。我们的工作必须更广泛、更切实、更严肃，虽然我们并不存着过高的理想。

我们必须声明，在创刊号中，没有刊载读者的文章，这因为本刊这是初次和读者见面。从第二期起，我们将多开出这方面的篇幅。我们诚挚地盼望亲爱的作者与读者诸君，给我们珍贵的援助。并且对于上述意见给我们指示和批评，编者谨在这里预致谢忱。

1942 年 10 月 10 日

中学生—进步青年

发刊词

中等教育为高等教育的预备，同时又为初等教育的延长，本身原已够复杂了。自学制改革以后，中学含义更广，于是遂愈增加复杂性。

合数十万年龄悬殊趋向各异的男女青年于含混的"中学生"一名词之下，而除学校本身以外，未闻有人从旁关心于其近况与前途，一任其彷徨于纷叉的歧路，饥渴于寥廓的荒原，这不可谓非国内的一件怪事和憾事了。

我们是有感于此而奋起的。愿借本志对全国数十万的中学生诸君，有所贡献。本志的使命是：替中学生诸君补校课的不足；供给多方的趣味与知识；指导前途；解答疑问；且作便利的发表机关。

啼声新试，头角何如？今当诞生之辰，敢望大家乐予养护，给以祝福！

1930 年

笔 戈

写在最后

照例一种刊物后面，总要来下"编后"或"编者的话"之类，本来我们却想例外，将"前奏"及"编后"一概略去，赤裸裸的呈现给读者，因为读者毕竟是最适当的批评者，因此，我们仅仅愿在这后面，来略略表明我们的态度。

这是一片公开的园地，并不是属于我们少数人的，无论新作家、老作家……只要他的作品是不含"毒素"，有"向上性"的都一概欢迎。因此，假如读者看了目录，觉得某一些作者的名字，排列在一块是颇不调和的话，那用不着惊疑，这正是我们的作风，只要稍为留意一下各篇的内容，就不难明白了。

凡曾经从事过拓荒工作的朋友们，一定都尝过一些"令人难忍受"的滋味，所以我们不再来饶舌"诉苦"，还是"心照不宣"吧。在这里，我们仅默默地怀着颤抖的心弦，伸出热情的双手，等待这愿意和我们携手的朋友们！假若他认为作这种事并不是毫无意义的话。

自然，这期无论哪方面，都使我们不满意。尤其是印刷、编排诸方面。虽我们理想还太远，并且，更惭愧的是：我们曾经有一段充分准备的时间，而拿出的成绩却如此可怜，这当然是我们能力及各方面皆不够的原故。补救的办法是：大家伸出援助的手来。因为我们仅仅是几个没有经验和才能的园丁，而诸位才正是这园地的主人，要他更丰富、更灿烂，乃待诸位严厉的指责、批评和热烈的援助同爱护！

最后，我们愿引用《猎人日记》序言中一段话，算作结束：

"他不很注意过去，却勇敢地望着前途，凡是好的，便是他所喜悦的，凡是合理，他便去采纳，至于来自何处，他是不管的。"

1945 年 1 月 15 日

希 望

编后记

胡 风

山路边有两三尺宽的小沟，里面有碎石，有树根，有手指大小的水流，有小鸟停脚，有青蛙跳过，……但我们看得到间或有小蚁们由这边岸上辛苦地曲曲折折地走向那边岸上。连人类包括在内的大的动物们，在一两秒钟的时间里可以毫不在乎地举脚跨过，但如果懂得小蚁们底言语（假定蚁族也有言语），它们将会告诉你：翻过了多少高山，爬过了多少悬崖，涉过了或□过了怎样的大河，而且遇见了怎样凶恶的巨兽……，这当然是非常可笑的。但在小蚁们确实是真实的经历。

如果我们向读者诉说这个小刊产生的经过，就不免会弄到像小蚁们发表冒险记一样的可笑。况且现在是怎样危机的时期，全人类在火热地进行着决死的搏斗，敌人底炮火正在向我们残破的半壁河山疯狂地轰进，不但要争取战斗的时间，而且也只能检讨战斗的效果，乡下小女子似地倾诉衷曲，实在没有也不应该有这样的闲情逸致了。

不过，因为是小蚁，虽然微小得也迟缓得在大力者底眼里等于乌有，但因此也就不是腾空而过，非得用自己底微末的身躯一分一分地在小沟里面爬行，而且和小沟里所有的一切打遭遇战不可。那么，在小蚁们，虽然是微小的，但却也就能够有自己的悲喜和艰辛了。

就诗说罢，在真正的诗人们看来，顶多也不过是些"诗料"，但在作者们是诚恳地说出了，在读者们也大概能够感受到一点真实的控诉和真实的追求，而且我相信，这些决不是不和时代底脉搏相通的。"诗料"也不坏，因为到底还是"料"，怕只怕连"料"底作用都没有的腐烂了的文字垃圾堆。

但无论是控诉或追求，并不能那么容易地发出，试一读小说，就更加明白了。前三篇所展开的是多么苦痛的境界，到第四篇，作者和读者就一同受到了试炼，第五篇才完全驱走了悲怆的气息，虽然也还是在试炼的过程里面，但已经多少透露出乐观主义的确信了。如果说《我乡》是亲切感人的抒情诗，《郝二虎》是线条遒劲的炭画，那么，《罗大斗底一生》就是色采浓郁的油画底大幅。在这大幅上面，有色底渗透和线底纠结，人民底苦恼、负担和希求，在活的生命形象上使纸面化成了一个世界。在作品里面看不到"结论"就惊醒失措的批评家们也许要用显微镜来寻找"主题"罢，但我不妨冒昧地说一句：我们所要求的人民底英雄主义是能够从这里呼之即出的。而且还不妨再加一句：在文艺思想上，无论对于实现主义或教条主义，这都能成为有效的一击。

当然，从作品里面追求思想问题虽然并非要不得的道路，但也不会到此为止，所以也还有了一点理论似的文字。但所谓理论，也只是一些从微小的悲喜出发的实感，并不是什么引经据典的皇然的"体系"，使读者望而生畏的东西。像《箭头指向》不是毫无第一点、第二点……的分析么？像《论主观》，不是太不合于逻辑大家底胃口么？生活，生活，你怎么不成为按照公式循规蹈矩地自然流去的大河，让我们站在岸上画出一目了然的图解呢？

但《论主观》是再提出了一个问题，一个使中华民族求新生的斗争会受到影响的问题。这问题所涉甚广，当然也就非常吃力。作者是尽了他底能力的，希望读者也不要轻易放过，要无情地参加讨论。附录里面所记下的意见，太简单了，几乎像是电报码子，但如能有多少的启示，使读者从这些以及正文引出讨论的端绪，我想，受赐的当不止作者一人而已罢。

由于相似的追求的心情，就有了"杂文"和"书评"。原来的意思不过是收集一些匕首式的短文，让麻木的神经受一点刺痛，但老实说罢，所得到的成绩确是超过了预定的期待的。不过，这一回，杂文专向着封建主义，范围还可以更广一些，书评专向着古典名著，希望能够更多地论到现在的著作和作品。这就得靠寄稿者和读者平时读书加以注意，有所得时就写给我们。

那么，第一回就这样地和诸位相见了。但我想向诸位提出一个问题：和两三年前相比，战斗的思想力量是不是加强了呢？——我们底答覆是肯定的，这就一方面使我们底负担更重，因为进一步有进一步的任务，进一步有进一步的阻力，另一方面，使我们预想到能够遇见更多的共感者和同道者。我们愿意结识这样的同道者，这里没有"新作家"与"老作家"之分，也没有"提拔新人"的大志，所有的只是一点愿能够共同作战者来共同作战的诚心。但当然，我们认为是不好的，或者也许实在是好的但我们却不能理解的作品，我们也不会凭什么情面决定取舍的。

有人问，刊名"希望"有什么意思？答复是，不过偶然想到的而已，没有什么深意。如果勉强地说，那就是，抱有希望的心的人总不会失掉希望的。像 Pandora 似地，错误地打开了宝箱，让罪恶、灾难等都飞到了人间，仅仅关住了一个美丽的"希望"，我们自信并不会这样悲观的。但如果以为是卖弄机智，真意不过是"现实"底反语，那恐怕也不完全和我们底心情一致罢。

十一月十六夜

1945 年 12 月

诗文学

校后记

首先，谨以至诚向许多关心和帮助《诗文学》的作者和朋友们，表示我们底歉意和谢忱。

这一诗刊的产生，似乎是姗姗来迟了，但她不是害羞，怕丢丑，而是为了沿路的多灾多难……为了这个，我们依然觉得抱歉。

许多诗友们，在繁重的工作下，困苦的生活中，能为本刊挖心血绞脑汁的精心撰稿，并给予许多好心的鼓励和指教，这些友谊的温暖和爱护诗歌工作的热情，会使我们兴奋得流出了感激的眼泪。

开始这诗刊的准备工作，是一年间的事情了。单从这一辑的原稿，送进了印刷厂，到今天看完了第四次校样，已经是三个多月了。现在，将全部稿样，又再通读了一遍，我们得坦白地承认：在这一辑的内容方面，不论质与量，还没有达到一个我们所理想的诗刊的最高水准是事实；虽然已尽了我们的努力，做到了相当严肃和认真的工作态度。

每一件工作在开头，总是难得令人满意的。但由于每一个工作者，以一种最大的虚心和决心，不断地求进步的精神，永远向前走去，要达到那理想的境地，当也不是徒劳的梦想吧？固然，我们这个小小的诗刊，人力、财力，都是很有限的，而且此后的艰苦，更是在所难免。但我们想：假若这一工作，对于爱好诗歌的读者们，不会是浪费或者多余的话，那我们就会得干下去，继续到会使我们焦头烂额也要干下去，但愿它一步一步向前走上去，会有一点进步，就好了。

本刊说不上有什么远大的计划，但也不想马马虎虎地草率从事。以后，每两个月出一次，最迟三个月，篇幅的多寡不一定。

得向诸位提一提的：在《诗文学》这一块新的诗的土壤上，决没有同人之分，也没有宗派、门户之见，它是全国诗人们，诗歌工作者底公共园地，而不是某个人或者少数人的私有财产。（我们原不过是忠实地服役于作者与读者之间以供驱使的渺小的园丁而已。）希望爱好诗歌的同志们，都起来参加这一工作，共同来努力垦植、播种，使它在众多的辛勤和劳力的耕耘之下，会有美的花朵、真的果实出现。

根据上面的理由，我们选稿的标准，是不要管作者的有名或无名，而只看作品的好不好，合用不合用，更不会让它有丝毫的不公允的态度或者为"情牵"的意味而影响到每一篇作品的决定取舍的。我们十二分诚恳地伸出了双手：请把你们最得意的佳作和最优美的诗篇寄给我们吧！——也希望那些不能或不合用的作品，会得到寄稿朋友们的谅解。

在今天的诗正遭受到种种的轻蔑与排挤的时候，我们深深的感到，诗坛上笼罩着一种异常沉闷而冷落的感觉，一种诗人们底琴弦沉默了，歌声喑哑了，几乎快要见不到我们的诗了的现象。为了受难中的祖国，我们得献出那一份热情，那一点血汗；为了反映艰苦抗战的最后阶段的可歌可泣的史迹，我们得坚持我们诗底岗位。

迎着抗战胜利的光荣的日子，诗人们，歌唱吧！大声的歌唱，自由的歌唱吧！

编者：十二月·重庆

1945年2月

向人民大众学习

郭沫若

在当前民主运动的大潮流当中，"人民的世纪"把它自己的面貌更加显豁起来了。人民大众是一切的主体，一切都要享于人民、属于人民、作于人民。文艺断不能成为例外。

文艺跟着人类的历史走了两三千年的脱离民众的路，真像老鼠钻牛角，愈钻愈窄，窄到由对于极少数人的歌功颂德而至于只有自己一个人能够欣赏或甚至连自己都不懂的地步。愈艰深、愈晦涩、愈畸形、愈不成名器，便是愈高雅的东西，这路子已经走到最尖处了。老不觉悟的死顽固派，至今都还在牛角尖子里笑傲，就让他们在那里等待着时辰死去吧，反正已没有好长的时间了。有觉悟的便赶快回头，回头就是生路。还没有钻进牛角的，更不要胡里胡涂的走去乱钻。

首先要改正自己的观念，自己就是民众的一个人，不是民众以外或以上的任何东西，更不是这种任何东西的任何附属物。民众是主人，自己也就是主人，自己倒应该努力，不要玷辱了主人的身份，不要玷辱了民众的名位。

伟大的事物逐渐要从民众中来，但在今天我们走错了路的人，走上了脱离民众的这种道路的人，却须得赶快回到民众中去。深入农村，深入工场地带，努力接近人民大众，了解他们的生活，希望、言语、习惯，一切喜怒哀乐的内心和外形，用以改造自己的生活，使自己回复到人民的主位。

把人民看成下等人，把人民的一切看成鄙陋，把接近人民的事项看成庸俗，那些错误的糜烂腐朽了的观念，应该用电火把它们烧掉，把它们消灭得无痕无迹，不要再玷污了我们自己和我们下一代的灵魂。

从外边去接近民众是不够的。你如果只抱着一架照相机到乡村里或工厂里，东去照一张相片，西去照一张相片，并不能便成为民众的艺术。我们从前曾经喊过"文章下乡""文章入伍""文章进工场"那样的口号，过细考究起来，其实也是错误了的。我们应该喊"文人下乡"（下字根本要不得，姑且仍旧），"文人入伍""文人进工场"，而说到文章上来呢，倒应该是"文章出乡""文章出伍""文章出工场"了。

我们爱强调民众的落后性，但我们在生活的体验上，在做人的态度上，事实上比民众更落后。我们自以为是站在前头去了，谁知道我们走的路才是离心的路，愈走向前，便愈是落后。我们大多数的文艺工作都是把做人的真诚、素朴、坚忍、谦冲、勇敢，一切健康而协和的性质，差不多完全失掉了，而这些美德却是应该成为文艺作品的灵魂的。我们爱弄点小技巧，用些舶来的口红、眉笔、蔻丹、金粉来粉饰自己的贫血，有的人自以为得意，其实那是最可怜相的。

我们爱藐视民众的无知，自然，假使是站在科学的立场，尤其是数理之类的规范科学，一般民众的见识不用说是远不及专家们的高深。但文艺和科学不同，文艺是生活的反映和批判，并不需要我们有什么超妙玄绝的理论。在人生范围的经验里面，深于某一范围内的生活的人，便是这一生活的专家。你要写农场生活，农人就是专家；你要写工场生活，工人就是专家。在这专家们之前，你所自夸的创造的想象力有时会贫弱到只像一把小裁纸刀和绣花针而已。

不要妄自尊大，应该向生活的专家们学习。有时还须得向小孩们学习。我们的路是走得太错，而且错得太厉害了。一切脱离民众的倾向，反民众，非民众的想念，都应该即早的改正过来。不要妄想当别人的导师，须时时检查自己做学生的诚意够不够。单是说空话不行，单是知道了也不行，总要做出来看。照相机式的旁观者的态度是不够的，一定要弄清楚自己就是人民的一体，而不是人民以上或以外的任何东西。这样把自己的观念和生活改造过来，然后才有真正的文艺作品出现。把自己的浮根深深插进土里去，再从土里苗发出健康的苗条来。

死顽固派让他在牛角尖里孤芳自赏吧。

摩登骚人让他在狭窄的巷道搔首弄姿。

我们要迈着大步走向自由宏阔的天地。

三十四年四月十二日

1945 年 5 月

法国文学

创刊辞

徐仲年

法国文学的被介绍到中国来，约莫有五十年的历史。最初，学习法文的人很少，留学法国的人更少，留学法国而专攻法国文学的人恐怕根本就没有。因为那时大家要整顿中国的海军，要造枪炮，要兴武备以报仇雪耻，听到了"文学"便摇头：文弱，文弱，好像"弱"的责任都该"文"来负！所以，那时候的介绍法国文学是走冷门，而且极少数的法国文学著作还是从日文转译成中文的。继而，懂英文的人逐渐多了，便有从英文重译法文著作的人。在这段阶级里，我们不得不钦佩林琴南先生的毅力：他老人家一国外文都不通，却靠了别人的口译，介绍了不少外国小说，而大小仲马的著作因之流传到中国来了。如果我问人家："你知道法国有父子两人都是小说家，都姓居马（Dumas）么？"你亦许回答我："不知道。"如果我说："居马就是仲马。"你就要恍然大悟，而且大悟之下，有些小不悟："为何'仲马'变成了'居马'？"那因为林琴南先生闽侯音去译法文音啊！在严几道先生所标榜的"信、达、雅"三原则下，林先生的译文在"达"与"雅"是没问题的，至于"信"……而由我们看来，"信"和"达"比"雅"重要，而且重要得多！

文章既然是重译，就谈不上"信"：英译或日译本身可靠与否是一个问题，汉译对于英译或日译是否忠实又成问题。即便抛弃"信"的问题不谈，英译者或日译者对于法国文学的认识可否准确？是否深刻？重译者不懂法文，无从批评。所以，重译的办法是要不得的。

第二个阶段是从法文直译。直译当然是好的。不过，那时的直译者往往不是法国文学的研究者。比较多数的人，在自己学习法语的过程里，逢到了某课曾经先生解释过的文章，觉得很美，一时高兴，把它译成中文，甚至在中文刊物中发表了。譬如杜苔著的《磨坊文札》（*Alphonse Daudet：Lettnas de mon moulin*），法朗斯著的《吾友之书》（*Anatele France：Le livre de mon ami*），意境固佳，文字尤美，常常被选作读本：读它们的人把它们翻译了。在这种情形之下，翻译的动机诚然很好，只是对于文字实在太无把握。另外一批人对于法文有相当的研究，对于法国文学有深刻的爱好，浏览之余，取心爱的著作译成中文；或自著论文介绍法国文学的某一时代、某一派、某一作家或某一著作。他们的见解自然高于第一种人，他们的成绩自然优良的居多数。无奈个人的喜恶范围太窄，对这样的介绍法国文学大有名士风度，亦非正真的"工作"。复次，在这类人里，大半没有留学过法国，尽管他们对于法国文学有相当的认识，和真正的法国人生活没有接触——在法国本部以外的法国人的生活已经不是道地的法国人生活。他们决计不会——澈底的了解反映法国人生活和思想的法国文学。打个浅近的譬喻，一个从未到过大都会如上海、南京、北平、天津、杭州等处的人，即使你运用你的生花妙舌，向他形容什么叫做"汽车"，他始终只有一个空洞的印象；也许你给他汽车照片看，他"看"到了！印象比较具体化，可还没有"感"到坐汽车的意味。"看"或"懂"是一件事，"感觉"或"体会"又是一件事：仅仅"懂得"某国文学已经不是容易的事情；懂得还不够，须得设身处地去"感觉"它，去"体会"它！关于这一点，不但没有留学法国的中国人是如此，即使留学过法国，甚至住过十年、八年，只须和法国人的家庭社会没有密切往来，也属徒然的。我顺便举个实例：某君是法国留学生，他翻译某部小说杰作，遇到极平常的动词 Coiffer，他就译作"他的太太为他梳头"（大意如此）。谁料实底里是：他的太太背他偷汉子，轻轻为他"戴上一顶绿帽子"！至于 Avenue de Notre-Dame（圣母大道）译作"吾夫人大道"，hotel da ville（市政府）译作"城市医院"，maitre d'hotel（侍役长）译作"旅馆主人"……不一而足，更仆难数！

凡不熟悉一国人情风俗的人读该国的文学作品，或介绍该国文学，容易犯一个莫大的毛病：便是根据书中的事实——指小说——不加考虑，把这事实普遍化到各人头上去。在欧美文学里，"爱情""宗教""战争""自然"是四大主题，而以"爱情"居首。小说中所谈及的爱情决不是正常的爱情——正常的爱情容易流为单调，而小说宜乎"变"，宜乎新奇——不是男偷女、女偷男、上犯下、下烝上，定是同性恋爱等等。而法国小说以描写恋爱心理见长。那么，读过法国小说而犯了"一概而论"毛病的人，势必相信法国女子都是娼妓，法国男子都是色鬼了！事实上是否如此呢？犹之，读过了《金瓶梅》的人断定中国是淫国，读过了《水浒》的人以为在中国惟有强盗是正直侠义的。你说对不对？合理不合理？

所以，从重译到直译是一大进步。然而直译的人懂得某国文字还不够，必须再熟悉该国的风土人情。介绍法国文学是如此，介绍任何国文学也是如此。

在另一方面，还有两个大原因，为介绍法国文学的障碍：（一）法语的不普及（除例外，中国学生到了大学二年级方有学习法文的机会），比英语差得远；（二）缺乏一部或数部用汉文写的《法国文学史》。第一个原因暂且不谈。第二个原因，汉文写的《法国文学史》不是没有，不过它们，几乎全是简编。我只见到一部例外，非常详细，无奈：（一）编者忘掉该书的对象是中国读者，未能详其所应详，略其所应略；（二）编者自己缺乏主见，往往把诸家相反的意见编在一起了！我以为理想的给中国人读的《法国文学史》应当每世纪有一篇总介绍，然后对该世纪最重要的作家每人有一篇专题研究：我希望我已经写了一半的《法国文学三十讲》能够完成这项使命。

中国人介绍法国文学已有五十余年左右的历史，到了民国三十四年的今日，中国读者（专家除例）对于法国文学家知道些谁呢？最熟的有：莫泊桑（G. de Maupassant）、大仲马（Alexandre Dumas père）、小仲马（Alexandre Dumas fils）、左拉（G. Zola）、莫里埃尔（Moliere）、杜苔（Alphonse Daudet）、伏儿泰尔（Voltaire）、卢梭（J・—J・Rousseau）、佛罗贝尔（Flaubert）；其次是：禹古（V・Hugo）、拉马尔丁纳（Lamartine）、虞赛（A. deMusset）、维宜（A. de Vigny）、夏都勃里安（Chateaubriand）；近代作家则为：法朗斯（A. France）、罗曼・罗兰（Romain Rolland）、纪德（A. Gide）、瓦莱里（Paul Valery）、巴比塞（H. Barbusse），如此而已！

如此而已，我们让它永远如此么？当然不能！然而，万事必有起端，起端时必然困难，简陋是难免的。我们不应当抹杀创始者的功绩，我们不应当忘掉创始者的辛劳。我们目前有两件急务待做：整理旧绪，介绍新知。

所谓整理旧绪也者：一则继续翻译已知作家的其它名著，逢见已有译文而未能使人满意的不妨再译；二则加重学术性，除专论外，每部译文必冠以长篇《导言》。宗白华教授主编的《歌德之认识》，韦捧丹先生主编的《普希金研究》，都可以做我们专论集的模范。至于我和柳无忌教授合编的《正风世界文学杰作丛书》，每部前必有历史与批评并重的《导言》，也是加重学术性的意思。这项工作，务必倡导，而且加以扩充。

所谓介绍新知也者，实际上比整理旧绪困难得多。这儿的"新知"是指中国读者而言的：中国读者心目中的"新"决非法国人心目中的"新"，因为中国读者对于法国文学所知道的东西委实太少了。我讲这句话并无"月亮是法国的好"之意。反过来说，法国人对于中国文学的介绍和认识远不及我们的认识和介绍法国文学，他们所知道仅止于：《诗经》《春秋》《道德经》《史记》《聊斋志异》《红楼梦》、孔子、老子、孟子、墨子、李白、杜甫、白居易、苏东坡而已！易地则皆然，不必自卑，也不必自傲！我以为介绍十九世纪或以前的法国文学比较容易，因为早就有了定型与定论。这样的介绍，以出丛书或专论集为最宜。

至于一九〇〇年来的法国文学，尤其是第二次世界大战以来的法国文学，就不容易介绍。其难在乎"杂"，在乎"不肯定"，在这种情形之下，丛书或专论集已经不足以应付；惟其"杂"，必需巨大篇幅方能兼纳并容；惟其"不肯定"，对于同一作家或同一作品势必反复讨论，丛书或专论集不能满足这两点。于是不得仰赖于期刊。在以往，我们主编过《文艺月刊》，也创办过《世界文学》，这两种都是十万字以上的巨型期刊。然而杂志名为《文艺月刊》或

《世界文学》，就不能专谈法国文学；即使出特刊罢，篇幅固然增加，体材固然集中，也不能期期出特刊，或每隔两期来一次啊！诚然，法国文学在《世界文学》里所占的篇幅多于它在《文艺月刊》里所占的篇幅，因为《世界文学》是专门介绍外国文学的杂志，然而篇幅总嫌不够。

怎么办呢？

除非痛痛快快出一个《法国文学》月刊。

《法国文学》因此诞生了。

《法国文学》的责任在于介绍新知，可也不能忽略整理旧绪。然而它的介绍新知的责任毕竟重于整理旧绪，这就是说，我们将要留出大部分的篇幅来介绍当代或近代法国作家和作品。为什么呢？除了上述的原因之外，还有一个现实问题，一个很有决定性的现实问题。由于出版商的观察，由于我们自身的经验，我们知道一位读者不会对一位绝对陌生的作家发生兴趣，或购阅前所未闻的作品。因此出版商很难肯承印作者姓名生疏的书，印了也没有人买。所以，整理旧绪也罢，介绍新知也罢，——尤其介绍新知，——如果作者姓名陌生或生疏，就无法印单行本。杂志就不然了，妙在于"杂"："新"与"旧"、"不知"与"熟悉"可以配合起来；读者为了"旧"与"熟悉"购了一本杂志，乘便把"新"与"不知"也带看了。一次、两次、三次，"新知"变为"故交"，到此地步，可以出丛书或专论集了！

介绍新知的方法有二，——整理旧绪也是如此："著"和"译"。"著"当然指研究方面（论文、文史、批评、考据、掌故等等），"译"则兼指研究与介绍（翻译诗歌、小说、戏剧、散文）。我们对于"著"和"译"同样重视，然而"同样"云云，指精神，不限于篇幅的支配。我们以为一篇研究性的文字，只须本身有价值，又适宜于中国读者，就可刊登，不须固执地要中国人或法国人执笔。在同一期的杂志内，何妨全是翻译？反过来说，只须文章内容充实，在同一期内，为何不能全用中国人写的论文呢？至于"译"，不论研究文或纯文学作品，我们以"信"为第一条件，"达"为第二条件，行有余力，才谈到"雅"；我们绝不放纵"雅"去伤害"信"！也许我们力不从心，不能完全符合这些条件，那我们很虚心接受诸位读者善意的指教。

《法国文学》的诞生不算难产，不过后天的环境不十分妙！它的诞生地在重庆，它的印刷时间是民国三十四年十一月。中日战争延长到八年之久，战时陪都的物资一天缺乏一天，——或者说：少数人不缺乏物资，大多数人却缺少得厉害，——物价步步高升，印刷之难不输如雨天重庆的街道！贵，是一件事；工作时期不守信，便使人伤脑筋！即使印了出来，纸张之坏，令阅者、作者、编者都头痛！日本人一投降，重庆的印刷价格比较低落；而因各刊物的停出，在时间上也比较有把握。无奈国共谈判尚未完成，复员难能迅速进行，于是物价又逐渐回涨了！这是说物质环境的恶劣，比这重要的还有精神环境。抗战八年，大家对于艰苦的生活有了习惯，——固然生活的负担压得教书匠和公务员透不过气来，但总得活下去，——勉强安得下心，有时动动笔。继令参考书十分缺乏，还能写几篇聊以解嘲的论文，或译些东西。原子弹一下，日本人慌张失措，江南人急欲回乡。平时对于法国文学有研究的人大概在大学里教书，而大学中心在重庆、昆明、乐山。现今这批教授同是有家归未得：走，走不成（为了无钱买黑票），心却扰乱了！加之，中国的将来诚然光明，目前却是黯淡的。愁上加愁，那里来心绪谈法国文学？然而，夜长梦多，创业须速，我们集合少数人的力量，把这部《法国文学》刊出了再说。它的篇幅、它的内涵，为现实所限制，不能尽如人意。可是，它或将抛砖引玉，一天一天地长大充实起来。

这并不是说，我们绝对无把握，这个刊物或不能持久。不！不！我们一则怀了莫大的决心，要使它长生下去；二则我们获得法国驻华大使馆文化专员叶理夫先生（M. Vadime Elisseeff）—— 一位家学渊源的少壮中国通——及副专员高朗节先生（M. Andre Granger）的赞助，在材料方面不虞缺乏，在经济方面亦有帮忙，只须诸位专家肯和我们合作，诸位读者热烈拥护，《法国文学》自会像天际大鹏，抟扶摇而上者九万里的！

重庆，民国三十四年十一月二日

1945 年 12 月

文　联

发刊词

茅　盾

这一个小小的期刊只想做到下列几件事：

报导国内外的文艺活动乃至一般文化活动的概况。

介绍国内外出版的新书——主要是文艺的。

发表同人对于当前文化——文艺运动以及文化——文艺活动中各具体问题的意见，同时并愿尽量刊登通讯讨论，以及文化——文艺界友人对于本刊言论的商榷和批评。

上列数端，是我们主要努力所在。因为本刊既是"中外文艺联络社"的机关刊物，自当根据"文联社"宗旨在文化——文艺运动之中坚守其既定的岗位，以效服务之劳，以尽贡献之责。然而本刊亦将尽可能刊登短篇报告、小说以及诗歌、杂文、漫画、木刻等等。

本刊既是"文联社"的机关刊物，因而也就带有同人杂志的性质，虽则同人们的见解亦不求强同，但同人们亦不愿以此自限。这一小方的园地仍然是公开的，我们欢迎反对的意见，欢迎讨论。欢迎提出新问题，也欢迎各式各样的投稿。同人们的最大愿望是使本刊能够善尽其：（一）报导、（二）批评介绍、（三）联络、（四）交换意见的基本任务。

我们自知能力有限，交游亦不够广阔，上述四项任务若仅恃同人们的努力必不能圆满达成，我们诚恳地请求文化——文艺界的师友们和本刊的读者诸君不吝赐教，随时赐以助力。

1946 年 1 月 5 日

文　讯

复刊词

本局自民国二十九年创办《文讯》，到今已有五年的历史。因为本局设在贵阳，执笔者大都是西南各大学的教授。无论自然科学、社会科学、文学、哲学、艺术，无所不载。大家早已认识我们，是一个综合性的杂志。不幸去年出了《风物志专号》之后，适值敌人向湘桂进攻，延及贵州，就此停顿起来。现在胜利临头，我们就在复员声中复员了。为了开拓我们的境域，现在先迁到重庆，将来还须迁到上海。我们得有这机会，来尽文化服务的职责，真是非常兴奋的。

在复刊的时候，我们愿意对读者说几句话。

青年是时代的新芽，是将来时代的开创者。前辈的指导，我们当然乐于听受，但青年的活泼的心灵，我们是一样高兴接近的。我们愿意培养他们求知的欲望，也愿意鼓励他们的创作兴趣。希望中学生、大学生们肯尽量的把写作寄给我们，让我们开辟一个《青年园地》，使得我们这个杂志永远保持着新生的气象。青年们如有问题来询问我们，我们也愿意分请各专家来解答。

文艺在文化的推进上有不可漠视的作用，在战斗里它是一个巨大的力量。自从"七七事变"之后，全国兵民拿血来灌溉了文艺的园地，我们相信必然会挺生无数的异卉奇花，使人们从欣赏中得着崇高的精神陶冶。从本期起我们在编排上试作变更，把文艺列在前面，反一反向来综合性刊物的成例。这想来是可以得到读者的同情的，我们希望听到他们的批评。

历史是民族文化的结晶，民族自信心的基石。我国的历史书，大家知道，不适于一般人的阅读，但要创作一部新的历史却决不是一蹴可几，这必须有多少年的准备，尤须文学家加以选择和裁剪。我们希望，本刊里，把史学家和文学家联合起来，以史学的方法取得正确的材料和系统的智识，而由文学家的一支笔宣布给大众。这样做去，也许几年之后就可以出现一大部新的历史。

各种专门的智识，各种科学的结论，我们也都想检取，可是我们希望一件件把它通俗化，因为通俗化对于一般的读者是无上的需要。但也只有通俗化的专门文字最难写，因为这必须把艰深的东西嚼烂了吐出来，深入既难，浅出更不易。我们很愿意努力达成这个"嚼饭哺人"的任务，极盼望各项专家的通力合作。

本期匆促付印，编排和印刷上必有未尽善的地方，恳求朋友们多多指正。我们将逐期改进，以期不负大家对本刊的爱护。

1946 年 1 月 15 日

妇女文化

创刊词

当我们翻开史纪研究人类文化的成绩，我们会立刻感到一种缺憾，便是数千年来史页上所记载的文明创作者难得有几个是女性。过去的文化列车可以说是单轮的——文化的成绩大都是男性独创；女性充其量也不过是站在旁边，辅助完成，虽间或有几个超群的女天才冲出重围，独自创作，却只等于沧海之一粟，在人类文化的汪洋上起不了多少波纹，而人类的文化列车，历代只是靠单轮的力量，颠簸而前。

我们相信妇女是可以创作的。我们瞻望着明日的社会，女子人才，无论是科学家、美术家、文学家、哲学家、政治家，其数应等于男子。我们更相信人类的文化是需要妇女的成绩去叠加建筑的。过去只靠男性单独创造的文化，未臻于至善，而男性统治的社会也远是千疮百孔。为什么不让妇女也参加合作，贡献成绩，增进文明？

妇女运动过去最响的口号是妇女解放，但妇女解放不过是妇运的一个过程，并非终极的目的。那遥远的，理想的目标，不是消极的解放，而是积极的创作。我们以为妇女的解放运动到了今日应该作一个结束。现在我们需要一个新的运动，策励妇女向那积极的目标努力。那便是妇女的造诣，妇女的创作，妇女对文化的贡献。必如是，女子才能够真真正正顶天立地生活于人间而完成其为"人"的价值。

本刊同人愿作这个新运动的宣传者，因创办这个刊物，为凡参加这个运动的妇女表扬成绩，为赞助这个运动者贡献资料。

不过文化是一个极广泛的名词，也是极艰巨的创作成绩。妇女要参加文化的建造，并不是一朝一夕的事，更不是一个杳小的刊物足以呐喊成功。本刊命名为"妇女文化"，其实过于胆大。然期望女同胞创作心切，故愿以"文化"二字标题，借资警惕与鼓励耳。

1946 年 1 月

文　艺

告　别

一

银联社是几个青年朋友组织的小团体，在乐山，虽只是仅仅八个月的时光，但尽我们的力量做了一些联谊工作，如演讲集会，如球类竞赛，如平剧团，如音乐会，以及这个小刊物《文艺》。《文艺》从诞生到现在，在乐山的人力物力艰难环境下，也尽我们的力量维持出版了七期，其间承多少朋友们的爱护扶植，使它成长起来，这里敬向朋友们深深致谢！

二

因为复员关系，朋友们大都离开乐山，编者也将还乡，在这一段人事变迁的过程中，我们颇不愿让一个小生命这样夭折，为着想继续做些工作，在工作中学习求进，我们准备迁移到南京或上海扩大出版。以后，并想联谊各方面各阶层的青年朋友们携手合作，让我们在文艺上缔结友谊。

三

《文艺》的通讯地址仍旧，在向读者告别声中，希望大家保持着通讯联络。

——编者

1947 年 9 月

集印附记

谭耀宗

《文艺》是过去同一些朋友们习作的记录。环境随着时间转变，虽不过仅隔了一年，但一年后的现在，已经无法抓回一年前的那种日子。今日翻看这过去印在粗劣的土纸上的小刊物，不免引起很多感触。因此颇怀想与珍惜着那一个时期的生活以及那一些战时会合在那一个小城市里的朋友们。为着这个缘故，现在把它集印起来，意思也当作一种留念而已。

《文艺》准备继续搞下去，也正如在停刊时所说为着想继续做些工作，在工作中学习求进；因此我愿意得着青年朋友们的指示与协助，在文艺上同更多的新的朋友缔结起友谊。

这本小册子假如能获得一点指教与批评，将感觉是很大的荣幸！

三十六年八月记于广州

1947 年 9 月

诗与歌的区别

安　娥

诗与歌两个字常常被联在一起用着，虽然它们非常相像，甚而难以区别，但严格来说还是有区别的。在文言里边也这种区别□□还不太明显，而在白话里边就很容易看得出来。如□□常常唱的《清平调》，说它是七绝也可以，说它是歌也可以。同在白话里边便没有人会把"起来，不愿作奴隶的人们"当做诗，可是这并不是说，文言中根本没有诗与歌的区别，比如《阳关三叠》便没有人把它混为是诗，《离骚》也公认为是歌。因此我们知道诗与歌无论甚么时候，都有区别，不过不像诗与文章区别的那么明显而已。

诗与歌的区别主要是在于音乐性。凡是写一支歌，第一件重要的事必须要注意它们音乐气氛（音乐性）。音乐空气的表现方法与文学组织上也都有它的特殊点，它是有别于诗的气氛的。它比诗更精练更规律化，可是不能像诗那么能包括多种内容。自由性也比歌来得宽。

歌的旋律□注重平仄、清浊、轻重、音与韵的配置，否则便不能产生美妙的旋律。歌可以有独立的旋律，不一定制成谱以后才有旋律。相反的，如果是曲要按歌制谱的话，曲的旋律是该按照歌的旋律来制的。因此如歌本身的旋律不对（激昂的歌用温和的旋律等）或没有旋律，或前后旋律不调和，这样便给制曲者一个过重的负担。就像剧本不好，硬要演去补救一样。

就一般来说，歌是要有韵的并且有其一定的规律与旋律，特别是民歌更该有韵，更该有其规律与旋律。但某些更抒情的、更文学一点的歌也可以不要韵，也可以打破歌的一般规律，破□旧的旋律。听说冼星海先生曾把艾青先生的《火把》谱曲，不知是全部，还是选其中更接近音乐的部分。无韵的诗歌把韵取消以后，虽说一方面解放了，另一方面也可以说更加重了责任。无韵诗歌当较有韵的更注重音节与组织，否则将不成其为诗歌了。

歌是有其特殊技巧的，也像诗、画、乐……等一样，不能用一句话说完。许多青年友人常常非常焦急的要了解诗与歌的区别，对于这种急切的需要当然我们觉得很兴奋，但过于焦急恐怕不是了解这个问题的最好的办法。因为它是需要经过相当的过程才能求得认识的，不过也可以先用两句最简单的话去说明它，就是上面曾说过的："歌比诗更规律化，必须具有音乐性，要给人能够唱，不仅读或看。平常可以从诵读已有的新旧诗歌中去理会，注意它的音节，注意它的组织，注意它的规律与表现方法。"

1946 年 3 月 1 日

民主文艺

编　后

春天明朗的阳光多少鼓励人想做些事。因为大家都是弄弄笔头的，不觉想到办一本文艺刊物，而当初的意思，是觉得不少的文艺刊物不是杂乱、空虚、便是太严肃，太"教授气味"，而理想中则是年青、活泼、并且写稿的不必硬去拖拉邀请名家，只是我们自己一批——这样决定下来，便着手。稿子齐了，就编，很快的完成，不过，离我们的理想太远，但向自己打气：使下期精彩些。但以种种原因，被搁置了三个月。时令，已是夏天，大家都灰心，以为十九是流产了，可是终于这些稿子到印刷所里去，很快的排好，于是抽抽补补，成了这一本东西，在读者看来是粗劣的，在我们倒费去了些心力。

本期中，"作家·作品·作风"一栏完全是转载的，那是集纳一些写作经验批评之类，可为文艺青年参考，而"文坛晚会"一栏也是献给年青的伙伴们。

其他，我们不必自吹自擂。只等待读者给我们批评。

七·廿六

1946 年 9 月 1 日

萌　芽

编　后

本刊创刊动机以及内容精神都在征稿信上略为说过了。第一期就是按着那样计划编出来的，很希望知道文艺界的朋友们和读者们读后的意见，同时，更希望得到经常惠寄稿子与普通介绍订户的支持，没有充裕的稿子，没有经济上一定的保障，要把这刊物长期办下去是很困难的。

罗克汀先生的论文批评到舒芜先生的某些见解，这，不用说仍是属于进步文化界的自我批评范畴之内的，舒芜先生的论文发表后，文化界有些朋友很有意见，有的已写成文章。这种讨论我们觉得还可以再展开，再深入，舒芜先生写那些论文，在他自己一定有所为而发的，因此这讨论，这批评，能够更接触到舒芜先生所针锋的现象和问题，研究他是否抓住了要害，他对于问题的分析与解释是否妥当，而且最后，他所提出的主张或说法是否真能解决问题，那恐怕就更有积极的建设的意义了。

　　吕荧先生的《艺术与政治》也需要加一点注解，他这篇论文是在他看了去年年底到今年年初本市一家报纸副刊上的几篇讨论文艺问题的文章之后写的，文中引用的话均见王戎先生的《从清明前后说起》，但是，他这篇论文并不只是批评了王戎先生的某些论点；他还对于"在革命实践上，强调主观精神的搏击就是一切的否定思维（认识）的意义，乃至宣布思想体系的灭亡；在创作上，也认为主观精神的燃烧包括了现实人生以至现实战斗的一切内容，主张主观的精神世界的绘画"这样的理论倾向，创作倾向，一般地提出了异议；而最后，他说到"看看今天现实斗争的尖锐和战斗任务的迫切，我们不能不承认文艺战线上的工作远远落在现实后面"，也是很值得注意的意见。

　　由于印厂的新五号字不够用，不得不用一小部分老五号字，我们就用它来调剂版面，并非借以轩轻作品，这也是应该说明的。

七月三日

　　呼　吸

生命在进行

　　生命在进行——

　　呼吸，是人底生存底第一要求，底第一权利。

　　一部历史，正就是万人底呼吸相激奔汇而来的河；意向浩浩荡荡的河，能力浩浩荡荡的河。声势气势浩浩荡荡的河，节奏韵律浩浩荡荡的河。

　　必须有自由的空气！必须有新鲜的空气！

生存，尤其要生活得好，要生活得有力的生存。人必须胸怀旷大，必须血液清新，必须肢体舒展；起码吧，也不能够忍受每一个缝隙都被血泥填封起来，都不让透一丝的风！

但是，虽然这呼吸的河本身永远不会有平静、凝滞、停止以及冻固，而圣徒们和暴徒们却企图以人为的严寒使它冰结，以无情的铁掌迫之窒息！一部历史，因此也就是勇敢的人民正面了重大的痛苦进行着广泛的斗争之间的沉郁、深重、急迫或者爆炸似的一呼一吸吧。

这也是为什么在我们底王国到处可以听见□条的呻吟、悠闲的叹息、惨痛的哭泣、懈怠的呵欠、麻痹的且□□□摇的咽呃、消化不良的饱嗝、神经质的狂笑以及咬牙切齿的喃喃梦呓——诸如此类的呼吸变态的缘故。特别在我们底王国，特别是我们底世代。

然而圣徒们和暴徒们底企图将永远是徒然的吧。这是因为，除非生命一举彻底被灭绝，否则，人底呼吸不可能完全被窒息。圣徒们和暴徒们底这一壮丽雄浑的罪行，只不过迫使了人在呼吸中更为艰涩、辛酸、窒闷而已：只把生存斗争底进程拖住，拖，拖，拖得较久，而结果还是要给这进程不断向前的突进意志一脚踢去的绊脚石而已。

这是因为，生命不甘被灭绝！呼吸不甘被窒息！

海港有十月的台风，江水有八月的怒涛，火山有终古的喷发，大陆有陷落的地震——甚至死水的池吧，也有如珠如串活泼而涌的沼气。

高空，大陆，深海，有肺、有腮、有智慧和战斗力！

那么，少数寡头能够抹杀大多数底生存要求吗？能够吗？大多数能够为少数寡头放弃生存权利吗？能够吗？

人要自由的、新鲜的呼吸！人不能够安于被窒息的状态和这一状态底无穷继续！

况且我们不但有权利，而且有坚信：我们一定要笑粲然的最后，最好的笑——这呼吸底煌然焕发的笑！

至少，我们也要打开这么一扇窗子，打开这么一条缝隙！

我们，愿和友人们、读者们共同呼吸！

1946 年 11 月 1 日

生命文学

发刊词

自由与进步是艺术的目标，像它是整个人生的目标。即使我们不如古代的大师那样坚实，文明的精致的工作，至少开拓了不少的东西。

——悲多汶给道尔甫亲王

文学是生命的表现，文学家唯一的必具条件，就是要飞跃的突进的生命力，主义的标榜，宗派的说法，通是低能的挡箭牌，庸人自扰的无谓勾当。无论何时，在文学的本质上，只要有充沛的生命力，便可以展开我们生活的诸种迁流相，产生辉煌的创作，永远地紧紧地扣着人们的心弦。一切教条，一切机械的饶舌，永是风马牛不相及的。我们翻开文学史，如屈原、如阮籍、如杜甫、如李白、如歌德、雪莱、拜伦、但丁、莎士比亚……诸大家的所以伟大，不朽，就完全是由于生命力充沛，不服从于权威，不束缚于因袭，自始至终擎着炎炎的生命的火焰，横冲直撞，独往独来，在自由与解放的途径上，不息地战斗成功。如果他们像喜鹊一样地讨好，像羊儿一样地听话，我们今天当不会读到这么多有价值有亲和力的伟大作品，我们当不会听到这么多有声有色令人敬佩的不朽人名；并且无疑的文学史会索然寡味，甚或根本就没有文学史了。

五四时代的新文学运动，本是一种强有力的生命力的表现，出过一些有生命力的作家，但因为地理环境的阻碍，传统思想的袭击，理论产生了，派系出来了，创作典范也放在坊间了。一批人跳出窄狭的笼子，另一批人又钻进了窄狭的笼子。慢慢的，新的偶像代替了旧的偶像，新的公式代替了旧的公式。于是截至现在为止，老作家大半不肯动笔了，新作家大半不敢动笔，纵使动笔，题材则多在同一方向，写法也多在同一范围。差不多都忘掉了文学的自由天地了。这，虽然不敢冒昧地说是现代文坛上了不得的危机，但，至少也不能说不是一种损失，一种不应有的现象。

为了这个缘故，所以我们认为今天的中国，应该有大量的生命充实的文艺新军来大胆地、努力地、不断地写作，开拓崭新的自由的园地，反宗派、反主义、反专利者的反动笔的不合理的论调。内在的内容，外在的形式，都得像天马行空似的驰骋上下，随心所欲，永不受环境的限制，利害的拘束。有人的地方就得有生命，有生命的地方就得有文学，无论是反是正，为人为己，达观悲观，只要能竭诚地赋予超凡的真实的生命力，便是最上乘的文学；因为事实昭示我们，真正的文艺工作者是发明家，不是考据家，应该像亚当在乐园里一样，所有新奇的东西，都发明一个新的名字唤它。我们不应该斤斤于模仿、效颦，我们应该用所有的生命，所有的血肉来创造、制作，这途程也许很艰辛，但绝不会永远不可能的。

亲爱的兄弟姊妹们啊！新陈代谢，是天然律的运行，除陈布新，却有待于我们的挣扎与努力。拿出勇气来担受坐蓐的痛苦，让我们的婴儿出世，给我们一向居于文化的核心地位的文学，打出一个新天下来。

1946 年 11 月 7 日

迅 风

精神大合唱

——创刊号献辞

这一个时代，应该从两方面观察：一方面（这一方面，一般人称做物质环境，我们可叫做人类生活的利用）是表现得极度的繁荣，高涨，日新月异，□□不已；他方面（这一方面，一般人称做精神情态，我们可叫作人类生活的支持力）却恰好相反，是绝对的偏枯、沉闷、烦愁，不能维系，每下愈况。由于前一方面的发皇与进展，局部的人，生活享受是得到满足，是大大的被提高了；所以有人不断的对这时代讼歌、赞赏。可是当这些人物欲餍足，乐极而退之后，便颇感生活内容的浮薄、空泛；精神摇荡，失所依著了。至若此外的大部分人，初不能获得实生活（指物质方面）的改进之惠，像在弱水里浮游，一沉再沉，在时代的低气压之下，都有着内部的干枯与烦扰，所以痛苦的呻吟，缕缕不绝，这两方面，构成这个时代的潮流，浩浩前进。而其势则前者愈涨，后者愈落。前者愈盛，后者愈衰。终至前者掩没了后者，造成时代的空虚、混乱；人类生活失了重心，激荡无定；精神上的饥荒、迷乱、萎缩，像着了魔似的，狼奔豕突，自相残噬。没有自己的意志，更缺乏一种意志的导引（希望）。这时代，正如超人尼采所说的：什么地方都是尘土、泥沙、麻木、憔悴（悲剧的降生）。我们想：时代的意义，总该以时代人类的生活（包括生活的利用与生活的支持力，后者最为主要，前者意义或价值便在后者，前者是形质，后者便是这形质能动与感应的性灵）向上与安定为是。像今天这样，实在不能不对这时代怀疑了，但是这毕竟是一个伟大的时代。所谓伟大的时代，它包含着两种意义：

（一）历史上未有过如此的递相变乱与繁复的时代。

（二）如能在这空前动乱的时代里，使人类觉醒，努力创建，必定也可以获得空前的成果。

我们考察这时代病症的症结，得着两种原因：

（一）精神的堕落与偏枯——这指个性（个体意志）的沉酣与溺没。

（二）精神的失调与隔阂——这指群性（群体意志）的散乱与内在矛盾。

我们既认定了这时代的病症是如此，便想拿出自己的药方，向觉醒的人们用同声喊出：

重建人类的精神——创造时代价值！

我们以这作为自己的目标。作为我们的誓师辞。这原是一种历史的伟业，须要尽瘁若干人的心力。我们不敢自期有成，甚愿以超绝的态度，把这块园地作为历史的舞台，让时代人类大伙儿来一个精神大合唱，调和我们的生命，觉醒我们的生命。

这是一种□□：投下一粒小石子在水里，必然会激起一个波圈，并且这波圈更会四围扩大，展开，曳动着飘萍和笔立于水中的小草，直到无边的水涯，拍打那岸际。

今天我们就首先投下这粒小石子吧！

1947 年 7 月 1 日

虹　辰

我们的话

《虹辰》，经我们一群热情的青年，在重重困难下努力的结果，终于和大家见面了。这初生的小犊，自然不免有些幼稚的地方，但是，它是应着时代而产生的，它负有时代的重大使命，今后，它愿很纯真很勇敢地为推动正确文化运动而努力。它惟一的目的，是在探索宇宙间的真理，指导人类走入正确的方向，使我们具有良知的青年，不至误入歧途，而在广大的爱的基石上，建出人们共同优游的乐园。在这圣洁的园地里，我们不容有些许仇恨的存在，我们要变仇恨为互爱，化干戈为玉帛。那么，"虹辰"的预兆，便是晴空万里风和日暖的理想境界；否则，它仍然会是阴暗惨淡的云天！永远看不见我们所要见到的天日！为要达到前者的目的，所以我们迫切地盼望着和我们具有同一理想的青年，共同参加这赋有时代意义的伟举！共同爱护着《虹辰》！

原先，我们只是几个爱好文艺的朋友，以学习研究为目的，相互砥砺，共同创造，后来，我们觉得只是几个人在关门从事，范围未免过于狭小，因此，我们便提议开辟这块园地，在不违背国家民族利益，不恶意诋毁政府，顺应民主潮流的原则下，我们尽量地发挥我们创造、战斗的精神！在这里，还应当附带声明的，我们绝不转入政治旋涡，同时我们所痛恨彻骨的，也就是在文艺上渲染着政治的色彩，假文艺为宣传的武器的勾当！我们绝对以超越的眼光，注视着整个的现实，歌颂我们所要歌颂的，暴露我们所要暴露的，这是我们始终如一的态度！

最后，我们希望这块园地开辟之后，能够获得许多青年朋友的加入和不客气的指教！达到我们抛砖引玉的目的，这是我们所无任翘企着的！

中华民国三十六年九月二十日

1947 年 9 月 20 日

新　生

编者小记

今天，我们的脑和胃同样感到饥饿，肚子，可以不择砂粒和稗子，胡乱吞下几口粗饭，便可塞饱。可是我们精神的饥饿呢？用什么来喂饱它？我们不能唱一支《蔷薇蔷薇处处开》的歌来麻醉一下，又不能走到电影院去让美国的大腿来刺激一番。金屋的"娇"，御用的"犬"，应声的"虫"之类我们看不懂，主子的王法，奴才的嘴脸之类，我们看不惯。

透过黄色的帷幕，我们看血腥的大地，特别触目，穿过粉饰太平的热烈景象，我们看苦难，灾荒，腐烂，格外惊心，通过"爵士音乐""华尔兹"，我们听饥饿的哀啼，仇恨的叫吼，分外震耳。

我们痛苦，不能麻木，我们寂寞，不甘沉默，几个年青人碰在一起，数颗纯朴的心，燃起一把热情的火，便着手办了这个刊物。

我们并没有什么了不起的雄心和惊人的愿望，虽然胡适博士鼓励我们年青人多多做梦，可是"升官选举""汽车洋房"的美梦，都让别人做了，我们做的却是一串饥饿，迫害夜夜惊心的恶梦。

梦，不再做了，恶梦惊醒了我们！

既然无"梦"可做，似乎也没有什么愿望可言。我们不是想由此挤上"文坛"分得一官半职，也不是想借此装装门面，摆摆样子，来讨点什么便宜，我们只知道顺着真理的手指，望到一个方向，我们只知道老老实实的学习，公公正正的讲话，有一分热，发一分光，向黑暗的一面射击，向光明的一面歌唱，如果我们这"大花脸"的登场，也能博得一部分人的同情和鼓掌，那就是我们黄金的丰收了。

本刊从收稿、编稿到付印这临盆前的阵痛，是够长也够惨的，起初，我们的热情有点近乎天真，许多困难没有计及，等到困难重重的逼来，我们又不得不手忙脚乱的一关关的通过，其间，挨过不少"才子们"的教训，受过不少"先生们"的白眼，想来犹有余痛！

《新生》，毕竟能够露脸，总算给了编者同仁一点小小安慰。

在呼吸迫急下，把稿子编完付印后，抬头看看案头的日历，不禁捏了一把汗水，什么《新生》的诞生，偏巧碰上了这个多灾多难的五月？这似乎预告：《新生》要用怎样的肩膀来担当迎来的苦难。编者力量的确太小弱了，这里，我们要向读者们求助。亲爱的读者们，愿我们的手握在一起吧！

堃

1948 年 5 月

青年文艺

发刊词

（前面缺损）亲爱的读者！请你把本刊介绍给你的朋友，并不是要你告诉他们，本刊的内容充实，而是要你向他们说，这是他们的园地，所以要你们来培植，这"培植"，不仅是要阅读本刊，而且还要向本刊建议，投稿，朋友！不要忘了：这刊物是你们自己的，我们希望读者，作者，编者能联在一起，共同来培植这个园地，我们需要青年朋友给我们的帮助，文化界的老前辈们给我们的指示，虽然这刊物的内容不很充实（正因为我们这是初学写作者的园地），但读者能在里面看出，初学写作者进步的过程，以后，我们还要联合作者、读者对每一篇作品作一次公开的讨论。

在这一期，我们没有公开征稿，稿件都是由相识的朋友处找来的，这是一件抱歉的事情。

……

这刊物虽然是纯文艺性的，但我们总尽量避免"花儿，鸟儿"的文学，文章的内容应该反映现实，至少不能与现实脱离，我们要写出民间的疾苦，要替无辜的民众呐喊，同时，我们要暴露恶势力，这是本刊的态度，也是当前文艺工作者应有的责任。

在这文化事业八方碰壁的今天，纯文艺性的刊物是不易得到多数人的欢迎，尤其是我们这初诞生的，更是不易在这环境里立稳脚，虽然有给我们鼓励的朋友，然而却也有朋友给予我们的诲谤与嘲笑，不过，我们讲的并不是利与害，而是是与非，我们将要努力的工作，为了报答关心本刊的朋友的诚意，也为了要用事实来答复给本刊以嘲笑的朋友的话，这并不是想夸张自己的成功，而是想证明，我们这并不是"盲动"，假若我们是失败了，那就让你们去嘲笑罢！不过，我们认为失败也就是成功的一段过程，我们愿意和爱护本刊的朋友紧握在一起，同时，向给我们以嘲笑的朋友也伸出了诚挚、坦白的手。

"经济"是本刊感到最困难的问题，现在，我们还没有宏厚的基金，所以随时都有误期以至停刊的可能，正因为这个原因，所以我们现在不能征求基本订户，而且，在我们的基金尚未稳固的时候，是决不开始征求，虽然我们有"不会停刊"的自信，但经济的威胁使我们不敢说出这果断的话，自信也毕竟是自信，不过，我们正努力的在设法稳固基金，待经费问题解决后，我们便开始征求基本订户了。一个定期刊物是需要有固定的读者的，我们总尽量努力，也许我们征求基本订户的时候就在下期，不过，这还是让事实来证明的好。

"稿件"与"推销"是次要的两个问题，这，读者是能够帮助的，假若你愿意帮这个忙，那就请你来投稿，绍介。

　　末了，希望读者、作者、编者紧握着手，共同来培植这刚萌芽的幼芽。使它开出美丽、奇异的花！就让以上的几段话，作为发刊词吧！

　　诗思诗刊

编后记

　　诗刊第一期出版不到半月竟销售一空，（据书店里的人说还有许多读者时来问起）这确是我当初所未料到的；在四川办文艺刊物很困难，而办诗刊尤难，范围既狭窄，拉稿子就很不容易。至于销路更无把握，一本诗刊与一册偏重趣味的刊物相较，无疑地后者比前者更受人欢迎。但今天事实告诉我们，书店里已很难再找到一本诗刊了，证明它已获得了一部分读者，使我们很兴奋。同时今后更需多尽点气力，来为诗刊的读者服务了。在诗的园地里，编者主要的工作是采集花朵，献给读者，（自然不敢说是献给缪思 MUSE 的坛坫）只恨自己太笨拙，对此不能，或者很少有所收获，（虽然已尽了我底最大的努力）这是我所常引为歉疚的。

　　罗忠恕先生自从去年英国讲学归来，很少著述，本期承罗先生为诗刊写来《哲学与诗》一文，很可珍贵。孙次舟先生《枕边说诗》，把中国每时代的诗重加论列，并指出了一条诗人们应走的康庄大道。姜蕴刚先生的《无邪之谈》，是一篇很精湛的诗论，"诗者，丝也。"一语道出了诗的真义。洪毅然先生译的《语言、音乐、诗》，文字很美，论断亦很精妙。田世超先生近除教书外，从事译述颇勤，本期他译了华磁华斯的《警告游历家》与胥拜的《盲孩》，名作名译，弥可讽诵。另下期有罗玉君先生的诗论一篇。

最后附带声明一下本刊的态度，本刊为纯艺术刊物，无任何背景，亦不愿有任何背景。（我们有我们心灵底自主与自由。）思想的国土是广大无垠的，谁愿意囿于狭隘的圈子里以缩小自己写作的范围呢！因此，在这园地里，我们要广植各种花木，——固然也不愿栽像罂粟花一类有毒素的花——只要可赏心悦目，且于人们身心有益底，我们都不吝惜我们底地盘。我们希望读者把诗刊作为每个人自己底刊物，除阅读外，还能给诗刊写稿，那就是我们所高兴的了。

一九四九年一月一日

1949 年 1 月 20 日

火 种

编者的话

《火种》是一九四八年冬天，几个爱好诗歌的朋友，要想创办的一个诗刊。经过了几个月时间的周折，在一九四九年的春天，总算出来了。面临着《火种》创刊的日子。我们编者的人的心里面，的确有说不出的高兴和欣慰，但也有闷在心里面，不能说出来的烦闷和苦疼，在交流……

我们自己知道很清楚，《火种》的内容，在客观环境的限制下，在现实沉闷空气的包围下，内容方面，不会使读者诸君感到太满意的。我们很惭愧，自己克服不了这许多困难，这是一把枷呀！它永远沉重的紧压着我们肩头。我们希望早早解脱，希望别人，自己歌唱，呼吸得到自由，更希望读者诸君们，帮助我们，帮助我们解决困难，我们相信这个不合理的现象，是短暂的。我们相信当《火种》第二期与大家见面的时候，我们诗篇的阵容，一定不会再使你们感到失望的了，这期我们感到对现实性的作品，刊载的不够多，今后我们更要以更多的篇幅，来刊载面向庄严的血肉淋漓的战斗记实的诗篇，和强烈的反映现实的作品，我们永远和大众的疼苦和欢乐呼吸在一起，我们的希望，我们的要求，永远是一致的！我们要使我们这里充满着大众疼苦的呼号，挣扎，或者战斗后的宏大的响亮地歌唱和笑声，我们对艺术的态度是爽快，响亮，强健而有力，《火种》的园地是公开的，我们需要从生活中，实地体验发掘出来的真实的现实的诗，可是我们决不需要仅仅是属于个人的感伤的颓废的作品，上面就是我们要创办《火种》的意思；也就是我们今后对文艺工作努力的对象！

我们相信宇宙上，真理之火是扑灭不了的，永远，永远是不会熄灭的，她将照亮这世界，给我们明确的指示出一条路！

末了，我盼望爱好诗歌的朋友们，都伸出手来，给予我们热烈的赞助与支持，让我们紧紧地，紧紧握住手，面对着现实，坚强的战斗去！

一九四九年春于守阳山

1949 年 4 月 1 日

文艺报及副刊

整理说明

　　一、本部分收录 1912—1949 年间，创办于或迁入四川（含重庆）的文艺性报纸或报纸中的文艺副刊。

　　二、著录内容主要包括报纸名（副刊名）、来源报纸、创办时间、出版地、创办人或主编、办刊宗旨、报刊特色、代表性作品、馆藏信息等。著录内容有明确依据或可考者，一般胪列；没有，则简要著录基本信息。

　　三、资料按创刊时代排列，每一时间段按具体时间排序，具体时间不详者，列于该年或某月最末。

　　四、资料主要参考王绿萍教授编著的《四川报刊五十年集成（1897—1949）》，以及《四川文史资料选辑》《成都报刊史料专辑》等工具书。

1920—1929

策进周报副刊

《策进周报》副刊。于 1926 年在自贡由唐述尧等创办,为周刊,是受中国共产党与国民党左派影响的进步报刊。该副刊积极宣传新文化,对新思想在自贡的传播具有积极作用。1929 年 9 月因被查封而停刊。无馆藏信息。

报　余

《新四川日刊》副刊。该报于 1926 年 10 月 10 日在成都出版,由第二十四军军长刘文辉出资创办。王蜀瑶、苏法成先后任总编,马静沉、陈竹影夫妇任副刊总编。该报在《五周年纪念感言》中提出:"本报过去之与一切恶劣环境奋斗,已如前述。至今后仍本此宗旨不避险阻,不畏困苦,为民众之喉舌,为社会之耳目,以期真正之民主势力得以勃兴,真正言论自由之得以早日实现。"副刊在当时比较受读者欢迎。约于 1931 年 8 月停刊。现藏于上海图书馆。

风雅颂

《嘉陵江日报》副刊。该报创刊于 1928 年,李亚群于 1938 年任副刊主编，着重于"抗敌救亡之宣传"。副刊作为该报抗战宣传的主要阵地，编者曾提出："在文艺方面，我们想借民众惯熟的字样，来把新的知识介绍到大众之前，大众喜欢小调，我们就不妨试做几篇新生活打鬼子一类的小调，给大家尝尝……"可见副刊选稿力求符合大众的认知程度与需要，文字通俗，表现出极强的地方特色。李亚群也曾在副刊上发表《抗日诗钞》数十首。现藏于重庆北碚区图书馆、四川大学图书馆、上海图书馆。

白　光

《白日新闻》副刊。该报于1928年6月创办，黄鹏基任副刊主编。该副刊主要登载诗歌、散文、杂文等。李司克的诗歌，赵循伯的散文都曾在该刊上发表，因"文艺之独立，言论之大胆敢言"而独具特色。后来，由于《白日新闻》的宣传具有强烈的反蒋思想，1929年7月6日被查封，该副刊也随之停刊。现藏于四川省图书馆、上海图书馆。

血　流

《川康日报》副刊。该报于1929年3月在重庆创刊，左翼作家、民主进步人士陈正道任副刊主编。该副刊主要刊登诗歌、杂文、小品等，宣扬"普罗文学运动"，积极利用文学作武器，宣传革命思想。

大路旁边—庸报副刊

《成都庸报》副刊。该报于1929年7月在成都创刊，袁斗文、谭仪甫任副刊编辑。副刊在《自白》中提到："这里并没有什么名言谠论，只不过是'站在大路旁边'报道一些不足以登大雅之堂的野语村言。"副刊登载的杂文犀利尖锐，多为该报总编董人宁、主编袁斗文等主笔，在当时成都的报纸副刊中独具一格。1929年10月，副刊缩短篇幅，并改名为《庸报副刊》，高思伯任副刊主编。副刊的文艺创作园地主要传播新文化、新思想，敢言人之所不敢言，在当时影响广泛。1931年停刊。现藏于四川省图书馆、中国国家图书馆。

1930—1939

文艺周刊

1930 年 1 月《万州日报》改版，每周六出版副刊《文艺周刊》。该副刊宣传抗战，为拯救中华发出了呐喊，对推动当地的抗日救亡运动起了积极作用。现藏于重庆图书馆、四川省图书馆、上海图书馆。

民报副刊　白塔　晨钟周刊　夜灯周刊　课余周刊

《涪陵民报》副刊。该报于 1930 年 10 月在涪陵县创办，是国民党在当地主办的机关报。文艺副刊有《民报副刊》《白塔》《晨钟周刊》《夜灯周刊》《课余周刊》，向宇叔曾任副刊编辑。副刊在抗日战争时期，多登载主张抗日的诗歌与文章，对唤起当地民众觉醒、推动抗日救亡运动起了一定的推动作用。该报于 1949 年 11 月停刊。现藏于四川大学图书馆。

小世界

《世界晚报》副刊。该报于 1930 年 12 月 20 日在重庆创刊。副刊主要登载小说、联话、诗歌等，趣味性较强。该报于 1931 年 4 月停刊。

无馆藏信息。

新中华晚报副刊

《新中华晚报》副刊。该报于 1931 年 1 月 19 日创刊，蒋阆仙为主笔。副刊沿袭了晚报的特点，通俗易读。后因经济困难等，于 1933 年停刊。无馆藏信息。

摩登报

1931 年 8 月 8 日在成都创刊。该报以刊登诗词、小说为主，刊登的文章主要迎合市民的口味，内容比较老旧。正如该报所说："我们没有立场，不过站在客观地位撰稿罢了。我们组织这个报，也是为成都小报凑一凑热闹，并没有旁的意思。"无馆藏信息。

晚　钟

《川报晚刊》，于 1931 年 10 月 10 日在成都创刊。副刊《晚钟》位于第 4 版。1932 年 8 月 7 日，为了丰富副刊的内容，该刊改组，特邀请当时著名作家撰稿，同时增加专栏，提高副刊的趣味性。现藏于四川大学图书馆、四川省图书馆。

济川副刊　小贡献　野茨　无名　浪花

《济川公报》于 1931 年在重庆创刊，该报副刊众多，有《济川副刊》《小贡献》《野茨》《无名》《浪花》等。曾刊登唐册的《难民曲》、阿平的《民国二十八》、戴璧《儿童的歌声》等，在一定程度上反映了当时重庆地区的文化生活状况。该报于 1939 年 3 月停刊。现藏于重庆市北碚图书馆、四川大学图书馆。

友声　城市公园　西钟　长虹　线下

《四川晨报》副刊，《四川晨报》于 1931 年迁到重庆后，由原来的 4 开 8 版改为对开 8 版，增加了很多文艺副刊。有游鸿如主编的《友声》、黄积芝主编的《城市公园》、浮沤主编的《西钟》、刘彦才主编的《长虹》以及周开庆主编的《线下》。其中《线下》第 7—14 期曾连载《槿子的故事》。该报于 1935 年 8 月停刊。现藏于重庆市北碚图书馆、上海图书馆、中国国家图书馆。

新新副刊

《新新新闻》副刊，于 1931 年在成都创办，穆青曾为该刊写发刊词。副刊的立场是维护国民党统治的，也发表一些进步人士的文章。现藏于四川大学图书馆、四川省图书馆、中国国家图书馆。

新村　处女地　中学生

《新新新闻》副刊，1931 年开始陆续在成都创办，这些副刊刊登了很多青年学生争取生存、争取自由与民主的进步文章。现藏于四川大学图书馆、四川省图书馆、中国国家图书馆。

新新小报

《新新新闻》副刊，创办时间在 1931 年以后，由马峻谷主编。该副刊所选文章既有鸳鸯蝴蝶派的文章，也有旧诗词、趣味小品等，兼收并蓄。当时许多四川名人如刘豫波、罗靛斋、张静虚、舒君实、郭沫若等都在上面发表过文章。李宗吾的《厚黑琐谈》、舒君实的《学钝室漫录》都曾长期连载。该刊具有浓郁的四川特色，吸引了大批读者。现藏于四川大学图书馆、四川省图书馆、中国国家图书馆。

江阳新声

《泸县民报》副刊，于1931年在泸县创刊，陈炜谟任主编。该副刊积极倡导新文艺，大力扶持文艺青年，陈炜谟也在上面发表过不少作品。1933年秋，陈炜谟到重庆大学任教，副刊也随之停刊。现藏于重庆市北碚图书馆、广东省立中山图书馆、四川大学图书馆、四川省图书馆、宜宾市档案馆、中国国家图书馆。

大千世界

《成都快报夕刊》于1932年2月在成都创刊。副刊《大千世界》在第4版，陈同生任主编。现藏于四川省图书馆、中国国家图书馆。

新蜀报副刊

《新蜀报》副刊，创刊于1932年5月1日，金满成主编。该副刊主要登载诗歌、杂文、小说、文艺理论等，揭露军阀混战的罪行，宣扬抗日救国，设有栏目文坛简讯、文化与生活等。1936—1938年，增设栏目新副闲话与金刚钻。《金刚钻》每日以数百字的杂文，钻一人或一事，抨击黑暗，笔法犀利。《新副闲话》提出"《新副闲话》是始终前进的，决不与旧的、不合理的社会妥协"，栏目的撰稿人有金满成、李少庸、肖林、胡静屏等。这两个栏目在当时都深受读者欢迎。现藏于重庆市北碚图书馆、重庆图书馆、四川省图书馆、上海图书馆。

群 星

《新群晚报》于1932年10月23日在成都创办，副刊《群星》在第4版。现藏于上海图书馆。

戎州别墅

《叙报》1933 年 3 月创刊于宜宾，由当时驻军在宜宾的潘文华师部担任咨议的陈作孚创办，张季麟任主编。文艺性副刊《戎州别墅》位于第 4 版。该报于 1933 年 9 月终刊。现藏于四川省图书馆。

快乐园

《快报》副刊，1933 年春在重庆创办，梅痴任主编。现藏于四川大学图书馆。

化　报

1933 年 5 月 28 日在成都创办，创办之初为三日刊，后来改为双日刊，王子斌任总编。该报主要登载小说、随笔、弹词、诗词等。曾连载当时成都著名的评书艺人钟晓凡的《玉狮带》，故事生动有趣，颇受读者欢迎。后由于王子斌的一首打油诗得罪了国民党军方，于 1933 年 8 月停刊。现藏于四川省图书馆。

百花潭

《西方夜报》副刊，1933 年 7 月在成都创办，由当时著名的青年作家廖丛芬任主编。1934 年秋停刊。现藏于四川省图书馆。

巴报副刊

《巴报》由李樵逸于 1933 年 9 月下旬在重庆创刊。副刊在第 2 版，曾连载李樵逸的《放牛娃日记》等。该报内容以迎合市民口味为主，后因经费问题于 1935 年停刊。无馆藏信息。

长　虹

《四川统一日报》副刊，该报 1933 年 10 月 12 日创刊于成都。副刊由王文才任主编，1934 年 3—4 月停刊。现藏于四川省图书馆。

溅花周报

1933 年在重庆出版，丁孟牧主编，是当时重庆少数几种纯文学刊物之一。该报多登载当时重庆本地文学青年的作品，具有浓郁的重庆文化特色。无馆藏信息。

嘉渠公园

《嘉渠日报》1934 年 3 月 1 日在南充创办。副刊《嘉渠公园》刊登诗歌、箴言等。1935 年 5 月停刊。现藏于四川省图书馆、重庆图书馆。

东方语

《东方新闻》1934 年 4 月 24 日在成都创刊。文艺副刊《东方语》位于第 2 版，刊登小说、诗歌等，是当时社会时代的真实写照。现藏于四川省图书馆。

集思园

《商务日报》副刊。《集思园》出版初期以登载广告为主，1934 年 8 月温田丰任主编后，便主要登载文学青年的作品，如王达非、叶舟、刘新文的翻译小说、杂文等。无馆藏信息。

文艺周

1934 年 9 月 16 日开始，《文艺》月刊社每周日在《成都快报》

副刊版面刊出《文艺周》。《文艺周》承袭《文艺》月刊的办刊宗旨"努力于文学范围内应有事项之研究"，以登载文学创作为主。由于与正刊的篇幅不同，《文艺周》以刊登文学小稿为主。现藏于四川大学图书馆、四川省图书馆。

快报副刊

《成都快报晚刊》副刊，于 1935 年 10 月 5 日在成都创刊。《快报副刊》位于该报第 2 版，编辑谭维之在《开头几句话》中说："我们作文化工作的人们，再不应对读者，只是装塞一些风花雪月的诗词、游戏文章就够了，我们要尽可能地，一点一滴地，给人们灌输一点民族观念，抗战思想，虽然我们不一定以庄严的姿态出之。"可见该副刊的态度是积极宣传抗战，努力成为人民之喉舌。《快报副刊》以刊登杂文为主，抨击时政。现藏于四川省图书馆、上海图书馆。

枇　杷

1935 年秋，杨吉甫在《万州日报》创办副刊《枇杷》。当时杨吉甫在万州中学任教，创办《枇杷》主要是为进步学生提供自由的创作园地，从而培养一批青年文学爱好者。现藏于重庆市北碚图书馆、上海图书馆。

小诗专刊

《川东日报》副刊，1935 年在万县创刊，杨吉甫主编。副刊《小诗专刊》主要刊登文学青年的作品，传播爱国主义思想，培养进步青年。杨吉甫自己也经常在该刊上发表诗歌，如《片片》《往日》等。现藏于南京图书馆、四川省图书馆、中国国家图书馆。

人民副刊

《人民日报》副刊,于1935年11月1日在重庆出创刊,李伏伽任主编。副刊主要登载与抗战相关的文艺作品,左联作家王志之的抗战长篇小说《生命线下》曾在该刊连载,金满成、史良等曾为该刊撰稿。现藏于重庆市北碚图书馆、重庆图书馆、四川大学图书馆、上海图书馆。

戏剧周刊

《中央日报》副刊,创刊于1936年1月,是南京《中央日报》的文艺版,由国立戏剧学校主编。《中央日报》迁重庆出版后,副刊编辑部也随之迁重庆,于1938年9月23日复刊。复刊当天就刊载了黄作霖写的《欧战时期的英国戏剧》,为中国抗战戏剧的健康发展指明了方向。《戏剧周刊》还刊载了一些介绍外国戏剧作品及发展状况的文章,如丹妮的《柴霍夫的三姊妹》、骆文宏的《大战时的德国演剧》等。《戏剧周刊》通过对外国戏剧作品和戏剧理论的译介,激发了中国读者的爱国主义情感和斗争精神,同时为中国抗战戏剧运动的健康发展提供了有益的借鉴。各大图书馆均有存。

新闻夜报副刊

《新闻夜报》副刊,于1936年5月6日在成都创刊。副刊在该报第2版,曾连载余兰陔的《马蹄笺》,刘静修的《匪窟日记》以及徐戡五的《现代西康》等。该报于1940年12月停刊。现藏于四川大学图书馆、四川省图书馆、上海图书馆。

齐报副刊

《齐报》副刊,漆鲁鱼、陶敬之、王达非于1936年6月1日在重庆创办。《齐报》是当时重庆宣传抗日救亡运动的重要阵地之一，编辑、记者主要是中共地下党员或进步青年。该副刊以登载抗战文艺作品为主，如当时在《齐报》工作的陈丹墀就曾发表短篇小说《故乡》，真实反映了当时四川涪陵县人民的生活。1936年12月，该报因被国民党当局查封而停刊。无馆藏信息。

中　报

由闵则邹、方方迁等于1936年6月21日在成都发起创办，该报除专电、航讯、通讯采访外，登载作品以新旧体小说、诗、讽刺小品等为重。无馆藏信息。

青春线

《蓉报》约于1936年6月在成都创办。该报由袁珂、冯诗云主办，宣传进步思想。冯诗云集该报经理、编辑、记者于一身；袁珂该报任副刊《青春线》主编，兼报纸校对与广告等。冯诗云的长篇连载小说《火焚剑仙楼》曾在该报刊登，在当时颇受欢迎。副刊主要登载袁珂同窗的作品，如唐朗的《象征诗》等。后该报因经济困难，未办至一个月便停刊。无馆藏信息。

号　角

《商务日报》副刊，1936年7月在重庆创刊，1937年，该副刊由蒋一苇与孟超主编。副刊保持并发扬《商务日报》一贯的战斗风格，始终把斗争的矛头指向腐败的统治者，成为团结文艺界进步人士的阵地之一。无馆藏信息。

青年园地

《新宁报》1936年年底在西昌创刊。该刊由西昌民众教育馆出版，杨昌运任馆长。副刊《青年园地》主要刊登诗歌、短文等，内容以揭露日寇暴行、宣传抗日为主。后因经费与人力等问题，没出几期便停刊。无馆藏信息。

朝　露

《泸县民报》副刊。1936 年，刘振美与邱泽仁等在泸县组织朝露文艺社，每周在《泸县民报》上出一期文艺副刊《朝露》，共计 13 期。《朝露》的出版以推动革命文艺为重，点燃了抗日救亡的烈火。刘振美也以"白滔""榴子"等笔名写了很多抨击时政的文章，宣传新文化新思想。现藏于重庆市北碚图书馆、广东省立中山图书馆、四川大学图书馆、四川省图书馆、宜宾市档案馆、中国国家图书馆。

金箭周刊

《四川日报》副刊，由成都文艺工作者协会创办，1937 年 5 月 31 日出版，陈思苓主编。1937 年 8 月 15 日改为月刊《金箭》单独出版，而作为《四川日报》的副刊《金箭周刊》出至当年 9 月 11 日停刊，共计 12 期。《金箭周刊》的创刊初衷为"在这个苦难的时代，殖民地深化的阶段上，一部分热情的文艺青年想负起他们的任务，固然他们的力量是那么薄弱，然而这也是在民族生存斗争中的一点火花"。《金箭》"是斗争的孩子，生长在斗争里"，以文艺为武器，努力为抗战救亡大声疾呼。扬波的第一个短篇小说《蛮石匠》就发表在该副刊上。现藏于四川大学图书馆、四川省图书馆。

戏剧电影与音乐

《四川日报》副刊，1937 年 8 月 7 日在成都创刊，约于 1938 年 2 月 10 日停刊，共计 25 期。该副刊主要登载文艺界人士评论戏剧、电影、音乐等的文章，以及戏剧界名人的抗战文艺作品，如田汉的剧本《保卫卢沟桥》、陈白尘的街头报告剧《扫射》等。现藏于四川大学图书馆、四川省图书馆。

凯　风

《捷报》副刊，1937 年 9 月 16 日在成都创刊，由成都文艺界抗战救亡协会成员石璞主编。副刊《凯风》也以刊登抗战文艺作品为主。无馆藏信息。

战　线

重庆版《大公报》副刊，陈纪滢任主编。《战线》作为《大公报》的副刊于 1937 年 9 月 18 日在汉口发行第 1 号。随着《大公报》西迁重庆，于 1938 年 12 月 1 日正式发行重庆版，直至 1943 年 10 月 31 日，《战线》在重庆登出停刊启示，历时六年零一个月。作为文艺副刊，《战线》发表了很多朗诵诗作，主要撰稿人有臧克家、高兰、王亚平、光未然等。《战线》是抗战期间朗诵诗运动的有力推动者，培养了一大批优秀的朗诵诗人，促进了抗战诗歌的繁荣。现藏于四川大学图书馆、四川省图书馆、中国国家图书馆。

大华副刊

《大华报》副刊，1937 年 9 月 18 日在成都创刊，创办人为李唯建。该报曾在《敬告读者》中说："我们不是全然报人，也不是以办报来营生的。反而是用自己的血汗金钱寄托我们的热情，及聊尽我们做国民责任的。"该副刊曾连载姜蕴刚的《怀旧京》，未完暂停。自 10 月 19 日第 10 号起，该副刊因连载李唯建的《情书》这类"软性文章"而受到读者批评。现藏于四川大学图书馆。

星芒周报—星芒救亡联合周报—星芒报—蜀话报

1937 年 9 月 18 日创刊于成都，由中华民族解放先锋队成都部队星芒通讯社编辑发行。社址位于成都盐道街 41 号，后相继改到长顺上街益民书店、祠堂街 44 号。社长为江牧岳，主编为胡绩伟，发行为张梁。刊名最早为《星芒周报》，当年 11 月 6 日出完第 8 期后停刊，与四川青年救国会的《救亡》周刊合并，改出《星芒救亡联合周报》，但 3 期后又于 11 月 27 日停刊；1938 年 4 月 5 日《星芒报》创刊，1938 年 8 月 12 日出完第 39 期后停刊。该刊主要读者是广大的知识青年，旨在推行新的文化启蒙运动，对民众进行爱国救亡教育，刊登川戏、章回小说、弹词等，语言多是四川方言土语，充分发挥了"摆龙门阵"的特点，对当时很多社会现象予以抨击。老舍的京戏《忠烈图》，冯诗云的长篇抗日小说《国战演义》、中篇小说《华北五英雄》等都曾发表在该报上。因不断揭露国民党消极抗日的行径，该报遭到国民党当局的迫害，一年间多次被查封。1938 年 10 月，报社同人与刘笑庵协商，借其曾出版的《蜀话报》之名继续出版。1938 年 11 月 4 日，《星芒报》就改名为《蜀话报》，创办人刘笑庵，主编仍是冯诗云、胡绩伟，继续遵循《星芒报》的办报方针，以登载抗战消息与文艺稿件为主。此后由于被查封，该报又相继改名为《新民报》（3 日增刊）和《通俗文艺》（5 日刊）出版，亦均遭查封。1940 年停刊。四川省图书馆有存。

青年文艺

《四川日报》副刊，1937 年 9 月 22 日在成都创刊。该副刊由成都文艺工作者协会部分会员与一些中学生成立的青年文艺社在《四川日报》上开辟。在第 1 期《我们的宣言》中提出："为祖国服务，要做全世界被压迫大众的喉舌，用我们的笔去描画汉奸们丑恶的嘴脸，画出英勇的民族斗士的英姿。"该副刊积极宣传抗战，反对对日妥协。1937年12月下旬，成都市政府对宣传抗战的刊物采取查禁政策，《青年文艺》出至第11期后被迫停刊。现藏于四川大学图书馆、四川省图书馆。

马 达

《川东日报》副刊，1937年9月起每周六在万县出版，向云鹄主编。副刊《马达》发表本地作者以及内迁诗人的作品，如萧乾、卞之琳、李广田、曹葆华、靳以、臧克家、碧野等，培养了文学新人，壮大了文学队伍。现藏于南京图书馆、四川省图书馆、中国国家图书馆。

国防文艺

成都《新民报》副刊，1937年12月1日创刊，周文、刘骥主编。《国防文艺》每周1刊，共出了12期。周文主张文艺的大众化、通俗化，提倡动员群众积极抗日的副刊宗旨也紧紧围绕普通民众，并努力发挥舆论宣传作用。

晓 角

《内江日报》副刊，1937年12月5日在内江创刊，主编黄世杰。署名苗秀的长篇章回体小说《夜号》曾在该副刊发表。后来，《内江日报》因积极的抗日救亡宣传言论引起国民党当局不满，相关人员遭到搜捕，报社的活跃分子闻化鱼、梅英、黄世杰等人被迫离职。现藏于四川大学图书馆、四川省图书馆、上海图书馆。

文艺阵地

《四川日报》副刊，1937年12月8日在成都创刊。周文、陈思苓等曾任主编。周文的《沙漠呵》、艾芜的《一段速写》、马宗融的《如此成都》、罗淑的《在车厢里》等文都曾发表在该副刊上。该副刊出版十余期后停刊。现藏于四川大学图书馆、四川省图书馆。

边 铎

《西康新闻》副刊，1937 在康定创刊。该副刊主张康藏同胞携起手来应对民族危机。现藏于四川大学图书馆、四川省图书馆、上海图书馆、中国国家图书馆。

血潮 最后关头 大时代 万方

1938 年 1 月 15 日，《新民报》由南京迁往重庆后复刊。最初有《血潮》与《最后关头》两个副刊，继而又出了《大时代》和《万方》。《血潮》先后由谢冰莹、沈起予、李兰主编；《最后关头》由张恨水主编；《大时代》由张友鸾主编；《万方》由姚苏凤主编。《新民报》主笔罗永烈曾说："有些社评上不好讲的话在副刊上就好讲了。"这是该报重视副刊编辑的一个重要原因，即通过文学的笔触揭露社会的黑暗，积极宣传抗战。《新民报》的这一办报思想紧密团结了很多进步人士。如老舍的杂文《且讲私仇》最初就刊载于《血潮》。无馆藏信息。

文 种

《新蜀报》副刊，1938 年 1 月 31 日在重庆创刊，主编王洁之。据王洁之回忆，该副刊取名《文种》主要包含两种含义："一是指这个刊物是青年人的文艺刊物，是文艺习作的幼种；另一层意义是我们青年热爱祖国，宣传抗战。回忆古代越国濒于亡国，作为知识分子的大臣文种，曾坚持复国，到后来取得越国的复兴。因此，这位忠臣也是我们学习的榜样。《文种》的刊名得到大家的同意，所以我们六位同学就是文种社的社员了。"这六位同学还包括拱德明、沈钧、白汝瑗、沈大经、蒋兰君。该刊刊头由徐悲鸿先生题写,逢周日出版。《文种》主要登载青年人的诗作、散文、文艺论文等,主要撰稿者除文种社社员外,还有张天授、刘石夷等,其目标是宣传抗战以及讨论关于文艺的诸多问题。1939 年 1 月《新蜀报》统一副刊,将原有的四个副刊统一改为《文锋》,《文种》因此休刊,共计出版 45 期。现藏于重庆市北碚图书馆、重庆图书馆、四川省图书馆、上海图书馆。

川东文艺

《川东日报》副刊,1938 年 2 月 7 日创刊。杨吉甫与何其芳同编副刊《川东文艺》。该副刊内容以"抗战为题材,而站在普洛列塔利亚立场写的",发表了许多宣传进步和抗日的文章。撰稿人有卞之琳、萧乾、李广田、靳以、方敬等。何其芳发表了《万县见闻》等文,杨吉甫也撰写了《一个女子》《试笔》等,李石锋发表了《挂洋旗》。由于当时社会环境恶劣,该副刊仅出版短短几月便遭查封,编辑也受到通缉。1945 年 9 月,杨吉甫、方敬在《川东日报》上恢复了《川东文艺》,内容由原来的宣传抗战逐渐转为反对内战,发表过许多进步文艺作品,如杨吉甫的诗作《牛的歌》《筑路谣》等,方敬的《胜利片语》《幸运》等,其他撰稿人还有任子三、黎虹等。共出刊 30 余期,1946 年下半年停刊。现藏于南京图书馆、四川省图书馆、中国国家图书馆。

新 光

《新蜀报》副刊。1938 年 2 月 19 日,沈起予到重庆编辑文艺副刊《新光》,逢周一、周三、周五出版。谢冰莹、姚蓬子、老向、茅盾、阳翰笙等都曾在该副刊发表文章,在一定程度上改变了副刊作者的原有格局。沈起予的《抗战回忆录》也曾在该副刊连载。《新光》在当时很受读者欢迎。现藏于重庆市北碚图书馆、重庆图书馆、四川省图书馆、上海图书馆。

谈　锋

《四川日报》副刊，1938 年 3 月 8 日在成都创刊。沙汀为创刊主编，出至第 9 期，由周文接任。周文对于该副刊的希望为："来稿愈短愈好；以切合现实为好；多赐给写杂文，通讯，速写之类。"主要撰稿人有萧华清、刘盛亚、扬波、吴雪、陈思苓、王影质等。周文编辑到第 95 期，后由王影质编辑，共计 140 期。周文的很多短小杂文都发表在该副刊上，如《从小看大》《从火中成长吧!》《写在前面》《文艺刊物又活跃了》等。无馆藏信息。

青　光

《时事新报》于 1937 年 11 月迁重庆后，1938 年 4 月 27 日复刊，其副刊《青光》第一任主编为张慧剑。1938 年冬，张慧剑应邀去江西上饶《前线日报》编副刊，《青光》由赵超构接任。该副刊与《学灯》一样，以中高级知识分子为对象，每周 6 期，主要刊载小品、散文、漫画等，在社会上有一定影响力。现藏于重庆市北碚图书馆、重庆图书馆、四川省图书馆。

战号—野火—后方文艺

《遂宁日报》副刊，1938 年 5 月 2 日在遂宁创刊，中共地下党员杨仲明任编辑。王叙五为《战号》写了发刊词《"五一"与战号》，表明"把文艺副刊为抗战宣传的任务同国际劳动节无产阶级争取彻底解放的远大目标联系起来，体现了《战号》的鲜明立场"。1938 年 10 月，由于地方顽固势力阻挠，杨仲明征得党组织同意后，把《战号》更名为《野火》，取"野火烧不尽，春风吹又生"之意。1939年初，由于地方势力迫害，杨仲明被转移至成都，中共党员曾似鸿、朱竹影、郑萍等继续组稿，将《野火》更名为《后方文艺》，每周一出版。1940年初，《遂宁日报》更名《涪江日报》，时任社长李致祥指控《后方文艺》"有损国共合作"，勒令其停刊。从《战号》到《野火》，再到《后方文艺》，共出版20余期，这些副刊都紧密宣传中国共产党的抗日民族统一战线政策，立场鲜明，选稿内容丰富，发表收了诗歌、散文、小品、杂文等文艺作品，在遂宁青年知识分子中间引起了巨大的反响。许多进步青年踊跃投稿，与报社编辑建立了密切的联系，也因此走上了革命的道路。无馆藏信息。

铁　流

成都《新民报》副刊，1938年春创刊，蔡天心主编。《铁流》的撰稿者大部分是四川大学的学生。副刊培养了一大批进步的青年学生，对抗日救亡运动有巨大的鼓舞作用。无馆藏信息。

文　林

《时事新报》副刊，1944年6月创刊，停刊时间不详。主要登载文学理论与文艺创作的相关文章。茅盾的《幻想与现实》发表在《文林》第1期。现藏于重庆市北碚图书馆、重庆图书馆、四川省图书馆。

新明—火炬—文锋

《自贡民报》副刊，1938年6月1日在自贡创刊。副刊《新明》，先更名为《火炬》，1942年1月又更名为《文锋》，先后由李香石、刘少先任主编。副刊选稿要求"均与抗战有关，文字技巧与内容均达水准以上，绝对避免转载"，撰稿人主要为中共地下党员与进步青年。现藏于重庆图书馆、自贡市国家综合档案馆。

学　灯

重庆版《时事新报》副刊，1938 年 6 月 5 日创刊，至 1946 年春止，宗白华主编。其间因敌机轰炸，于 1939 年 5 月初至 8 月停刊 3 个月，另外 1942 年 1 月因宗白华母病由徐仲年代编几期。宗白华在第 1 期《〈学灯〉擎起时代的火炬》一文中指出《学灯》的三种精神："抗日救国的精神、提倡科学的精神、提倡民主的精神"，以及"《学灯》希望发表的文字是：与抗战建国有关的学术文字；各种纯学术的论文或译文；文学艺术的理论研究。《学灯》愿擎起时代的火炬，参加这抗战建国文化复兴的大业。"可见，该刊是独树一帜的学术性文艺副刊，发表了许多有价值的学术性文章。据谢随知回忆："《学灯》上面的文章，可以说是多种多样，杂七杂八，诗、论文、杂文都有的，偏重的是学术论文。"曾在该刊上发表的重要文章有：郭沫若的《龙凤桥畔》、徐悲鸿的《新艺术运动之回顾与前瞻》、陈独秀的《小学识字教本自叙》、胡小石的《夏庐近诗》、潘菽的《艺术扯谈》、冯友兰的《论艺术》、梁宗岱的《屈原的〈离骚〉》、柳无忌的《纪念泰戈尔》等，可谓名家荟萃。现藏于重庆市北碚图书馆、重庆图书馆、四川省图书馆。

戏剧周刊

《新蜀报》副刊，1938 年 6 月 22 日创刊，陈白尘、阎哲吾等主编。《戏剧周刊》着重探讨戏剧在抗战中的重要性，以及戏剧的相关问题，开展进步戏剧运动。现藏于重庆市北碚图书馆、重庆图书馆、四川省图书馆、上海图书馆。

大　地

《时事新刊》副刊，1938 年 6 月 25 日在成都创刊，主编苏幼农。关于副刊，《时事新刊》的发刊词中是这样诠释的："最后还留下一块篇幅，来容纳各种有意义，有刺激性的小品、轶事、警语、珍闻及其他报告文字之类，以作为我们的副刊——《大地》。"现藏于四川省图书馆、四川大学图书馆、上海图书馆。

新民谈座

成都《新民报》副刊。1938 年 7 月 18 日，萧军来到成都后，经朋友周文介绍，任《新民谈座》主编。萧军利用这个文艺阵地分别开辟了四个专刊："工人岗位""青年岗位""妇女岗位""救亡岗位"，刊登来自工人、进步青年、从事妇女工作的同志以及各界人士抗日救亡的稿件，另外还会刊出特辑等。萧军的《〈侧面〉题记》也分四期登载在这个副刊里。《新民谈座》深受当时青年与文艺工作者的欢迎。

血　光

《内江日报》副刊，1938 年 7 月在内江创刊，主编梅晓初。《血光》为每周双刊，是专门宣传抗日的文艺副刊。1941 年 3 月，在国民党第二次反共高潮中，该刊被迫停刊，出版了 300 余期。《血光》的主要撰稿人有刘石夷、高兰、闻化鱼等，还有余洪如、王庄、温余波等青年学生。该刊还转载过当时的一些著名文章，如丁玲的《七月的延安》，还有茅盾、周扬在《文艺阵地》《文艺战线》上发表的文章，以及一些名人的新诗等，是内江抗日救亡的重要文艺阵地。现藏于四川省图书馆、四川大学图书馆、上海图书馆。

涟　漪

《新运日报》副刊，1938年8月23日在自贡创刊。蜀光中学国文科教员尚希平主编该刊。1941年4月，因盐务局势力缩小，经费来源枯竭，报纸停办副刊。曾岛的一篇讽刺国民党政府的杂感《前方吃紧，后方紧吃》就发表在该副刊上。无馆藏信息。

动　力

1938年9月15日，《新中国日报》在成都复刊。其副刊《动力》由左干臣主编，1949年12月7日停刊。编者在《关于动力》《今后的动力》等文章中言明其用稿原则："鼓吹抗战的文章，我们固然将尽量登些，幽默隽永、写人间各面的文章，我们也不摒弃。"该刊投稿作者以青年大学生为主，平原诗社的社员也多在上面发表作品。1945年，《动力》还以4开纸的整个版面，出《动力星期增刊》，仍由左干臣主编。《动力星期增刊》还开辟漫画专栏，由冯棣任编辑，颇具特色。《动力星期增刊》吸引了很多著名人士投稿，如姜蕴刚、谢澄平、常燕生等。现藏于重庆图书馆、四川省图书馆、四川大学图书馆、上海图书馆。

火　网

《正确日报》副刊，1938年11月在自贡创刊，李石锋主编。该副刊将同国内一些行家的通信编成文艺消息发表，或约请如张天翼、周文、沙汀等知名作家写稿，或以杂文的形式对许多问题加以针砭等，都很有特色，深受读者欢迎。方敬、任钧、常任侠、陈敬容、高兰等诗人也在该副刊上发表了大量的诗作。《火网》对自贡的抗日救亡运动的宣传起了重要的推动作用。1939年1月停刊。无馆藏信息。

平　明

重庆《中央日报》副刊，1938 年 12 月 1 日创刊，主编先后有梁实秋、端木蕤茜、伍蠡甫、封子禾等。梁实秋在第 1 期《编者的话》中，提出："稿件的主要来源却不能不靠读者的赞助。我们希望读者不要永远做读者，让这小小篇幅作为读者公共发表文字的场所。""于抗战有关的材料，我们最为欢迎，但是与抗战无关的材料，只要真实流畅，也是好的，不必勉强把抗战截搭上去。至于空洞的'抗战八股'，那是对谁都没有益处的。此其一。长篇的文章，在日报的副刊里是很不相宜的，所以希望大家多寄一些短的文字，不过两千字最好。并且我有一个信念，以为文章宁简短，勿冗长，我想现在提倡'节约运动'的时候，大家一定也赞成。此其二。"其中"与抗战无关的材料"的论述，引发了如陈白尘、张天翼等许多作家的批判与论争，掀起了全国性的论战。随着梁实秋迁至北碚，1939 年 4 月 3 日起，《平明》由端木蕤茜接编。《平明》所持的文艺观点以"三民主义"文化文艺观为主，发表了很多文艺创作、文艺评论的文章，如柳青的《后方文人的苦闷及其出路》、常任侠的《观〈国家至上〉》等。无馆藏信息。

涛声　哨言　学锋　大众　挥戈　时代文艺

《民声报晚刊》副刊，1938 年 12 月 16 日在成都出版。副刊《涛声》《哨言》《学锋》《大众》《挥戈》《时代文艺》等，位于第 4 版，主要发表与抗战有关的文艺作品，1940 年 3 月停刊。现藏于四川大学图书馆。

水　星

重庆版《国民公报》副刊，1938 年创刊，沈起予主编。沈起予以此为阵地专注叙事抒情散文的创作，力图把散文作为"一种纯粹的独立的创作"。该副刊在当时很受读者欢迎。现藏于重庆市北碚图书馆、四川大学图书馆、四川省图书馆。

华西副刊

《华西日报》副刊。该副刊初为何绍尧主编，继由毛一波、赵其文、李伏伽等任编辑。由于编辑都是有影响的文化人，《华西副刊》上汇集了当时许多知名作家与文学青年。撰写文章的人有陈翔鹤、赵其文、卢剑波、羊角、车辐、田家英、叶菲洛等。1941 年底1942 年初，该副刊接连出了好几期"街头诗辑"，刊登范庄修、白易、若嘉、易木等人讴歌抗战、关心民生的街头诗。现藏于四川大学图书馆、四川省图书馆、上海图书馆。

血 花

《党军日报》副刊，1939 年 1 月 1 日在成都创刊，林适存、何满子先后任主编。由于《党军日报》是国民党中央军官学校成都分校主办的报纸，其副刊《血花》的内容基本是反映和歌颂国民党部队生活的。1940 年，何满子接任主编，刊出了许多反映民众生活和希望的诗文，也吸引了很多的新文艺创作者，如芦甸、白堤、叶枫等，办得很有特色。何满子曾说："只有讴歌抗战，表现民众，才能办好副刊。"他自己就以"深渊"为笔名在该刊上发表了许多抨击时政的杂文。现藏于四川大学图书馆、四川省图书馆、上海图书馆。

文 群

《国民公报》副刊，1939 年 1 月 17 日在重庆创刊，章靳以主编。在《编者的话》中，章靳以提出："让我们肩起这责任吧，从小小的笔尖上，能描画出敌人的残暴，军民的英勇，还有许多值得赞美的和值得痛恨的事迹。也许有许多正是你要说的，有的也许要使你张大眼睛叹息它的发生。总之在这真的民族危困时期，我们真的在尽我们的心，采取铁血的故事，来启发、鼓舞全民众的心。"《文群》有一批扎实稳定的作家群体，如巴金、何其芳、萧红、胡风、穆旦、汪曾祺等。该刊还极力培养文学青年，大量刊发青年学生的作品，如李满红、姚奔、曾卓等都是通过这块阵地成长起来的。《文群》非常重视发表新诗，还不定期出版"诗歌专页"，成为以四川为中心的抗战大后方较有影响力的文艺副刊，尤其对四川抗战新诗的产生与发展，起到了重要作用。现藏于重庆市北碚图书馆、四川大学图书馆、四川省图书馆。

文锋—蜀道

《新蜀报》副刊。1939 年 1 月，《新蜀报》原有的四个文艺副刊，即金满成主编的副刊《新副》，沈起予主编的《新光》，赵铭彝、陈白尘主编的《戏剧周刊》和王洁之主编的《文种》合并为《文锋》，由金满成、沈起予等主编。1940 年起，《文锋》又改名为《蜀道》，由文坛名人姚蓬子主编。《蜀道》得到中华全国文艺界抗敌协会支持，郭沫若、老舍、冯乃超、田仲济、艾青等知名作家经常为其撰稿，质量颇高。《蜀道》从创刊起就十分注重诗歌，推出过"诗之页"专栏。1942 年以后，姚蓬子因忙于文协和作家书屋事务，逐渐把《蜀道》的编辑任务交给了梅林。1943 年 6 月 2 日起，梅林正式接手编辑《蜀道》，1944 年 5 月 2 日，出至第 1128 期后停刊。1944 年 8 月 3 日起，诗人王亚平开始编辑《蜀道》副刊，刊号从"新一号"起，对《蜀道》版面进行了改革，以登载诗歌为主，刊发"每月诗页"和指导青年诗人积极创作。1945 年 4 月，《新蜀报》内部人员张骏在国民党中宣部的支持下逼走社长鲜英和总经理周钦岳，接管报社，使《新蜀报》沦为国民政府的喉舌，《蜀道》也于 4 月 24 日正式结束了自己的使命。现藏于重庆市北碚图书馆、重庆图书馆、四川省图书馆、上海图书馆。

火　网

《合川日报》副刊，1939 年 2 月在合川创刊，罗孔鉴任主编。副刊着重揭露社会的丑恶现象，登载宣扬民主与抗日的文章，报道人民群众的抗日活动，为掀起合川城乡的抗日救亡运动起了积极作用。无馆藏信息。

自强日报副刊

《自强日报》副刊，1939 年 2 月在綦江县创刊，余君实等创办。该副刊影响不是很大。无馆藏信息。

天　风

《飞报》副刊，1939 年 4 月 10 日在成都创刊，主编刘开渠。《天风自白》中说："天，象征祖国河山广大；风，代表中国崇高悠久的文化。'天风'即代表中华民族物质和精神的飞跃，正是事实上所表现的抗战与建国。"该刊曾发表谢文炳、萧军、易君左、曹葆华、周文、叶菲洛等人的文章。1940 年 7 月 17 日停刊。现藏于四川大学图书馆、四川省图书馆。

处女地

《建宁报》副刊，1939 年 4 月在西昌创刊。该副刊主张积极抗战，开展抗战文艺活动，号召并鼓舞青年学生走抗日救亡的革命道路。西昌妇女解放运动的先驱朱明筠曾为该刊写稿，组织西昌妇女积极参加抗日救亡运动。现藏于凉山彝族自治州档案馆。

通俗文艺

《嘉陵江日报》副刊，1939年5月27日创刊，每周六出版。该副刊发表有民间歌谣、白话文等通俗文艺作品，每期还有"通俗文艺写作指导"专栏，用以指导大众写稿。该刊也登载一些针砭时弊的文章。1944年，蒋阆仙曾在该报编辑文艺副刊一个月，撰写文坛故事。现藏于重庆市北碚图书馆、四川大学图书馆、上海图书馆。

文 岗

《捷报》副刊，1939年5月29日在成都创刊，周文、刘盛亚主编。该副刊主要登载短小精悍的文章，有散文、杂文、诗歌、通讯等。该副刊在《编者的话》中提及："我们的态度呢，是一切为了抗战建国。因此我们所需要的文章，都一定是反映现实的，无论直接间接，或者间接又间接，都一定是与抗战建国有关，同时是有益的东西。"现藏于蓬安县文化馆。

沱 光

《内江日报》副刊，1939年上半年在内江创刊，廖友陶主编。该副刊主要登载中学师生的文艺创作。1941年3月30日停刊。现藏于四川大学图书馆、四川省图书馆、上海图书馆。

塞光 晨光 文艺

《西康国民日报》副刊，1939年10月在康定创刊。《塞光》由阳隈主编，《晨光》由宋诒主编，《文艺》由象韦主编，副刊选稿符合时代特征，对领导革命，开发边疆文化起了舆论指导作用。现藏于中国国家图书馆、南京图书馆、四川大学图书馆、四川省图书馆。

怒 潮

《扫荡简报》副刊，1939 年在雅安创刊。该副刊以登载抗战诗文为主，对鼓舞民众士气起了积极作用。无馆藏信息。

星期增刊

《国民公报》副刊，1939 年创刊，姜公伟任主编。该副刊在《编余》中说："本刊在抗战以后，便以最大的力量在抗战文化宣传这方面来努力。""今后的本刊愿以这一点点的版面，献给文化界的朋友们，热诚地希望你们各自站在自己的岗位上，尽量把对于第二期抗战文化之极可珍贵的意见或建议，指示给一般读者，指示给后方民众。"《星期增刊》是当时颇具特色的文艺副刊。现藏于重庆市北碚图书馆、四川大学图书馆、四川省图书馆。

国民文苑

《国民公报》副刊，曾通一主编。《国民文苑》以刊登旧诗为主，尤以登载于右任、沈尹默、章士钊、黄炎培的诗作较多。现藏于重庆市北碚图书馆、四川大学图书馆、四川省图书馆。

国民副刊

《国民公报》副刊，先后由方翁、姜公伟、陈封雄、温田丰、文理平等主编，逢周一、五出版。曾刊载郭沫若的《屈原不会是弄臣》，诗人臧克家的《作主》，巴金的《记剑波和他的小书〈心字〉》，陈白尘的剧本《升官图》等。该副刊也经常翻译介绍外国文化的作品。现藏于重庆市北碚图书馆、四川大学图书馆、四川省图书馆。

茶 座

《商务日报》副刊，从 1937 年开始办至 1949 年 1 月，王郁夫、聂绀弩、穆仁等曾先后担任主编。《茶座》主要刊载一些散文、杂文、连载小说等，尤以犀利的杂文为特色。该副刊曾在《编者白》说："有人问起什么文章最合需要？简单说起来，越能迅速反映现实，越能深入浅出者，越欢迎。"可见，该副刊选稿以反映抗战时期的社会现实为主，针砭时弊。1946 年，《茶座》的篇幅扩为 6 栏，1947 年 2 月，增至 7 栏。经常发表茅盾、何其芳、艾芜、孙伏园、巴金等作家的文章，也曾登载聂绀弩的《我若为王》、冯雪峰的《新的骄傲》、叶圣陶的《读书不必进学校》、艾青的《论药》等。现藏于四川省图书馆、上海图书馆。

1940—1949

文艺之页

重庆版《新华日报》副刊，1940 年 2 月 10 日创刊，戈宝权、戈茅、欧阳凡海、袁勃等先后担任编辑。1941 年 1 月，皖南事变爆发，报纸版面压缩，副刊也随之停刊。1942 年 2 月 1 日，《新华日报》恢复版面，《文艺之页》得以复刊。1942 年 9 月 18 日，由于报社革新版面，《文艺之页》停刊，共计出版 62 期。老舍、王亚平、戈茅、何其芳、艾青、沙汀、刘白羽等都是主要撰稿人。《文艺之页》设有文坛漫步、文艺短论、书志杂拾、国内外文坛等栏目，主要发表一些与抗战相关的杂文、散文、诗歌、报告文学、译作、文艺论争等，宣传中国共产党的文艺政策与文艺思想。

青年文艺—拓园—草原

《宁远报》副刊，1940 年春在西昌创刊。副刊初名《青年文艺》，由西昌青年文艺研究会推选陈瑞琪为主编，后改选韩屏周为主编。该副刊主要研讨抗战文艺的写作，主要撰稿人为西昌青年文艺研究会的会员，如许汝恕、曹华伟、罗佩琼等。《青年文艺》出至第 5 期后，改名《拓园》，由陈瑞琪主编。1941 年《宁远报》内部发生分歧，文艺研究会的骨干陈瑞琪、杨雁冰等相继离开，该刊也停止出版。后来，随着宁远报社新进力量的增强，《拓园》恢复出版，许汝恕任主编。该副刊后又更名为《草原》，由张涛华主编。1942 年春，随着主要负责人的相继离开，该副刊停刊。现藏于凉山彝族自治州档案馆。

长　城

《川东日报》副刊，1940 年春在万县创刊，创办人为杨吉甫、张学培，主要撰稿人有臧克家、姚雪垠、碧野等。该副刊登载的反映战地活动的作品，影响了一大批爱国青年，为民众投身抗日民族解放运动起了重要推动作用。后来，该副刊因发表《某中学》《一支蜡烛的光》，揭露了当时文教界的阴暗面，引发了万县中学驱逐反动校长的学潮，使国民党当局大为惊恐，以交出两文作者为要挟，迫使《长城》停刊。现藏于南京图书馆、四川省图书馆、中国国家图书馆。

合力　诗的专号

《合川、大声联合版》副刊，1940 年 7 月在合川创刊。《合川、大声联合版》为国民党党政机关的报纸，《合力》与《诗的专号》分别为该报的两个文艺副刊，《合力》主要登载散文、杂文等，《诗的专号》以登载诗歌为主。1941 年初停刊。无馆藏信息。

营火诗刊　散文专刊

《民耻日刊》副刊，1940 年 7 月创刊。该报是国民党军校特训班发行的 8 开报，只送给机关、学校，不对外发行。文艺副刊有《营火诗刊》《散文专刊》，前者选稿以诗歌为主，后者选稿以散文为主。无馆藏信息。

咸　流

《新运日报》副刊，1940 年 8 月 23 日在自贡创刊，王晴山主编。现藏于重庆图书馆、南京图书馆、中国国家图书馆。

党政公报副刊

《党政公报》副刊，1940 年 8 月创刊于达州宣汉，逢周一、周四、周日出版。副刊在第 4 版，约于 1942 年 10 月停刊。四川省图书馆存 1941 年 2 月至 4 月的部分报纸。

山雨谈

宜宾版《芜湖晚报》副刊，1940 年 9 月 1 日在宜宾创刊。该副刊是由当时迁来宜宾的芜湖报人张衡山借地出版的流亡报纸。该副刊内容多登载短小精干的文章，发表一些进步的文艺作品。抗战胜利后，报社负责人先后离开宜宾，该刊也随之停办。现藏于上海图书馆。

文　烽

《璧山导报》副刊，1940 年 9 月 18 日在璧山创刊，周平野主编。该副刊以发表诗歌、散文为主。现藏于重庆图书馆、四川大学图书馆、四川省图书馆、中国国家图书馆。

民众小报副刊

《民众小报》副刊，1940 年 10 月创刊于重庆。该副刊通俗易懂，所选文章力求口语化，适合大众阅读。该副刊还特将文中汉字以注音标识，以普及广大群众识字。现藏于上海图书馆、中国国家图书馆。

文 艺

《四川国民日报》副刊，1940年10月18日在重庆创刊，逢每周二、周四、周六出版。该副刊支持抗战，对沟通民意起了积极作用，1940年11月停刊。现藏于四川大学图书馆、四川省图书馆。

少年兵—十日文艺

《川东日报》副刊，1940年下半年，杨吉甫任万县中学校长，多聘用进步人士为教师，为了培养学生的写作能力，与该校教师田稼在《川东日报》创办《少年兵》周刊。《少年兵》多刊发学生作品，大大鼓舞了进步青年的写作热情，后来因发表纪念鲁迅的文章，引起国民党县党部的注意，仅出版3期便停刊。1941年，田稼借杨吉甫出面，在《川东日报》改《少年兵》为《十日文艺》，发表了臧克家、姚雪垠、穆木天等人作品。《十日文艺》还选载万县中学墙报上的优秀习作，鼓励学生们积极习作，追求进步。现藏于南京图书馆、四川省图书馆、中国国家图书馆。

金戈文艺

《川东日报》副刊，1940年冬，万县金陵大学附中学生罗泅、哲弦、丘平等组织金戈文艺社，在《川东日报》编出《金戈文艺》半月刊，至1942年春停刊，共计34期。该副刊曾发表罗泅的长诗《陪都，从轰炸中苏醒》、短诗《祝湘北大捷》和访问记《访问战俘秋山盛》等重要抗战文艺作品。经常为该副刊写稿的还有杜育、丘平、熊火、哲弦、鲁仁等。现藏于南京图书馆、四川省图书馆、中国国家图书馆。

扫荡副刊

重庆《扫荡报》副刊，1940 年创刊，最初由著名女作家陆晶清主编。《扫荡副刊》办得有声有色，许多著名作家为其撰稿，如老舍、孙伏园、徐訏、尹雪曼等。1944 年夏，陆晶清离开重庆，该副刊遂由刘以鬯接编。《扫荡副刊》既重视发表短篇作品，也选刊艺术水平颇高的长篇小说连载，如曾刊载徐訏的《风萧萧》、老舍的《四世同堂》、王平陵的《归舟返旧京》等深受好评的长篇小说。刘以鬯主编副刊时，不仅广泛邀请作家写稿，也欢迎广大读者积极投稿。他提出"写作并不是作家专有的权利"，认为读者也能够写出"真实的故事"，"笔下也不乏精彩文章"。各大图书馆均有收藏。

高　原

《西南日报》副刊，1940 年在成都创刊，孟超等任主编。该副刊抨击时弊，宣传抗战，产生了一定的影响。现藏于重庆市北碚图书馆、重庆图书馆、四川大学图书馆、四川省图书馆、上海图书馆。

海　啸

《万州日报》副刊，1940 年由海军学校在万县创办。无馆藏信息。

星　火

重庆版《中国晚报》副刊，1940 年在重庆创刊。后因该报因在宣传抗日等方面言论比较大胆，出版不到一年便被迫停刊。无馆藏信息。

康庄　新副　西南文艺

《新康报》副刊，1941 年 1 月 1 日在西昌创刊。副刊主要刊登针砭时弊的杂文，反映现实的短篇创作、散文，以及翻译的反映苏联卫国战争英勇斗争的短篇故事等。曾刊登过李维嘉的《保卫斯大林格勒》、刘盛亚的小说《夜雾》，还有洪钟等人撰写的文章。三大副刊集中反映了当地人民的斗争生活。现藏于重庆图书馆、四川省图书馆、中国国家图书馆、上海图书馆、雅安市档案馆。

铁马诗刊

《万州日报》副刊，1941 年 2 月创刊于四川万县。1940 年，罗泅与绿蕾、黄磷等组织朝暾文艺社。次年，朝暾文艺社女社友、万县金陵中学高七班女学生熊启宁在《万州日报》主编《铁马诗刊》。《铁马诗刊》为 8 开单页周刊，刊登了很多抗战诗作，后因该副刊编辑钟某将无聊情诗发表于该刊，引发读者愤怒，而于 1941 年 5 月停刊，共计出版 12 期。无馆藏信息。

西方夜谭　呼吸　虹　人间乐园

重庆《新民报晚刊》副刊，1941 年 11 月 1 日创刊。《西方夜谭》副刊先后由张慧剑、夏衍、吴祖光、郁风等十几人主编，内容"新旧兼容，百戏杂陈"。1946 年秋以后，又增辟了一批副刊，其中有聂绀弩主编的《呼吸》、力扬主编的《虹》、孟超主编的《人间乐园》。副刊的内容积极向上，力主抗战，抨击各种丑恶现象和谬论。无馆藏信息。

诗　刊

《宁远报》副刊，1941 年出版，张秋岩主编。该副刊主要刊登抗战诗歌，讨论抗战诗歌的写作。约于 1942 年春停刊。现藏于凉山彝族自治州档案馆、四川省图书馆。

匕　首

《万州日报》副刊，1941 年创刊，主编罗泅。《匕首》是专门的杂文副刊，文章犀利尖锐，以致不被当局所容，最后被迫停刊，共计 6 期。无馆藏信息。

今剧报—今报

1941 年在达县出版，王余任总编。第二、三、四版均为文艺作品，内容有小说、散文、诗歌等，主要撰稿人有彭立人、刘学纲等。1942 年，王余迫于当局压力，离开报社，《今剧报》改名为《今报》，由进步学生潘广德、李吉钧等人接办。该报以宣传进步思想、启迪民志为己任，不久因刊登彭立人控诉抓壮丁的悲惨现象的叙事长诗《大娃之死》而触怒当局，被勒令停刊。无馆藏信息。

戏剧研究

重庆版《新华日报》副刊，1942 年 2 月 9 日创刊，同年 9 月 17 日终刊，共计 8 期。该副刊主要反映大后方重庆的进步戏剧评论以及戏剧理论，并介绍世界各国优秀的演剧经验、戏剧流派等，努力提高话剧舞台演出水平以及导演与演员们的艺术修养。无馆藏信息。

时代音乐

重庆版《新华日报》副刊，1942 年 2 月 10 日创刊，半月刊，同年 9 月 12 日终刊，共计 10 期。编者在创刊号中提出："愿望所有的音乐工作同志们紧紧携起手来，共同向着那光明的然而仍是阻碍重重的大路迈进。"该刊报道当时重庆音乐界救亡演出的相关信息,介绍中国音乐发展史,发表讽刺抨击国民党反动政策的音乐作品,揭露国民党反动派的黑暗统治,如刊登过周云深的《新音乐运动在延安》、王超群的《祭歌》等政治倾向非常鲜明的文章。无馆藏信息。

木刻阵线

重庆版《新华日报》副刊,1942年2月11日创刊。在代发刊词《我们的方向》中,明确提出副刊的态度:"在这阵线上,全体的刀笔战士,共同举起他们的武器——刻刀——它攻击的方向是全人类的共同的敌人——法西斯侵略者及其应声虫和走卒们。在这阵线上,木刻同志们必须严密地检举并肃清破坏团结组织的少数败类,更随时随地的提高警觉性,彻底消灭阻碍木运进步的蛀虫。"该副刊第1期就刊有丁迈的《拾零归来》、王琦的《冬日之防空洞》等作品,其美术活动更是成为美术界抗战的重要文艺武器。无馆藏信息。

诗垦地

重庆《国民公报》副刊,1942年2月在重庆创刊。这是靳以借《国民公报》副刊《文群》版面,为复旦大学和成都平原诗社的年轻人而创办的副刊。当时内迁的"七月派"诗人和四川本土青年诗人联合起来,形成了大后方文坛上最有影响力的诗人群体,该副刊也成为颇具影响力的诗歌副刊。无馆藏信息。

文化公园

《文化报导》副刊,1942年4月20日在成都创刊。《文化报导》是8开2版的报纸,主编为任之的。该报主要报道文化界的相关新闻，介绍文化界人士所参与的相关活动以及近况等。创刊号中，任之的在栏目群言堂中发表了《谨此宣言》，称要"联系成都乃至全川文化同仁，相鼓舞，相砥砺，相督勉，相研讨。表扬正义，清除病污，为艰困祖国略尽绵薄力量"。这也是副刊的宗旨，即宣扬正义，为抗战建国积极努力。无馆藏信息。

诗　薮

重庆版《新华日报》副刊，1942年7月18日创刊，徐光霄等参与编辑。该副刊是专门的诗歌副刊，创刊号发表了艾青的《给太阳》、王亚平的《哭诉》、贺敬之的《啄木鸟》等。无馆藏信息。

新华副刊

重庆版《新华日报》副刊，1942年9月18日创刊，曾先后参与编辑工作的有胡绳、林默涵、徐光霄、郑之东、李亚群等。《新华副刊》登载抗日作家的作品、理论批评、文艺运动等情况，贯彻执行了抗日民族统一战线的方针，多方面宣传中国共产党的文艺理论主张与文艺政策。刊登的主要作品有艾青的《兄妹开荒》《毛泽东》，丁玲的《田保霖》，马烽、西戎合作的《吕梁英雄传》，何其芳的《记贺龙将军》等，通过这些充满激情的反映现实的作品，为抗日呐喊。1947年2月28日，《新华日报》被国民党政府查封，《新华副刊》也随之停刊。无馆藏信息。

文学评论

《华西日报》副刊，1942年由王冰洋、吕洪钟创刊，主要评议文学作品，阐发新文艺观点。无馆藏信息。

文学副页

重庆版《国民公报》副刊，1943 年 6 月创刊，共计 99 期，主要撰稿者有茅盾、姚雪垠、臧克家等。无馆藏信息。

青　苗

《青年日报》副刊，1943 年 9 月 1 日在达县创刊。副刊在第 3 版，编辑为潘广德。创刊两月后，因经费困难停刊。无馆藏信息。

星期文艺

《华西日报》副刊，1943 年秋冬之际创刊，陈白尘任主编。该副刊是当时比较重要的进步刊物，主要宣传抗战与进步思想。丁易就曾在该副刊上发表了许多针砭时弊的杂文。无馆藏信息。

文　艺

《大公报》重庆版副刊。陈纪滢主编的《战线》停刊两周后，《文艺》于 1943 年 11 月 7 日在重庆开始出版。1943 年 10 月 31 日的《大公报》上刊登了《启事》："鉴于本报渝、桂两版副刊统筹办理，《战线》即日停刊，并自 11 月 7 日起，每两周改出《文艺》一次，渝、桂两版同时刊出，由杨刚女士主编。"重庆版《文艺》沿袭了《大公报》为现代诗歌摇旗呐喊的传统，经常刊登西南联大师生的作品，是当时文人活动的重要舞台。该副刊编辑态度严谨，积极宣传抗日救国，反对妥协腐败，是当时重庆报界颇具影响力的刊物。1946 年 3 月停刊。现藏于四川大学图书馆、四川省图书馆、中国国家图书馆。

华灯副刊—艺坛—华西副页

《华西晚报》副刊，1943 年在成都创办。初名为《华灯副刊》，后更名为《艺坛》，陶雄、陈白尘任编辑。《艺坛》得到当时文艺界的热情支持，主要撰稿人有茅盾、郭沫若、叶圣陶、李劼人、夏衍、庞薰琹、洪钟等，该副刊刊登的刘盛亚的《卐字旗下》、陈白尘的《升官图》等都是当时脍炙人口的作品。1945 年 8 月，副刊改名为《华西副页》。《华西晚报》的文艺副刊直刺社会现实，成为大后方宣传进步思想的重要阵地。现藏于四川省图书馆、四川大学图书馆、上海图书馆。

文艺周刊

《成都快报》副刊，1943 年在成都创刊。该副刊由当时在教会中学上学的高中生李启纲自编自写，于 1945 年停刊。无馆藏信息。

艺文志

《成都晚报》副刊，1943 年在成都创刊，由陈白尘主编。该副刊登载了许多揭露黑暗现实的诗歌、散文等，尤以登载文笔犀利的杂文著称，对文艺创作中的错误倾向也有讽刺。无馆藏信息。

微 波

《新运日报》副刊，1944 年 1 月 7 日在自贡创刊，汪仕仪主编。无馆藏信息。

长 歌

《成都快报》副刊，1944 年 4 月在成都创刊，登载内容有文艺理论、小说、散文、诗歌等。出至第 27 期，因《成都快报》改版，

《长歌》在该报终刊，并于 1949 年 1 月作为独立的文艺性刊物单独出版。无馆藏信息。

小公园

重庆《大公晚报》副刊，1944 年 9 月 1 日创刊，罗承勋任副刊编辑。《小公园》在第 1 期《稿约》中言及该副刊的征稿方向："欢迎幽默小品、小掌故、人物志、风土志、一周影剧综合评介等稿件，还征求短篇小说，以川渝现实题材为限。"《小公园》还发表过不少进步的文学作品，尤其是杂文，风格尖锐泼辣。中国现代文学史上的许多知名作家都曾在上面发表文章，如柳亚子、茅盾等。无馆藏信息。

诗 文

重庆《金融导报》副刊，1944 年 9 月在重庆创刊。现藏于重庆图书馆。

学 艺

《自贡新闻》副刊，1944 年 9 月在自贡创刊。该副刊以登载反映抗战的诗文为主。现藏于中国国家图书馆、四川省图书馆、重庆图书馆、南京图书馆、自贡市国家综合档案馆。

艺文志

《隆昌人报》副刊，1944 年 9 月在隆昌出版。现藏于上海图书馆、南京图书馆、隆昌市档案馆。

今日文艺

《川中晨报》副刊，1944 年 10 月 10 日在自贡创刊。该副刊以登载小说、诗词、散文、杂文为主，在抗日战争时期，起到针砭时弊、鼓励抗日的作用。巴金、艾芜、丰子恺、臧克家等都曾为《今日文艺》写过稿。当时自贡的一些青年作者，如王秋萍、卢顺清、吴仲衡也常在该副刊上发表诗歌、小说、散文等作品。无馆藏信息。

回 艺

《沙坪新闻》副刊，1944 年 11 月在重庆创刊。该副刊为周刊，内容以支持抗战，推动新文化运动为主，是当时沙磁区报业的重要刊物。无馆藏信息。

蜀 锦

《华西日报》副刊，1944 年 12 月 5 日在成都创刊，朱冰蝶主编。该副刊多登载名人诗词、笔记之类的文言文等。无馆藏信息。

文 艺

《中国学生导报》副刊，1944 年 12 月 22 日在重庆创刊，束衣人、朱天等任编辑，是中国学生导报社主办的刊物。中国学生导报社是中共南方局青年组领导的学生进步团体，《中国学生导报》"是抗战以来，在国民党统治区中出版时期最长，影响较大的进步学生刊物"。该副刊用文艺的形式，反映进步学生的生活。无馆藏信息。

小朋友

《川东日报》的儿童文学副刊，1944 年冬创刊，刘叶隆主编。儿童文学作家陈伯吹曾在上面发表过《驴子的寓言》，诗人葛珍也上面发表过散文。抗日战争胜利后，《小朋友》出了胜利特辑"胜利的箭筒"，有文章写道："每一支箭都是我们的希望，希望胜利后不打内战，和平建设祖国。"无馆藏信息。

戎州副刊　妇女　艺风　春风

《戎州日报》副刊，1944 年在宜宾创刊。副刊有抨击时弊，暴露官场的文章，对当时的社会状况有一定的反映。现藏于宜宾市档案馆、四川省图书馆。

雄辩—天府

《新民报日刊》副刊，1945 年 2 月 1 日在成都创刊，孙伏园任主编，后改名为《天府》。多登载名家作品，有新诗、散文、杂文、小说连载等，曾连载夏衍的《芳草天涯》，李劼人的小说《天魔舞》。老舍、朱自清、臧克家等也在上面发表散文。无馆藏信息。

万　方

《新民报》副刊，1945 年 4 月 21 日在重庆创刊，姚苏凤主编。在发刊词《初意》中，姚苏凤写道："因为它是一个新闻纸的副刊，它不能'旧'；因为它是依存于读者的兴趣的读物，它不想做出岸然的'道貌'；因为它的读者不仅是某一类的人，它不能不要求一种比较普遍的欣赏；但编者愿意确定着它的诚实，它的清新与它的正义感必将永远保存。"这也正是该副刊的一贯宗旨。《万方》刊登反映大后方生活、前方抗战的作品，并译载一些外国的文艺作品等。姚苏凤还以"月子"作笔名，在《万方》上撰写专栏百舌集，每篇文章都很简短，却直抒胸臆，宣传抗日救亡，揭露社会的丑恶现象。无馆藏信息。

明　珠

重庆版《世界日报》副刊，1945 年 5 月在重庆创刊，崔万秋任副刊编辑。该副刊主要关注知识分子，发表追求进步、抨击社会腐败的文章。曾连载老舍的中篇小说《偷生》、茅盾的《格罗斯及其小说》、洪深的剧评《〈戏剧官〉杂记》和三幕闹剧《鸡鸣早看天》等。无馆藏信息。

星　海

《中国星期报》副刊，1945年5月6日在重庆创刊，周刊。《中国星期报》刊自称是"时代综合的报道，人民忠实的喉舌"。副刊由作家轮流执笔。现藏于中国国家图书馆、上海图书馆。

新世周报副刊

《新世周报》副刊，1945年7月1日在成都创刊。该报以宣传抗日为宗旨，出至1946年2月，因总编张先齐赴重庆复学，加上经费困难而停刊。1947年张先齐大学毕业回到成都，又恢复出版该报数期。最后，由于时局紧张，于1949年初终刊。现藏于四川省图书馆、南京图书馆。

新　村

《时代日报》副刊、1945年7月1日创刊于泸县。该副刊曾发表过一些反映民间和抨击时弊的作品。现藏于宜宾市档案馆。

艺　地

《川南时报》副刊，1945年7月7日在宜宾创刊，副刊主编为曾德林、刘锡昆。该副刊宣传抗战，发表针砭时弊的文章。该报在《创刊一周年》中提到："它的言论态度较公正而鲜明。包括它的副刊在内，许多言论，好似一面无尘的镜子，照透了社会上一些丑恶与悲观，也促进了地方社会文化的进步和革新。"后因言论激烈，被勒令改组，逐渐由三青团接任。1947 年上半年停刊。无馆藏信息。

阵中文艺

《正气日报》副刊，1945 年 7 月在重庆创刊，由国民党青年军政治部编印。该副刊专供军中阅读，鼓吹国民党的抗战策略，为国民党当局歌功颂德。1949 年初停刊。现藏于中国国家图书馆、重庆图书馆、四川大学图书馆、上海图书馆。

彼　方

1945 年由梁南、罗洛、嘉乐自费编印的诗歌刊物，不久即作为《成都晚报》的副刊出版。罗洛的第一首诗就发表在该副刊上。《彼方》寄托着年轻的主编对革命与未来的向往，希望"冲破密云，飞往光明的北国"。无馆藏信息。

柳　丝

《新新新闻》副刊，1945 年在成都创刊，谢扬青主编。该副刊内容丰富，李劼人、谢文炳、王冰洋等经常在上面发表文章或译作。无馆藏信息。

民主报副刊

《民主报》副刊，1946 年 2 月创办于重庆，刘沧浪任主编。该副刊发表了大量政治杂文，揭露旧社会的黑暗，抨击国民党统治的腐败。经常为其撰稿的有陈白尘、巴金、臧克家、端木蕻良、沙鸥、聂绀弩、徐迟等。无馆藏信息。

繁星—足步

《小公报》副刊，1946年3月18日在三台创刊，三台国立十八中学师生主办。副刊《繁星》在第2、3版，内容主要是反映青年的学习生活与现实生活的杂文、小说、散文、诗歌等，是"中等学校同学们发表意见，练习写作的公共园地"。1947年3月12日第16期起，《小公报》改名为《学生周报》，发行为学生周报社。出至1947年4月18日第18期，副刊改名为《足步》，后因经费困难，被迫停刊。无馆藏信息。

投　枪

《胜利报》副刊，1946年3月29日在成都创刊，李次平任主编。该副刊得到了民盟成员陈翔鹤、刘盛亚、曾巴波、陈子涛、刘慕宇等老作家的支持，发表了许多抨击反动派的文章。1946年7月因查封而停刊。现藏于四川省图书馆。

正　声

《正义报》副刊，1946年3月在泸县创刊，约于1950年2月停刊。现藏于重庆图书馆、宜宾市档案馆。

水平线

《开江平报》副刊，1946年3月在开江创刊，副刊《水平线》在该报第4版。现藏于达州市达川区档案馆、南京图书馆。

民风报周刊副刊（民副）

《民风报周刊》的副刊，创办于1946年4月25日，编辑刘荣烈。该副刊登载杂文、小品、诗歌等，曾刊登《未是堂杂钞》《知止斋随笔》，对国民党种种弊端进行抨击。1947 年 4 月 17 日《民风日报》出版，《民风报周刊》终刊，副刊《民副》还是由刘荣烈主编，沿袭周刊的风格，仍以杂文、文艺作品为主。无馆藏信息。

民众副刊

《民众时报》副刊，1946 年 5 月 1 日在成都创刊。《民众副刊》在该报第 4 版，耿振华主编。编者在创刊号的《致读者》中说："我们从事文字写作者，就应以这些作为我们的创作内容，探讨中心，本刊谨以此小小地盘贡献给你们。"该副刊在编辑上仿效《新华日报》，发表散文、诗歌、小小说、杂感等，形式丰富多彩，内容以政治性为主。牧野、洪钟、陈白尘、刘盛亚、刘中凡、丁易等常为副刊撰稿。无馆藏信息。

中学生

《川东日报》副刊，1946 年春在万县出版，刘叶隆主编。《中学生》是专为中学生开辟的文艺性副刊，为周刊。曾发表曾卓、葛珍等人和一些中学生的作品，是当时中学生喜爱的刊物。同年下半年停刊，共计出版 10 余期。无馆藏信息。

夫子报副刊—乐山新闻副刊

《夫子报》副刊，1946 年 5 月 5 日创办于乐山，1946 年 11 月 15 日《夫子报》更名为《乐山新闻》。副刊在第 2 版，常登载杂文、短文，内容有轶事典故、神话等，也有讽刺官绅的文章。无馆藏信息。

南国风光

《南国》副刊，1946 年 5 月在隆昌创刊。《南国风光》主要登载杂文、文学评论、文艺创作等。无馆藏信息。

山　城

《国民公报晚刊》副刊，1946 年 6 月 1 日在成都创刊，主编温田丰。沙汀、艾芜、李亚群、茅盾、沈起予、邵子南等都常为该副刊撰稿，出至 1947 年 10 月停刊。无馆藏信息。

浪　花

《岷江新闻》副刊，1946 年 6 月在乐山创刊，约于 1947 年底停刊。现藏于河南省图书馆、乐山市档案馆、四川省图书馆。

出师表

成都《新民报》晚刊副刊，1946 年 6 月在成都创刊，主编张慧剑。副刊名为《出师表》，乃是借诸葛亮《出师表》之名，表明编者积极抗战的决心。该副刊内容丰富，集综合性、知识性、趣味性为一体，登载小说、小品文、漫画等，选稿反映现实，针砭时弊。专栏有赵超构的未晚谈、书和人，张慧剑的辰子说林，张友鸾的囊笔行脚，程大千的哭与笑等。张恨水常在此刊发表文章，如小说《第二条路》《巴山夜雨》，文章《薛涛笺》《帝王九朝》《木牛流马》等。现藏于四川省图书馆。

声　铎

《自治报》副刊，1946 年 7 月 15 日在巴县创刊。《声铎》在第 2版。现藏于重庆图书馆。

呐　喊

重庆《民主报》副刊。1946 年 8 月 1 日，重庆《民主报》扩版，开辟了很多副刊，包括文艺副刊《呐喊》。该副刊秉持民主理念，坚持民主主张，发表的文章具有战斗性，对文艺阵地宣传民主起了积极作用。现藏于重庆图书馆、重庆市北碚图书馆、上海图书馆。

荒 原

《边声报》副刊，1946年8月在成都创刊。该副刊追求民主，反对独裁专制，经常发表进步的文学作品。现藏于中国国家图书馆、上海图书馆。

破浪 浪花

《民声日报》副刊，1946年9月在广安创刊。副刊在第4版，轮流登载由当时各校学生主编的副刊，《破浪》由储英中学学生廷萱主编，《浪花》由广安县县立中学学生蒲梅先主编。该报文艺副刊主要登载诗歌、散文、杂文、随笔等，其中有不少表达对现状不满，攻击国民党黑暗统治的文章，是积极追求进步的学生刊物。

笔 端

《光明晚报》副刊，1946年9月在成都创刊。木斧的第一首诗《沉默》就发表在1947年2月22日的《笔端》上，在当时的青年学生中产生了广泛的影响。无馆藏信息。

半月文艺

重庆《大公报》副刊，1946年10月9日创刊，艾芜主编。《半月文艺》由艾芜主编，是中华全国文艺界抗敌协会重庆分会的会刊，第1期刊登了《鲁迅与王国维》《鲁迅先生的小说与时代》《鲁迅先生与马克·吐温》等文，以纪念鲁迅先生逝世10周年。经常为该副刊撰稿的是成渝两地的著名作家和青年文艺工作者。《半月文艺》刊发了许多尖锐泼辣、指陈时弊的文章。主编艾芜也以笔为枪，发表了不少杂文，揭露国民党反动派的恶行，号召广大人民与其做坚决的斗争。同时，他还在该副刊上开辟文艺信箱专栏，以短论形式与读者探讨文学的相关问题，回答文学青年提出的有关文艺创作、文艺学习等问题，深受读者喜爱。该副刊共出版 60 期。无馆藏信息。

平　原

《建设日报》副刊，1946 年 10 月在重庆创刊，主编孙伏园。陈梦昭曾在该副刊上发表文章约 50 篇。1947 年 2 月停刊。现藏于四川大学图书馆、四川省图书馆、中国国家图书馆。

西部文艺　新地

《西部》副刊，1946 年 10 月在成都创刊。副刊在第 4 版，《西部文艺》《新地》轮流出版，内容有诗歌、散文以及专栏等。现藏于重庆图书馆。

艺　坛

《时代日报》副刊，1946 年 10 月在泸县创刊，目前可见最早一期为 1949 年 1 月 1 日出版。该副刊在第 4 版，主要登载"一些提高人的生命活力和点燃人心里的希望的火种的文章，让善良的人，能在它上面获取自己的食粮，能找寻到自己应定的道路"。现藏于宜宾市档案馆。

天下一心露

《社会日报》副刊，1946 年 11 月在成都创刊，1948 年，《天下》改名为《心露》。该副刊主要登载短小、精粹、趣味性的文章，如《鬼肥人瘦》《苏东坡的铁手杖》《曹操的气度》《钱的魔力》《梦游裙带国》《萧伯纳的妙答》等。这些文章或借鬼喻人，或借梦喻时，形式多样，不拘一格。也连载过长篇小说，曾连载《会党论》《屠蜀记》两个长篇，后都因《社会日报》停刊而终止。无馆藏信息。

中　流

《内江日报》副刊，1946年下半年创刊，梅英担任副刊主编。现藏于四川省图书馆、四川大学图书馆、上海图书馆。

毛　牛

《西康日报》副刊，1946年秋在康定出版，由《西康日报》副总编戴廷耀创办。该副刊是以杂文为主的文艺副刊，因其登载的杂文直刺不良社会现象，比较受读者欢迎。1947年6月，该副刊因发表的文章《粉红色的人生》影射了西康省党部主任等人的颓废生活，戴廷耀被撤去副总编一职，《毛牛》也因此停刊。无馆藏信息。

民间文艺

重庆《大公晚报》副刊，1946年冬创刊。《民间文艺》为双周刊，邵子南任主编。邵子南还以笔名"熊海山"写了《瞎子说书的祖师爷》《王抄手打鬼》等民间故事。后来邵子南离开重庆撤回延安，该副刊也因稿荒而自动停刊。无馆藏信息。

太　阳

《川东日报》副刊，1946在万县创刊，朱汉祥主编。初为周刊，后因稿件与排印等困难，约十天出刊一次。8期以后，由殷野森接编。殷野森与文艺界联系广泛，把《太阳》编得有声有色。经常在上面发表诗文的有何穆容、罗汀尼、田野、苏柳、绿原、葛珍等。何穆容的《角楼上》、罗汀尼的《日特路德的眼睛》、田野的《荒谬的古城》、孙钦平的《梦》、苏柳的《人性的构图》等，都是该副刊登载的比较有名的作品。到1947年下半年停刊，共出版了近40期。《太阳》是当时比较有影响力的刊物，其刊登的部分诗文，曾被成都、武汉、上海、北平等地的报刊转载，受到普遍欢迎。无馆藏信息。

文艺纪事月报

约于1946年在成都出版，文苇、纪淙主编。该报提出："文学原为反映时代，反映人生的艺术，本刊为强调这种任务，针对现实世界与中国的各方面，作最公正的报道与描绘。"其特点和编辑方针是："一、注重反映人民生活（特别是乡村），知识分子们的梦呓、呻吟、狂叫之类不来；二、把时事搬上舞台，把政治形象化；三、多刊新人以及不是干文艺的其他部门的职业青年的作品；四、形式不死拘于狭隘的纯文艺，但何种形式，只要有内容，有艺术价值的，从诗到金钱板、民歌、民谣都登；五、篇幅都要简短，多则五六千字的大块文章，少则三言两语的点点滴滴。"可见，该报注重反映现实，贴近群众，积极培养社会新人。现藏于四川省图书馆、重庆图书馆、吉林大学图书馆。

文艺周报

1946年在西昌出版，是8开2版的文艺性小报，主编为曹章琦，编辑有谈述、廖健等。内容以小说、散文、诗歌为主。该报在当时很受青年人欢迎。后因经费困难，约出十余期后停刊。无馆藏信息。

学生文坛

《陪都晚报》副刊，1946年在重庆创刊，单本善任主编。《学生文坛》是青年学生的写作园地，单本善提倡青年人"应有正确的人生态度"。该副刊通过"作品介绍"，引导青年去"研究这个不良现实的来原"，从而"正视现实，勇敢的改变现实"，引导了广大青年学生积极进步，宣传了革命意识与共产主义思想。无馆藏信息。

华阳国志—川时文艺

《四川时报》副刊，1947年1月18日创刊，李劼人任主编。李劼人在发刊词中提到该副刊的择稿要求："因而，在弄笔头这方面，也最讨厌门户派别。什么样的文章都喜欢，只不高兴寿序、神道碑、圣谕、广训之类，而尤其不欲过目的，就是专门攻击弱者，以献媚讨好有权有势的强者，在时下，这好像还甚为吃香的一些东西。我只有这一点儿成见，要得与否，由人批评，我自己好像一生都难于改得了。"经常为该副刊撰稿的有郭沫若、茅盾、臧克家、陈翔鹤、沙汀、林如稷等。该副刊还经常登载展示蜀中风貌与民俗人情的文章。出至第45期止，后改名为《川时文艺》。《川时文艺》先由洪钟主编，后由罗念生、萧赛主编，主要登载文艺作品。现藏于四川省图书馆。

民声周报

该报约于1947年2月1日在乐山创刊，由当时乐山文化界人士苏波华、谭志谟等创办。该报除有少数新闻外，以文艺内容为主。无馆藏信息。

民众副刊

《民众日报》副刊,1947 年 4 月 20 日在三台创刊。《民众副刊》为文艺性副刊,在第 2 版。现藏于绵阳市档案馆、四川省图书馆。

夜莺曲

《新新新闻晚报》副刊,1947 年 5 月在成都创刊。该副刊在《稿例》中提到:"本刊用稿,限于文艺性之作品,如小说,散文,诗,速写,报告,通信,杂文,论文,评介,史料,作家记等;亦收同样体例之译品。"现藏于四川省图书馆。

小夜曲

《中国夜报》副刊,1947 年 6 月 5 日在重庆创刊。《小夜曲》为综合性文艺副刊,艾白水任主编。该副刊以杂文和散文为特色,艾白水以"潘尼西"为笔名写作的专栏灯下私语很受读者欢迎。

学　苑

1947 年上半年,向晓在万县《川东日报》创办副刊《学苑》,专刊中学生作品,大大激励了中学生的创作热情。《学苑》约出了 6—7 期,后由于政治形势的紧张被迫停刊。1948 年上半年,孙钦平在万县中学任职,为鼓励学生积极习作,又复刊《学苑》。当时万师、省职、省万中、万女中等校学生的稿件,都可见于《学苑》,该副刊出了十余期,因编者赴渝而停刊。无馆藏信息。

青梅副刊

《新闻时报》副刊,1947 年 9 月 10 日在铜梁创刊,《青梅副刊》在第 2 版。现藏于重庆图书馆。

西 苑

《西方日报》副刊，1947年11月在成都创刊，呆向真任主编。《西苑》是进步刊物，呆向真以此作为阵地，发表了不少针砭时弊的作品。《西苑》是当时比较著名的刊物，常刊登叶圣陶、朱自清、聂绀弩、邵荃麟、焦菊隐、阿垅等名家的作品。很多思想进步的文艺青年也常向该副刊投稿，如钟子舫、苏菲、乔琪等，其中湛卢和木斧是在上面发表作品最多的青年文艺工作者。流沙河的第一个短篇小说《折扣》就发表在《西方日报》上，流沙河在《流沙河诗选》序言中也提到他学习写作是从《西方日报》副刊开始。该副刊约于1949年停刊。现藏于重庆图书馆、四川大学图书馆、四川省图书馆、上海图书馆。

周末文艺

《西方日报》副刊，1947年11月在成都创刊，每周一期，刘盛亚主编。郭沫若、戴望舒、陈白尘、臧克家、端木蕻良等都曾为之撰稿。同《西方日报》的其他副刊一样，该副刊也培养了一批年轻的作家，如青年作家就常在该副刊发表小说和诗歌。现藏于重庆图书馆、四川大学图书馆、四川省图书馆、上海图书馆。

骷髅—锦江潮—方生

《骷髅》于1947年11月在成都创刊，为《西方日报》副刊，今见第1—6期。1948年2月5日该副刊改名为《锦江潮》出版11期，同年9月20日又改名为《方生》，出版第1—6期，后于12月2日转到《西方夜报》。《方生》由华西大学、四川大学"民协"成员组织的方生文艺社创办，该社主要成员有胡立民、崔之富、倪烈光等。该副刊大力支持进步青年的文艺活动，林如稷也常为其写稿和约稿，鼓励进步青年积极创作。现藏于重庆图书馆、四川大学图书馆、四川省图书馆、上海图书馆。

艺　林

《国民周报》副刊，约于 1947 年在成都创刊。副刊《艺林》在该报第 3 版。现藏于四川省图书馆。

百灵鸟

《西康日报》副刊，1947 年 12 月 22 日创刊。戴廷耀任主编，出至第 6 期后，由李良瑜任主编。该副刊的办刊宗旨"以文艺为中心，自学、教人"。李良瑜在其发表的文章中阐述："文学不仅是反映时代的一面镜子，而且是改变不良社会的一种工具。""人民大众的痛苦，就是我们的痛苦……要尽量用通俗文字去打动他们的心坎。"该副刊以文艺作武器，主要登载诗歌、散文、杂文、小说、评论等，内容以传播进步思想，揭露黑暗为主。1948 年，成都发生"四九血案"，白色恐怖波及康定，《百灵鸟》也于 1949 年 7 月 26 日被迫停刊。无馆藏信息。

星期文艺

《民意报晚刊》副刊，约于 1947 年下半年在成都创刊，主编为陈炜谟，于 1949 年 9 月停刊。现藏于四川大学图书馆、四川省图书馆。

鹦鹉洲　朝暾

《川东日报》副刊，于 1947 下半年在成都创刊。陶梅岑与蓝文惠在《川东日报》分别创办副刊《鹦鹉洲》《朝暾》，各出 6 期，至 1948 年上半年停刊。无馆藏信息。

山　谷

《建设日报》副刊，约于 1948 年在成都创刊，谢默琴任主编。该副刊以登载诗歌为主，内容主要是宣传抗战，争取进步。无馆藏信息。

洪民报副刊

《洪民报》副刊，1948 年 4 月在洪雅创刊，主编为白瀑。白瀑以该副刊为阵地，利用地方势力之间的矛盾，揭露洪雅各级政府的腐败现象。无馆藏信息。

杨柳风

《川东日报》副刊，1948 年上半年在万县创刊，万县中学教师田稼任主编。《杨柳风》是一个进步刊物，刊有刘叶隆、田稼等写的诗文。后因政治形势的紧张，该副刊仅仅出至第 4 期便停刊。

青年园地

1948 年 7 月，李良瑜、陈宗严秘密组织青年问题研究会，发展成员十余人，在《西康日报》上开辟《青年园地》，《青年园地》后被迫停刊。无馆藏信息。

星期增刊

《社会日报》副刊，1948 年夏在成都创刊。该副刊于每周日出版，题名或为《星期论文》，或为《星期文艺》。方叔轩、杨佑之、黄宪章、任乃强等都在上面发表过文章。无馆藏信息。

文会　文会周报

《成都快报》副刊，1948 年 10 月在成都创刊，陈炜谟主编。陈炜谟在上面发表散文、评论等数十篇。《文会》第 1 期发表了《一位雕塑家的词——代发刊词》作为该副刊的宣言，同时还转载了香港《大众文艺丛刊》上的一首诗，以"等着太阳，等着你"，来表明该副刊"拥护革命，靠近党"的政治态度。无馆藏信息。

民言报副刊

《民言报》副刊，1948 年 11 月在绵阳创刊。曾登载张耶可的《饥饿》、白刃的《拉丁》。该副刊约于 1949 年底终刊。现藏于绵阳市档案馆。

窄　门

《时论周报》副刊，1948 年 12 月 4 日在成都创刊，主编为王潮清，仅出版 1 期。其中王潮清以笔名"蓝羽"写了一首名为《自白》的诗，道出了当时国统区知识分子的苦闷，极富感情。该副刊还发表了李尧东的小说《枪声》，署名"蒙哥"的《论诗人何其芳》，署名"何兴"的《草木无灵》等。无馆藏信息。

窄门　矛盾

《每周时报》副刊，1949 年 2 月在成都出版。文艺副刊《窄门》由王潮清主编，杂文副刊《矛盾》由潘克廉主编。副刊通过散文、诗歌、小说、杂文等不同形式，传播革命思想，讽刺了当时成都腐朽、堕落、反动黑暗的社会生活，照亮着进步人士奋勇前进。副刊于 1949 年 4 月下旬停办，共出 9 期。无馆藏信息。

金川文艺　星火

《西康日报》副刊，1949年春在康定创刊。李良瑜组织文艺爱好者创立文艺社团，在该报办《金川文艺》和《星火》两个文艺副刊，以传播进步思想，引导康藏高原进步青年积极投身革命，发表了许多追求光明，反抗黑暗的革命作品。无馆藏信息。

妇女周报副刊

《妇女周报》副刊，1949年7月在成都创刊。1949年10月，因报纸主编何惠一离开而停刊。无馆藏信息。

流　萤

《川中日报晚刊》副刊，1949年7月在自贡创刊，金文达任主编。《流萤》以幽默辛辣的笔触，揭露了当时社会的黑暗现象，颇受读者欢迎。该副刊于1949年8月停刊。无馆藏信息。

影剧生活　文艺生活

《生活导报晚刊》副刊，1949年9月在成都创办。文艺副刊在第3版，《影剧生活》《文艺生活》轮流出版。现藏于四川大学图书馆。

黑寡妇　古董店

《小夜报》副刊，1949年10月10日在成都创刊，副刊编辑赵还吾、张为允、萧赛。副刊《黑寡妇》与《古董店》在该报第2版，在当时比较受读者欢迎。副刊于1950年停刊。现藏于四川大学图书馆、四川省图书馆。

方　向

《生报》副刊，1949 年 11 月在成都创刊。该副刊主要发表散文和诗歌，揭露黑暗，歌颂光明，号召战斗。登载的文艺作品，如《山城的幻想》《暴风雨，快来吧!》《滚蛋吧!》《我们要工作》等都充分表达了对黑暗统治的愤懑，追求进步迎接解放的坚强信心和炽热感情。该副刊极大地鼓舞了成都人民求生存、求解放的斗志。1949 年 12 月，《生报》出至第 4 期，因国民党查封而终刊。现藏于广汉市地方志办公室。